Face à eux

JASON MOTT

Face à eux

Roman

MOSAÏC

Collection :
MOSAÏC

Titre original :
THE RETURNED

Traduction de l'américain par JEANNE DESCHAMP

MOSAÏC® est une marque déposée par le groupe Harlequin

Réalisation graphique couverture : E. COURTECUISSE (Harlequin SA)

A ma mère et mon père.

1

Ce jour-là, Harold ouvrit la porte et se trouva nez à nez avec un inconnu à la peau noire, souriant dans son costume de bonne coupe. Son premier réflexe fut d'attraper son fusil. Puis il se rappela que Lucille l'avait obligé à le vendre à la suite d'un incident avec un prédicateur itinérant, une dispute à propos de chiens de chasse...

— C'est à quel sujet ? maugréa-t-il, ébloui par le soleil.

La lumière avait pour effet de rendre encore plus sombre la peau de l'homme au costume.

— Vous êtes monsieur Hargrave ? demanda l'inconnu.

— A ce qu'il paraît, oui.

— Qui est-ce, Harold ? appela Lucille, depuis le salon où la télévision lui causait des contrariétés.

Aux actualités, on ne parlait plus que d'Edmund Blithe, le premier des Revenants, et de la façon dont son existence s'était transformée depuis qu'il était réapparu parmi les vivants.

— Le second passage sur terre serait-il plus réussi que le premier ? demanda le journaliste, le visage tourné vers la caméra, faisant reposer le fardeau de la réponse directement sur les épaules du téléspectateur.

Un vent léger faisait bruire les feuilles du grand chêne censé offrir son ombre à la maison. Mais le soleil était suffisamment bas pour percer à l'horizontale sous les branches et venir frapper droit dans les yeux de Harold. Il porta la main en visière mais, même ainsi, l'homme à la peau noire et le petit garçon qui l'accompagnait n'étaient guère plus que deux silhouettes placardées sur le fond vert et bleu des grands pins qui se détachaient sur le ciel limpide au-dessus des bois, derrière le jardin ouvert. L'homme était mince mais solidement charpenté et tiré à quatre épingles. L'enfant, lui, semblait petit pour son âge — huit ou neuf ans, estima Harold, qui cilla. Sa vision se clarifia un peu.

— Qui est-ce, Harold ? cria de nouveau Lucille, prenant acte qu'aucune réponse n'avait suivi sa première question.

Mais Harold restait mutique sur le seuil, les yeux clignant comme des feux de détresse, à regarder le garçon qui absorbait une part croissante de son attention. Dans des zones oubliées de son cerveau, des synapses endormies s'enclenchèrent et des connexions s'établirent, lui indiquant qui était l'enfant à côté de l'inconnu à la peau sombre. Mais Harold décida que son cerveau avait fait une fausse manœuvre et obligea ses neurones à refaire le boulot.

La réponse revint, toujours la même.

Dans le séjour, l'image à l'écran bascula sur une masse de poings levés, de bouches hurlantes et de pancartes brandies. Puis apparurent les soldats en armes, sculpturaux et impavides comme seuls des individus chargés de munitions et d'autorité savent l'être. En plan final, la caméra s'attarda sur le pavillon aux rideaux tirés d'Edmund Blithe. Le fait qu'il soit quelque part dans sa maison était à peu près tout ce qu'on savait de lui pour le moment.

Lucille secoua la tête.

— Incroyable, cette histoire, non ?

Puis, de nouveau :

— Qui est-ce, Harold ?

Lui n'avait toujours pas bougé et buvait l'enfant des yeux : de petite taille, pâle avec des taches de rousseur, une touffe indisciplinée de cheveux bruns. Il portait un jean, un T-shirt à l'ancienne et avait une expression de soulagement intense dans le regard — regard qui n'était plus éteint et fixe, mais tremblant de vie, brouillé de larmes.

— Pourquoi les poissons-chats s'ennuient sous l'eau ? demanda le petit garçon d'une voix tremblotante.

Harold se racla la gorge — pas complètement sûr, même de cela.

— Je ne sais pas.

— Parce que les poissons-souris n'existent pas!

Avant que Harold puisse confirmer ou nier quoi que ce soit, l'enfant se précipita vers lui et l'agrippa par la taille en sanglotant : « Papa! Papa! » Harold fut plaqué contre le chambranle — manqua s'effondrer — et tapota la tête de l'enfant par quelque instinct paternel longtemps resté en sommeil.

— Là, là, tout va bien… Calme-toi, murmura-t-il.

— *Harold?*

Lucille finit par détacher les yeux de la télévision, avec la soudaine conviction que l'ombre de la terreur venait d'obscurcir le pas de leur porte.

— Que se passe-t-il, Harold? Qui est-ce?

Il s'humecta les lèvres.

— C'est… c'est…

Il allait dire « Joseph ».

— C'est Jacob, se reprit-il à temps.

Par chance pour Lucille, le canapé se trouvait juste derrière elle au moment où elle perdit connaissance.

Jacob William Hargrave était mort le 15 août 1966. Le jour même de son huitième anniversaire, pour être exact. Pendant des années, les habitants de la petite ville en avaient parlé jusqu'aux heures les plus profondes de la nuit. Celui qui faisait une insomnie se tournait sur le côté pour réveiller son conjoint et le couple entamait une conversation chuchotée où il était question de l'incertitude des choses et de la précarité du bonheur. Parfois, l'homme et la femme se levaient pour aller regarder leur progéniture dormir et méditer en silence sur la nature d'un Dieu capable de rappeler de si jeunes créatures à lui. Gens du Sud et habitants d'une petite ville : comment pareille tragédie ne les aurait-elle pas renvoyés au Seigneur?

Après la mort de Jacob, Lucille, sa mère, avait parlé de la prémonition qu'elle avait eue la veille. En rêve, elle avait en effet perdu toutes ses dents — signe annonciateur de la mort d'un proche, selon sa propre mère.

Pendant tout le temps qu'avait duré la fête d'anniversaire, Lucille avait pris soin de garder un œil, non seulement sur son fils et sur les autres enfants, mais également sur tous ses invités adultes. Agitée comme un moineau, elle avait couru ici et là, s'inquiétant de la santé de chacun et veillant à ce que tous soient bien servis. Elle s'était extasiée sur chacun de ses hôtes, félicitant les uns d'avoir recouvré la ligne et les autres d'avoir de si beaux enfants qui avaient tant grandi. Sans oublier de faire remarquer régulièrement à quel point le temps était splendide. Ce jour-là, le soleil illuminait toute chose, et jamais les bois n'avaient paru aussi radieusement verts.

Son angoisse avait fait d'elle une merveilleuse hôtesse. Pas un enfant ne repartit ce jour-là sans avoir été nourri avec soin ; aucun invité ne se trouva privé de conversation ou de compagnie. Elle avait même réussi à convaincre Mary Green de chanter pour eux plus tard dans la soirée. Mary dont la voix était comme de la soie et plus douce que le miel. Dire que Jacob en était amoureux aurait été excessif, compte tenu de son jeune âge, mais il lui vouait une adoration pour laquelle Fred, le mari de Mary, aimait à le taquiner. Ce fut une belle journée que cette journée-là. Jusqu'à la disparition de Jacob.

Il s'était esquivé sans que personne le remarque, se volatilisant comme seuls les enfants et les petits mystères peuvent le faire. Son départ eut lieu quelque part entre 15 heures et 15 h 30 — comme Harold et Lucille l'expliqueraient plus tard à la police. Pour des raisons que seuls l'enfant et la terre connaissaient, il s'était dirigé vers le sud du jardin, s'était enfoncé entre les pins pour traverser la forêt et descendre jusqu'à la rivière où, sans permission ni excuse, il était mort noyé.

Quelques jours avant que le monsieur de l'Agence ne se présente à leur porte, Harold et Lucille avaient débattu de la ligne de conduite à tenir si Jacob devait revivre en tant que « Revenant ».

— Non, non, Harold, ce ne sont pas des êtres humains, avait décrété Lucille en se tordant les mains.

La conversation se déroulait sur la terrasse couverte devant la maison. Les événements importants de leur vie avaient toujours été commentés là, sous le vieil auvent de bois.

— Qu'est-ce que tu proposes, alors? De le mettre à la porte?

Harold avait répondu en tapant du pied sur le sol. La discussion avait très vite tourné à l'aigre.

— Puisque je te dis que ce ne sont pas des gens comme nous! avait-elle crié.

— Ils sont quoi alors, selon toi? Des végétaux? Des minéraux?

L'appel de la cigarette démangeait les lèvres de Harold. Fumer l'aidait toujours à prendre le dessus dans une dispute avec sa femme. C'était la vraie raison, soupçonnait-il, pour laquelle Lucille le harcelait tant sur ce qu'elle appelait son « addiction ».

— Ne prends pas ce ton désinvolte avec moi, Harold Nathaniel Hargrave. C'est un sujet grave — très grave!

— *Désinvolte?*

— Oui, désinvolte. Tu es tout le temps désinvolte! Enclin à la désinvolture, voilà le terme!

— De mieux en mieux! Hier, c'était « prolixe », je crois. Et aujourd'hui, tu me fais le coup du « désinvolte »?

— Arrête de te moquer. Quel mal y a-t-il à vouloir améliorer son vocabulaire? J'ai encore toute ma tête. Peut-être même ai-je l'esprit plus vif que dans le temps. Et ne t'avise pas de détourner la conversation, Harold!

— Oui, eh bien, je t'en ficherai, moi, des « désinvolte »!

Harold fit claquer sa langue avec tant de force sur la dernière syllabe qu'une perle brillante de salive se déposa sur la rampe de bois. Lucille ne releva pas.

— Je ne peux pas te dire quelle est la vraie nature de... de ces apparitions, poursuivit-elle d'une voix agitée.

Elle se leva. Se rassit.

— Tout ce que je sais, c'est que ces Revenants ne sont pas comme toi et moi. Ce sont... ce sont...

Lucille s'interrompit. Prépara la fin de la phrase dans sa bouche en la construisant avec soin, mot après mot.

— … ce sont des démons, trancha-t-elle enfin.

Puis elle eut un mouvement de recul, comme si ce mot pouvait se retourner sur lui-même et la mordre à la manière d'un serpent.

— Ils sont juste revenus pour nous éliminer. Ou pour nous exposer à la tentation ! C'est la fin des temps ! « Lorsque les morts marcheront de nouveau sur la terre… » C'est écrit dans la Bible !

Harold grogna pour marquer son mépris — il n'avait toujours pas digéré « désinvolte ». Sa main se dirigea d'elle-même vers sa poche. Au moment précis où ses doigts se refermèrent sur son briquet, il retrouva le droit-fil de leur conversation :

— Des démons ? Tu as bien dit « démons » ? Mais c'est de la superstition ! Le produit d'esprits étroits avec une imagination plus étroite encore ! S'il y a un mot qui devrait être éliminé du dictionnaire, c'est bien celui-là ! En voilà un, de mot *désinvolte*, tiens ! Qui n'a rien à voir avec la vraie nature des choses, rien à voir avec les « Revenants » tels qu'ils sont. Car ne t'y trompe pas, Lucille Abigail Daniels Hargrave : ce sont bel et bien des êtres humains. Ils peuvent s'approcher de toi, te serrer dans leurs bras, t'embrasser. Je n'ai encore jamais croisé de démon qui ait ces facultés… Sauf bien sûr cette blonde que j'ai rencontrée à Tulsa, un samedi soir, avant notre mariage. Celle-là, oui, on peut dire qu'elle avait le diable — pardon, le démon — au corps.

Lucille réagit d'une voix tellement tonitruante qu'elle se surprit elle-même.

— Silence, maintenant ! Je ne resterai pas assise ici une seconde de plus à t'écouter affirmer des choses pareilles !

— Quelles choses ?

— Ce ne serait pas notre fils, Harold.

Son débit ralentit tandis que la gravité du sujet pesait sur son esprit — comme le souvenir d'un enfant perdu ?

— C'est à Dieu que Jacob est retourné. Pas à ce monde, dit-elle.

Ses mains crispées formaient deux poings minces et pâles sur ses genoux.

Un silence s'imposa.

Puis passa son chemin.

— Où est-ce ? demanda Harold.

— Quoi ?

— A quel endroit de la Bible ?

— Mais de quoi tu me parles ?

— Où est-ce dit : « Lorsque les morts marcheront de nouveau sur la terre… » ?

— Dans l'Apocalypse, pardi !

Lucille écarta les bras comme si elle n'avait encore jamais entendu de question aussi ridicule, comme s'il l'avait interrogée sur le plan de vol des grands pins au fond du jardin.

— Tout le monde sait que c'est dans le livre des Révélations ! « Les morts marcheront de nouveau sur la terre » !

Elle constata avec satisfaction que ses mains étaient toujours serrées en poings, qu'elle brandit dans le vide, comme on voyait parfois faire dans les films. Harold se mit à rire.

— Dans quel chapitre des Révélations ? Quel verset ?

— Assez, maintenant ! ordonna-t-elle. L'essentiel, c'est que ce soit écrit dans le Livre. Maintenant, tais-toi.

— Bien, madame. Je ne voudrais surtout pas être *désinvolte*.

Mais lorsque le « démon » se présenta effectivement à leur porte — leur démon particulier à eux —, menu, aussi extraordinaire qu'il l'avait été, ses yeux bruns mouillés de larmes qui disaient la joie et le soudain soulagement qui submerge un enfant resté trop longtemps éloigné de ses parents… eh bien… Lucille, une fois revenue à elle, fondit comme de la cire à bougie, là, sur place, devant le monsieur de l'Agence, si bien habillé et propre sur lui. Ce dernier prenait plutôt bien la chose. Il souriait, d'un sourire qui avait déjà fait du service. Nul doute qu'il avait assisté à de nombreuses scènes du même genre au cours des semaines écoulées.

— Il existe des groupes de parole, indiqua-t-il. Pour les Revenants. Et pour les familles des Revenants.

L'homme souriait toujours. Il s'était présenté, mais Harold et Lucille avaient déjà atteint l'âge où les noms vous glissent dessus sans se laisser retenir. Etre ainsi réunis à leur fils mort depuis plus de cinquante ans n'était pas fait pour arranger les choses, si bien qu'ils le considéraient simplement comme « le monsieur de l'Agence ».

— Jacob a été retrouvé dans un petit village de pêcheurs en Chine, près de Beijing. Des villageois l'ont vu, agenouillé sur la rive d'un cours d'eau, en train d'essayer d'attraper du poisson ou quelque chose d'approchant. C'est en tout cas ce qui m'a été rapporté. Parmi les autochtones, personne ne comprenait l'anglais. Ils lui ont demandé son nom en mandarin, et comment il était arrivé là, d'où il venait. Bref, toutes les questions que l'on pose à un enfant perdu… Lorsqu'ils ont compris que la langue faisait obstacle, un groupe de femmes a réussi à le calmer. Il était en larmes — ce qui peut se comprendre.

Nouveau sourire.

— Il était loin du Kansas, après tout. Mais ils ont pris soin de lui, l'ont nourri et habillé. Puis ils ont trouvé un cadre local du parti qui se débrouillait en anglais et… ma foi…

Il haussa les épaules dans son costume sombre pour indiquer que la suite ne présentait pas d'intérêt.

— Il se passe plus ou moins la même chose partout dans le monde.

Il s'interrompit de nouveau pour observer Lucille avec un sourire non dépourvu de sincérité alors qu'elle cajolait et admirait le fils qui n'était plus mort. Elle le pressa contre sa poitrine et embrassa le sommet de sa tête, puis elle prit son visage entre ses mains et le couvrit de baisers, de rires et de larmes.

Jacob lui rendait la pareille, en rigolant. L'agent nota qu'il n'essuyait pas les baisers de sa mère, même s'il avait atteint l'âge où essuyer les baisers de sa mère passait pour être la chose à faire.

— C'est une période singulière pour tout le monde, commenta l'homme de l'Agence.

Kamui Yamamoto

La sonnette en laiton de la boutique tinta à son entrée. Un véhicule qui venait de faire le plein à la pompe s'éloigna sans que le conducteur l'ait remarqué. Au comptoir, un homme grassouillet au visage empourpré interrompit sa conversation avec un grand type dégingandé. Les deux le regardèrent fixement. Pas un bruit dans le magasin, hormis le bourdonnement des banques réfrigérées. Kamui s'inclina très bas, puis le même son de clochette se fit entendre lorsqu'il referma la porte derrière lui.

Les deux hommes se taisaient toujours.

Il s'inclina une seconde fois en souriant.

— Pardon, dit-il, faisant tressaillir les deux employés. Je me rends.

Et il leva les mains.

L'homme au visage sanguin dit quelque chose que Kamui ne put comprendre. Le boutiquier se tourna alors vers le grand maigre et ils s'entretinrent un bon moment ensemble, avec de petits regards en coin dans sa direction. Puis l'homme à la face rouge désigna la porte. Kamui se retourna, mais ne vit rien à part la rue déserte et le soleil levant derrière lui.

— Je veux me rendre, dit-il encore.

Comme les autres, il avait laissé son pistolet enterré au pied d'un arbre, à l'orée de la forêt où il s'était trouvé quelques heures plus tôt. Il avait même ôté sa veste d'uniforme et sa casquette et les avait abandonnées en tas, si bien qu'il se tenait à présent dans la boutique, en simple maillot de corps, pantalon, et bottes soigneusement astiquées. Toutes précautions prises pour éviter d'être tué par les Américains.

Face à eux

— Yamamoto desu, *dit-il. Je suis Yamamoto. Je me rends.*
L'homme à la face rubiconde parla de nouveau. Plus fort, cette fois. Son compère se joignit à lui et ils se mirent à crier tous les deux, en faisant de grands gestes vers la porte.
— *Je me rends, articula Kamui, aussi distinctement que possible, effrayé par la façon dont ils élevaient la voix.*
Le grand dégingandé attrapa une cannette de soda sur le comptoir et la jeta sur lui. Le projectile manqua son but et l'homme hurla de nouveau, toujours en pointant le doigt vers la porte. De l'autre main, il cherchait un nouvel objet à lancer.
— *Merci, réussit à dire Kamui, même si ce n'était pas ce qu'il souhaitait exprimer.*
Son vocabulaire en anglais se limitait à quelques mots. Il recula vers la porte. Le rougeaud tendit la main vers une étagère et trouva une conserve. Il le visa avec un grognement rageur. La boîte atteignit Kamui à la tempe gauche et il s'écroula contre la porte. La sonnette en laiton tinta pour la troisième fois.
Les deux hommes se déchaînaient à présent, cherchant de nouvelles munitions pour le canarder. Kamui prit la fuite, les mains sur la tête pour prouver qu'il était désarmé et qu'il n'avait d'autre but que de se constituer prisonnier. Son cœur cognait jusque dans ses oreilles. Dehors, le soleil s'était levé au-dessus de la ligne d'horizon et la petite ville baignait dans une douce lumière orange. Tout paraissait paisible.
Sans même essuyer le filet de sang qui coulait sur son visage, il leva les bras et avança ainsi, droit devant lui, dans les rues, tirant les citoyens de leur sommeil par ses cris.
— *Je me rends! Je me rends!*
Il priait pour que ceux qui l'arrêteraient lui laissent la vie sauve.

2

Naturellement, même pour les personnes revenues d'entre les morts, il y avait des papiers à remplir, un état civil à établir, des dossiers à constituer. L'AIR, l'Agence internationale pour les Revenants, recevait des aides financières pléthoriques. Pas un pays au monde qui ne fût disposé à puiser dans ses réserves ou même à s'endetter pour s'assurer un minimum d'influence au sein de l'Agence, la seule organisation de toute la planète capable de gérer et de coordonner tous ces retours.

A ceci près que personne, au sein de l'AIR, n'en savait plus que le citoyen lambda sur la vraie nature du phénomène. L'Agence se contentait d'inscrire, de compter et d'envoyer les Revenants chez eux. Là s'arrêtait la compétence de ses agents.

Lorsque les débordements d'émotion se calmèrent un peu et que les embrassades prirent fin sur le seuil de la petite maison des Hargrave, une demi-heure déjà s'était écoulée. Jacob fut installé dans la cuisine où il s'employa à rattraper les cinquante années perdues en mangeant comme quatre les petits plats servis par sa mère. L'homme de l'Agence prit place dans le séjour avec Harold et Lucille, sortit une liasse de documents d'une serviette en cuir marron et dévissa le capuchon de son stylo-plume.

— A quelle date le sujet Revenant est-il mort, à l'origine ? demanda-t-il après avoir révélé, pour la seconde fois, son nom et son statut : Martin Bellamy, agent de l'Agence internationale pour les Revenants.

— Faut-il vraiment employer ce mot ? protesta Lucille.

Très droite dans son fauteuil, elle avait l'air soudain majestueuse et réfléchie, ayant finalement remis de l'ordre dans ses longs cheveux argentés qui s'étaient détachés pendant qu'elle couvrait son fils de ses larmes et de ses baisers.

Harold fronça les sourcils.

— Employer quel mot?

— Elle parle du mot « mourir », précisa l'agent Bellamy.

Lucille approuva d'un signe de tête.

— Quel mal y a-t-il à dire qu'il est mort? objecta Harold, plus fort qu'il ne l'aurait voulu.

Jacob était encore dans leur champ de vision, quoique plus ou moins hors de portée de voix. Lucille secoua la tête.

— Chut, voyons!

— Pour être mort, il est mort, soutint Harold. Rien ne sert de prétendre le contraire.

Sans vraiment le vouloir, il avait malgré tout baissé le ton. Lucille, elle, se tordait les mains sur les genoux et, toutes les secondes, tournait les yeux vers Jacob, comme s'il s'agissait d'une minuscule flamme de bougie dans une maison balayée par les courants d'air.

— Martin Bellamy sait ce que je veux dire.

L'agent sourit.

— C'est noté. Il s'agit d'une réaction assez commune, à vrai dire. J'aurais dû m'exprimer de façon plus respectueuse... Poursuivons, voulez-vous?

Il regarda de nouveau son questionnaire.

— A quel moment l'individu Revenant a-t-il...?

— C'est d'où, que vous venez?

— Pardon?

Debout devant la fenêtre, Harold scrutait le ciel bleu.

— Je vous demandais d'où vous veniez. Vous parlez comme un New-Yorkais.

— C'est une bonne ou une mauvaise chose? s'enquit Martin Bellamy, comme si on ne lui avait pas déjà posé mille fois la question depuis qu'il avait en charge les Revenants du sud de la Caroline du Nord.

— C'est une chose monstrueuse, dit Harold. Mais je suis indulgent de nature.

Lucille les interrompit :

— Jacob... Appelez-le plutôt Jacob, s'il vous plaît. C'est son prénom.

L'agent acquiesça d'un signe de tête.

— Oui, bien sûr. Je suis désolé. Je devrais le savoir, à force.

— Merci, Martin Bellamy, dit Lucille.

De nouveau, nota-t-elle, ses mains formaient des poings sur ses genoux. Elle prit une longue respiration et dut se concentrer pour les décrisper.

— Merci, Martin Bellamy, répéta-t-elle.

— Quand Jacob est-il parti ? demanda-t-il doucement.

— Le 15 août 1966, répondit Harold.

Il se posta sur le pas de la porte, la mine perturbée. S'humecta les lèvres. L'une après l'autre, ses mains allaient et venaient des poches de son vieux pantalon fatigué à ses vieilles lèvres encore plus fatiguées, sans trouver d'apaisement — ni de cigarette — sur leur trajet.

L'agent Bellamy prenait des notes.

— Comment est-ce arrivé ?

Le mot « Jacob » était devenu une incantation, ce jour-là, alors que l'équipe de recherche improvisée s'était lancée dans une vaste battue pour retrouver l'enfant. A intervalles réguliers, l'appel s'élevait : « Jacob ! Jacob Hargrave ! » Puis une autre voix prenait le relais, faisant résonner le nom du petit garçon disparu et passant la tâche au suivant. « Jacob ! »

Au début, leurs voix s'étaient mêlées et étouffées, se piétinant l'une l'autre dans une cacophonie de peur et de désespérance. Mais l'enfant n'étant pas retrouvé rapidement, les hommes et les femmes de l'équipe s'étaient mis à appeler tour à tour pour économiser leurs cordes vocales, alors que le soleil se rassemblait en une boule d'or sur l'horizon, avalé d'abord par les grands arbres, puis par la végétation épaisse des sous-bois.

Face à eux

Entre chien et loup, ils s'étaient traînés comme ivres — épuisés à force d'enjamber le tapis dense des ronces, rongés de l'intérieur par la morsure de l'angoisse. Fred Green était resté au côté de Harold tout le long.

— Nous le trouverons, répétait-il inlassablement, malgré la fatigue qui leur brûlait les jambes. Tu as vu ses yeux lorsqu'il a déballé le pistolet à billes que je lui ai offert ? Je n'ai encore jamais vu un gamin aussi heureux.

Puis la nuit tomba complètement et le paysage touffu, couvert de pins d'Arcadia, vit s'éclairer le pointillé lumineux des lampes torches. Lorsqu'ils atteignirent la rivière, Harold se félicita d'avoir persuadé Lucille de rester chez eux à attendre. « S'il revient, il faut qu'il trouve sa maman à la maison », avait-il fait valoir. Car il savait, par un de ces pressentiments mystérieux qui font que l'on sait ces choses-là, que c'était la rivière qui lui rendrait son fils.

Mouillé jusqu'aux genoux, Harold avançait dans les eaux basses et clapotantes près de la rive. Lentement, un pas après l'autre, prenant le temps de s'arrêter et d'appeler, puis de tendre l'oreille au cas où Jacob serait quelque part tout près à lui répondre d'une voix faible. Un pas. Un appel. Silence. Puis un nouveau pas. Un nouvel appel. Attendre encore. Et ainsi de suite, inlassablement.

Lorsque le corps enfin lui apparut, la lune sur la rivière nimbait le garçon d'une poignante lumière argentée, de l'exacte couleur de l'écaille et de l'eau scintillante.

— Oh, bon Dieu, avait murmuré Harold.

Et ce fut la dernière fois qu'il associa « bon » et « Dieu » dans la même phrase.

Alors qu'il racontait son histoire, Harold prenait conscience, petit à petit, du poids des années dans sa voix. La sonorité de ses paroles était celle d'un vieil homme, rugueux, durci. Tout en déroulant son récit, il portait une main ridée aux quelques mèches fines et grises qui s'accrochaient encore à son crâne. Sa peau était décorée d'un motif serré de taches brunes et ses jointures étaient déformées par l'arthrose, dont les crises le taquinaient à l'occasion. Il en souffrait moins que d'autres au même âge, mais juste assez pour se souvenir que la jeunesse était un réservoir de richesses auxquelles il n'avait plus accès. Sans parler des brusques décharges de douleur, comme celle qui venait de lui chatouiller le bas du dos.

Presque plus de cheveux. Une peau tavelée. Sa grosse tête ronde. Ses grandes oreilles ridées. Des vêtements dans lesquels il avait toujours l'air de disparaître, malgré les efforts de Lucille pour lui trouver des tenues plus ajustées.

Il était devenu un vieil homme.

Un je ne sais quoi lié au retour de Jacob — toujours vibrant du trop-plein de vie de l'enfance — rendait Harold Hargrave péniblement conscient de son âge.

Lucille, tout aussi vieille et grisonnante que lui, n'avait pas arrêté de tourner la tête pendant qu'il parlait. Son attention était rivée sur son fils de huit ans assis à la table de cuisine où il attaquait sa part de gâteau aux noix de pécan — comme si on était encore en 1966 et qu'il n'y avait pas eu de drame, comme si le bonheur devait continuer à tout jamais. Et même si, en relevant une mèche de cheveux argentés tombée sur ses yeux, Lucille voyait les taches de vieillesse sur ses mains, elle semblait n'en faire aucun cas.

Ils étaient devenus comme un couple d'échassiers trop maigres, Lucille et lui. Ces dernières années, sa femme avait réussi l'exploit de le dépasser en taille. Il se tassait plus vite qu'elle, en fait, si bien qu'il devait lever les yeux pour la regarder lorsqu'ils se disputaient. Lucille avait un second avantage sur lui : le passage du temps n'avait pas atrophié son corps autant que le sien — une différence qu'elle attribuait au fait qu'*elle* ne s'était pas adonnée au tabagisme pendant toutes ces années. Ses robes lui allaient toujours et ses longs bras fins étaient encore adroits et agiles, alors que les siens, dissimulés dans les manches toujours trop larges de chemises qui semblaient l'engloutir tout entier, le faisaient paraître plus vulnérable qu'avant. Ce qui, depuis quelque temps, conférait une légère supériorité à Lucille.

De cet écart dans leurs processus de vieillissement respectifs, sa femme tirait une certaine fierté qu'elle ne craignait pas d'afficher, même s'il lui arrivait de penser qu'elle devrait avoir honte de se réjouir de cette inégalité.

Martin Bellamy écrivit jusqu'à en avoir des crampes dans les doigts, puis continua, malgré la douleur, à griffonner de plus belle. Il avait pris la précaution d'enregistrer l'entretien, mais trouvait judicieux de prendre quand même des notes. Les gens semblaient s'offusquer lorsqu'ils avaient affaire à un agent gouvernemental qui ne mettait rien par écrit. Et cette façon de procéder lui convenait. Son cerveau était de ceux qui préféraient voir plutôt que d'entendre. S'il ne retranscrivait pas ses entrevues tout de suite, il serait de toute façon voué à le faire plus tard.

Bellamy nota le récit de la fête d'anniversaire, ce jour d'août, en 1966. Puis il écrivit les larmes et les remords de Lucille — elle avait été la dernière à voir Jacob vivant, ne conservant qu'une vision furtive d'un de ses bras blancs alors qu'il contournait un angle de la maison en courant, lancé à la poursuite d'un de ses camarades. Bellamy nota aussi qu'il y avait eu presque plus de monde que l'église n'avait pu en contenir aux funérailles.

Mais il y eut des passages de l'entretien qu'il ne consigna pas par écrit — certains détails que, par respect, il confia à sa seule mémoire plutôt qu'à la documentation bureaucratique.

Harold et Lucille avaient survécu à la mort de leur fils, mais de justesse. Les cinquante et quelques années suivantes avaient été infectées par une forme particulière de solitude — une solitude indélicate qui se manifestait sans prévenir et suscitait des conversations inappropriées au cours des repas de fête. C'était une solitude qu'ils ne nommaient jamais et dont ils ne parlaient que très peu. Ils tournaient seulement autour d'un pas hésitant, le souffle retenu, jour après jour, comme s'il s'agissait d'une sorte d'accélérateur de particules — réduit en dimension, certes, mais pas en complexité ni en beauté — brusquement apparu dans leur salon pour soutenir les hypothèses les plus improbables et les plus terrifiantes sur la façon brutale dont fonctionnait réellement l'univers.

Ce qui était une manière de vérité à sa façon.

Au fil des années, ils ne s'étaient pas seulement habitués à se cacher de leur solitude, mais ils avaient également appris à l'esquiver avec talent. Entre eux, c'était un jeu, ou presque : « Ne parle pas de la fête de la fraise parce qu'il adorait y aller. » « Ne contemple pas trop longtemps une construction que tu admires car elle te rappellerait le temps où tu disais qu'il deviendrait un jour architecte. » « Evite cet enfant, car il lui ressemble trait pour trait. »

Chaque année, le jour de l'anniversaire de Jacob se déroulait dans une atmosphère pesante où ils peinaient à trouver quelque chose à se dire. Lucille pouvait soudain fondre en larmes sans raison apparente et Harold avait tendance à fumer un peu plus que les jours précédents.

Mais cela, expliquèrent-ils, c'était au début. Pendant ces premières années si lourdes, si tristes.

Puis ils avaient vieilli.

Des portes s'étaient refermées.

Harold et Lucille s'étaient à tel point distanciés de la tragédie que lorsque l'enfant s'était présenté à leur porte — souriant, toujours leur fils adoré, toujours parfaitement constitué et épargné par le temps —, son souvenir était déjà si flou, si brouillé, que Harold en avait presque oublié son prénom.

Vint alors le moment où Harold et Lucille en eurent fini de leurs souvenirs. Un silence tomba. Vite interrompu en dépit de sa grande solennité. Car on entendait les sons joyeux de Jacob dans la cuisine, le cliquètement de sa cuillère raclant les dernières miettes sur son assiette ; les bruits de déglutition alors qu'il buvait sa limonade à longs traits, le tout suivi d'un petit rot de contentement.

— Désolé, papa et maman ! cria l'enfant à ses parents.

Lucille sourit.

— A moi maintenant de vous demander pardon, dit l'agent. Car je suis tenu de vous poser encore une ou deux questions. Surtout ne le prenez pas comme une accusation. C'est juste une information dont nous avons besoin pour mieux comprendre ces... ces circonstances exceptionnelles.

— Je les vois venir, vos questions.

Les mains de Harold avaient enfin cessé de tapoter ses vêtements à la recherche de cigarettes fantômes et s'étaient immobilisées dans ses poches. D'un signe de la main, Lucille encouragea l'agent à parler et Martin Bellamy reprit :

— Ça se passait comment entre Jacob et vous *avant*?

Harold émit un petit rire dédaigneux. Son corps décida que sa jambe droite soutiendrait mieux son poids que la gauche. Il tourna les yeux vers Lucille.

— Et voilà! C'est là qu'on va essayer de nous faire dire que nous l'avons poussé à mourir, ou un truc comme ça. Comme dans les émissions qu'on voit à la télé. Ils veulent qu'on leur raconte que nous nous sommes disputés avec lui, que nous l'avons privé de dîner ou maltraité. On voit tout le temps ça dans leurs programmes télévisés, maintenant.

Harold se dirigea vers une petite console située dans l'entrée, juste en face de la porte. Dans le tiroir du haut était rangé un paquet de cigarettes inentamé. Il n'avait pas encore remis le pied dans le séjour que déjà Lucille ouvrait le feu.

— Ah, non, Harold Hargrave! Tu ne touches pas à ces cochonneries!

Harold défit l'emballage avec une précision mécanique, comme si ses mains appartenaient à quelqu'un d'autre. Il plaça une cigarette — éteinte — entre ses lèvres, frotta son visage ridé et rejeta une longue et lente bouffée d'air.

— C'est ce qu'il me fallait, dit-il. Juste ça. Sans l'allumer.

Martin Bellamy reprit calmement :

— Je ne suis pas en train d'insinuer que vous — ou quelqu'un d'autre — avez été la cause du... euh... départ de Jacob. Désolé, je suis à court d'euphémismes.

Il sourit.

— Je pose la question, c'est tout. L'Agence fait ce qu'elle peut pour essayer de comprendre ce qui se passe — comme tout le monde, d'ailleurs. Le fait que nous soyons chargés d'aider au regroupement des personnes ne fait pas de nous des initiés pour autant. Nous ne savons ni comment ni pourquoi ces phénomènes se produisent.

Il haussa les épaules.

— Les grands mystères restent les grands mystères — insondables, voire tabous. Mais notre espoir, c'est qu'en rassemblant le plus d'informations possible, donc en abordant certains sujets pas forcément confortables, nous puissions explorer ces grandes questions de plus près. Et les appréhender avant qu'elles n'échappent entièrement à notre contrôle.

Lucille changea de position sur le vieux canapé.

— Et comment pourraient-elles nous échapper, ces questions ? Allons-nous être débordés par la situation ?

— C'est ce qui va arriver, à coup sûr, prédit Harold. Tu peux parier ta bible là-dessus.

L'agent de l'AIR, lui, se contenta de secouer la tête d'un air neutre et professionnel et revint à sa question première.

— Alors, cela se passait comment entre Jacob et vous, avant son départ ?

Lucille sentit que Harold se préparait à répondre et elle parla pour le faire taire.

— Tout allait bien dans notre famille. Vraiment bien. Rien de bizarre ou quoi que ce soit. C'était notre petit garçon et nous l'aimions comme tous les bons parents aiment leurs enfants. Et lui nous aimait en retour. Voilà toute l'histoire. C'était comme ça, à l'époque, et c'est la même chose aujourd'hui : nous l'aimons et il nous aime. Et maintenant, par la grâce de Dieu, nous sommes de nouveau réunis.

Elle se frotta la nuque, puis leva les bras au plafond.

— C'est un miracle, voilà ce que c'est.

Martin Bellamy prit des notes.

— Et vous ? demanda-t-il à Harold.

Il ôta sa cigarette éteinte d'entre ses lèvres, se frotta le crâne, puis hocha la tête.

— Elle a tout dit.

Cette information laconique fut consignée par écrit.

— Je vais vous poser une question bizarre, maintenant : l'un de vous deux est-il croyant ?

Lucille redressa soudain le dos et se tint droite comme la justice.

— Oui, moi. Fan et amie de Jésus. Et fière de l'être.

Elle désigna Harold du menton.

— C'est lui, là, le mécréant. Dieu aura pitié de lui... ou non. Je n'arrête pas de lui dire qu'il devrait se repentir, mais il est têtu comme une mule.

Le petit rire qu'émit Harold faisait penser au toussotement d'une vieille tondeuse.

— On fait dans la religion à tour de rôle, dans la vie, ma femme et moi. Cela fait cinquante ans et quelques, maintenant, que Lucille s'y colle. Et je ne suis pas pressé de m'y remettre.

Lucille agita les mains pour balayer ces considérations impies.

— De quelle confession êtes-vous ? demanda l'agent Bellamy sans cesser d'écrire.

— Baptiste, annonça Lucille.

— Depuis combien de temps ?

— Toute ma vie.

Bellamy cocha une case.

— Enfin, non, pas tout à fait quand même, se reprit-elle.

L'agent leva les yeux d'un air interrogateur.

— Pendant un temps, j'ai été méthodiste. Mais le pasteur et moi, on était en bisbille concernant certains points des Ecritures. J'ai aussi essayé une de leurs Eglises de la Sainteté, mais je n'ai pas pu les suivre, ces gens-là. C'est vas-y que je te chante, que je danse et que je braille ! J'avais plus l'impression d'être à une surprise-partie que de communier dans la maison du Seigneur.

Lucille se pencha pour voir si Jacob était toujours là où il devait être. L'enfant piquait à moitié du nez dans son assiette, comme il le faisait souvent, dans le temps.

Elle sourit et poursuivit :

— Après cela, j'ai fait un tour chez les...

— Arrête. Il n'a pas besoin de connaître tout ton parcours de dévotion, Lucille, bougonna Harold.

— Et de quoi je me mêle ? C'est à moi qu'il a posé la question !
Pas vrai, Martin Bellamy ?

L'agent hocha la tête.

— Tout à fait, oui, madame. Il se peut que ces nuances aient
leur importance. L'expérience m'a appris que ce sont les petits
détails qui font la différence. Surtout pour une affaire d'une
pareille importance.

— Importante, comment ? se hâta de demander Lucille,
comme si elle attendait la première occasion pour laisser éclater
sa curiosité.

— Vous vous demandez combien ils sont ?

Lucille confirma de la tête.

— Pas tant que cela, révéla Bellamy d'une voix mesurée. Je
ne suis pas autorisé à fournir de chiffres précis. Mais c'est un
phénomène qui reste marginal. Le nombre est modeste.

— Des centaines ? insista Lucille. Des milliers ? Qu'appelez-
vous « modeste » ?

L'agent Bellamy secoua la tête.

— Ils ne sont pas assez nombreux pour constituer un sujet
d'inquiétude, madame Hargrave. Juste le nombre qu'il faut pour
rester de l'ordre du miracle.

Harold ricana.

— Il a compris à qui il a affaire, ce garçon-là.

Lucille se contenta de sourire.

Le temps de confier tous les détails à l'homme de l'Agence et
le soleil avait glissé comme un soupir dans les noires entrailles
de la terre. Les grillons chantaient sous les fenêtres tandis que
Jacob était paisiblement allongé au cœur du lit parental. Lucille
avait eu grand plaisir à soulever l'enfant endormi, la tête posée
sur la table de cuisine, et à le porter dans leur chambre. Elle
n'aurait jamais cru, à son âge et avec sa hanche, qu'elle aurait la
force de le faire.

Mais lorsque le moment était venu, elle s'était penchée le plus
simplement du monde, avait noué les bras autour de son petit et

avait mis ses muscles en œuvre. Jacob s'était levé et avait paru se soulever à sa rencontre, comme en apesanteur. Et elle avait eu le sentiment que sa jeunesse et son agilité lui étaient rendues. Comme si le temps et la douleur n'étaient que fausses rumeurs.

Elle l'avait monté sans encombre à l'étage, l'avait bordé, puis s'était assise à côté de lui, sur le lit, pour chantonner doucement, tout comme au temps où il était encore leur petit garçon. Il ne s'endormit pas sur-le-champ, comme autrefois, mais elle pensa que c'était une bonne chose. N'avait-il pas déjà passé bien assez de temps à dormir comme cela ?

Lucille resta assise un long moment à regarder sa poitrine frêle de petit garçon se soulever et retomber. Elle n'osait pas le quitter des yeux, comme s'il suffisait qu'elle tourne la tête une seconde pour que la magie — ou le miracle — prenne fin. Mais le miracle semblait vouloir se prolonger et, pour cela, elle remercia le Seigneur.

En bas, dans le séjour, elle trouva Harold et l'agent saisis dans l'épaisseur d'un silence chargé. Harold, debout dans l'encadrement de la porte, tirait sur sa cigarette allumée de courtes bouffées nerveuses, qu'il rejetait à travers la moustiquaire dans la nuit. Martin Bellamy se tenait planté à côté du fauteuil qu'il occupait un moment plus tôt. Il avait l'air assoiffé et fatigué, tout à coup. Lucille s'aperçut avec un léger sursaut qu'elle ne lui avait rien proposé à boire depuis son arrivée et ce constat lui procura une peine insolite. Mais l'attitude de Harold et de l'agent du gouvernement disait clairement qu'ils s'apprêtaient à lui procurer une autre forme de peine.

— Lucille, il a quelque chose à te demander, dit Harold.

Sa main tremblait lorsqu'il porta sa cigarette à ses lèvres. Ça la décida à le laisser fumer sans le houspiller.

— Quoi ? Qu'est-ce que c'est ?

— Peut-être voulez-vous vous asseoir d'abord, suggéra Bellamy en s'approchant comme s'il voulait l'aider.

Lucille fit un pas en arrière.

— Qu'y a-t-il encore ?

— Il s'agit d'une question sensible.

— C'est ce que je vois, oui. Mais ça ne peut pas être si terrible que cela, non ?

Harold lui offrit son dos en réponse et téta sa cigarette en silence, tête basse. L'agent s'éclaircit la voix.

— Pour tout le monde, la question peut paraître évidente au premier abord, mais croyez-moi, elle est plus grave et plus complexe qu'on ne voudrait le croire. Et j'espère que vous vous donnerez le temps de la réflexion avant de me répondre. Ce qui ne signifie pas qu'il vous sera impossible de changer d'avis par la suite. Mais je vous le dis pour vous inciter à bien méditer sur les conséquences éventuelles avant que vous ne preniez une décision définitive. Je sais que c'est difficile, mais je vous demande de ne pas laisser vos émotions prendre le pas sur votre raison.

Lucille s'énerva pour de bon.

— Comment cela, laisser mes émotions l'emporter sur ma raison ? Franchement, monsieur Martin Bellamy. Je n'aurais jamais cru qu'un New-Yorkais comme vous puisse être aussi… aussi machiste ! Ce n'est pas parce que je suis une femme que je ne suis pas capable de faire fonctionner mon cerveau comme tout le monde !

— Et merde, Lucille ! tonna Harold, même si sa voix semblait avoir de la difficulté à tenir sur ses deux cordes. Ecoute ce qu'il a à te dire, au lieu de mégoter !

Il toussa. Mais peut-être était-ce un sanglot.

Lucille s'assit.

Martin Bellamy fit de même. Cueillit sur son pantalon une poussière invisible et examina ses mains. Lucille secoua la tête.

— Bon, eh bien, allez-y ! Dites ce que vous avez à dire. Vous allez me tuer avec tout votre bla-bla préliminaire !

— C'est la dernière question que je vous poserai ce soir. Et vous n'aurez pas à fournir une réponse tout de suite. Mais il n'en serait pas moins préférable de nous la donner rapidement. Cela simplifie la situation lorsque la décision tombe vite.

La voix de Lucille se fit suppliante.

— Mais *quelle* décision, bon sang ?

Face à eux

Martin Bellamy prit une inspiration.
— Voulez-vous garder Jacob?

Cette conversation remontait à deux semaines.
Et Jacob était de retour à la maison. Irrévocablement. Il n'était encore qu'un enfant, après tout. Il avait un père. Il avait une mère. Harold et Lucille étaient les deux pôles auxquels se limitait son horizon.

Harold, pour des raisons qu'il ne parvenait pas à débrouiller dans sa tête, était douloureusement troublé depuis le retour de leur fils. Et il s'était remis à fumer sans discontinuer. A tel point qu'il passait le plus clair de son temps dehors, sous l'auvent, à se cacher de Lucille et de ses sermons sur son « odieux tabagisme ».
Mais tout avait changé si vite. Comment ne serait-il pas retombé dans ses « vices »? *Ce sont des démons*, entendait-il résonner la voix de Lucille dans sa tête.
La pluie tombait à seaux et la journée était déjà bien avancée. Juste au-delà des arbres, la nuit faisait son lit et le calme était retombé sur la maison. Dominant à peine le fracas de la pluie, on entendait l'essoufflement d'une vieille femme qui passait ses journées à courir derrière un enfant. Lucille poussa la moustiquaire, sortit en essuyant son front mouillé de sueur et s'effondra dans son rocking-chair.
— Seigneur, ce petit va me tuer à me faire galoper comme ça.
Harold éteignit sa cigarette et se racla la gorge — comme chaque fois qu'il se préparait à asticoter Lucille.
— Ce démon, tu veux dire?
Elle le fit taire d'un geste vif de la main.
— Harold! Ne l'appelle *jamais* comme cela!
— Ce n'est pas moi qui ai inventé ce mot. Tu l'as toi-même utilisé. Tu ne t'en souviens pas?
Encore essoufflée d'avoir trotté derrière l'enfant, elle protesta d'une voix hachée :
— C'était avant, je n'avais rien compris. Je sais, maintenant.

Elle sourit, épuisée, et se renversa contre son dossier.

— Ce sont des cadeaux du ciel, voilà la vérité. Une seconde chance.

Ils restèrent assis face à face, en silence, à écouter la respiration de Lucille se calmer petit à petit. Elle était maintenant une vieille femme et se fatiguait vite, toute mère d'un enfant de huit ans qu'elle était redevenue, du jour au lendemain.

— Et tu devrais passer plus de temps avec lui, poursuivit-elle. Il le voit bien, que tu le tiens à distance, que tu ne te comportes pas avec lui comme dans le temps — lorsqu'il était ici avec nous avant, je veux dire.

Elle sourit, satisfaite de la façon dont elle avait formulé les choses. Harold secoua la tête.

— Et que feras-tu lorsqu'il repartira?

Le visage de Lucille se durcit.

— Attention à ce que tu dis! « Préserve ta langue du mal et tes lèvres des paroles trompeuses. » Psaume 34 : 13.

— Ah, non, hein! Ne recommence pas à m'asséner tes psaumes! Tu le sais, ce qu'ils disent tous, Lucille. Tu l'as entendu comme moi. Que parfois ils disparaissent sans prévenir et que personne ne les revoit plus jamais, comme si l'Autre Côté décidait finalement de les rappeler.

Lucille secoua la tête et se leva malgré le poids de la fatigue qui pesait sur ses membres comme de vieux sacs de farine.

— Je n'ai pas de temps à perdre avec tes bêtises. Ce sont juste des on-dit. Je vais préparer le dîner. Et toi, ne reste pas assis là à attraper la mort. Cette pluie va te tuer.

— J'arrive dans une seconde.

— Pff! Psaume 34 : 13!

Sur cette apostrophe, Lucille entra et ferma la porte-moustiquaire derrière elle.

De la cuisine lui parvint un remue-ménage de casseroles. Le claquement familier de portes de placard que l'on ouvre puis referme. L'odeur de la viande, de la farine, des épices — le tout dilué dans des parfums de mai et de pluie. Harold dormait à moitié lorsqu'il entendit la voix de l'enfant.

— Je peux venir dehors, papa?

Harold chassa les brumes de sommeil qui s'attardaient dans son esprit.

— Quoi?

Il avait parfaitement bien entendu la question.

— Je peux venir dehors avec toi? S'il te plaît…

Malgré tous les trous qui mitaient la mémoire de Harold, il se souvenait qu'il s'était toujours senti sans défense, dans le temps, face à ce genre de « S'il te plaît ».

— Tu sais bien que ta maman ferait une crise.

— Juste une petite crise. Pas une grosse.

Harold avala sa salive pour ne pas se mettre à rire.

Il tapota ses poches à la recherche d'une cigarette et ne rencontra que le vide. Il aurait juré qu'il lui en restait au moins une, pourtant. Dans la poche où il n'y avait pas de cigarette, ses doigts se refermèrent sur une petite croix en argent. Quelqu'un avait dû lui en faire cadeau, mais la case dans sa tête où étaient engrangés les souvenirs liés à cette croix était vide. C'était à peine s'il avait conscience de la porter sur lui. Mais il ne pouvait s'empêcher de la regarder comme si c'était l'arme odieuse d'un crime qui se matérialisait soudain sous ses yeux.

Les mots « Dieu t'aime », dans le temps, avaient été gravés à l'endroit où se trouvait normalement le Christ. Mais l'inscription était presque entièrement effacée et il ne restait plus qu'un *D* et une moitié d'un *m*. Il regarda fixement la croix. Puis, comme si sa main agissait de son propre chef, son pouce se mit à en frotter le cœur d'un mouvement régulier de va-et-vient.

Debout derrière la porte-moustiquaire de la cuisine, Jacob se tenait en appui contre le jambage, les mains dans le dos, les jambes croisées, l'air contemplatif. Il balaya l'horizon du regard, observant la pluie et le vent, puis son attention se posa sur son père. Il soupira bruyamment; s'éclaircit la voix :

— Ce serait quand même drôlement bien si je pouvais être dehors avec toi, dit-il théâtralement et avec emphase.

Harold rit doucement.

Dans la cuisine, on entendait le grésillement de la viande en train de frire. Lucille fredonnait.

— Bon, allez, sors, maugréa Harold.

Jacob vint s'asseoir à ses pieds et, comme en réaction, la pluie entra en colère. Elle ne tombait plus du ciel, mais bondissait sur la terre, fouettait la rampe de la terrasse et les éclaboussait l'un et l'autre, sans qu'ils y prêtent, d'ailleurs, la moindre attention. Un long moment, le vieil homme et l'enfant qui avait été mort se regardèrent en silence. Le petit garçon à la peau criblée de taches de rousseur avait le visage aussi rond et lisse que dans le temps. Ses bras étaient d'une longueur inhabituelle, comme avant — signe que son corps s'engageait dans la transition vers l'adolescence qui lui avait été refusée cinquante ans plus tôt. Il avait l'air en bonne santé, constata soudain Harold.

Il s'humecta compulsivement les lèvres, alors que son pouce allait et venait sur l'intersection de la croix. Le petit, lui, ne bougeait pas d'un millimètre. S'il n'avait pas cligné des paupières, par moments, il aurait tout aussi bien pu être mort.

— Vous voulez le garder ?

Cette fois, c'était la voix de l'agent de l'AIR qui résonnait dans la tête de Harold.

— Ce n'est pas à moi de prendre cette décision, mais à Lucille. Il faut lui poser la question. Sa réponse sera aussi la mienne.

Bellamy avait hoché la tête.

— Je comprends et respecte votre position, monsieur Hargrave. Mais je dois quand même vous poser la question. Et j'ai besoin de connaître *votre* réponse. Cela restera entre vous et moi. Je peux même interrompre l'enregistrement si cela vous est plus facile. Mais il me faut connaître votre souhait. Je dois savoir si *vous* voulez le garder ou non.

Il avait fermé un instant les yeux.

— Non, je ne veux pas le garder. Pour rien au monde, même. Mais ai-je le choix ?

Lewis et Suzanne Holt

Il se réveilla dans l'Ontario ; elle, un peu à l'extérieur de Phoenix.
Lui avait été comptable ; elle avait enseigné le piano.
Le monde était différent et, en même temps, tellement semblable
à lui-même. Les voitures roulaient plus silencieusement, les grands
immeubles étaient plus hauts et leur éclat dans la nuit plus présent.
Mais les différences s'arrêtaient là et elles leur importaient peu.
Lui partit en direction du sud, s'embarquant en clandestin à bord
des trains de marchandises, selon un usage qui s'était perdu depuis
longtemps. Le hasard ou le destin fit qu'il échappa à l'Agence. Elle,
Suzanne, s'était dirigée vers le nord-est, obéissant simplement à une
impulsion obsédante. Mais, très vite, elle fut repérée et conduite dans
les environs de Salt Lake City, au sein de ce qui devait devenir un
des principaux centres de tri pour Revenants de la région. Peu après,
il fut ramassé à son tour, quelque part le long de la frontière entre
le Nebraska et le Wyoming.
Quatre-vingt-dix ans après leur mort, ils étaient de nouveau réunis.
Elle n'avait en rien changé. Lui avait juste perdu un peu de poids,
mais seulement à cause de son long voyage. Face à l'emprisonnement
et à l'incertitude, leur peur n'était pas aussi grande que celle des
autres.
Une musique naît parfois de l'accord entre deux êtres. Une cadence
inéluctable que rien n'interrompt.

3

Arcadia était disposée dans la campagne à la façon tradition-
nelle, propre à de nombreuses petites villes du Sud. La bourgade
commençait par des maisons basses de bois endormies au milieu
de grands jardins plats bordant la route à deux voies qui sinuait
entre l'opacité compacte des pins, des cèdres et des chênes blancs.
Ici et là, au printemps et en été, on trouvait des champs de blé
ou de soja. En hiver, rien que de la terre nue.

Au bout de quelques kilomètres, les champs rétrécissaient,
les maisons se faisaient plus nombreuses. Une fois au cœur
de la ville proprement dite, on ne trouvait que deux feux de
circulation, un entrelacs maladroit de routes et de rues, et des
impasses encombrées de vieilles baraques fatiguées. A Arcadia,
les seules maisons neuves étaient celles reconstruites après les
ouragans. Elles brillaient de leur bois neuf et de leur peinture
rutilante, faisant un instant entrevoir au promeneur la possibilité
de quelque chose de nouveau dans cette vieille ville.

Mais rien de nouveau n'arrivait jamais à Arcadia. Du moins,
jusqu'à l'arrivée des Revenants.

La ville ne comptait que peu de rues, peu d'habitations. Le
principal bâtiment du centre était le groupe scolaire : une vieille
baraque en brique avec des fenêtres étroites, de petites portes
et une climatisation bricolée après coup et qui ne fonctionnait
qu'épisodiquement.

Vers le nord, au sommet d'une petite colline, juste à la limite de
la ville, l'église baptiste trônait en solitaire. Tapissée de bardeaux,

elle se dressait comme un phare, rappelant aux habitants d'Arcadia qu'il y avait toujours quelqu'un au-dessus d'eux.

Jamais depuis 1972, lorsque les Réveilleurs d'âme de Salomon — un célèbre groupe de gospel itinérant accompagné d'un bassiste juif de l'Arkansas — étaient venus se produire à Arcadia, l'église n'avait rassemblé autant de monde. Les gens étaient entassés les uns sur les autres. Les voitures et pick-up avaient envahi le parvis. Quelqu'un avait posé son vieux camion rouillé avec son chargement de bois de construction juste devant la croix dressée, comme si Jésus en était descendu pour aller faire un tour à la quincaillerie. Un alignement de pare-chocs et de feux arrière dissimulait la petite pancarte sur le gazon indiquant « Jésus vous aime — Grand barbecue paroissial, vendredi 31 mai ». Des voitures en stationnement étaient serrées tout le long de la route, comme en ce jour fatal de 1963 — ou était-ce 1964 ? — où on avait enterré les trois frères Benson après leur décès simultané dans un effroyable accident de voiture et que toute la ville les avait pleurés pendant une longue et sombre journée de lamentations.

— Il faut que tu viennes avec nous, dit Lucille.

Harold venait de garer son camion contre le talus et farfouillait dans ses poches pour attraper une cigarette. Lucille défit la ceinture de sécurité de Jacob et recoiffa ses longs cheveux argentés en secouant la tête.

— Franchement, Harold. Que penseront les gens s'ils ne te voient pas ?

— Ce qu'ils vont penser ? « Harold Hargrave refuse toujours de mettre un pied à l'église ? O Gloire ! C'est au moins une chose qui n'aura pas changé en ces temps de folie ! »

— Mais puisque je te dis qu'il n'y aura pas de sermon, espèce de mécréant ! C'est juste une réunion municipale. Tu n'as aucune raison de ne pas venir.

Lucille descendit du camion et tapota sa robe. C'était sa préférée, celle qu'elle mettait pour les grandes occasions et qui ramassait la poussière comme aucune autre — un mélange coton-polyester teint dans une nuance de vert pastel avec des petites fleurs brodées sur le col et aux extrémités des manches fines.

— Des fois, je me demande pourquoi je me fatigue encore à essayer de m'habiller correctement. Je déteste ce camion, maugréa-t-elle en brossant le vêtement avec la main.

— Tu as toujours détesté tous mes camions.

— Ce qui ne t'empêche pas de continuer à en acheter.

Jacob tripotait le bouton de son col de chemise — les boutons semblaient exercer sur lui une mystérieuse emprise.

— Je peux rester ici ? Moi et papa, on pourrait…

— On dit « papa et moi », pas « moi et papa », rectifia Lucille.

Harold riait presque.

— Non, non. Toi, tu vas avec ta mère.

Il porta une cigarette à ses lèvres et se caressa le menton.

— La fumée est mauvaise pour toi. Elle donne des rides, une mauvaise haleine et rend velu.

— Ça rend têtu aussi, ajouta Lucille en aidant Jacob à descendre de la cabine.

— Je crois qu'ils n'ont pas trop envie de me voir là-bas dedans, dit timidement l'enfant.

Mais Harold ne se laissa pas fléchir.

— Va avec ta maman.

Puis il alluma sa cigarette et inspira la dose maximale de nicotine que ses vieux poumons fatigués pouvaient encore absorber.

Lorsque sa femme et la chose qui était ou n'était pas son fils — il n'avait toujours pas arrêté sa position — se furent éloignés, Harold tira encore une grande bouffée, rejeta la fumée par la vitre ouverte, puis resta assis, laissant sa cigarette se consumer jusqu'à lui brûler les doigts. Il se frottait le menton et regardait l'église dont la façade aurait eu grand besoin d'être rafraîchie. La peinture s'écaillait et il était difficile de mettre le doigt sur ce qu'avait été sa nuance d'origine, même si on voyait bien que l'édifice avait eu plus de grandeur dans le temps qu'elle n'en avait aujourd'hui. Il tenta de se remémorer la couleur de l'église du temps où la peinture était encore fraîche. Nul doute qu'il s'était trouvé sur place, à l'époque. Il avait même un vague souvenir de l'entreprise qui s'était chargée des travaux — une équipe venue de Southport ou pas loin —, le nom lui échappait, tout autant que la couleur originale de la façade. Tout ce qu'il parvenait à se représenter dans sa vieille tête, c'était l'aspect fané actuel. En fait, les souvenirs, ça fonctionnait toujours pareil. Avec le temps, ils s'effritaient d'eux-mêmes, se couvrant d'une patine d'omissions autocomplaisantes.

Mais de quelle autre voie d'accès un homme disposait-il sur son propre passé, hormis sa pauvre mémoire ? De son vivant, Jacob avait été vif comme une fusée. De cela, au moins, Harold se souvenait avec certitude. Son fils avait été bruissant d'énergie comme un fil électrique sous tension. Harold ne comptait plus le nombre de fois où l'enfant s'était fait gronder pour être rentré après la tombée de la nuit ou pour avoir fait le fou à l'église pendant le culte. Une fois, il avait failli provoquer une crise de nerfs chez sa mère en grimpant tout en haut du poirier de Henrietta Williams. Alors que tout le monde le cherchait en l'appelant à tue-tête, le gamin était resté tranquillement perché à l'ombre des grandes branches chargées de poires mûres, dans le murmure des feuilles éclaboussées de soleil. Probablement amusé de voir toute cette agitation à ses pieds.

Dans la lumière des réverbères, Harold aperçut une petite créature qui décollait en flèche du clocher de l'église — juste une vision brève de mouvement et d'ailes. Elle s'éleva un instant, luisant comme de la neige dans le noir de la nuit, prise dans le faisceau des phares d'une voiture.

Puis plus rien.

Harold savait qu'elle avait disparu pour ne plus jamais revenir.

— Ce n'est pas lui, marmonna-t-il tout haut. Sûr que ce n'est pas lui.

D'une chiquenaude, il envoya sa cigarette au sol et se renversa contre le dossier du vieux siège usé qui sentait la moisissure. Il laissa dodeliner sa tête. Tout ce qu'il demandait encore à son corps, c'était de sombrer dans un sommeil où il ne serait plus persécuté, ni par ses rêves ni par ses souvenirs.

Face à eux

Lucille tenait fermement la main de Jacob serrée dans la sienne. Aussi vaillamment que sa hanche voulait bien le permettre, elle se frayait un chemin au milieu de la foule agglutinée dans l'église. « Excusez-moi... Ah, Macon, bonjour ! Comment vas-tu ? Pardon... Pardon... Comment vous portez-vous, Lute ? Bien, très bien... Excusez-nous... Ah, tiens, Vaniece ! Il y a une éternité que je ne t'ai pas vue. Et la santé ? Ah, voilà une bonne nouvelle. Prends bien soin de toi. Excusez-moi, excusez-nous... Bonsoir, tout le monde... Excusez-nous. »

Et la foule, docile, s'ouvrait sur son passage. Lucille se demanda si c'était le signe qu'il restait encore un fond de décence et de bonnes manières dans cette ville. Ou s'il fallait en conclure qu'elle avait fini par devenir une vieille femme.

Autre possibilité : ils s'écartaient à cause du petit garçon pâle qui marchait à son côté. En principe, la réunion de ce soir n'était pas ouverte aux Revenants. Mais Jacob était son fils, d'abord et avant tout. Et personne — pas même la mort ou son soudain contraire — ne la forcerait à le traiter autrement que comme son enfant.

Mère et fils trouvèrent une place au premier rang, à côté de Helen Hayes. Lucille fit asseoir Jacob à côté d'elle et entreprit de joindre sa voix au nuage compact de murmures qui planait comme un brouillard matinal accroché au-dessus de la foule. Les mains croisées sur la poitrine, elle secoua la tête.

— Ça en fait, du monde.

— Il y en a qu'on ne voit pas souvent par ici, marmotta Helen Hayes.

A Arcadia et aux alentours, les gens étaient tous plus ou moins apparentés et des liens de cousinage direct unissaient Helen à Lucille. Cette dernière tenait du côté Daniels sa haute silhouette anguleuse, la finesse de ses poignets, ses petites mains et un nez qui formait une ligne droite prononcée sous ses yeux bruns. Helen, en revanche, était toute en rondeurs et en sphères, avec des poignets épais et un visage large et rond. Seules leurs chevelures, raides et argentées aujourd'hui, après avoir été jadis aussi noires que la créosote, indiquaient que les deux femmes avaient un lien effectif de parenté.

Le visage de Helen accusait une pâleur alarmante et elle parlait en pinçant un peu les lèvres, ce qui lui donnait un air à la fois grave et hautement contrarié.

— On aurait pu espérer que lorsque tous ces impies se décideraient enfin à revenir à l'église, ils le feraient pour notre Seigneur Jésus-Christ. Le Christ a quand même été le premier à revenir d'entre les morts, vrai ou faux ? Mais crois-tu que ces mécréants s'y intéresseraient ?

— Maman ? demanda Jacob, toujours aussi fasciné par le bouton de sa chemise qui ne tenait déjà plus que par un fil.

— Viennent-ils pour Jésus ? poursuivit sombrement Helen. Viennent-ils pour prier ? Quand ont-ils versé leur dîme pour la dernière fois ? Les voit-on jamais aux réunions d'évangélisation ? Penses-tu ! Tiens, prends le fils Thompson, par exemple !

Helen pointa un index dodu sur un groupe d'adolescents tassés dans le fond de l'église.

— Depuis quand ne l'a-t-on pas vu dans la maison du Seigneur, celui-là ? Une telle éternité que je pensais que le pauvre garçon était mort et enterré !

— Il l'était, répondit Lucille à voix basse. Tu le sais aussi bien que tous ceux qui ont posé les yeux sur lui aujourd'hui.

— Je croyais que cette réunion n'était pas ouverte aux… tu vois ce que je veux dire ?

Lucille secoua la tête.

— N'importe quelle personne douée de bon sens aurait pu prévoir que cette consigne ne serait pas respectée. Et franchement, il n'y a aucune raison pour qu'elle le soit. Cette réunion, c'est à leur sujet qu'on l'organise. Pourquoi n'y seraient-ils pas admis ?

— Il paraît que Jim et Connie habitent ici, dans l'église, chuchota Helen. C'est inimaginable, non ?

— Je n'étais pas au courant. Mais pourquoi pas ? Ils font partie de notre communauté.

— *Faisaient* partie, rectifia Helen sans trace de compassion dans la voix.

— Maman ? les interrompit de nouveau Jacob.

Lucille porta son attention sur lui.

— Oui ?

— J'ai faim.

Elle se mit à rire. L'idée d'avoir un fils vivant et qui réclamait de la nourriture lui procurait toujours le même ravissement.

— Mais tu sors tout juste de table !

Jacob finit par détacher le bouton de chemise. Il le tint dans sa petite main blanche et l'observa comme on examinerait une proposition en mathématiques théoriques.

— J'ai faim quand même.

— Bon, bon, dit Lucille en l'embrassant sur le front. Nous te trouverons quelque chose à grignoter en rentrant.

— Des pêches au sirop ?

— D'accord.

— Avec de la glace ?

— Si tu veux.

— Je veux, oui, dit Jacob en souriant. Moi et papa, on…

— Papa et moi, rectifia patiemment Lucille.

Même si on n'était encore qu'au mois de mai, la vieille église était déjà bouillante. Elle n'avait jamais été climatisée correctement et, avec tant de gens empilés les uns sur les autres, comme des couches de sédiments, l'air était immobile et on sentait que quelque chose de dramatique pouvait se produire à tout moment. Cette idée troublait Lucille. Elle se souvenait d'avoir lu dans un journal ou entendu à la télévision qu'une tragédie terrible avait commencé ainsi, avec trop de gens regroupés dans un espace restreint. Si une brusque ruée se produisait, il n'y aurait aucun moyen de s'échapper. Embrassant la maison de Dieu d'un regard circulaire en dépit de tous les gens qui bloquaient sa ligne de vision, elle compta les sorties — juste au cas où. Il y avait la grande porte principale, à l'arrière de l'église, mais elle était envahie d'une quantité de gens. A croire que la ville entière était venue se tasser là — les six cents sans exception. Comme un mur de chair compacte.

A intervalles irréguliers, elle voyait la masse vivante ondoyer vers l'avant lorsque de nouveaux arrivants s'introduisaient de force dans le corps dense de la foule. On entendait résonner quantité de « Bonsoir », de « Désolé », de « Excusez-moi ». Si tout ceci n'était que le prélude à une mort tragique par piétinement, les choses, au moins, se passaient de façon relativement cordiale et civilisée, estima Lucille.

Elle s'humecta les lèvres et secoua la tête. L'air figé s'était encore épaissi autour d'elle. Personne ne pouvait plus bouger le petit doigt, et pourtant les gens continuaient à s'entasser. Même sans le voir, elle le sentait. Ils venaient probablement de Buckhead, de Waccamax, de Riegelwood. L'AIR organisait ce genre de réunions un peu partout dans le pays, et certaines personnes étaient devenues des espèces de groupies — comme ceux qui suivaient des musiciens célèbres dans leurs tournées. La seule différence, c'est que ces gens suivaient les agents de l'AIR de petite ville en petite ville, guettant les incohérences dans leurs discours et cherchant des prétextes pour faire tourner les réunions en bagarres généralisées.

Lucille repéra même un couple d'inconnus qui pouvaient bien être des journalistes. L'homme ressemblait à une figure de magazine ou au personnage d'un livre, avec ses joues assombries par un discret début de barbe et son air échevelé. Lucille imagina qu'il dégageait une odeur de bois coupé et d'océan. La femme était savamment vêtue, avec des cheveux tirés en queue-de-cheval et un maquillage perfectionné.

— Je me demande s'il y a une camionnette de la télévision garée devant la porte ? lança-t-elle tout haut.

Mais ses paroles se perdirent dans le brouhaha de l'assistance. Comme si son entrée avait été orchestrée par un metteur en scène, le pasteur apparut par la porte cloîtrée, juste à côté de la chaire. Sa femme suivait sur ses talons, l'air, comme toujours, menue et fatiguée. Elle portait une sobre robe noire qui la faisait paraître plus petite qu'elle ne l'était déjà. D'emblée, la chaleur parut l'incommoder et elle se tamponna le front avec des gestes délicats. Lucille avait du mal à mémoriser le prénom de cette femme. Il était petit et frêle, ce prénom, et on avait tendance à lui prêter aussi peu d'attention qu'à la personne qui le portait.

En contradiction proprement biblique avec son épouse, le pasteur Robert Peters était un homme de haute taille, charpenté, avec des cheveux noirs et un teint perpétuellement bistre. Il était dur et solide comme la pierre. Le type d'homme qui semblait avoir été conçu, mis au monde, élevé, répandu et cultivé pour mener une vie de violence. Et pourtant, depuis que Lucille connaissait le jeune ministre du culte, elle ne l'avait jamais entendu ne serait-ce qu'élever la voix — sauf, en chaire, bien sûr, au moment où ses prêches, gagnant en puissance, atteignaient leur crescendo. Mais élever la voix dans ces conditions n'était pas plus le signe d'une âme violente que le tonnerre n'était signe de la colère de Dieu. Faire tonitruer un pasteur, c'était simplement le moyen dont se servait le Seigneur pour appeler ses brebis. Du moins, telle avait toujours été la théorie de Lucille.

— C'est un avant-goût de l'enfer, monsieur le pasteur, observat-elle avec un grand sourire lorsque le ministre du culte et sa femme furent suffisamment proches pour l'entendre.

Le pasteur Peters acquiesça et sa grande tête carrée oscilla sur son cou puissant.

— C'est bien vrai, miss Lucille. Nous allons peut-être avoir à évacuer discrètement quelques personnes par l'arrière. Je ne crois pas avoir jamais vu l'église aussi pleine. Mais je devrais peut-être faire procéder à la collecte avant de les éjecter. J'ai un besoin urgent d'une paire de pneus neufs.

— Robert, voyons!

La femme du pasteur porta sa petite main à sa petite bouche pour étouffer une petite toux.

— Comment allez-vous, madame Hargrave? demanda-t-elle d'une petite voix. Vous paraissez radieuse.

Lucille caressa les cheveux de Jacob en levant les yeux vers la femme du pasteur.

— Ma pauvre enfant. Vous ne vous sentez pas bien ? On dirait que vous allez vous trouver mal.

— Non, non, ça va, vraiment. Je ne suis pas tout à fait dans mon assiette, mais c'est juste cette horrible chaleur.

— Nous allons sans doute avoir à demander à une partie de l'assistance de ressortir, répéta le pasteur à haute voix.

Il plaça sa grande main au-dessus de ses yeux, comme pour se protéger du soleil.

— On a toujours manqué d'issues de secours dans cette église.

— Il n'y en aura pas non plus en enfer, commenta Helen, pince-sans-rire.

Le pasteur se contenta de sourire et lui serra la main par-dessus le banc.

— Et comment va ce jeune homme ? demanda-t-il en décochant un grand sourire à Jacob.

— Ça va.

Lucille lui donna une petite tape sur la jambe.

— Ça va, monsieur le pasteur, rectifia-t-il docilement.

— Et toi, qu'est-ce que tu en penses ? Qu'allons-nous faire de tous ces gens, à ton avis ? s'enquit le pasteur Peters avec un petit rire, alors que des gouttes de sueur se formaient déjà sur son front.

L'enfant haussa les épaules sans répondre, ce qui lui valut une nouvelle tape sur la cuisse de la part de sa mère.

— Je ne sais pas, monsieur le pasteur, dit-il sagement.

— On pourrait peut-être renvoyer tout le monde à la maison ? Ou trouver un tuyau d'eau et ouvrir le jet sur eux ?

Jacob sourit.

— Un pasteur ne peut pas faire des trucs comme ça.

— Ah non ? Et qui dit ça ?

— La Bible.

— La Bible, tu es sûr ?

— Sûr, sûr. Je peux vous dire une blague, si vous voulez. Mon papa, il m'en apprend plein.

— Tu connais des blagues, Jacob ?

L'enfant fit oui de la tête.

Le pasteur s'agenouilla, pour le plus grand embarras de Lucille.

Elle était horrifiée de voir leur ministre du culte salir son costume pour entendre une des devinettes stupides que Harold apprenait à Jacob. Dieu sait que l'humour de Harold n'était pas toujours digne de résonner entre des murs consacrés.

Elle retint son souffle.

— Qu'est-ce que le livre de maths dit au crayon? demanda Jacob, les yeux brillants.

— Mm...

Le pasteur frotta son menton glabre et eut l'air de s'absorber dans une profonde réflexion.

— Euh... Je donne ma langue au chat.

— J'ai plein de problèmes! dit gravement Jacob.

Puis il éclata de rire. Pour certains, dans l'assistance, il s'agissait juste de cette réalité élémentaire que constitue un rire d'enfant. D'autres, qui savaient que, quelques semaines auparavant encore, le garçon reposait au fond de sa tombe, avaient de la peine à définir ce qu'ils ressentaient.

Le pasteur, lui, joignit son rire à celui du petit garçon. Lucille fit chorus, en remerciant le ciel que Jacob n'ait pas choisi la blague du chien et du réverbère. Le pasteur Peters chercha dans la poche de poitrine de sa veste et, avec un geste théâtral, en sortit un bonbon entortillé dans du papier argenté.

— Tu aimes la cannelle?

— Oui, monsieur. Merci, monsieur le pasteur.

— Il est si délicieusement bien élevé, observa Helen Hayes.

Elle changea de position sur son banc, les yeux rivés sur la frêle épouse du pasteur, dont le nom lui échappait et qu'elle n'aurait pu se remémorer, même avec la meilleure volonté du monde.

— Un enfant aussi poli mérite une friandise, commenta la pastoresse.

Elle se tenait derrière son mari et lui tapotait doucement le dos. Même ce simple geste apparaissait comme un exploit physique pour elle, tant il était massif et elle menue.

— On n'en trouve plus beaucoup, des enfants qui savent si bien se tenir, de nos jours. Avec ce qui se passe en ce moment.

Elle s'interrompit pour se tapoter le front. Puis elle replia son mouchoir et se couvrit la bouche pour tousser, façon petite souris.

— Oh! mon Dieu.

— Vous êtes l'être le plus maladif que j'aie jamais vu, commenta Helen.

La femme du pasteur sourit poliment.

— Oui, madame.

Le révérend tapota la tête de Jacob puis chuchota à Lucille :

— Quoi que les gens puissent raconter, ne vous laissez pas affecter, ni vous ni lui. Promis?

— Promis, monsieur le pasteur, acquiescèrent Lucille et Jacob en chœur.

Le pasteur se tourna vers l'enfant.

— Et souviens-toi… Tu es un miracle. Toute vie est miracle, mon garçon.

Angela Johnson

Le sol de la chambre d'amis où elle était enfermée depuis trois jours était très beau, du parquet. Lorsqu'ils lui apportaient ses repas, elle faisait très attention de ne rien renverser pour ne pas prendre le risque de l'abîmer et d'aggraver encore sa punition pour la faute inconnue qu'elle avait commise. De temps en temps, pour être vraiment tranquille, côté bêtises, elle prenait ses repas dans la baignoire de la salle de bains adjacente et écoutait ses parents parler dans leur chambre à coucher, juste de l'autre côté de la cloison.

— Je ne comprends pas qu'ils ne soient pas encore venus reprendre la chose !

Ça, c'était son père. La voix irritée de sa mère s'éleva en réponse :

— Nous n'aurions jamais dû accepter qu'ils nous l'apportent ici. C'est toi qui as eu cette idée de génie. Imagine que les voisins s'en aperçoivent !

— Si tu veux mon avis, Tim est déjà au courant.

— Je ne vois pas pourquoi il le serait. Il était déjà très tard lorsqu'ils l'ont livrée ici. Il devait dormir depuis longtemps.

Un silence tomba de l'autre côté de la cloison. Puis :

— Tu as pensé à ce qui pourrait se passer, si l'information filtrait jusqu'à ta direction ? C'est ta faute si nous en sommes là.

— Il fallait que je sache. Que je la voie, répondit son père d'une voix où filtrait une soudaine douceur. La créature lui ressemble tellement que...

— Non ! Ne recommence pas, hein, Mitchell ! Arrête. Je les rappelle. Qu'ils viennent récupérer la chose dès ce soir.

Elle se recroquevilla dans sa baignoire, les genoux repliés contre la poitrine, *en pleurant juste un petit peu, sans faire de bruit, désolée d'avoir mal agi, mais incapable de comprendre ce qu'elle avait fait de si horrible.*

Elle se demandait où étaient passés sa commode, ses vêtements, ses posters. Les murs étaient peints dans un ton genre pastel — une couleur qui trouvait le moyen d'être rouge et rose à la fois. Les petits trous laissés par les punaises, les marques de ruban adhésif, les traits tracés chaque année au crayon sur l'encadrement de la porte pour jalonner les étapes de sa croissance : toutes les traces de sa vie avaient disparu, masquées par une épaisse couche de peinture.

4

Lorsqu'il y eut tant de gens et si peu d'air dans l'église que tout le monde commença à envisager la probabilité d'un désastre, la rumeur sonore de la foule entama un decrescendo. Le silence tomba d'abord près des portes à l'avant, puis se propagea à marche forcée dans l'assistance, à la manière d'un virus.

Le pasteur Peters se tenait très droit — aussi haut et massif que le mont Sinaï, songea Lucille. Les deux mains humblement croisées à la taille, il attendait, avec sa femme blottie dans le refuge de son ombre. Lucille se dévissa le cou pour voir ce qui se passait. Peut-être que le diable avait fini par se lasser d'attendre?

— Bonjour. Bonjour à tous... Pardon... Comment allez-vous? Si vous voulez bien me laisser passer...

Ces paroles montaient comme une incantation au cœur de la foule, chaque mot prononcé faisant reculer les masses.

— Excusez-moi... Bonsoir. Comment allez-vous?...

La voix qui approchait était lisse, profonde, riche en bonnes manières et en significations sous-entendues. Elle monta en volume — ou peut-être était-ce le silence qui grandissait — et bientôt ne subsista plus que le rythme des sons prononcés, glissant sur toute chose, à la manière d'un mantra.

— Excusez-moi. Bonjour. Comment allez-vous? Pardon...

Sans l'ombre d'un doute, c'était le timbre dûment travaillé d'un agent de l'Etat.

— Bonsoir, monsieur le pasteur, salua doucement Martin Bellamy lorsqu'il fut arrivé au terme de sa traversée des eaux.

Lucille soupira, libérant le souffle qu'elle ignorait retenir.

— Madame…

Il portait un costume gris de belles coupes, assez semblable à celui qu'il avait sur lui le jour où il leur avait amené Jacob. Ce n'était pas le genre de tenue que les agents du gouvernement affichaient d'ordinaire. Plutôt une élégance digne de Hollywood, d'un talk-show ou de quelque autre prestigieuse affaire du même genre, médita Lucille.

— Et comment va ce jeune homme ? demanda-t-il en saluant Jacob d'un petit signe de tête, toujours avec le même sourire, régulier et parfait, qui évoquait le marbre fraîchement taillé.

— Ça va, m'sieur, articula Jacob, avec le bruit du bonbon claquant contre ses dents.

Bellamy rajusta sa cravate, qui n'était pas de travers.

— Je suis heureux de l'entendre, Jacob. Très heureux.

Ce fut alors que les soldats arrivèrent. Juste une paire de gamins — si jeunes encore qu'ils semblaient jouer à se déguiser. A tout moment, Lucille s'attendait à les voir se poursuivre en courant autour de l'autel, comme Jacob et le petit Thompson l'avaient fait jadis. Mais les fusils qui dormaient à leur hanche ne tiraient pas des billes.

Le pasteur serra la main de l'agent.

— Merci d'être venu.

— Je n'aurais pas voulu manquer cette réunion. Merci de m'avoir attendu. Vous en avez du monde, réuni ici.

— C'est la curiosité qui les amène. Curieux, nous le sommes tous, d'ailleurs. Est-ce que vous… ou plutôt est-ce que l'Agence ou l'Etat fédéral ont quelque chose à nous communiquer ?

— L'Etat ? se récria l'agent sans cesser de sourire. Vous me surestimez. Je ne suis qu'un pauvre fonctionnaire. Un petit garçon noir de…

Il baissa la voix.

— … de New York, conclut-il, comme si tout le monde dans cette église — tout le monde dans cette ville — ne l'avait pas déjà entendu à son accent.

Mais quand même. Mieux valait éviter d'afficher ouvertement sa « yankitude ». Le Sud était un endroit étrange.

* *

Le débat débuta.

— Comme vous le savez tous, dit le pasteur Peters, nous vivons des temps que l'on peut qualifier de déroutants. Nous avons le privilège d'être les... les témoins de miracles et de merveilles. Car ne vous y trompez pas, c'est bien de cela qu'il s'agit : de miracles et de merveilles !

Il arpentait l'estrade en parlant, signe chez lui qu'il n'était pas sûr du tout de ce qu'il avançait.

— Ces temps nouveaux que nous abordons sont dignes des Evangiles. Non seulement Lazare s'est levé du tombeau, mais il semble qu'il ait entraîné tous les autres à sa suite !

Le pasteur s'interrompit pour essuyer la sueur qui ruisselait sur sa nuque.

Son épouse toussa.

— Quelque chose se passe ! entonna-t-il soudain d'une voix forte qui fit tressaillir toute l'église. Un événement dont la cause ne nous est pas encore révélée.

Il ouvrit grand les bras.

— Et que devons-nous faire ? Comment réagir ? Faut-il ou non avoir peur ? Nous vivons des temps incertains et il est bien naturel que la frayeur nous saisisse alors que nous sommes dans les ténèbres de l'ignorance. Mais qu'allons-nous faire de notre peur ?

Il se dirigea vers la première rangée de bancs où étaient assis Lucille et Jacob, les semelles rigides de ses chaussures glissant sans bruit sur la vieille moquette bordeaux. Il sortit son mouchoir de sa poche et s'épongea le front en souriant à Jacob.

— Alors la réponse, la voici : nous la tempérons, notre peur. Et avec quoi ? Avec la patience ! La patience sera notre ligne de conduite.

Il était important de mentionner la patience, se répéta le pasteur. Il prit la main de Jacob et attendit que ceux du fond qui ne voyaient rien soient mis au courant qu'il prêchait la patience et qu'il tenait la main du petit garçon qui, après être resté dans la tombe pendant plus d'un demi-siècle, se trouvait soudain là, parmi eux, à sucer tranquillement un bonbon au premier rang de l'église, à l'ombre même de la croix. Le regard du pasteur fit le tour de la pièce et la foule suivit son exemple. Il porta son attention sur chacun des Revenants, un à un, sur tous ceux qui figuraient dans leurs rangs. Afin que tous puissent mesurer l'ampleur qu'avait déjà prise la situation. Même si leur présence n'avait pas été initialement prévue, les Revenants étaient réels, pas imaginés. On ne pouvait nier leur présence concrète, faite de souffle, de chair et d'os. Même cela, il était important que ses paroissiens le comprennent.

Le pasteur Peters considérait que la patience était une des vertus au monde les plus difficiles à comprendre. Et qu'il était plus ardu encore de la mettre en pratique. Il se savait être lui-même le moins patient de tous. Pas un des mots qu'il venait de prononcer ne semblait compter ou faire sens. Mais il avait la charge de ses ouailles et il lui fallait tenir son rôle.

Et l'écarter, *elle*, de son esprit.

Il finit par s'ancrer solidement sur ses deux pieds et par effacer son visage de ses pensées.

— La possibilité existe et, pire même, de nombreuses occasions *s'offrent* d'agir sans réfléchir en ces temps de doute. Il suffit d'ouvrir son poste de télévision pour voir à quel point tout le monde a peur, pour constater que la peur induit partout des comportements regrettables, indignes de notre humanité. Il me coûte d'avoir à dire que nous avons tous peur, mais c'est la réalité. Il me coûte d'avoir à dire que nous pouvons nous montrer imprudents et irréfléchis, mais c'est, hélas, la réalité!

La vision qu'il avait d'elle dans sa tête la montrait étirée sur la branche basse d'un chêne à la manière d'un grand chat sauvage. Lui était debout sous l'arbre, guère plus qu'un enfant encore, les yeux levés sur elle alors qu'elle laissait pendre nonchalamment un bras vers lui. Il avait tellement peur. Peur du vertige. Peur d'elle et de ce qu'elle suscitait en lui. Peur de lui-même, comme tous les adolescents. Peur de...

— Monsieur le pasteur?

C'était Lucille.

Le grand chêne, les bulles de soleil dansant à travers les frondaisons, l'herbe verte et humide, la jeune fille — toute la scène s'évanouit. Le pasteur Peters soupira, tenant ses mains vides devant lui.

— Qu'est-ce qu'on va faire d'eux? aboya Fred Green, quelque part au centre de l'église.

Toutes les têtes se tournèrent vers lui. Fred ôta sa vieille casquette miteuse et rectifia sa chemise de travail kaki.

— Ce n'est pas normal, tout ça! reprit-il, la bouche dure et serrée comme une vieille boîte aux lettres rouillée.

Ses cheveux avaient abandonné Fred depuis longtemps et il avait de petits yeux et un grand nez — autant d'éléments qui s'étaient ligués au fil des années pour marquer ses traits du sceau de la cruauté.

— Oui, qu'allons-nous faire d'eux? Voilà la vraie question!

— Nous allons faire preuve de patience, répondit le pasteur.

Il songea à mentionner la famille Wilson, hébergée dans le fond de l'église. Mais cette famille-là avait une signification toute particulière pour la ville d'Arcadia et il était préférable de les garder hors de la vue de tous pour le moment.

— La *patience*?

Fred écarquilla les yeux. Un tremblement le parcourut.

— Le diable lui-même se présente à notre porte et vous voulez qu'on soit *patients*? Ici et maintenant, à la veille du Jugement dernier?

Alors qu'il s'exprimait ainsi, Fred n'avait pas les yeux tournés vers le révérend Peters. Toute son attention était rivée sur l'assistance. Il pivota sur lui-même, aspirant la foule à lui, communiquant à tous le message de son regard.

— Il veut que nous soyons patients, alors que, déjà, l'Apocalypse se déchaîne!

Le pasteur secoua la tête.

— Allons, allons. Rien ne nous permet encore de parler de Jugement dernier, d'Apocalypse ou autre. Rien non plus ne nous

Face à eux

autorise à considérer ces malheureuses personnes comme des émissaires du Malin. Ils représentent un mystère, c'est certain. Il pourrait même bien — et je l'espère — s'agir d'un miracle. Mais à l'heure où nous parlons, il est encore trop tôt pour que nous puissions analyser la signification de ces événements. Trop d'aspects de la situation continuent de nous échapper et la dernière chose dont nous ayons besoin, c'est de nous laisser aller à un mouvement de panique. Vous avez entendu parler de ce qui est arrivé à Dallas, de toutes ces personnes qui ont été blessées — aussi bien des Revenants que des gens ordinaires. Tous partis. Nous ne voulons pas qu'il arrive une chose pareille ici. Pas à Arcadia.

— Vous voulez mon avis, monsieur le pasteur? Eh bien, je vous dis que ces gars, à Dallas, ont fait leur boulot!

L'église était en ébullition. Dans chaque travée, le long des murs, contre les portes du fond, tous grommelaient leur soutien à Fred ou, en tout cas, saluaient l'expression de sa colère.

Le pasteur Peters leva les mains pour indiquer à l'assistance de se calmer. Le vacarme diminua légèrement, puis reprit de plus belle.

Lucille passa un bras autour des épaules de Jacob et l'attira tout contre elle, frissonnant à l'évocation des images télévisées où des Revenants — enfants comme adultes — gisaient dans les rues gorgées de soleil de Dallas, leurs pauvres corps meurtris et ensanglantés.

Elle caressa la tête de Jacob et chantonna un air dont le titre s'était perdu dans l'oubli depuis longtemps. Tous les regards des habitants de la ville, elle les sentait rivés sur son fils. Et plus ils l'observaient, plus leur expression se durcissait. Les bouches formaient des rictus, les sourcils se rapprochaient. Et pendant tout ce temps, l'enfant reposait paisiblement contre son flanc en s'abandonnant à de douces rêveries au sujet de pêches caramélisées.

La situation ne serait pas aussi complexe, songea Lucille, s'il y avait eu moyen de dissimuler que Jacob était un Revenant. Si seulement il pouvait passer pour un enfant comme un autre. Mais même si leur histoire n'avait pas été connue de tous, même si les habitants d'Arcadia n'avaient jamais eu vent de la tragédie qui avait frappé les Hargrave, le 15 août 1966, il aurait été impossible de cacher la vérité sur Jacob. Les vivants identifiaient toujours les Revenants au premier regard.

Fred Green poursuivit sa diatribe contre la tentation que représentaient les Revenants, et sur la méfiance que ces « créatures du démon » devaient inspirer aux vivants.

Dans l'esprit du pasteur se multipliaient les maximes de sagesse, les extraits des Saintes Ecritures, les anecdotes canoniques pouvant servir de contre-arguments. Mais il ne s'agissait pas d'une réunion de culte. Il n'était pas là pour assurer le service religieux du dimanche matin, mais pour animer une réunion publique dans une ville qui avait perdu son sens de l'orientation au cœur d'une épidémie globale. Une épidémie qui, s'il y avait eu une quelconque justice en ce bas monde, aurait épargné leur petit coin de terre pour balayer le monde civilisé en ne se fixant que sur les grandes métropoles comme New York, Beijing, Tokyo, Paris et Londres. Tous lieux où les grands événements étaient censés se produire, avec de grands hommes pour les affronter et prendre les bonnes décisions.

— Moi, je dis qu'on devrait tous les regrouper pour les enfermer quelque part, vociféra Fred en brandissant vers le ciel un poing massif et couvert de rides.

Petit à petit, un groupe d'hommes plus jeunes se formait autour de lui, hochant la tête et grognant leur approbation.

— On pourrait les enfermer dans l'école, si vous voulez mon avis. Ou même ici, dans l'église, puisque notre pasteur a l'air de dire que le bon Dieu les a à la bonne.

Le pasteur fit alors quelque chose d'inhabituel : il hurla. Hurla si fort même que toute l'église se recroquevilla dans le silence et que sa frêle petite épouse recula de deux pas.

— Et après ? Que se passera-t-il ? On boucle ces gens quelque part dans un lieu fermé, et puis quoi ? Que proposez-vous ensuite ? Combien de temps les garde-t-on en détention ? Quelques jours ? Deux semaines ? Un mois ? Jusqu'au bout ? Et ce « bout », quand le situez-vous, monsieur Green ? Lorsque les morts cesseront de nous revenir? Mais jusqu'où le phénomène peut-il s'étendre? Quel degré de saturation peut-on prévoir, dans un endroit comme celui-ci? Imaginons que tous ceux qui ont un jour vécu dans cette ville nous reviennent, ici, à Arcadia? Notre communauté remonte à quoi? Cent cinquante ans? Cent soixante-dix ans? Combien d'âmes cela peut-il représenter? Combien pouvons-nous loger et nourrir de personnes et pour combien d'années? Le révérend marqua une pause.

— Et quel accueil réserverons-nous aux Revenants qui ne seront pas de chez nous? Vous savez tous ce qui se passe, un peu partout dans le monde! Lorsqu'ils reviennent, c'est rarement à l'endroit où ils ont vécu. Nous n'aurons donc pas seulement à ouvrir nos portes à ceux qui reviennent d'entre les morts pour regagner leur ancien domicile, mais aussi à ceux qui sont égarés et qui n'ont plus de destination. Vous vous souvenez du type japonais qui a surgi tout à coup dans le comté de Bladen? Où est-il maintenant? Pas au Japon, mais toujours sur place. Hébergé par une famille qui a eu la gentillesse de l'accueillir. Et pourquoi? Simplement parce qu'il ne souhaitait pas rentrer dans son pays. J'ignore ce qu'a pu être sa vie d'avant, mais voilà que cet homme aspire à autre chose. Et grâce à des personnes de bonne volonté, la possibilité lui est donnée de repartir sur de nouvelles bases. Que dites-vous de cela, monsieur Green? Je donnerais cher pour entendre quelle solution vous proposez! Et n'essayez pas de me rétorquer qu'un cerveau asiatique ne fonctionne pas comme nos cervelles blanches, espèce de vieille ganache raciste!

Sondant les expressions, le pasteur Peters vit une étincelle de raison, de réflexion — oserait-il croire, de patience — dans le regard de ses ouailles.

— Qu'arrivera-t-il, alors, lorsqu'il n'y aura plus d'autre endroit où aller pour eux? Que se passera-t-il lorsque le nombre des morts dépassera celui des vivants?

— C'est bien ce qui m'inquiète, nom de Dieu! s'emporta Fred Green. Lorsque les morts nous dépasseront en nombre, que feront-ils de nous? Comment nous traiteront-ils lorsque nous serons à leur merci?

— Rien ne prouve que cela sera le cas, mais en admettant que cela arrive, il ne serait peut-être pas si mal qu'on leur ait montré l'exemple de la miséricorde. Que *nous* leur ayons montré l'exemple de la miséricorde.

— Ouais, ben, pour une réponse à la con, c'est une réponse à la con ! Et que le bon Dieu me pardonne de m'exprimer ainsi, dans Sa maison ! Mais ce n'est pas une solution que vous nous apportez !

Le volume sonore monta de nouveau sous les voûtes. Et ce fut un concert dissonant de braillements, de grommellements et de présupposés aveugles. Le pasteur se tourna vers l'agent de l'AIR. Là où Dieu était tenu en échec, c'était à l'Etat de prendre le relais.

— Bon, bon ! lança Martin Bellamy en se dressant face à la foule.

Il lissa d'une main la partie frontale de son costume gris impeccable. De toutes les personnes présentes dans la salle, il semblait être le seul à ne pas transpirer, le seul à ne pas souffrir de l'air confiné et de la chaleur étouffante. Et cela en soi offrait déjà une forme d'apaisement.

— Je parie que le gouvernement n'est pas innocent, dans cette affaire ! vitupéra Fred Green. A tous les coups, on va découvrir que l'Etat avait sa part de responsabilité dans ce désastre une fois que nous aurons le fin mot de l'histoire. Vous n'avez peut-être pas essayé de ramener tout le monde, mais je suis sûr que les types du Pentagone ont calculé qu'il y aurait de grands avantages pour eux à récupérer leurs soldats morts.

Fred se tut un instant, affûtant ses arguments, les lèvres serrées. Puis il ouvrit les bras, comme pour inviter toute l'église à attraper le fil de ses pensées au bond.

— Vous voyez la logique, tous autant que vous êtes ? Vous envoyez une armée au combat, un de vos soldats tombe, foudroyé. Mais il vous suffit d'appuyer sur un bouton ou de lui injecter un produit quelconque avec une seringue, et paf ! il repart, armé jusqu'aux dents, pour courir se venger du salopard qui vient de le buter. Si ce n'est pas une arme d'apocalypse, ça !

Les gens hochèrent la tête, comme s'il avait réussi à les convaincre. Ou au moins à entrouvrir la porte de la suspicion. L'agent Bellamy laissa aux paroles du vieil homme le temps de se poser sur la foule et de faire leur chemin dans les consciences.

— Une arme d'apocalypse, oui, certainement, monsieur Green. Et j'irai même jusqu'à dire, une arme de cauchemar. Réfléchissez un instant : mort un instant, puis de nouveau sur pied quelques minutes plus tard, prêt à repartir directement sous les obus qui viennent de vous déchiqueter et qui vous déchiquetteront sans doute encore. Combien d'entre vous seraient prêts à signer pour endurer ce genre de joyeuse plaisanterie ? Je sais que, pour ma part, je ne le ferais pas. Non, monsieur Green, notre gouvernement, malgré les grands pouvoirs dont il dispose, ne contrôle pas plus ce phénomène qu'il ne contrôle la course du soleil dans le ciel. Nous nous efforçons juste de ne pas nous laisser déborder, c'est tout. Et de progresser dans la mesure du possible.

C'était un bon mot : « progresser ». Un mot rassurant, contre lequel se pelotonner, lorsque le monde faisait peur. Le genre de mot que l'on rapportait enfant à la maison pour affronter ses parents.

L'assistance reporta son attention sur Fred Green. Il ne leur avait rien offert d'aussi réconfortant que ce « progresser ». Et il ne paraissait plus, soudain, que vieux, rabougri et en colère.

Le pasteur vint camper sa silhouette massive à la droite de l'agent.

Fred fulminait. Martin Bellamy appartenait à la pire espèce connue de représentants de l'Etat : les sincères. Un gouvernement n'avait pas le droit de reconnaître en public qu'il était aussi peu informé que le commun des mortels. Si le gouvernement n'a pas les réponses, qui les détient ? Le minimum que l'on pouvait attendre d'un gouvernement, c'est qu'il ait la correction de garder le silence ou de mentir sur son ignorance. De faire mine d'avoir la situation en main. Jurer ses grands dieux qu'il se préparait à appliquer une cure miracle, à frapper un coup décisif sur le plan militaire. Ou, dans le cas des Revenants, dégainer une conférence télévisée au sommet, avec le Président en personne, tranquillement assis au coin du feu, pipe en main, vêtu d'un pull en laine et annonçant d'une voix grave mais sereine : « Je sais quels sont les remèdes à appliquer et tout ira bientôt pour le mieux. » Mais Martin Bellamy ne savait rien — strictement rien — de plus que le clampin moyen et il n'avait même pas la décence de le cacher.

— Foutu imbécile ! lança Fred.

Puis il se retourna et sortit, la foule dense s'écartant comme elle le put sur son passage.

Avec le départ de Fred Green, la situation s'apaisa — à la façon, du moins, dont les choses peuvent s'apaiser dans le Sud. Chacun prit la parole à son tour pour questionner le pasteur ou l'homme de l'Agence. Les questions furent conformes à ce qu'on pouvait en attendre. Pour chaque citoyen du monde, partout, dans chaque pays, chaque église, mairie, salle de réunion municipale, forum Web ou réseau social, les interrogations étaient les mêmes. Elles étaient exprimées si souvent, par tant de gens, sous tant de formes qu'elles ne suscitaient plus qu'un immense ennui.

Quant aux réponses — « Nous l'ignorons encore », « Donnez-nous un peu de temps », « S'il vous plaît, soyez patients » —, elles étaient plus soporifiques encore que les questions. Dans leurs efforts conjugués pour contenir l'angoisse générale, le ministre du culte et l'agent de l'AIR formaient un duo parfait. L'un faisait appel au sens civique. L'autre au devoir moral et spirituel des fidèles. S'ils n'avaient pas été aussi parfaitement accordés, tous les deux, Dieu sait comment la ville aurait réagi lorsque la famille Wilson apparut soudain dans l'église.

Ils arrivèrent en provenance du réfectoire dans le fond du bâtiment où ils étaient hébergés depuis une semaine. Invisibles, la plupart du temps. Et ne faisant l'objet que de rares commentaires.

La famille, composée de Jim et Connie Wilson, ainsi que leurs deux enfants, Tommy et Hannah, avait été la cause pour Arcadia de la plus grande honte et de la plus grande tristesse que leur communauté ait jamais endurées.

A Arcadia, on ne connaissait pas le meurtre. Et pourtant, il y avait de cela bien des années, à présent, toute la famille Wilson avait été assassinée durant la nuit, dans l'intimité de leur propre domicile. Et l'auteur du quadruple meurtre n'avait jamais été retrouvé. On ne comptait plus le nombre de théories qui avaient fait le tour des chaumières. Au début, tous les doigts s'étaient pointés sur un vagabond répondant au nom de Ben Watson. Un individu sans domicile fixe qui errait de lieu en lieu, au rythme des saisons, à la manière des oiseaux migrateurs. Il traversait généralement Arcadia durant l'hiver et on le retrouvait terré dans une grange quelconque, à essayer de se faire le plus petit, le plus invisible possible. Mais personne ne l'avait jamais surpris à commettre la moindre violence. D'ailleurs, le jour du meurtre, sa présence avait été attestée à deux comtés de là, où il avait passé la nuit bouclé en cellule de dégrisement, après avoir été ramassé en état d'ivresse sur la voie publique.

D'autres hypothèses avaient été émises et rejetées, avec un indice de crédibilité rapidement décroissant. Des rumeurs avaient couru sur une liaison secrète — attribuée tantôt à Jim, tantôt à Connie. Mais ce scénario-là fut assez vite abandonné, Jim passant tout son temps soit au travail, soit à l'église, soit à la maison, et Connie n'étant jamais ailleurs que chez elle, à l'église ou avec ses enfants.

Plus que cela même, il y avait eu cette évidence toute simple : Jim et Connie, tombés amoureux dès le lycée, ne s'étaient jamais intéressés que l'un à l'autre.

Aller voir ailleurs n'entrait pas dans la composition ADN de leur amour.

De leur vivant, les Wilson avaient beaucoup fréquenté Lucille. Jim qui, contrairement à certaines, avait toujours été beaucoup trop occupé pour s'intéresser à sa généalogie avait pris les affirmations de Lucille pour argent comptant lorsqu'elle prétendait qu'elle et lui avaient en commun une vague grand-tante (dont elle n'avait jamais vraiment réussi à retrouver le nom). Et chaque fois qu'elle les avait invités chez eux, les Wilson étaient venus sans se faire prier.

Personne ne déclinait une opportunité d'être accueilli à bras ouverts et traité comme membre à part entière d'une famille.

Pour Lucille — et c'était quelque chose qu'elle ne s'était autorisée à comprendre que des années après leur mort —, regarder Connie et Jim vivre, travailler et élever leurs enfants, c'était se donner la possibilité d'approcher au plus près une existence qui aurait pu être la sienne. Une existence qui lui avait été volée avec la mort de Jacob.

Comment aurait-elle pu ne pas les désigner comme sa famille, ne pas leur donner une place de choix dans son univers ?

Au cours des années qui avaient suivi le meurtre des Wilson, l'unanimité s'était faite — à la manière tacite avec laquelle les habitants d'une petite ville consentent à quelque chose — pour décider que le coupable n'était pas d'Arcadia. Le meurtrier, forcément, venait d'ailleurs. C'était nécessairement le reste du monde qui avait commis cet acte, le reste du monde qui avait trouvé l'endroit caché sur la carte où cette famille vivait son existence paisible ; le reste du monde qui avait fait effraction dans leur univers protégé pour mettre fin à ce calme, à cette harmonie qu'Arcadia avait toujours connus.

Tous regardaient dans un silence pensif la petite famille émerger de l'arrière de l'église, alors qu'ils passaient la porte un à un. Jim et Connie d'abord, puis le petit Tommy, et enfin Hannah qui suivait calmement. La foule s'ouvrit devant eux à la manière d'une pâte épaisse.

Jim Wilson, à trente-cinq ans tout juste passés, était un homme encore jeune. Blond avec des épaules larges, un menton carré, un peu raide. Il appartenait à cette catégorie d'hommes qui paraissaient toujours occupés à construire quelque chose, toujours pris dans une forme d'activité productive. Jim Wilson se tenait du côté de la lente avancée de l'humanité contrant l'insatiable boulimie du chaos. Voilà ce que ses voisins et amis avaient tant aimé chez lui, de son vivant. Il incarnait toutes les valeurs que les gens d'Arcadia étaient censés défendre : la politesse, la galanterie, les bonnes manières, le sens du travail bien fait. Jim avait été l'essence même de l'homme du Sud. Mais aujourd'hui, en tant que Revenant, il leur tendait un miroir qui les confrontait à ce qu'ils étaient devenus malgré eux, aux valeurs qu'ils avaient perdues en cours de route, à tout ce qui chez eux s'était durci et racorni.

— Vous tournez autour de la grande question, déclara Jim. Celle que vous avez posée plus tôt dans la soirée puis laissée en suspens. La question sur ce que vous allez faire de nous.

Le pasteur l'interrompit :

— Allons, allons, Jim. Il n'y a pas lieu de « faire quelque chose de vous ». Vous êtes membres de cette communauté. Il vous faut un endroit pour vivre et nous avons de la place pour vous.

— Mais ils ne peuvent pas rester ici indéfiniment, protesta quelqu'un dans la salle.

Des voix s'élevèrent pour bougonner un acquiescement.

— On ne peut pas les laisser comme ça !

— Je suis juste venu vous dire merci, répondit Jim Wilson.

Il avait prévu une déclaration beaucoup plus longue, mais sa tête s'était vidée à présent que les regards de tous étaient fixés sur lui — certains moins bienveillants que d'autres.

— Oui, je voulais juste vous dire merci, répéta-t-il encore.

Puis il se détourna et, rassemblant sa famille devant lui, ressortit par là où il était entré.

Dans le silence qui suivit, personne ne semblait plus très bien savoir quelle question poser, quelle opinion avancer, de quel sujet débattre. Les gens d'Arcadia s'agitèrent encore un peu, maugréant et chuchotant des paroles de peu de conséquence. Tout le monde se sentait fatigué et accablé, tout à coup.

Pendant que la foule s'écoulait lentement vers la sortie, l'agent de l'AIR s'employa une dernière fois à émettre une série de messages réconfortants. Il serra des mains, sourit à tous au passage et, chaque fois qu'on lui posait la question, promettait de tout faire pour essayer de remonter à l'origine exacte de cette affaire. Et il leur assura qu'il resterait en Caroline jusqu'à ce que « tout ça soit réglé ».

« Régler les choses » était précisément ce que les gens attendaient du gouvernement, donc ils laissèrent leurs peurs et leurs soupçons de côté pour un temps.

Bientôt, l'église se vida entièrement à l'exception du pasteur, de sa femme et de la famille Wilson qui, ne souhaitant pas compliquer la situation davantage, resta confinée dans sa chambre, au fond du bâtiment — loin des regards, loin des mémoires —, comme s'ils n'avaient jamais été de retour.

— Je parie que Fred a eu son mot à dire, observa Harold lorsque Lucille grimpa dans la cabine du camion.

Elle se débattit avec la ceinture de Jacob, en respirant fort, avec des soupirs et des mouvements agités des mains.

— Ils sont tellement... tellement... pas à la hauteur, tous autant qu'ils sont !

Le « clic » de la ceinture de sécurité ponctua sa phrase d'un point très final. Elle tourna la manivelle qui commandait la vitre. Après quelques coups secs, le mécanisme se décoinça et la vitre descendit. Lucille croisa les bras sur la poitrine.

Harold tourna la clé de contact et le moteur rugit.

— Ta maman a bien remâché sa colère, on dirait. Je parie qu'elle a assisté à toute la réunion sans ouvrir la bouche, c'est ça ?

— C'est ça, répondit Jacob en levant un regard souriant sur son père.

— Ah, non, hein ? protesta Lucille. Ne commencez pas, tous les deux.

— Elle n'a pas trouvé l'occasion de placer un de ses jolis mots distingués. Et tu sais quel effet cela lui fait, hein, de ne pas pouvoir mettre son grain de sel ? Tu t'en souviens, pas vrai ?

— Oui, papa. Je me souviens.

Lucille luttait pour contenir le rire qui montait malgré elle.

— Je ne joue plus avec vous deux. Si vous continuez, je descends ici et vous ne me reverrez plus jamais.

— Et les autres ? Ils ont pu en placer, des mots grandiloquents ?

— Il a été question de « jour du Jugement dernier », oui.

— Ouh là. Ça, c'est un grand mot, c'est sûr. Le « Jugement

dernier », c'est ce qui arrive quand on passe trop de temps avec les fesses collées sur un banc d'église. C'est pour ça que je n'y mets plus les pieds.

— Harold Hargrave! Je te préviens! Fais attention à ce que tu dis!

— Il était comment, le pasteur, Jacob? C'est un bon gars du Mississippi, même s'il a le défaut d'être entré en religion.

— Il m'a donné un bonbon, annonça Jacob.

— Joli geste de sa part. Ma foi, oui, il n'y a rien à dire : c'est plutôt quelqu'un de bien, ce pasteur Peters.

Et Harold lança son camion poussif à l'assaut de la route brumeuse qui montait jusqu'à leur maison.

Le calme était retombé dans l'église. Le pasteur Peters se retira dans la petite pièce qui lui servait de bureau et prit place à son bureau de bois sombre. Au loin, un camion descendait la rue en ahanant. Tout paraissait calme et simple, comme la vie se devait d'être.

La lettre était rangée dans un tiroir, sous une pile de livres, de documents réclamant sa signature, de sermons à des stades variés d'achèvement, et de toutes les bricoles habituelles qui finissent invariablement par prendre possession d'un bureau. Dans le fond de la pièce, une vieille lampe sur pied diffusait une faible lumière ambrée et le long des murs s'alignaient des bibliothèques croulant sous les volumes. La charge en livres dépassait de loin la capacité des étagères. Mais ses nombreuses lectures ne lui apportaient que peu de réconfort ces jours-ci. Une seule et unique lettre avait anéanti tout le travail accompli par les livres, l'avait privé du réconfort qu'apportaient les mots.

Le courrier était formulé ainsi :

« Cher monsieur Peters,

» L'Agence internationale pour les Revenants vous informe que vous êtes activement recherché par une personne Revenante répondant au nom d'Elizabeth Pinch. Conformément à notre politique en vigueur, nous ne fournissons d'informations sur les

Revenants qu'aux seuls membres de leur famille. Dans la majorité des cas, ces personnes réclament en priorité leur conjoint ou leurs parents proches. Mais Mlle Pinch souhaite instamment obtenir vos coordonnées. Conformément à l'article 21 du code 17 du Règlement international des Revenants, nous vous en avisons par la présente. »

Le pasteur Peters contempla fixement la lettre. Et, tout comme la première fois où il l'avait lue, se prit à douter de tout ce qui, jusqu'ici, faisait son existence.

Jean Rideau

— *C'est avec une femme de ton âge que tu devrais partager cette aventure, Jean. Elle, au moins, soutiendrait le rythme.*

Elle se laissa tomber en soupirant sur le petit lit en métal.

— *Tu es célèbre, maintenant. A quoi peut te servir une vieille femme comme moi, sinon à te ralentir ?*

Le jeune artiste traversa la chambre pour s'agenouiller auprès d'elle. Posant la tête sur ses genoux, il lui embrassa le creux de la main. Une main où elle ne voyait plus que les rides et les taches brunes que l'âge avait commencé à imprimer au fil des ans.

— *Sans toi, il n'y en aurait jamais eu, d'aventure, murmura-t-il.*

Jean Rideau avait été une présence constante dans sa vie depuis plus de trente ans. Tout avait commencé le jour où, étudiante encore tâtonnante, elle était tombée sur l'œuvre d'un artiste méconnu, disparu après s'être jeté sous une voiture par une nuit douce d'été, en 1921, à Paris. Aujourd'hui, ce n'était plus son œuvre qu'elle côtoyait jour et nuit, mais Jean lui-même. Il lui avait tout donné, non seulement son amour mais aussi sa chair.

Et elle avait peur.

Dehors, le calme était enfin retombé dans la rue. La foule s'était dissipée, dispersée par les policiers.

— *Si seulement j'avais été aussi célèbre de mon vivant. Les choses auraient peut-être tourné autrement.*

Elle sourit et lui caressa les cheveux.

— *Les artistes ne sont jamais autant appréciés qu'à titre posthume.*

Mais personne n'avait prévu que l'un d'entre eux reviendrait au monde pour rattraper sa gloire au bond.

Face à eux

Elle avait passé des années à étudier sa biographie sans jamais imaginer un instant qu'il serait un jour au rendez-vous et qu'elle le tiendrait là, tout contre sa peau, respirerait son odeur, sentirait contre sa joue la texture rugueuse d'une barbe qu'il avait toujours rêvé de faire pousser sans jamais y parvenir vraiment. Ils passaient des nuits entières à parler, de tout sauf de son art. La presse, elle, ne faisait que cela. « Jean Rideau : le retour de l'artiste », titrait un journal populaire. Il était le premier du déluge artistique, prédisait l'auteur de l'article. « Un sculpteur de génie revient ! Sous peu, tous les grands maîtres suivront et reviendront vivre parmi nous ! »

Ainsi, il était célèbre, maintenant. Des œuvres qu'il avait sculptées presque un siècle plus tôt et qui ne s'étaient jamais vendues pour plus de quelques francs valaient maintenant des millions d'euros. Et puis, il avait ses admirateurs.

Mais tout ce que voulait Jean, c'était Marissa.

— Tu m'as gardé en vie, murmura-t-il en frottant sa tête contre sa main à la manière d'un chat. Tu as fait vivre mes sculptures alors que je n'étais qu'un inconnu ayant sombré dans le néant.

De la face interne du poignet, elle repoussa une mèche de cheveux détachée qui glissait sur son front. Des cheveux qui, de jour en jour, lui paraissaient plus gris et plus rares.

— Je suis ton agent artistique, alors ?

Il leva vers elle un regard bleu très calme. Même si elle n'avait connu de lui que des mauvaises photos en noir et blanc qu'elle avait scrutées au fil des ans, elle avait toujours su que ses yeux étaient de ce beau bleu, très particulier.

— Je me fiche de nos âges, Marissa. Je n'étais qu'un artiste moyen. Je sais maintenant que le sens, la direction profonde de mon art, c'était de me conduire jusqu'à toi.

Et il l'embrassa.

5

Comme pour nombre de phénomènes à grande échelle, cela avait commencé par trois fois rien. Juste une voiture officielle, une paire de soldats tout juste pubères et un téléphone cellulaire. Il avait suffi d'un seul coup de fil, puis de quelques réaménagements sommaires vite expédiés, pour que Bellamy voie ses quartiers établis au sein du bâtiment scolaire. Sans élèves, sans classes. Juste avec un nombre croissant de voitures, de camions, d'hommes et de femmes de l'Agence désormais affectés à Arcadia.

L'Agence avait de grands projets pour la petite ville. Ce même isolement qui avait toujours maintenu l'économie locale exsangue avait été *le* critère positif retenu par l'AIR. Bien sûr, il y avait des hôtels, des restaurants, des commodités et des ressources à Whiteville, qui auraient été utiles dans le cadre des plans de l'Agence. Mais à Whiteville, il y avait aussi une population. Pas loin de quinze mille habitants ; sans parler des axes de circulation qu'il aurait fallu sécuriser tôt ou tard.

Non. Avec sa maigre poignée d'habitants, Arcadia se rapprochait le plus de l'inexistence recherchée. De surcroît, elle ne comptait personne d'éminent dans ses rangs. Juste des fermiers, des employés des fabriques, des mécaniciens, des agriculteurs, des ouvriers du bâtiment et autres petites gens du même acabit qui suaient sang et eau pour s'assurer une subsistance minimale.

— Toutes personnes dont la disparition passerait aisément inaperçue.

C'était ainsi, en tout cas, que le colonel avait formulé les choses. Penser au colonel Willis avait le don de nouer les tripes de

Martin Bellamy. Il ne savait que très peu de choses au sujet du colonel, ce qui le mettait mal à l'aise. A l'ère de la surinformation, ne jamais se fier à un type dont le nom ne sort pas sur Google. Mais l'occasion de réfléchir à ces questions obsédantes, Bellamy ne l'avait que tard dans la nuit lorsque, de retour à son hôtel, il se glissait enfin entre les draps. Ses occupations professionnelles quotidiennes, et tout particulièrement les entretiens, l'accaparaient à plein temps.

La salle de classe était exiguë. Sentait le moisi, la peinture au plomb et le temps. Bellamy se renversa contre son dossier, son bloc-notes calé sur une cuisse.

— Pour commencer, s'est-il passé quelque chose d'inhabituel dont vous aimeriez me parler l'un ou l'autre ?

— Non, dit Lucille. Rien qui me vienne à l'esprit.

D'un hochement de tête, Jacob se rangea à l'avis de sa mère, l'essentiel de son attention étant directement axé sur sa sucette.

— Mais je gage que vous saurez me poser toutes les questions qu'il faut pour m'aider à me rendre compte d'éventuelles bizarreries qui pourraient se produire. Vous êtes un grand questionneur, non ?

— Questionneur ? Vous avez un choix de termes un peu particulier, non ?

— Peut-être, admit Lucille. Je suis désolée.

Elle s'humecta la pulpe du pouce et essuya une trace collante sur la joue de Jacob. Elle l'avait habillé avec soin pour l'entretien. Un pantalon noir. Une vraie chemise, d'un blanc immaculé. De nouvelles chaussures. Et même des chaussettes neuves. L'enfant faisait de louables efforts pour rester propre, en bon petit garçon sage qu'il était devenu.

— J'aime les mots, c'est tout, expliqua Lucille. Et il arrive qu'ils donnent l'impression d'être bizarres, même si tout ce qu'on essaye, au fond, c'est d'apporter un peu de diversité.

Lucille finit de débarbouiller le visage de Jacob puis orienta ses efforts sur sa propre personne. Elle remit de l'ordre dans ses longs cheveux argentés ; examina ses mains pâles pour y chercher la saleté dont elles étaient exemptes. Puis elle ajusta sa robe, déplaçant son poids de gauche à droite sur sa chaise pour tirer un peu sur l'ourlet — non pas, Dieu nous en préserve, que sa robe blanc cassé fût remontée sur ses cuisses. Elle le faisait juste parce que toute femme respectable devait veiller, en compagnie d'hommes, à montrer qu'elle déployait les efforts nécessaires pour se comporter avec pudeur, modestie et bienséance.

« Bienséance ». Encore un mot qui, au goût de Lucille, n'apparaissait pas assez souvent dans les conversations.

— Bienséance…, murmura-t-elle, presque amoureusement.

Puis elle rectifia le col de sa robe.

— Un des symptômes que les gens mentionnent fréquemment, dit Bellamy, ce sont les troubles du sommeil.

Il prit le bloc-notes sur ses genoux et le posa sur le bureau. Dans un premier temps, il avait été surpris de constater qu'une aussi petite ville pouvait gratifier son enseignant d'une aussi grande table. Mais cela se comprenait lorsqu'on y réfléchissait un peu.

Bellamy se pencha pour s'assurer que son appareil enregistreur était en marche. Il griffonna sur son carnet, en attendant que Lucille réagisse à l'observation qu'il venait de faire. Puis finit par comprendre qu'il n'y aurait pas de réaction du tout s'il ne précisait pas sa question. Il nota « Œufs » sur la page blanche, pour avoir l'air occupé.

Puis il s'efforça de parler d'une voix lente, sans rien de « yankee » dans le ton ni le vocabulaire :

— Cela ne signifie pas que les Revenants souffrent d'insomnie. Juste qu'ils semblent avoir un moindre besoin de sommeil que le reste de la population. Ils ne se plaignent ni de somnolence ni de fatigue et, pourtant, on nous rapporte que certains d'entre eux peuvent passer plusieurs jours d'affilée sans dormir. Et il leur suffit de quelques heures de repos pour redémarrer leurs activités sans paraître affectés.

Il se renversa contre son dossier, appréciant la qualité de la chaise de bois sous lui de la même manière qu'il avait apprécié le bureau.

— Il se peut que nous nous focalisions sur de simples brou-
tilles, dit-il. C'est pour cela que nous multiplions les entretiens
et que nous faisons passer des questionnaires : pour essayer de
déterminer scientifiquement ce qui est inusuel et ce qui ne l'est
pas. Notre but est d'en apprendre le plus possible sur les Revenants
de manière à les connaître aussi bien que les non-Revenants.

— Et votre question porte sur moi ou sur Jacob ? demanda
Lucille en examinant la salle de classe.

— Elle vous concerne l'un et l'autre, mais commençons par
vous, madame Hargrave. Avez-vous eu des problèmes d'endor-
missement, ces derniers temps ? Des insomnies de milieu de
nuit ? Des rêves qui vous auraient perturbée ?

Lucille changea de position sur sa chaise. Regarda par la
fenêtre. Le monde était si lumineux, aujourd'hui. La nature
étincelante sentait le printemps, avec déjà l'odeur humide de
l'été qui approchait. Elle soupira et se frotta les mains l'une
contre l'autre. Puis elle les croisa pour les placer sur ses genoux.
Mais elles ne s'y trouvèrent pas à leur aise, alors elle lissa une
fois de plus le tissu de sa robe. Lucille finit par passer un bras
autour des épaules de son fils — une bonne attitude pour une
mère, estima-t-elle.

— Non, monsieur Bellamy. Pendant cinquante ans, je suis
restée en éveil. Il n'y a pas eu une nuit où je ne me suis pas relevée,
pas une nuit où je n'ai pas tourné en rond dans la maison parce
que je ne pouvais pas trouver le sommeil. Comme s'il m'était
impossible de faire autre chose que de veiller.

Elle sourit.

— Maintenant, je suis comme une marmotte. Mes nuits sont
si paisibles. J'avais oublié que l'on pouvait dormir ainsi.

Lucille plaça de nouveau les mains sur ses genoux. Et cette
fois, elles y restèrent.

— Depuis le retour de Jacob, je dors comme tout le monde
devrait dormir. Je ferme les yeux et, lorsque je les ouvre de
nouveau, je vois que le soleil est déjà dans le ciel. Je suppose qu'il
n'y a pas de meilleure façon de passer la nuit.

— Et qu'en est-il de Harold ? Comment dort-il ?

— Bien. Comme une souche. Il a eu un sommeil de plomb toute sa vie, et je pense qu'il le gardera jusqu'à la tombe.

Bellamy écrivit sur son carnet. « Jus d'orange. Bœuf (steak, peut-être).» Puis il raya le mot « steak » et le remplaça par « côte de ». Il se tourna vers Jacob.

— Et toi ? Qu'est-ce que tu en dis, jeune homme ?

— Rien du tout, m'sieur.

— C'est un peu bizarre, non ? Toutes ces questions, tous ces tests à remplir, tous ces gens qui t'examinent sous toutes les coutures ?

Jacob haussa les épaules sans répondre.

— Y a-t-il quelque chose dont tu aimerais parler, Jacob ?

Nouveau haussement des épaules enfantines. Elles lui montaient presque jusqu'aux oreilles, encadrant son visage fin et doux. L'espace d'un instant, Jacob lui fit penser à une figure peinte, une illusion née de gouaches anciennes et d'un pinceau de maître. Sa chemise bouffait à la perfection à hauteur de son oreille. Ses cheveux bruns semblaient pousser jusque sur ses yeux. Comme pour prévenir un petit coup de coude de la part de sa mère, Jacob ouvrit la bouche :

— Tout va bien pour moi, m'sieur. Les questions ne me dérangent pas.

— Je peux en poser une autre, alors ? Une qui est plus difficile ?

— On dit « Puis-je » et pas « Je peux ». C'est maman qui me l'a appris.

Jacob leva les yeux vers sa mère dont le visage trahissait une réaction intermédiaire entre l'approbation et la surprise. Bellamy sourit.

— En effet, oui. *Puis-je* alors te poser une question difficile ?

— D'accord.

Puis, très vite, sans lui laisser le temps de répondre, le regard soudain clair et déterminé, l'enfant ajouta :

— Vous voulez que je vous raconte encore une blague, m'sieur ? J'en connais plein.

L'agent croisa les bras et se pencha sur sa chaise.

— Si tu veux. Vas-y.

De nouveau Lucille pria en silence. « Faites qu'il ne lui sorte pas celle du chien et du lampadaire. »

— Quand une poule rencontre une autre poule, qu'est-ce qu'elle lui dit ?

Lucille retint son souffle, bien consciente que toute blague mettant en scène ce type de volatile était potentiellement vulgaire.

— Elle lui dit : « Tu viens ? On va prendre un ver ! » enchaîna Jacob sans même laisser à Bellamy le temps de la réflexion.

Puis l'enfant se frappa la cuisse et se mit à rire à la manière d'un vieil homme. L'agent sourit.

— Elle est drôle. C'est ton papa qui te l'a apprise ?

Jacob détourna les yeux.

— Et votre question difficile ?

Il regardait par la fenêtre comme s'il attendait quelqu'un ou quelque chose.

— O.K. Je sais qu'on te l'a déjà posée. Pas une seule fois, mais plusieurs. Et sûrement trop souvent à ton goût. Moi aussi, je te l'ai demandé une première fois, mais je suis obligé de recommencer. C'est quoi, la première chose dont tu te souviens depuis que tu es de retour ?

Jacob garda le silence.

— Tu te souviens d'avoir été en Chine ?

Jacob fit oui de la tête, et sa mère, cette fois, respecta son silence. Elle se passionnait, comme tout le monde, pour les souvenirs des Revenants. Par habitude, elle se prépara à donner un petit coup dans les côtes de son fils pour le pousser à répondre poliment. Mais elle se contint, et sa main retrouva sa place sur ses genoux.

— Je me souviens quand je me suis réveillé. J'étais tout près de l'eau. Au bord de la rivière. Et je me suis dit que j'allais me faire salement disputer.

— Pourquoi pensais-tu qu'on pourrait te gronder ?

— Parce que mon papa et ma maman ne savaient pas où j'étais. Alors je les ai cherchés. Et après j'ai eu encore plus peur. Pas peur qu'ils me disputent, mais peur parce qu'ils n'étaient pas là. Je croyais que mon papa n'était pas bien loin, et je l'appelais, mais il ne répondait pas.

— Et ensuite ? Qu'est-il arrivé ?

— J'ai pleuré et il y a des gens qui sont venus. Des gens chinois. Je ne comprenais pas ce qu'ils disaient.

— Et alors ?

— Deux femmes sont arrivées un peu après. Elles parlaient aussi chinois, mais pas pareil. Comme elles disaient les choses, c'était tout doux. Leurs mots, je ne les comprenais pas trop, mais je savais qu'elles étaient gentilles.

Bellamy hocha la tête.

— Je vois ce que tu veux dire. C'est comme pour moi, lorsque j'entends un médecin ou une infirmière qui parlent dans leur langage d'hôpital. En général, je n'y comprends rien, mais à la façon dont ils le disent, je sens si ça va bien se passer ou non. Tu sais, Jacob, c'est énorme tout ce qu'on peut deviner au sujet d'une personne, rien qu'à la façon dont elle parle. Tu es d'accord avec moi là-dessus ?

— Oui, m'sieur.

Ils discutèrent alors de ce qu'avait vécu Jacob dans le petit village de pêcheurs où il avait été retrouvé, à quelque distance de Beijing. Une expérience que l'enfant évoqua d'une voix animée. Il se voyait comme un baroudeur, un héros embarqué dans une aventure épique. Oui, son expérience avait été douloureusement angoissante, mais seulement dans les premiers instants. Après cela, il s'était plutôt bien amusé, dans un pays inconnu, avec des personnes inconnues qui lui servaient une nourriture étrange à laquelle, par chance, il s'était vite acclimaté. Maintenant encore, alors qu'il était assis dans le bureau de l'homme de l'Agence avec son adorable maman, son ventre gargouillait d'envie pour l'authentique cuisine chinoise qu'il avait appris à aimer. Les noms des plats, il ne les avait pas retenus. Mais il avait gardé la mémoire des saveurs, des fumets, des essences.

Jacob parla de la nourriture pékinoise et de la grande gentillesse de sa famille d'accueil. Même lorsque les hommes du gouvernement étaient venus — et les soldats avec eux —, ils avaient continué à vraiment bien le traiter, comme s'il était l'un des leurs. Ils l'avaient nourri encore et encore, jusqu'à ce qu'il ne puisse plus rien avaler, en l'observant avec le sentiment d'assister à un prodige et à un mystère.

Puis il y avait eu le long voyage aérien que Jacob avait abordé sans peur. Il avait toujours rêvé de monter dans un avion. Et là il avait eu droit à dix-huit heures d'affilée. Les hôtesses et les stewards avaient été gentils, mais pas autant que M. Bellamy lorsqu'il était venu le chercher.

— Ils souriaient tout le temps, dit Jacob, en parlant du personnel de la compagnie aérienne.

Il raconta tout ce qu'il avait vécu à sa mère et au monsieur de l'Agence. Pas sous une forme aussi détaillée, mais il résuma l'essentiel : « Je les aimais bien. Et ils m'aimaient bien aussi. »

— On dirait que tu as passé du bon temps en Chine, Jacob.

— Oui, m'sieur.

— C'est bien. Une belle expérience.

Martin Bellamy avait cessé de prendre des notes. Il avait terminé sa liste de courses.

— Tu es fatigué de répondre à toutes ces questions, Jacob ?

— Non, ça va.

— Je vais t'en poser une dernière, alors. Et je veux que tu réfléchisses bien à la réponse, d'accord ?

Jacob finit sa sucette et se redressa. Son visage fin et pâle prit un air de grande gravité. Il faisait soudain penser à un homme politique en miniature, dans son pantalon noir et sa chemise blanche.

— Tu es un bon garçon, Jacob. Je sais que tu feras de ton mieux.

— C'est vrai que tu es un bon garçon, acquiesça Lucille en caressant la tête de son fils.

— Tu te souviens de quelque chose avant la Chine ?

Silence.

Lucille passa de nouveau les bras autour de Jacob, l'attira contre elle et le serra fort.

— M. Bellamy ne veut pas t'embêter, tu sais. Si c'est trop difficile, tu n'es pas obligé de répondre. Il est juste curieux, c'est tout. Et ta vieille maman aussi. Curieuse comme une pie, même.

Elle sourit et lui enfonça un doigt chatouilleux sous l'aisselle. Jacob rigola.

L'agent de l'AIR attendit.

Lucille frotta le dos de Jacob, comme si sa main sur la peau de son enfant pouvait réveiller les possibles fantômes d'une mémoire oubliée. Elle regrettait l'absence de Harold. Quelque chose lui disait que cette épreuve aurait été moins terrible pour Jacob si son père avait été là, lui aussi, pour lui poser la main sur l'épaule et lui témoigner son soutien. Mais Harold était parti dans une de ses diatribes au sujet de « ces incapables du gouvernement » et s'était montré globalement exécrable depuis le matin. Il s'était comporté exactement comme lorsqu'elle cherchait à le traîner à l'église, à l'occasion d'une fête carillonnée quelconque. La décision avait fini par tomber qu'il attendrait dans le camion pendant que Jacob et elle s'entretiendraient avec le monsieur de l'Agence.

L'agent Bellamy mit son bloc-notes de côté pour montrer à Jacob que ce n'était pas simplement une question qui intéressait le gouvernement fédéral des Etats-Unis. Il voulait faire passer le message que son intérêt pour le vécu de l'enfant était personnel et sincère. Il s'était tout de suite pris d'affection pour Jacob et sentait que l'enfant l'aimait bien aussi.

Lorsque le silence se fut étiré au point de devenir inconfortable, Bellamy prit la parole.

— Bon, ça ne fait rien, Jacob. Tu n'es pas obligé…

— Je suis obéissant, murmura l'enfant. J'essaie de faire ce qu'on me dit.

— Je te crois, dit l'agent.

— Je ne voulais pas faire une bêtise. Le jour où je suis descendu à la rivière.

— En Chine? Là où ils t'ont retrouvé?

Jacob marqua un temps de silence. Ramena ses jambes pliées contre sa poitrine.

— Non, pas en Chine. Avant.

— Quels souvenirs as-tu gardés de cette journée?

— Je ne voulais pas désobéir. Mais… mais…

— Je sais que tu n'avais pas cette intention.

— Je vous le jure, chuchota Jacob.

Lucille pleurait à présent — silencieusement. Son corps tremblant se déployait et se contractait comme les premiers saules sous le vent de mars. Elle farfouilla dans sa poche et en sortit quelques mouchoirs en papier avec lesquels elle se tapota les yeux.

— Continue, dit-elle doucement.

— Je me souviens de l'eau… Il n'y avait plus que de l'eau. De l'eau partout autour. Au début, c'était la rivière d'ici, à la maison. Puis c'est devenu autre chose. Mais je ne le savais pas. C'est arrivé et je ne m'en suis pas rendu compte.

— Entre la rivière d'ici et la rivière de Chine… il n'y a rien eu du tout ?

Jacob haussa les épaules.

Lucille s'essuya de nouveau les yeux. Quelque chose de lourd était venu peser sur son cœur, qu'elle n'aurait su définir exactement. Si elle avait laissé faire, elle se serait trouvée mal, là, sur la chaise trop petite qui soutenait son poids. Mais il lui paraissait péniblement impoli d'obliger Martin Bellamy à se porter au secours d'une vieille femme qui s'effondrait, partait en mille morceaux. Ainsi, par souci d'étiquette, elle resta bien droite et rassembla les lambeaux d'elle-même avant de poser la question dont sa vie entière semblait dépendre :

— Il n'y a rien eu du tout avant que tu te réveilles, mon cœur ? Entre le moment où… où tu t'es endormi et le moment de ton réveil ? Une lumière, peut-être ? De l'éclat et de la chaleur ? Une voix ?

— C'est quoi, l'animal le plus heureux du monde ? répondit Jacob.

Il n'y eut plus dans l'ancienne salle de classe qu'un profond silence et un petit garçon partagé entre ce qu'il était incapable de dire et ce qu'il savait être l'attente de sa mère.

— Le hibou, parce que sa femme est chouette, révéla-t-il d'une voix fragile alors que personne ne pipait mot.

*
* *

— C'est un bon garçon que vous avez là, commenta l'agent. Jacob avait été prié de quitter la pièce un instant et il attendait dans une classe adjacente, sous la garde débonnaire d'un jeune soldat venu de quelque part dans le Midwest. A travers la vitre de la porte séparant les deux pièces, Lucille et l'agent ne les perdaient pas de vue. Il était important pour Lucille que l'enfant ne sorte jamais de son champ de vision.

— Jacob est un cadeau du ciel, dit-elle après un temps de silence. Une bénédiction.

Son regard se posait tour à tour sur l'agent, sur Jacob et sur ses mains, petites et blanches, qui reposaient dans son giron.

— Je suis heureux d'apprendre que tout se passe bien entre vous.

— Tout va très bien, oui.

Elle sourit, le regard rivé sur ses genoux. Puis, comme si une énigme venait de trouver sa solution dans sa tête, elle se redressa contre son dossier et son expression lumineuse se para d'une telle fierté que l'agent s'aperçut, par contraste, à quel point son sourire avait été fragile jusque-là.

— C'est la première fois que vous descendez ici, monsieur l'agent Bellamy? Dans le Sud, je veux dire?

— Les aéroports comptent?

— Je ne pense pas, non.

Sentant venir une histoire, il se pencha par-dessus son majestueux bureau, les mains croisées sur le plateau de bois.

— Vous êtes sûre? Parce que j'ai débarqué et embarqué à Atlanta un nombre incalculable de fois. C'est pour le moins étrange, mais chaque fois que je m'envole pour une destination quelconque, c'est systématiquement via la Géorgie. Je vous jure qu'une fois, sur un vol New York-Boston, je me suis retrouvé avec une escale de trois heures à Atlanta. Il faut le faire, non?

Lucille émit un petit rire.

— Comment se fait-il que vous ne soyez pas marié, Martin Bellamy? Que vous n'ayez pas une famille à vous?

Il haussa les épaules.

— Je n'ai jamais vraiment trouvé ma place, je pense.

— Vous devriez vous la faire, cette place, dans un cœur de femme.

Lucille esquissa le geste de se lever puis se ravisa.

— J'ai l'impression que vous êtes quelqu'un de bien, Martin Bellamy. Et le monde a besoin de personnes bonnes. Vous devriez vous trouver une jeune femme qui vous rende heureux et faire des enfants, tous les deux.

Même si le sourire de Lucille était toujours en place, Martin Bellamy ne put s'empêcher de remarquer qu'il avait perdu une partie de son éclat.

Elle se leva alors très vite, avec un petit grognement de douleur, se dirigea vers la porte et s'assura que Jacob était toujours là.

— Je crois que nous venons de manquer la fête de la fraise, Martin Bellamy.

Sa voix était basse, égale ; son regard rivé sur son fils.

— Elle tombe à peu près toujours à cette époque de l'année, à Whiteville. D'aussi longtemps que je me souvienne, elle a toujours existé, cette fête. Cela n'a probablement rien d'impressionnant pour quelqu'un comme vous qui vient de la grande ville. Mais pour nous, les gens d'ici, c'est une distraction qu'on ne voudrait pas rater… La fête de la fraise, c'est déjà un grand marché aux fruits frais, comme son nom l'indique. La plupart des gens n'y pensent même plus de nos jours, mais il fut un temps où les gens avaient des petites fermes et s'en sortaient grâce à la culture vivrière. Maintenant, ce n'est plus pareil — presque toutes les fermes que j'ai connues enfant ont disparu. Il n'en reste plus qu'une ou deux ici et là. Je crois que les Skidmore à côté de Lumberton sont toujours en activité… mais de là à vous le dire avec certitude.

Lucille revint sur ses pas, se plaça derrière la chaise qu'elle avait occupée et baissa les yeux sur l'agent. Mais il s'était levé pendant qu'elle avait le dos tourné, et le voir soudain debout la déconcerta. La manière dont il s'était tenu à son bureau l'avait fait paraître très jeune, presque comme un enfant. Mais elle avait en face d'elle un homme adulte. Un homme venu d'une ville très grande et très lointaine. Un homme qui avait quitté l'enfance depuis bien des années.

— Les festivités durent tout le week-end, monsieur Bellamy. Et la manifestation prend de l'ampleur chaque année. Mais même à l'époque, c'était déjà un événement. Jacob était excité comme vous ne pouvez même pas l'imaginer. A le voir, on aurait pu croire qu'on ne l'emmenait jamais nulle part, cet enfant. Et Harold… Ma foi, même Harold était drôlement content d'y aller. Il essayait de le cacher, mais il n'avait pas encore appris à un être un vieux bonhomme obstiné, en ce temps-là. Et quand il était content, la joie éclatait sur sa figure ! Et comment ne pas l'être, d'ailleurs ? Il se trouvait à la fête de la fraise du comté de Colombus, il était père et fier de son seul et unique fils.

Lucille secoua la tête.

— C'était quelque chose, de les voir, tous les deux. Du père et du fils, on se demandait lequel s'amusait le plus ! La partie qu'ils préféraient, c'était l'exposition canine. Les chiens, c'était leur grande passion. Bon, ce pauvre concours canin n'avait rien à voir avec ce qu'on nous montre à la télévision de nos jours. C'était juste de bons vieux toutous de campagne. Rien que des solides chiens de travail : des grands bleus, des walker coonhounds, des beagles. Mais qu'ils étaient beaux, mon Dieu ! Et Harold et Jacob qui couraient d'un enclos à l'autre. A s'émerveiller sur tel chien qui était « mille fois mieux » que tous les autres pour je ne sais plus quelle raison. Et à admirer celui-ci qui serait un merveilleux chasseur pour tel ou tel endroit, par tel ou tel temps, et pour attraper tel ou tel gibier. Ils pouvaient s'extasier comme ça pendant des heures.

Lucille avait retrouvé son expression radieuse. Elle était en représentation, fière et superbement enracinée en 1966.

— Et ce soleil, cette lumière ! Le ciel était d'un bleu pur comme on ne le voit plus jamais aujourd'hui… C'est la pollution qui doit nous le gâter, maintenant. Au fond, il n'y a plus rien de nos jours qui soit resté comme avant.

Elle s'interrompit net.

Se tourna et regarda par la porte vitrée. Son fils, lui, était resté le même qu'un demi-siècle auparavant. Toujours vivant, toujours âgé de huit ans, toujours paré de la pure beauté de l'enfance.

— Le monde change, murmura-t-elle au bout d'un moment. Mais vous auriez dû les voir, Martin Bellamy. Ils étaient tellement heureux — Jacob et son papa. Harold l'a porté sur le dos, son garçon, pendant une bonne moitié de la journée. J'ai cru qu'il allait s'évanouir à force de le trimballer. Vous ne pouvez pas imaginer comme nous avons marché ce jour-là. Encore et encore. Et mon Harold qui riait aux éclats, avec le petit jeté sur une épaule, comme un sac de pommes de terre.

Elle sourit.

— Ils avaient inventé une sorte de jeu, tous les deux. Ils entraient dans un stand, posaient plein de questions, faisaient leurs commentaires. Puis Jacob partait soudain en courant et Harold se lançait à sa poursuite. Ils couraient, couraient à travers la foule; tout juste s'ils ne renversaient pas les gens au passage, ces deux fous. Et moi qui criais après eux : « Arrêtez, vous deux ! Vous avez fini de vous faire remarquer ? »

Le regard de Lucille se posa sur Jacob. L'incertitude voila un instant ses traits, comme si elle se sentait divisée à l'intérieur. Puis son expression se fit neutre, marquée par l'expectative.

— Ce retour est véritablement un cadeau du ciel, monsieur Martin Bellamy, dit-elle lentement. Et même si on ne comprend ni le sens ni la finalité d'une bénédiction, cela n'en reste pas moins une bénédiction quand même... Ou pensez-vous que je me trompe ?

Elizabeth Pinch

Elle savait qu'il finirait par venir. Tout ce qu'il lui restait à faire, c'était d'attendre et d'y croire. Il avait toujours eu tellement plus de mérites qu'il ne voulait s'en accorder. Il était discipliné, intelligent — globalement doué de toutes les qualités qu'il refusait de se reconnaître.

Il s'en était fallu de peu qu'elle ne le retrouve par ses propres moyens. Dans son périple vers l'est, elle avait réussi à atteindre le Colorado avant de se faire pincer. C'était un petit shérif local qui l'avait repérée sur une aire d'autoroute. Avant cela, un camionneur fasciné par les Revenants l'avait prise à bord de son gros bahut et l'avait bombardée de questions sur la mort. N'ayant pas obtenu les réponses qu'il attendait, il l'avait larguée sur une aire de repos où tous ceux qui l'avaient vue l'avaient traitée avec un mélange de méfiance et d'incertitude. Dans un premier temps, elle avait été retenue dans le Texas, où elle avait inlassablement demandé aux gens de l'AIR qui menaient les entretiens :

— Pouvez-vous m'aider à trouver Robert Peters ?

Ils avaient fini par l'envoyer dans le Mississippi dont elle était originaire. Là, elle avait été placée, avec d'autres comme elle. Et des hommes armés, qui montaient la garde autour d'eux.

— Il faut que je trouve Robert Peters, avait-elle répété à ses interrogateurs chaque fois qu'elle avait pu placer sa requête.

— Il n'est pas ici, en tout cas.

Face à eux

C'était le maigre semblant de réponse qu'elle avait obtenu.
Prononcé sur le ton de la dérision.
Mais il viendrait la chercher. Elle le savait.
Il la retrouverait et les choses seraient comme elles auraient pu
— comme elles auraient dû — être.

6

Les grommellements du pasteur Peters s'élevaient de concert avec le cliquetis des touches de son clavier. Dieu seul savait à quel point il avait la frappe en horreur.

A tout juste quarante-trois ans, il avait beau être jeune — encore jeune, disons —, il n'avait jamais été à l'aise avec un clavier. Sans doute parce qu'il avait le malheur d'appartenir à cette génération née à la fois trop longtemps avant l'avènement de l'ordinateur pour justifier l'apprentissage de la frappe, mais aussi trop près dudit avènement pour être dispensée de souffrir à vie de son manque de familiarité avec QWERTY et l'agencement aléatoire des lettres. Il n'était capable d'attaquer le clavier qu'avec deux doigts, semblables à d'énormes mantes informatico-dépendantes.

Tac... Tac-tac... Tac, tac, tac, tac, tac.

Quatre fois, déjà, il avait commencé sa lettre. Cinq fois, il l'avait effacée — en comptant la fois où il avait éteint l'ordinateur par pur énervement après avoir péniblement pondu trois lignes.

Le problème, pour un pauvre pasteur-secrétaire équipé de deux mantes en guise de doigts, c'est que les mots s'agençaient beaucoup plus vite dans sa tête que ceux qui s'alignaient lentement à l'écran. Si sa raison ne lui avait pas assuré le contraire, il aurait été prêt à jurer sur un de ses volumes consacrés que les lettres du clavier changeaient de position toutes les trois ou quatre minutes pour le simple plaisir de déconcerter le dactylographe.

Son épouse était déjà venue à deux reprises lui proposer de taper sa lettre pour lui, comme cela lui arrivait souvent. Et il avait poliment décliné, comme cela ne lui arrivait jamais.

— Je ne ferai jamais aucun progrès si je te délègue la corvée chaque fois.

— L'homme sage connaît ses limites, répliqua-t-elle.

Pas dans le but d'humilier son mari, mais pour entamer un dialogue, un « pow-wow », comme il l'avait lui-même proposé, peu de temps auparavant, aux habitants d'Arcadia. Il avait été distant ces dernières semaines, plus distant encore ces derniers jours. Et elle ignorait pourquoi.

— Je préfère le voir comme une frontière mal explorée que comme un handicap proprement dit. Si seulement je parvenais à faire en sorte que mes huit autres doigts entrent dans la danse... Là, tu verrais. Tu aurais devant toi un phénomène, un miracle dactylographique !

Lorsqu'elle contourna le bureau en lui demandant poliment de lui montrer sur quoi il travaillait, il se hâta de faire disparaître les quelques mots précieux qu'il avait eu tant de mal à assembler.

— Juste un truc que je veux me sortir de la tête. Rien d'important.

— Tu ne veux pas m'en parler, alors ?

— Je t'assure que ce n'est rien du tout.

— Bon, bon...

Elle leva les mains d'un geste qui indiquait qu'elle abandonnait la partie. Et sourit pour lui montrer qu'elle n'était pas en colère. Pas encore.

— Garde tes secrets. J'ai confiance en toi.

Et elle sortit du bureau.

Les performances au clavier du pasteur empirèrent encore après le passage de son épouse. Ce qu'elle venait de dire laissait entendre que quelque chose dans la lettre qu'il était en train d'écrire demandait non seulement qu'elle lui réitère sa confiance mais, pis encore, qu'elle lui rappelle la foi qu'elle avait en lui.

L'épouse du pasteur était une femme d'une grande finesse.

« A qui de droit. »

Voilà où il en était revenu. Autant dire qu'il repartait de rien. Il soupira bruyamment, essuya son front avec le dos de la main et poursuivit.

Tac, tac. Tac-tac-tac. Tac…

« Je vous écris afin de me renseigner au sujet de… »

Le pasteur attendit, ses deux index en suspension au-dessus des touches, conscient qu'il n'avait qu'une idée floue de ce qu'il voulait demander.

Tac-tac-tac…

« J'écris pour m'informer de la situation actuelle de Mlle Elizabeth Pinch. J'ai bien reçu votre courrier m'indiquant que Mlle Pinch était à ma recherche et… »

Activation de la touche « Supprime ». Puis :

« Je vous écris pour m'informer au sujet de la situation de Mlle Elizabeth Pinch. »

Cela résumait parfaitement sa requête, en fait. Il envisagea, sur-le-champ, d'ajouter seulement sa signature et de mettre cette simple phrase sous enveloppe pour la confier à la poste. Il y pensa même si fort qu'il envoya la commande d'impression. Puis il se renversa contre son dossier et relut les quelques mots.

« Je vous écris pour m'informer au sujet de la situation de Mlle Elizabeth Pinch. »

Plaçant la feuille sur le bureau, il prit un stylo et commença à barrer.

« Je vous écris pour m'informer au sujet de Mlle Elizabeth Pinch. »

Même si son esprit était indécis, sa main, elle, savait ce qu'elle avait à faire. Elle leva le stylo, réécrit un mot, puis le barra de nouveau. En barra un autre encore. Jusqu'à ce que la vérité toute nue apparaisse pour regarder le pasteur en face.

« J'écris au sujet d'Elizabeth. »

Que lui restait-il d'autre à faire alors qu'à froisser le papier en boule et à viser la corbeille à papier ?

Le pasteur se connecta sur Internet et pianota « Elizabeth Pinch » sur la barre de recherche. Des Elizabeth Pinch, il en vit s'afficher par douzaines. Mais aucune n'était l'adolescente de quinze ans née dans le Mississippi qui avait, dans le temps, possédé son cœur.

Il affina sa recherche de manière à n'obtenir que des résultats en images.

Des portraits de femmes envahirent l'écran, l'un après l'autre. Certaines, souriantes, qui regardaient l'objectif en face. D'autres qui n'avaient même pas conscience d'être photographiées. Puis vinrent des images qui ne représentaient personne en particulier, juste des photos de films ou de séries télé. (Apparemment, une certaine Elizabeth Pinch, à Hollywood, écrivait des scénarios pour une série policière à succès, et des photos des différents épisodes apparaissaient page après page.)

Le pasteur Peters s'obstina dans sa quête, même lorsque le soleil fut passé de l'ambre à l'auburn, puis revenu à l'or de nouveau avant de glisser doucement derrière la barre lumineuse de l'horizon. Bien qu'il n'en ait pas demandé, sa femme entra en silence pour poser une tasse de café sur son bureau. Il la remercia, l'embrassa et la poussa gentiment hors de son cabinet de travail avant qu'elle ne puisse examiner l'écran et découvrir le nom affiché sur la barre de recherche. Mais même si elle en avait pris connaissance, qu'en aurait-elle fait ? Quel gain en aurait-elle retiré ? Voir un nom de femme aurait certes éveillé sa suspicion. Mais suspicieuse, elle l'était déjà. Et le nom par lui-même ne lui aurait rien dit de plus.

Il ne lui avait jamais parlé d'Elizabeth.

Juste avant l'heure du coucher, il trouva ce qu'il cherchait : une coupure de journal scannée à partir d'un vieux numéro du *Water Main*, le petit quotidien de la petite ville du Mississippi où il avait grandi — il n'y avait, au fond, pas tant d'années que cela. Jamais il n'aurait imaginé que la technologie se soit infiltrée aussi loin, jusque dans ce trou paumé au fin fond humide du Mississippi où la pauvreté était l'activité économique dominante. L'image avait du grain, mais le titre était lisible. « Une enfant du pays perd la vie dans un tragique accident de voiture ».

Les traits du pasteur Peters se tendirent. Le goût âpre de la colère lui monta à la gorge. Une colère dirigée contre l'ignorance et l'inaptitude des mots.

En lisant l'article, il aspira à plus de détails — aspira à

comprendre comment Elizabeth Pinch était morte dans un enchevêtrement de métal et de brutale inertie. Mais les médias étaient le dernier endroit au monde où chercher la vraie réalité des choses. Y dénicher les faits était déjà un coup de chance, mais la vérité...

Malgré les insuffisances de l'article, le pasteur lut et relut les quelques lignes indifférentes. La vérité, après tout, il la portait en lui. Les faits bruts ne servaient qu'à redessiner avec acuité les reliefs de la mémoire.

Pour la première fois, ce jour-là, les mots lui vinrent aisément. J'écris au sujet d'Elizabeth. Je l'aimais et elle est morte. Morte, aujourd'hui, elle ne l'est plus. Qu'est-ce que je fais ?

Harold et Lucille regardaient le journal télévisé, en proie à une agitation que chacun exprimait en silence et à sa manière. Jacob était à l'étage, à dormir ou à ne pas dormir. Assis dans son fauteuil préféré, Harold se léchait les lèvres, se frottait la bouche et pensait cigarettes. Parfois, il aspirait l'air profondément, retenait son souffle, puis rejetait une bouffée, ses lèvres arrondies dessinant la circonférence exacte d'une cigarette.

Lucille, en robe de chambre, les mains reposant sur les genoux, trouvait les actualités déraisonnables.

Le beau présentateur — cheveux argentés, traits parfaits, costume sombre — n'avait que de fâcheuses nouvelles à communiquer. Et il commentait cette actualité tragique avec moins d'émotion et d'empathie que Lucille ne l'eût souhaité.

— En France, trois morts ont été signalées. Sachant que le nombre de victimes pourrait s'élever rapidement, car la police n'est clairement pas en mesure de contenir les manifestants pro-Revenants qui semblent avoir perdu le fil de leurs propres revendications.

— Du sensationnalisme, tout ça ! maugréa Harold.

Lucille avança dédaigneusement les lèvres.

— Peuh ! Perdre le fil ? Pourquoi emploie-t-il une expression pareille ? Il se prend pour qui ?

— Il doit trouver que ça sonne bien.

— Donc, sous prétexte que ça se passe en France, il faut qu'il prenne les choses de haut ?

Le présentateur à la tête argentée disparut de l'écran, remplacé par des images d'hommes en uniforme équipés de boucliers anti-émeute et qui faisaient de grands moulinets avec leurs matraques, sous un ciel sans nuages noyé de soleil. Chargée, la foule refluait comme une marée. La masse humaine — ils étaient des centaines — recula en ondoyant alors que les uniformes déferlaient vers l'avant. Lorsque les militaires s'aperçurent qu'ils avaient trop étiré leurs rangs et qu'ils les resserrèrent, la foule remplit aussitôt l'espace libéré. Quelques personnes s'enfuirent, d'autres, frappées à l'arrière de la tête, s'écroulèrent lourdement, comme des marionnettes. Les manifestants bondirent en avant, comme des bêtes de somme, attaquant en petits groupes et se jetant à l'assaut des policiers. Ici et là, on voyait apparaître une petite flamme au bout d'un bras. La flamme se renversait, puis s'élevait dans l'air et, en retombant, formait un grand plumet de feu échevelé.

Le journaliste réapparut.

— Effrayant, commenta-t-il avec, dans la voix, un mélange d'excitation et de solennité.

Lucille admonesta les silhouettes à l'écran comme si elle s'adressait à un chat domestique mal élevé.

— Mais regarde-moi ça, Harold ! Les gens devraient avoir honte de s'emporter à ce point et d'oublier la plus élémentaire politesse. Tu vois, ce qui me choque le plus, c'est que ce sont des Français. Ce peuple est censé être tellement plus raffiné que cela.

— Ton arrière-grand-mère n'a jamais été française, Lucille, coupa Harold, ne serait-ce que pour oublier un instant le terrifiant reportage télévisé.

— Bien sûr que si ! Elle était créole, même !

— Personne dans ta famille n'a jamais réussi à le prouver. Pour moi, la seule raison pour laquelle tu veux de pareilles ascendances, c'est que tu es amoureuse de ces damnés Français. Jamais compris pourquoi, d'ailleurs.

Face à eux

Les actualités abandonnèrent les rues de Paris pour s'installer confortablement dans un grand pré plat du Montana. Le terrain était parsemé de grands bâtiments carrés qui ressemblaient à des granges mais qui n'en étaient pas.

— Ce que vous avez à présent sous les yeux nous ramène à l'actualité nationale, beaucoup plus près de chez nous, commenta l'homme aux cheveux argentés. Un mouvement anti-Revenants semble s'être levé spontanément ici, sur le sol américain.

On vit alors s'agiter des gens qui ressemblaient à des soldats mais qui n'en étaient pas.

Ils étaient très clairement américains, en revanche. L'attention de Lucille était partagée entre le téléviseur et sa querelle avec Harold.

— Les Français forment un peuple délicat et civilisé! Et arrête tes blasphèmes, Harold. Jacob peut t'entendre.

— J'ai blasphémé, moi? Quand?

— Tu as dit « damné ».

Harold leva les bras au ciel en signe d'exaspération feinte.

A la télévision, on assistait à une grande activité chez ces hommes du Montana — à part qu'il n'y avait pas que des hommes, mais des femmes aussi. Ils couraient avec leur uniforme sur le dos, s'exerçaient à sauter des obstacles et à ramper sous des trucs, tous armés de fusils d'assaut et d'une mine grave et sévère, même s'ils échouaient — parfois même assez lamentablement — à avoir l'allure de soldats.

— Et qu'est-ce qu'ils veulent, ceux-là, à ton avis? demanda Lucille.

— Ce sont des malades, marmonna Harold.

Lucille émit un son dédaigneux.

— Et comment sais-tu cela, toi? Ni toi ni moi n'avons entendu un mot de ce que ces gens ont à dire.

— Je le sais parce que je suis capable de reconnaître un illuminé quand j'en ai un sous le nez. Je n'ai pas besoin d'un journaliste pour m'expliquer ce qui se voit à l'œil nu.

— Pour certains, il s'agit juste d'» une bande d'illuminés... », commenta le présentateur.

Harold émit un petit grognement de triomphe.

— … mais les autorités affirment qu'ils ne doivent pas être pris à la légère.

Lucille grogna son triomphe en retour.

Sur l'écran, l'un des pseudo-soldats plissa les yeux en visant, fusil levé. Puis il tira sur une silhouette en carton. Un petit panache de fumée s'éleva du sol, derrière le mannequin.

— Ce sont des fanatiques, bougonna Harold.

— Comment tu le sais ?

— Que veux-tu qu'ils soient d'autre ? Il n'y a qu'à les observer.

Il pointa le doigt sur l'écran.

— Tu vois la brioche qu'il a, celui-là ? Ce sont juste des gens comme toi et moi, à part qu'ils ont perdu la boule. Tu devrais aller leur réciter des passages des Ecritures, à ces exaltés. Ça les calmerait peut-être.

Le présentateur revint alors, le visage préoccupé.

— Et nous assistons au même phénomène un peu partout dans le pays.

— Jacob ? appela Lucille.

Elle ne voulait pas effrayer l'enfant, mais elle avait soudain très peur pour lui. Jacob lui répondit d'une voix douce et calme de sa chambre :

— Oui ?

— Ça va, mon trésor ? Tu n'as besoin de rien ?

— Non, c'est bon, m'man. Tout va bien.

On entendit un entrechoquement léger de jouets tombés au sol.

Les pseudo-soldats s'étaient baptisés : Mouvement des vrais vivants du Montana, le MVVM. Des militants autoproclamés, qui avaient lutté jusque-là pour renverser le gouvernement américain et préparer la guerre des races qui aurait fini par ébranler le creuset américain jusque dans ses fondations. Mais aujourd'hui, une menace pire encore se présentait, comme le déclarait l'homme du MVVM au micro :

— Nous sommes des gens qui n'ont pas peur de faire leur devoir et de lutter.

Le programme télévisé se désintéressa du Montana pour revenir en studio, où l'homme à la tête argentée regarda la caméra en face, puis baissa les yeux sur une feuille de papier. En bas de l'écran apparut le texte suivant :

« LES REVENANTS REPRÉSENTENT-ILS UNE
MENACE POUR L'HUMANITÉ ? »

Le présentateur parut trouver les mots qu'il cherchait :

— Après Rochester, c'est une question que nous avons tous à nous poser.

— S'il y a un domaine où les Américains seront toujours les premiers, c'est dans la production en série de connards armés de fusils d'assaut, commenta Harold en levant les sourcils.

Lucille rit malgré elle. Mais son rire fut de courte durée, car la télévision avait quelque chose de très important à dire. Et la télévision était sans patience, elle n'attendait pas que les gens soient prêts. Le regard du présentateur trahissait un certain malaise, comme si le téléprompteur était tombé en panne.

— Nous allons à présent entendre une communication du président des Etats-Unis, annonça-t-il subitement.

— Et voilà. J'en étais sûr, s'exclama Harold.

— Chut ! Tu n'es qu'un pessimiste !

— Je suis réaliste !

— Misanthrope !

— Baptiste !

— Crâne d'œuf !

Cet échange fulgurant de répliques se poursuivit jusqu'au moment où ils captèrent les paroles du Président.

— … rester confinés à domicile jusqu'à nouvel ordre.

Les chamailleries s'interrompirent net.

— Qu'est-ce qu'il a dit ? chuchota Lucille.

La réponse apparut sous forme d'un télétexte en bas de l'écran, comme la plupart des informations tombant dans le monde moderne.

« Par ordre spécial du Président, les Revenants ont désormais l'interdiction de sortir de leur domicile. »

Lucille devint toute pâle.

— Oh ! mon Dieu.

Dehors, à quelque distance encore, sur l'autoroute, les camions approchaient. Lucille et Harold ne pouvaient pas les voir, mais ils n'en étaient pas moins réels pour autant. Ils apportaient avec eux le changement et l'irrévocabilité, la continuité et l'ordre.

Les camions grondaient comme l'orage sur l'asphalte, apportant toutes ces choses, avançant vers Arcadia dans un fracas de tonnerre et de fatalité.

Gou Jun Pei

Les soldats l'aidèrent à descendre de l'arrière de la camionnette et le conduisirent en silence jusqu'à une haute construction couleur d'albâtre avec des fenêtres carrées et profondes. Du lieu se dégageait une impression générale de gravité et de sérieux. Il leur demanda où ils l'emmenaient, mais ils ne donnaient jamais aucune réponse, et il finit par renoncer à les questionner.

A l'intérieur du bâtiment, les soldats le laissèrent dans une petite pièce dépouillée avec ce qui ressemblait à un lit d'hôpital en son centre. Il fit les cent pas, fatigué de la position assise qu'il avait dû garder pendant le long trajet jusqu'à cet endroit mystérieux où on l'avait conduit sans rien lui dire.

Puis les hommes en blouse blanche entrèrent.

Deux médecins qui lui demandèrent de s'asseoir sur le lit. L'un après l'autre, ils le palpèrent, le tapotèrent, l'auscultèrent. Puis ils prirent sa tension, lui examinèrent les yeux, pour les raisons mystérieuses qui font que les médecins procèdent à ce genre de vérifications. Ils testèrent ses réflexes, lui prélevèrent du sang et continuèrent ainsi pendant un bon moment, sans jamais tenir compte de ses questions lorsqu'il leur demandait. « Où suis-je ? Qui êtes-vous ? Pourquoi voulez-vous mon sang ? Où est ma femme ? »

Des heures s'écoulèrent ainsi avant que les examens médicaux se terminent enfin. Et ils n'avaient toujours pas répondu à ses questions ni réagi à un seul de ses propos, comme s'il parlait à un mur. Il finit par se retrouver nu, transi, fatigué, le corps douloureux, avec le sentiment d'être une chose plus qu'une personne.

— C'est bon, on a terminé, dit l'un des médecins.

Et ils quittèrent la pièce.

Il demeura là, sans habits, sans rien d'autre que la sensation du froid et de la peur, à regarder la porte se refermer. Il entendit donner un tour de clé et resta là, dans une pièce située il ne savait où, à la merci de gens dont il ne savait rien.

— Qu'ai-je fait? demanda-t-il à voix haute, sans s'adresser à quelqu'un en particulier.

Mais seul l'écho de la pièce vide où on l'avait laissé lui répondit.

La solitude du lieu n'était pas sans rappeler celle du tombeau.

7

Harold et Lucille étaient assis devant leur maison, sous l'auvent de bois, comme c'était leur habitude depuis toujours. Le soleil était haut et le monde brûlant. Mais de temps en temps, une brise déboulant de l'ouest venait rendre les choses plus supportables, ce qu'ils considéraient l'un et l'autre comme une délicate attention de la part de la nature.

Assis dans son rocking-chair, Harold fumait en silence en faisant de louables efforts pour éviter que ses cendres ne tombent sur le nouveau bleu de travail que lui avait acheté Lucille. Leurs habituelles chamailleries et piques mutuelles se réglaient à coups de regards croisés, de langage corporel et d'achat de pantalons neufs.

Tout avait commencé au moment où les Revenants avaient été assignés à domicile et que la famille Wilson avait disparu de l'église. Le pasteur affirmait tout ignorer des circonstances de ce départ, mais Harold avait sa petite idée sur la question. Fred Green s'était bien démené ces dernières semaines pour remonter tout le monde contre le fait que les « démons » soient hébergés dans la maison du Seigneur.

Parfois Harold pensait au Fred Green qu'il avait connu dans sa jeunesse. Il revoyait ces dimanches d'autrefois, où sa Mary et lui venaient déjeuner le dimanche. Après le repas, Mary, debout dans le séjour, chantait de sa belle voix, haute et pure. Et Fred, immobile à ses pieds, la regardait comme un enfant qui serait tombé sur un manège rutilant au milieu d'une grande forêt sombre et solitaire.

Puis elle était morte d'un cancer, venu se nicher dans un de ses seins à un âge si tendre qu'aucun médecin n'aurait imaginé aller l'y détecter. Personne n'y pouvait rien, c'était sûr. Mais Fred avait pris la faute sur lui. Et ce n'était plus le même homme qui, en 1966, avait piétiné à son côté dans les broussailles, recherchant l'enfant perdu qu'ils avaient trouvé ensemble, en proie à la même horreur.

Le vent soufflait sur la terre, apportant le bruit des engins qui grondaient à chaque changement de vitesse. Même si les travaux se déroulaient dans le groupe scolaire, loin là-bas au cœur de la ville d'Arcadia, le son était clair et audible, comme une promesse qui leur était destinée.

— Qu'est-ce qu'ils construisent, à ton avis ? demanda Lucille, pendant que ses mains s'activaient doucement à recoudre une couverture déchirée durant l'hiver.

Ce moment ne lui paraissait pas plus mal choisi qu'un autre pour réparer ce qui avait souffert.

Harold, lui, se contentait de tirer sur sa cigarette et de regarder Jacob se livrer à ses jeux, tournant sous l'ombre mouchetée du grand chêne. Le garçon chantait. Harold ne reconnaissait pas la mélodie.

— Qu'est-ce qu'ils construisent, à ton avis ? répéta Lucille en élevant un peu la voix.

Harold souffla un grand nuage de fumée grise.

— Des cages.

— Des cages ?

— Pour les morts.

Lucille cessa de coudre. Elle posa la couverture sur le sol de bois et replaça avec soin ses instruments de couture dans leurs boîtes respectives.

— Jacob, chéri ?

— Oui, m'man ?

— Va jouer un peu plus loin dans le jardin, mon bébé. Là-bas, dans les buissons, près des magnolias, tu devrais pouvoir nous trouver des mûres. Cela nous ferait un bon dessert pour ce soir, tu ne penses pas ?

— Oui, m'man.

Investi d'une mission, le petit garçon vit son bâton se muer en épée. Il poussa un cri guerrier et courut à l'assaut des magnolias, à la lisière ouest de son domaine.

— Tu ne vas pas trop loin, pour que je puisse te voir, hein ? cria Lucille. Tu m'entends, Jacob ?

— Oui, m'man.

Déjà, il attaquait les broussailles avec son sabre. Il était rare qu'on lui accorde la permission de s'aventurer à distance de la maison — même pas un tout petit peu. Et sa liberté nouvelle l'enchantait.

Lucille se leva pour s'accouder à la rambarde. Elle portait une robe verte avec une double surpiqûre blanche au col et des épingles à nourrice attachées à une manche car, à la maison, estimait-elle, le besoin d'une épingle pouvait toujours se faire sentir. Ses cheveux argentés étaient retenus en queue-de-cheval et quelques mèches tombaient sur son front.

Sa hanche la titillait après être restée assise trop longtemps — mais surtout à force de jouer avec Jacob. Elle la frotta avec un petit soupir irrité. Plaçant les mains sur la rampe, elle fixa le sol à ses pieds.

— Je refuse que tu emploies ce mot, tu m'entends ?

Harold aspira profondément la fumée de sa cigarette puis l'éteignit sur le talon de sa chaussure. Il laissa la dernière bouffée de nicotine s'écouler hors de son corps.

— Bon, d'accord. Je ne l'utiliserai plus. Je les appellerai « Revenants », comme tout le monde, même si je ne vois pas vraiment ce que ça change. Tu aimerais qu'on t'appelle « Revenant », toi ? Ou « Retourné », comme un vulgaire emballage ?

— Tu pourrais simplement les appeler des personnes. Ou des gens.

— Mais ce ne sont pas des per…

Harold vit dans le regard de sa femme que le moment était mal choisi pour entamer ce débat.

— C'est juste qu'il s'agit… d'un groupe particulier de personnes, c'est tout. C'est comme lorsqu'on dit que quelqu'un est républicain ou démocrate. Ou qu'on le désigne par son groupe sanguin.

Il se frotta nerveusement le menton et fut surpris d'y trouver un début de barbe. Comment avait-il pu oublier un geste aussi élémentaire que son rasage du matin ?

Repoussant ce mystère dans un coin de son esprit, il reprit :

— Il nous faut quand même un nom pour les désigner. Pour savoir de quoi on parle.

— Ils ne sont pas morts. Ils ne sont pas « Revenants ». Ce sont… des êtres humains, tout simplement.

— Reconnais quand même qu'ils ne sont pas comme tout un chacun.

— Jacob est ton fils, Harold.

Il la regarda droit dans les yeux.

— Mon fils est mort.

— Non, il n'est pas mort. Il est là. Juste sous tes yeux.

Elle leva un doigt et le pointa.

Un silence tomba. Rempli seulement par le bruit du vent, le grondement du chantier au loin et les chocs légers du bâton de Jacob frappant les troncs des magnolias, au bord du fossé.

— Ils construisent des cages pour eux, reprit Jacob.

— Ils ne feraient tout de même pas une chose pareille ! En fait, personne ne sait quoi faire de ceux qui nous reviennent. Ils sont trop nombreux, c'est le problème. Partout, il en resurgit de nouveaux, tout le temps. Même si ces types qu'on voit à la télévision sont des fous, il est vrai que nous ne savons pas grand-chose à leur sujet.

— Au début, toi aussi, tu pensais savoir, pourtant. Tu disais que ce n'étaient pas des humains, mais des démons. Et tu étais très sûre de toi. Tu t'en souviens ?

— C'était avant ! Depuis, j'ai appris beaucoup de choses. Le Seigneur m'a permis de comprendre qu'un cœur fermé vit dans les ténèbres.

Harold émit un son impatient.

— Arrête. J'ai l'impression d'entendre les fanatiques du camp opposé. Ceux qui sont prêts à tous les canoniser et à en faire des saints.

— Ils ont été affectés par un miracle, Harold.

— Ils ne sont pas affectés. Ils sont infectés. Pourquoi, sinon, les confinerait-on à domicile? Et comment expliques-tu qu'ils leur construisent des cages, en ville, là, à l'heure où je te parle? Je les ai vus de mes propres yeux, Lucille. Pas plus tard qu'hier, lorsque je suis allé faire les courses. Ça grouille de soldats, de fusils, de Humvee, de camions et de clôtures. Des kilomètres et des kilomètres de clôtures. Empilées à l'arrière des camions. Du grillage où que l'on regarde. Et tous les jeunes militaires se démènent pour les élever, ces clôtures. A part une dizaine qui arpentent les lieux avec leurs fusils. Plus de trois mètres de haut, elles font. Et en acier, s'il te plaît. Des rouleaux de barbelés militaires à fixer au sommet. Ils entourent le groupe scolaire, apparemment. Tout le bâtiment a été réquisitionné. Il n'y a plus un seul élève là-bas depuis que le Président est venu parler à la télé. Ils ont dû penser que des enfants, il n'y en avait plus beaucoup, de par chez nous — et là-dessus, ils n'ont pas tort —, donc, que ça ne nous dérangerait pas de transférer les classes dans un autre lieu, plus petit, pendant qu'ils transformeraient notre école en camp de la mort.

— C'était censé être drôle?

— Ça se voulait être un jeu de mots. Tu veux que je reformule?

— Tais-toi!

Lucille tapa du pied par terre.

— Tu penses systématiquement que les gens sont capables du pire. Et tu as toujours été comme ça. C'est pour ça que tu es tout le temps grincheux et mal dans ta tête. Et que tu n'es pas capable de voir le miracle qui fleurit là, sous ton nez!

— Août 1966 — 15 août 1966.

Lucille traversa la terrasse en deux enjambées et gifla son mari. Si fort que le son claqua dans le jardin comme le coup de feu d'une arme de petit calibre.

— Maman?

Brusquement, Jacob était là, comme une petite ombre qui aurait poussé hors de terre. Lucille tremblait encore, le sang fouetté par un mélange d'adrénaline, de tristesse et de colère. Avec la sensation de picotement dans sa paume, elle crispa et décrispa les doigts, plus très certaine, en cet instant, que sa main lui appartînt toujours.

— Qu'y a-t-il, Jacob?

— J'ai besoin d'un récipient.

Debout au pied des marches de bois, l'enfant avait retourné son T-shirt pour en faire une sorte de poche ventrale, pleine à craquer de mûres. Sa bouche était maculée de taches violettes et le coin de ses lèvres s'incurvait en un angle inquiet.

— Ah, oui, bien sûr. Viens, mon chéri.

Elle ouvrit la porte-moustiquaire et fit entrer l'enfant. Les deux se dirigèrent avec précaution dans la cuisine, prenant soin de ne pas écraser le fragile chargement de fruits. Lucille chercha dans ses placards, trouva un saladier qu'elle aimait, et mère et fils se mirent en demeure de laver la récolte.

Harold resta seul, assis dans son rocking-chair. Pour la première fois depuis des semaines, il n'avait pas envie d'une cigarette. Lucille ne l'avait frappé qu'une seule fois auparavant. Et ça remontait à si loin qu'il se souvenait à peine pourquoi elle lui avait donné cette première gifle. Il se remémorait vaguement que c'était tombé à la suite d'une remarque qu'il avait faite au sujet de sa belle-mère. Ils étaient jeunes, à l'époque, et se formalisaient encore de ce genre de réflexion.

Tout ce qu'il savait avec certitude, c'est qu'alors, comme maintenant, il avait été en tort.

Il se redressa dans son fauteuil, se racla la gorge et regarda autour de lui pour essayer de s'occuper l'esprit. Mais rien ne parvenait à retenir son attention et il se contenta de rester assis et d'écouter.

Et tout ce qu'il entendait, c'était son fils.

Comme s'il n'y avait plus rien d'autre au monde que Jacob.

Et il songea — ou peut-être était-ce un rêve — qu'il en avait, au fond, toujours été ainsi. Dans son esprit, il vit les années se dérouler. Se déployer en spirale depuis 1966. Cette vision le terrifia. Alors qu'il s'en était bien tiré après la mort de Jacob, pour autant qu'il pouvait se souvenir. Il était fier de lui, fier de sa vie. Ne regrettait rien de ce qu'il avait entrepris. Il n'avait rien fait de mal… ou si?

Sa main droite se dirigea vers sa poche. Tout au fond, à côté de son briquet et de quelques pièces de monnaie égarées, ses doigts heurtèrent la petite croix en argent. La même que celle qui avait resurgi, comme sortie de nulle part, quelques semaines plus tôt — celle que le temps et le frottement avaient usée et ternie.

Une idée se forma alors dans son esprit. Une idée ou alors une sensation si aiguë qu'elle ressemblait à une idée. Mais une idée qui aurait été enfouie dans les profondeurs opaques de sa mémoire, remisée quelque part, à côté du souvenir de ses propres parents, devenu semblable à une image statique très floue, enterrée dans les zones les plus faiblement éclairées de son cerveau.

Peut-être que cette idée — la pensée ou la sensation qui le préoccupait — était une chose plus tangible, comme le fait d'être père. Il pensait beaucoup à la paternité, ces jours-ci. Après un demi-siècle d'inactivité dans le domaine, il était trop vieux, désormais, pour reprendre du service dans de bonnes conditions. Et pourtant, il avait de nouveau été enrôlé par un étrange caprice du sort. Ou du hasard. Ou du destin. Harold refusait de voir là l'intervention d'une déité quelconque, le bon Dieu et lui étant toujours en très mauvais termes.

Harold réfléchit à ce que cela signifiait d'être parent. Père, il ne l'avait été que huit ans, mais ces huit années-là ne l'avaient pas lâché, même après leur cessation brutale. Il n'en avait jamais parlé à Lucille, mais pendant la première décennie qui avait suivi la mort de Jacob, il avait été sujet à de soudains accès indéfinissables qui lui roulaient dessus à la manière d'une vague de fond. La plupart du temps, le phénomène se déclenchait quand il rentrait après le travail. Il y avait désormais un terme moderne pour désigner ces moments où vos émotions vous tombent dessus avec la délicatesse d'une charge de bazooka. Des « crises de panique », qu'ils appelaient ça.

Harold n'aimait pas trop se voir affublé d'une étiquette où figurait le mot « panique », mais il devait admettre que c'était bel et bien de panique qu'il s'agissait. A chaque crise, ses mains commençaient à trembler, son cœur à battre dans sa cage comme un troupeau de buffles en folie. Au point qu'il lui fallait se garer sur le bas-côté, le corps secoué de tressautements, pour allumer une cigarette qu'il pompait par courtes bouffées hachées. Son cœur cognait entre ses tempes. Et même ses yeux semblaient pris de palpitations.

Le tout comme un orage déchaîné qui finissait par s'éloigner aussi vite qu'il était arrivé. Parfois, la tornade laissait dans son sillage un souvenir fugitif de Jacob, comme lorsqu'on regardait fixement une vaste lune pleine et que sa lumière subsistait derrière les paupières closes, là où il n'aurait dû y avoir que ténèbres.

Tout à coup, avec la petite croix en argent entre les doigts, Harold crut sentir approcher une de ces crises. Ses yeux s'humidifiaient déjà. Et comme tout homme confronté à une menace émotionnelle aiguë, il capitula devant sa femme et enfouit ses pensées sous l'enclume de son cœur.

— D'accord, dit-il.

Ils se mouvaient en tandem dans le jardin, tous les deux. Harold avançait d'un pas lent et régulier ; Jacob décrivait des cercles. « Je te demande juste de passer un peu de temps avec lui, avait dit Lucille. Rien que vous deux. Allez faire quelque chose ensemble, comme vous le faisiez avant. C'est de ça qu'il a besoin, ton fils. » Ils en étaient donc là, tous les deux, Harold et son fils Revenant, arpentant la terre. Et Harold n'avait pas la moindre idée de ce à quoi ils pourraient s'occuper.

Alors ils marchaient, simplement.

Ils traversèrent le jardin, puis franchirent les limites de leur terrain et poursuivirent sur un chemin en terre qui finit par les mener jusqu'à la grande route. Malgré le décret qui assignait tous les Revenants à domicile, Harold conduisit son fils là où les engins militaires passaient le long de l'asphalte brûlé de soleil, là où les soldats à bord des camions et des Humvee pouvaient voir l'enfant Revenant et le vieil homme ratatiné par les ans.

Harold n'aurait su dire si c'était de la peur ou du soulagement qu'il ressentit lorsque l'un des Humvee freina, fit demi-tour et revint lentement sur eux. Pour Jacob, ce fut assurément de la peur. Il se cramponnait à la main de son père et se cacha derrière lui, risquant juste un coup d'œil prudent lorsque le véhicule s'immobilisa à leur hauteur.

Un militaire blond d'une bonne quarantaine d'années, avec une mâchoire puissante, un regard bleu, distant et froid, passa sa tête carrée par la vitre côté passager.

— Bonjour.

— Bonjour, dit Harold.

— Comment allez-vous, messieurs, aujourd'hui?

Harold haussa les épaules.

— Nous sommes vivants.

Le soldat eut un rire bref. Il se pencha un peu, pour mieux examiner Jacob.

— Et quel est ton nom, jeune homme?

— Moi? demanda Jacob.

— Oui, monsieur, dit le militaire. Je suis le colonel Willis. Quel est ton nom?

L'enfant sortir de derrière les jambes de son père.

— Jacob.

— Et quel âge as-tu, Jacob?

— Huit ans, m'sieur.

— Oh, oh. C'est un très bel âge, ça. Ils sont loin, mes huit ans. Tu sais quel âge j'ai? Essaie de deviner.

— Vingt-cinq?

— Raté! Tu es loin du compte. Mais merci.

Avec un large sourire, le colonel posa le bras sur la portière.

— J'ai presque cinquante ans.

— Waouh!

— Comme tu dis, oui. Je suis un vieux, vieux monsieur…

Et vous? lança le colonel d'une voix durcie en se tournant vers Harold.

— Je vais bien.

— Votre nom, monsieur?

— Harold. Harold Hargrave.

Le colonel tourna la tête par-dessus son épaule pour jeter un coup d'œil à un soldat assis à l'arrière. Ce dernier, un homme encore jeune, nota quelque chose sur un registre.

— Et où allez-vous, comme cela, par cette belle journée, messieurs?

Willis leva les yeux vers le soleil d'or et le ciel bleu, avec sa cohorte de petits nuages, comme des nacelles flottant paresseusement d'une extrémité à l'autre de la terre.

Harold, lui, ne regarda pas le ciel. Son attention restait rivée sur le Humvee.

— Nulle part en particulier. Nous nous dégourdissons juste un peu les jambes.

— Et vous comptez les dégourdir encore longtemps? Je peux peut-être vous reconduire chez vous, messieurs?

— Nous avons trouvé notre chemin jusqu'ici. Nous devrions pouvoir le trouver aussi au retour.

— Je vous proposais juste mon aide, monsieur... Hargrave, n'est-ce pas? Harold Hargrave?

Harold prit la main de Jacob et ils restèrent plantés comme des statues jusqu'à ce que le colonel comprenne.

Willis se retourna pour dire quelque chose au jeune soldat au volant. Puis il salua le vieil homme et son fils Revenant d'un signe de tête.

Le moteur du Humvee toussota, s'enclencha, et le gros véhicule militaire repartit dans un rugissement.

— Il était plutôt gentil, dit Jacob. Pour un colonel.

Le premier réflexe de Harold fut de rentrer à la maison, mais Jacob les entraîna dans une autre direction. L'enfant vira vers le nord et, tenant toujours son père par la main, les mena à travers les taillis puis, plus loin encore, jusque dans le cœur même de la forêt. Ils flânèrent sous les pins et les chênes blancs épars. De temps en temps, ils entendaient, à distance, le son d'un animal en fuite, suivi par le battement d'ailes des oiseaux décollant du sommet d'un arbre. Puis plus rien, que le vent qui sentait la terre et la résine, et un ciel d'ombre au loin, qui, plus tard, pourrait tourner à la pluie.

— Tu nous emmènes où, comme ça? voulut savoir Harold.

Jacob répondit par une question.

— Quel arbre a le plus de travail?

— Il vaudrait mieux qu'on ne se perde pas.

— Le bouleau, bien sûr!

Harold rit.

Bientôt, l'odeur de l'eau leur parvint. Père et fils avançaient toujours. Harold se souvint brièvement d'une expédition de pêche où ils s'étaient trouvés tous les trois, Jacob, Lucille et lui, sur un pont près du lac Waccamaw. Un pont bas, par chance, car ils ne pêchaient pas depuis une demi-heure lorsque Lucille s'était soudain mis en tête qu'il serait amusant de le pousser à l'eau. Mais il l'avait vue venir et s'était jeté sur le côté au dernier moment, lui donnant juste l'impulsion nécessaire pour qu'elle chute avec un grand cri dans le lac.

Lorsqu'elle avait refait surface et réussi à se hisser sur la rive, sa Lucille offrait un sacré spectacle avec son jean mouillé et sa chemise en coton qui lui collait à la peau, ses cheveux noirs dégoulinants décorés de quelques feuilles arrachées à la végétation dense de la berge.

— Tu as fait une belle prise, maman? avait demandé Jacob, avec un sourire jusqu'aux oreilles.

Sans même échanger un mot, Harold avait attrapé les bras de Jacob, et Lucille lui avait pris les pieds. Et ils l'avaient jeté à l'eau en riant.

La scène aurait pu remonter à la semaine précédente, se dit Harold en lui-même. La forêt s'éclaircit alors, ne laissant plus devant eux que la rivière, sombre et lente. Harold la contempla fixement.

— Nous n'avons pas apporté de vêtements de rechange. Je ne sais pas ce qu'elle va dire, ta maman, si nous rentrons à la maison tout trempés d'eau de rivière et souillés de boue. On va se faire enguirlander, tu vas voir.

Alors même qu'il parlait ainsi, Harold retirait ses chaussures et roulait son pantalon, exposant ses vieilles jambes maigres à la lumière du jour pour la première fois depuis une éternité. Il aida Jacob à relever son pantalon au-dessus du genou. Souriant largement, Jacob retira son T-shirt et descendit la berge en courant pour s'immerger jusqu'à la taille. Puis, avec un cri de joie, il plongea sous la surface et remonta en riant.

Harold secoua la tête et, sans vraiment le vouloir, retira sa chemise à son tour. Puis, aussi vite que le lui permettaient ses vieilles articulations, il courut lui aussi dans la rivière et rejoignit l'enfant.

Ils nagèrent, jouèrent, s'éclaboussèrent jusqu'à l'épuisement. Puis ils remontèrent lentement sur la berge, trouvèrent un coin d'herbe et s'étalèrent au soleil comme des crocodiles, laissant leurs corps se gorger de chaleur et de lumière.

Harold était fatigué, mais heureux. Comme si quelque chose de noué s'était dissipé en lui.

Il ouvrit les yeux et regarda le ciel, les arbres. Un trio de pins joignait leurs têtes, formant un bouquet dans un coin inférieur du ciel, occultant le soleil qui entrait en son déclin. La façon dont les trois arbres mêlaient leurs plus hautes branches éveilla la curiosité de Harold. Longtemps, il demeura immobile sur le dos, dans l'herbe, à les contempler fixement.

Puis il se redressa en position assise, avec une douleur sourde qui commençait à résonner dans son corps. Sa carcasse avait vieilli. Remontant ses genoux contre sa poitrine comme un enfant, il gratta la barbe rebelle de son menton et fixa son regard sur la rivière. Ce n'était pas la première fois qu'il se trouvait là, en ce point exact de la rive, avec les trois pins paresseusement sortis de terre pour se retrouver unis en leur faîte dans leur petite poche de ciel.

Jacob dormait à poings fermés dans l'herbe et son corps séchait doucement sous le soleil faiblissant. On racontait que les Revenants n'avaient pas besoin de beaucoup de sommeil, mais une chose était sûre : lorsqu'ils finissaient par sombrer, ils dormaient pour de bon. Leur repos semblait merveilleux et absolu, et l'enfant paraissait aussi paisible et satisfait qu'on puisse l'être. Comme si rien d'autre ne s'activait dans son corps que la lente et naturelle prosodie de son cœur.

« Il a l'air mort », songea Harold.

— Il est mort, se dit-il à voix basse.

Jacob ouvrit les yeux et regarda le ciel. Il cligna des paupières et se redressa en sursaut.

— Papa ? cria-t-il, affolé. Papa ?

— Je suis là.

A sa vue, la peur de l'enfant s'évanouit.

— J'ai fait un rêve.

Le premier réflexe de Harold aurait été de dire à l'enfant de venir sur ses genoux et de lui raconter son cauchemar. C'était ce qu'il aurait fait jadis. Mais ce qu'il avait sous les yeux n'était pas son fils, se rappela-t-il à l'ordre. Le 15 août 1966 avait emporté Jacob William Hargrave. De façon irrévocable et irréversible.

Cette présence à côté de lui, c'était autre chose. La mort imitant la vie. La chose marchait, parlait, souriait, riait et jouait comme Jacob, mais n'était pas Jacob. Ne pouvait être Jacob. Les lois immuables qui gouvernaient l'univers l'interdisaient.

Et même si, par quelque « miracle », l'impossible était devenu possible, Harold ne voulait rien en savoir.

Cela dit, même si ce double de son fils n'était pas son fils, même s'il s'agissait seulement d'une image hautement élaborée, un assemblage de mécanismes et de lumière, même si ce n'était que son imagination à lui assise dans l'herbe à côté de lui, cela n'en restait pas moins un enfant — un semblant d'enfant. Et Harold était peut-être vieux et amer, mais pas au point de rester insensible à la souffrance d'un petit garçon.

— Parle-moi de ton rêve.

— Je ne me rappelle pas trop, en fait.

— C'est souvent comme ça avec les rêves.

Harold se remit lentement sur ses pieds, s'étira muscle après muscle, puis entreprit de renfiler sa chemise. Jacob suivit son exemple.

— Quelqu'un te poursuivait ? demanda Harold. C'est souvent comme ça dans les cauchemars. Dans les miens, en tout cas. Des fois, ça peut faire vraiment peur, d'avoir quelqu'un ou quelque chose sur les talons.

Jacob hocha la tête.

Harold prit son silence comme un encouragement à poursuivre.

— En tout cas, ce n'était pas un rêve de chute.

— Comment tu le sais ?

— Parce que tu te serais débattu dans ton sommeil.

Pour démonstration, Harold leva les bras et donna des coups avec les jambes, en une parodie burlesque. Il y avait des années qu'il n'avait pas eu l'air aussi ridicule — à moitié habillé et encore mouillé — à agiter ainsi bras et jambes.

— Et pour te réveiller, il aurait fallu que je te jette au milieu de la rivière !

Alors, Harold se souvint. Avec une terrible précision, il se souvint.

Cet endroit sous les trois arbres tissés ensemble se détachant sur la trame ouverte du ciel était celui où il avait retrouvé Jacob, il y avait de cela tant d'années. C'était ici que Lucille et lui avaient fait connaissance avec la douleur. Ici que toutes les promesses de la vie à laquelle ils croyaient s'étaient désagrégées. Ici qu'il avait serré le corps immobile et sans vie de Jacob et qu'il avait pleuré, tremblé et maudit le ciel.

De cette prise de conscience — de sa présence sous ces trois arbres familiers avec la chose qui ressemblait si fort à son fils —, Harold ne put faire qu'une chose : il se mit à rire.

— C'est quelque chose ! s'exclama-t-il.

— Quoi ? demanda Jacob.

La seule réponse de Harold fut de rire plus fort. Puis ils se prirent à rire ensemble. Mais très vite le son de leurs deux rires fut écrasé par les pas lourds des soldats sortant de la forêt.

Les militaires se montreraient suffisamment polis pour laisser leurs fusils dans leur Humvee. Ils pousseraient même la civilité jusqu'à garder leurs armes de poing dans leurs holsters. Ce serait le colonel Willis qui arriverait en tête. Il marcherait avec les mains dans le dos, la poitrine projetée en avant comme celle d'un bouledogue. Et Jacob se cacherait dans les jambes de son père.

— Ce n'est pas que j'ai envie de le faire, dirait le colonel. J'ai vraiment essayé d'éviter d'en arriver là. Mais vous auriez dû rentrer à la maison, tous les deux.

Ce serait le début d'une période très difficile pour Harold, Lucille, Jacob et beaucoup, beaucoup d'autres.

Mais pour le moment, il y avait encore le rire.

Nico Sutil. Erich Bellof. Timo Heidfeld

Jamais la petite rue paisible de Rochester n'avait connu pareille agitation. Les pancartes étaient rédigées à la fois en anglais et en allemand, mais les Allemands auraient compris, même sans les slogans et les bannières. Il y avait plusieurs jours à présent qu'ils étaient là, à encercler la maison, à crier et à lever les poings. De temps en temps, une brique ou une bouteille de verre venait percuter un des murs. Cela s'était produit tant de fois que le bruit avait cessé de faire sursauter ceux qui se trouvaient à l'intérieur.

« Nazis, rentrez chez vous! » exhortaient certaines pancartes. « Nazis, retournez en enfer! » en proclamait une autre. Les traits tendus, M. Gershon observait la foule par la fenêtre.

— Ils ont peur, c'est tout. Les événements les dépassent.

C'était un homme petit et frêle avec une barbe poivre et sel et une voix qui tremblait lorsqu'il chantait.

— Je suis désolé, dit Erich.

Il n'avait que quelques années de plus que Nico. Aux yeux de M. Gershon, tous deux n'étaient guère plus que des enfants. Prenant garde de ne pas s'approcher des fenêtres, le vieil homme alla s'accroupir près de l'endroit où étaient assis Nico et Erich. Il tapota la main de Nico.

— Quoi qu'il arrive, ce ne sera pas votre faute. Cette décision m'appartient. Je l'ai prise en toute conscience, avec l'accord de l'ensemble de ma famille.

Nico hocha la tête.

— C'est ma mère qui m'a envoyé à l'armée. Elle avait une

véritable vénération pour le Führer. Moi, tout ce que je voulais, c'était faire des études et enseigner l'anglais.

— *Bon, ça va. Assez épilogué sur le passé! coupa Timo.*

Il avait l'âge de Nico, mais était loin d'avoir sa tendresse. Ses cheveux étaient foncés, son visage mince et aigu, comme son regard. Il ressemblait à l'idée que l'on se faisait d'un nazi, même s'il ne se comportait pas comme eux.

Dehors, les soldats avaient commencé à se frayer un chemin dans la foule. Jusque-là, ils avaient empêché les manifestants d'accéder à la maison. Mais plusieurs gros camions sombres arrivèrent dans un grondement de moteur jusque sur la pelouse des Gershon. Ils s'immobilisèrent et déversèrent leur contenu de soldats aux fusils frémissants.

M. Gershon soupira.

— *Il faut que je recommence à parlementer.*

— *Ce n'est pas vous qu'ils veulent, c'est nous.*

D'un geste, Erich désigna les six autres soldats nazis que les Gershon avaient tenté de cacher, sans succès, depuis un mois. La plupart d'entre eux étaient encore de grands adolescents et tous s'étaient trouvé emportés par un mouvement qui les dépassait — tout comme ils avaient été dépassés la première fois qu'ils avaient vécu.

— *C'est nous qu'ils veulent tuer, pas vrai?*

L'un des soldats s'empara d'un porte-voix et commença à hurler des instructions à l'intention des Gershon. La foule hurla son approbation.

— *Retournez en enfer! criaient-ils.*

— *Prenez votre famille avec vous et allez-vous-en d'ici, dit Nico.*

Les autres allemands acquiescèrent.

— *Nous renonçons à essayer de leur échapper. Il y a trop longtemps que cela dure. Nous nous sommes battus pendant la guerre et nous méritons cette arrestation.*

M. Gershon s'accroupit non sans mal. Son corps âgé et trop maigre était agité de tremblements. Il plaça une main sur le bras de Nico.

— *Vous êtes tous déjà morts une fois. Cela ne constitue-t-il pas une pénitence suffisante? Nous refusons de vous livrer à la vindicte de ces gens. Nous leur prouverons que les guerres sont faites par des individus et que les individus, en dehors des guerres, sont doués de cœur et de raison. Et qu'ils peuvent vivre ensemble — même une vieille famille juive ridicule comme la mienne et de jeunes garçons allemands qu'un fou a revêtus d'un uniforme et à qui il a donné l'ordre d'être horribles sous peine d'y passer eux-mêmes.*

Il tourna les yeux vers sa femme.

— Nous devons prouver que notre monde est capable de pardon.

Elle lui rendit son regard, son visage aussi ferme et déterminé que le sien.

Du premier étage leur parvint un fracas de verre brisé suivi d'un son sifflant. Puis quelque chose heurta le côté de la maison à proximité de la fenêtre. De nouveaux sons sifflants. Un nuage blanc s'épanouit.

— Ils nous gazent! cria Timo, plaçant une main sur sa bouche.

— Ne craignez rien, l'exhorta M. Gershon de sa voix douce en regardant les soldats allemands dans les yeux. Nous ferons en sorte que cela se passe de façon pacifique. Ils vont juste nous arrêter, c'est tout.

— Nous tuer, oui! lança Timo. Nous devons résister. Nous battre.

— Tu as raison.

Erich se leva pour se diriger, plié en deux, vers la fenêtre et compter le nombre d'hommes armés.

M. Gershon secoua la tête.

— Non. Ce n'est pas ainsi que nous devons laisser les choses se produire. Si vous vous battez, ils vous tueront et c'est l'inscription qui restera dans la mémoire collective : une maison pleine de soldats nazis qui, après être revenus du tombeau, ne savaient toujours faire qu'une seule chose : se battre et tuer.

Il y eut un gros choc contre la porte.

— Merci, dit Nico.

Puis le battant de bois vola en éclats.

8

Trois semaines plus tôt, son irascible mari et son fils ancienne-
ment décédé avaient été arrêtés pour des motifs qui, aux yeux de
Lucille, se résumaient à : « Etre une vieille rosse têtue » combiné
à « Revenant sur la voie publique ». Elle devait convenir qu'ils
étaient coupables individuellement desdites infractions. Aucun
avocat au monde n'aurait pu plaider que Harold n'avait pas un
caractère criminellement exécrable. Quant au statut d'ancien-
mort-qui-ne-l'était-plus de Jacob, il ne faisait également aucun
doute.

Mais dans la partie de son esprit qui souscrivait aux notions
générales et incontournables du bien et du mal, Lucille avait la
conviction solidement ancrée que tous les torts étaient du côté
de l'Agence.

Sa famille n'avait rien fait. A part se promener sur un terrain
privé — pas public, non, notez-le bien, sur une propriété appartenant à un particulier. Et le hasard avait voulu que leur prome-
nade les conduise le long d'une voie publique où les hommes de
l'Agence passaient à bord de leurs engins. Des hommes de l'AIR
qui les avaient suivis jusque dans les bois pour les appréhender.

Depuis cette arrestation, Lucille avait beau essayer toutes
sortes de méthodes, plus moyen de fermer l'œil la nuit. Lorsque
le sommeil daignait se présenter, il tombait comme une convo-
cation au tribunal ; autrement dit, toujours au moment le plus
inattendu et le moins approprié. En cet instant précis, Lucille
était affaissée sur son banc d'église, revêtue de sa belle robe du
dimanche, la tête inclinée en un angle révélateur — attitude

souvent relevée chez les jeunes enfants privés de leur sieste. Elle transpirait un peu. On était en juin et chaque jour ressemblait à un sauna.

Lucille rêvait de poissons. Dans son rêve, elle se tenait au milieu d'une foule de gens, tous affamés. A ses pieds se trouvait un grand seau en plastique rempli de perches et de truites, de flets et de soles.

— Je vais vous aider, tenez, prenez celui-là, disait-elle. Là, servez-vous. Je suis désolée… Voilà pour vous…

Les personnes dans son rêve étaient toutes des Revenants. Elle ne savait pas trop pourquoi elle leur présentait des excuses, mais il paraissait vital de le faire.

— Je suis désolée. Tenez, celui-ci est pour vous. Je fais de mon mieux pour essayer de vous aider. Désolée, vraiment. Non, ne vous inquiétez pas… Prenez donc cette truite.

Ses lèvres bougeaient toutes seules, à présent, alors qu'elle dormait, tassée sur son banc.

— Je regrette, vraiment, lança-t-elle à voix haute. Mais je vous aiderai, soyez sans crainte.

Dans son rêve, la foule se pressait autour d'elle, la serrait de toujours plus près. Elle s'aperçut que les Revenants étaient tous contenus dans une cage vraiment immense — avec des clôtures en acier et des barbelés —, une cage qui rétrécissait petit à petit.

— Oh, mon Dieu, non! s'exclama-t-elle encore plus fort. Tout va s'arranger! Je vous porterai secours!

Là-dessus, elle se réveilla, ouvrit les yeux et se trouva au centre de l'attention de toute la congrégation baptiste d'Arcadia.

— Amen, conclut en souriant le pasteur Peters, du haut de sa chaire. Même dans ses rêves, notre sœur Lucille Hargrave se porte au secours de son prochain. Alors comment se fait-il que le reste d'entre nous ait tant de peine à se montrer serviable lorsque nous sommes réveillés?

Puis il reprit son prêche, où il était question de patience et du Livre de Job.

A la honte d'avoir dormi pendant le culte venait s'ajouter une pointe de culpabilité pour avoir distrait le pasteur de sa prédication. Mais ce sentiment était atténué par le fait que, distrait, le pasteur l'était en permanence depuis quelque temps. Quelque chose pesait sur ses pensées — ou sur son cœur. Et même si aucune de ses ouailles n'avait pu diagnostiquer la nature exacte du problème, il apparaissait clairement à tous qu'il n'était pas dans son état coutumier lorsqu'il délivrait ses prêches.

Lucille se redressa, s'essuya le front et marmonna un « amen » à contretemps pour souligner un point important de la prédication. Ses yeux picotaient et elle avait du mal à les garder ouverts. Elle trouva sa bible, l'ouvrit et, d'un œil somnolent, essaya de repérer les versets sur lesquels portait le prêche en cours. Même si le Livre de Job n'était pas très long, il lui fallut quand même feuilleter sa bible un moment. Lorsqu'elle tomba enfin sur le passage commenté par le pasteur, Lucille fixa des yeux la page et se rendormit séance tenante.

Lorsqu'elle se réveilla pour la seconde fois, le culte avait pris fin. L'air était immobile et les bancs presque vides, comme si le bon Dieu lui-même avait levé le camp et décidé que sa présence s'imposait ailleurs. Le pasteur, lui, était toujours là, avec sa petite femme dont le prénom continuait d'échapper à Lucille. Ils étaient assis juste devant elle et se retournaient pour la regarder avec un doux sourire en coin.

Le pasteur s'exprima en premier :

— J'ai déjà envisagé de faire partir des feux d'artifice sonores pendant mes prêches, pour ramener l'attention sur ce qui se passe en chaire. Mais le chef des pompiers a tué l'idée dans l'œuf.

Il haussa ses épaules massives qui s'élevèrent comme des montagnes sous la veste de son costume. Son front était criblé de minuscules gouttes de sueur, mais il gardait stoïquement son veston en laine noire, avec l'expression propre aux hommes de Dieu : préparés à subir.

Sa petite épouse ajouta alors de sa petite voix si oubliable :

— Nous sommes inquiets à votre sujet, Lucille.

Elle portait une robe de couleur claire avec un petit chapeau fleuri. Fidèle à elle-même, elle sourit d'un sourire petit format. Elle ne semblait pas seulement prête, mais pleinement disposée à s'effondrer à tout instant.

Lucille se redressa, le dos droit, la bible contre la poitrine.

— Ne vous inquiétez pas pour moi. Le Seigneur me soutiendra dans cette épreuve.

— Allons, sœur Hargrave, ne marchez pas sur mes plates-bandes. C'est moi qui suis censé prononcer ces phrases de réconfort, protesta le pasteur en affichant un de ses larges et très beaux sourires.

Son épouse pivota le buste pour poser une de ses petites mains sur le bras de Lucille.

— Vous paraissez tellement lasse. Quand avez-vous dormi pour la dernière fois?

— Il y a quelques minutes, à peine. Vous n'avez pas remarqué?

Lucille laissa échapper un petit rire.

— Je suis désolée. Ce n'est pas moi que vous venez d'entendre, mais mon Ostrogoth de mari qui s'exprimait à travers moi. Quel démon, celui-là! Pff!

Elle serra le Livre contre son cœur.

— Quel meilleur endroit que la maison de Dieu pour s'accorder un peu de repos? Y a-t-il un autre lieu au monde où je puisse me sentir aussi à mon aise? Je ne crois pas.

— A la maison? suggéra la femme du pasteur.

Lucille se demanda si c'était une insulte délibérée ou s'il s'agissait d'une vraie question. L'épouse était si menue qu'elle lui accorda le bénéfice du doute.

— La maison, par les temps qui courent, ce n'est plus tout à fait la maison.

Le pasteur plaça sa grande main sur son bras, à côté de celle de son épouse.

— J'ai parlé à l'agent Bellamy.

Le visage de Lucille se durcit.

— Moi aussi, je lui ai parlé. Et je parie qu'il vous a répondu la même chose qu'à moi : « Ce n'est pas de mon ressort. » Pff!

Avec une moue contrariée, Lucille rajusta sa coiffure.

— A quoi ça sert d'être un agent du gouvernement si on n'est même pas fichu de faire quoi que ce soit pour qui que ce soit ? S'il n'a pas plus de pouvoir que nous autres ?

— Je dois dire, pour sa défense, que le gouvernement est un peu plus vaste que les individus qu'il emploie. Je suis sûr que Martin Bellamy fait tout ce qui est en son pouvoir pour vous aider. Il me paraît honnête, cet homme. Ce n'est pas lui qui retient Harold et Jacob de force, c'est la loi. Harold a choisi de rester avec Jacob.

— Choisi ? Comme si le choix se posait ! Jacob est son fils.

— Je sais. Mais tous ne réagissent pas comme votre mari, Lucille. D'après ce que m'a dit Bellamy, seuls les Revenants sont retenus là-bas, normalement. Mais des gens comme Harold refusent de laisser leurs proches livrés à leur sort, donc maintenant…

La voix du pasteur s'évanouit dans un murmure. Puis il parut se ressaisir et reprit d'une voix plus forte :

— C'est peut-être ce qu'il pouvait arriver de mieux, au fond. Nous ne devons pas laisser la ségrégation s'établir. Au moins, pas complètement, comme certaines personnes aimeraient que cela se passe.

— Ainsi, c'est Harold qui a choisi de rester ? reprit Lucille d'une voix pensive.

— Il n'a pas voulu laisser Jacob seul, confia le pasteur. Et Bellamy prendra soin d'eux. Comme je vous le disais, c'est un homme bon.

— Je l'ai cru, oui. La première fois que je l'ai vu, il m'a paru bien, ce Bellamy, même s'il venait de New York. Je ne l'ai même pas jugé sur le fait qu'il était noir.

Lucille mit fortement l'accent sur ce point. Ses parents avaient été l'un et l'autre des racistes militants, mais elle était revenue de leurs erreurs. A travers la parole de Dieu, elle avait compris qu'une personne en valait une autre. Et que la couleur de sa peau importait aussi peu que celle de ses sous-vêtements.

— Mais quand je le regarde maintenant, poursuivit-elle, je me demande comment un homme honnête — et je me fiche bien qu'il soit jaune, rouge, noir ou vert — peut accepter d'être mêlé à... à un kidnapping! Arracher un enfant de sa maison, de sa mère, pour l'enfermer en prison! A huit ans!

La voix de Lucille grondait avec la force et l'ampleur d'un vent de tempête.

— Voyons, voyons, Lucille, dit le pasteur.

— Voyons, voyons, reprit son épouse en écho.

Le pasteur Peters quitta son banc pour aller s'asseoir à côté d'elle et passer son bras massif autour de ses épaules.

— Il ne s'agit pas d'enlèvements, même si je comprends que cela puisse donner cette impression. Les gens de l'AIR essaient juste de... de donner l'impression de remédier aux problèmes, en fait. Les Revenants sont tellement nombreux, à présent, que l'Agence s'efforce de rassurer la population comme elle le peut.

— Rassurer la population! En arrachant un vieil homme et un enfant de leur foyer pour les embarquer sous la menace des armes! Si c'est des méthodes, ça!

Lucille manqua laisser tomber sa bible alors que ses mains s'animaient soudain devant elle. Elle parlait toujours en gesticulant lorsque la colère prenait le dessus.

— Et les retenir prisonniers trois semaines? Les enfermer sans même... sans même... Je ne sais pas, moi... Sans qu'il y ait eu dépôt de plainte, ou partie civile, ni rien du tout qui ressemble à une procédure légale!

Elle tourna les yeux vers une des fenêtres de l'église. Même de là où elle était assise, elle voyait la ville au loin, au pied de la colline. Et au cœur de la bourgade, le groupe scolaire avec les préfabriqués qu'ils avaient érigés à l'abri des hautes clôtures rébarbatives. On devinait au loin les Revenants et les soldats qui allaient et venaient, puis le petit groupe de maisons qui n'avaient pas encore été englobées dans le nouveau complexe grillagé. Une voix dans le cœur de Lucille lui souffla que cela ne durerait pas, que toute la ville serait bientôt annexée.

Très loin, de l'autre côté d'Arcadia — dissimulée par les arbres et la distance —, on entrevoyait sa maison qui attendait, sombre et vide.

— Oh, Seigneur...

— Allons, allons, Lucille, l'exhorta — assez inutilement — la femme du pasteur.

— Je n'arrête pas de lui parler, à ce Martin Bellamy! Je lui dis que ce qui se passe, ce n'est pas de la justice, que l'AIR n'a pas le droit de traiter les gens de cette façon. Mais tout ce qu'il me répond, c'est qu'il ne peut rien faire, rien dire, qu'il n'a plus voix au chapitre. Que c'est ce colonel Willis qui décide de tout, à présent. A croire que ce Willis peut tout, et lui plus rien. Vous trouvez ça normal, vous? Bellamy est un agent du gouvernement, oui ou non? Avec sa belle voix et son beau costume, il peut agir, se défendre, taper du poing sur la table! Je ne sais pas, moi!

— Lucille…

Le pasteur baissa la voix et parla avec lenteur, ayant découvert que cette simple technique avait pour effet de calmer ses interlocuteurs, même lorsqu'ils ne souhaitaient pas l'apaisement. Lucille se contenta de baisser les yeux sur la bible qui reposait sur ses genoux. Chaque trait, chaque courbe de son visage était marqué par le questionnement.

— Le Seigneur sait ce qu'il fait, même si Martin Bellamy ne le sait pas, poursuivit le pasteur.

— Mais ça fait trois semaines que ça dure!

— Et ils sont vivants et en bonne santé tous les deux, non?

— Ils en ont l'air, oui.

Elle ouvrit sa bible sans chercher de texte en particulier, juste pour s'assurer que la parole divine était toujours là. Puis elle chercha un mot à elle, un mot de qualité qui lui redonnerait le sens de sa propre dignité.

— Mais ils sont *écroués*! Comme des malfaiteurs!

— Ils sont juste logés dans l'école où tous les enfants de cette ville ou presque ont appris à lire et à écrire.

De nouveau, il passa le bras autour de ses vieilles épaules.

— Je sais que cela ne fait pas le même effet, avec tous ces soldats qui montent la garde autour, mais cela reste quand même notre école. C'est dans ce même bâtiment que Jacob allait en classe, il y a cinquante ans.

— L'école était flambant neuve, à l'époque, murmura Lucille, retombant dans ses souvenirs.

— Et je suis sûr qu'elle était belle.

— Pour sûr, qu'elle l'était. Belle et neuve, moderne. Mais bien plus petite, en ce temps-là. Avec les années, ils ont ajouté des extensions, à mesure que la ville a pris de l'ampleur et de l'ancienneté.

— Alors ne pourrions-nous pas penser à eux comme s'ils étaient encore dans cette première version de l'école ?

Lucille ne dit rien.

— Ils sont au chaud et ils ont à manger.

— Parce que je les nourris !

— Alors ils bénéficient de la meilleure cuisine de tout le comté.

Le pasteur en rajouta un peu en regardant démonstrativement sa femme.

— Je n'arrête pas de dire à ma bien-aimée qu'elle devrait s'installer quelques semaines chez vous et apprendre le secret de votre croustade aux pêches.

Lucille sourit et lui fit signe de la main d'arrêter ses flatteries.

— Elle n'a rien de si extraordinaire. Même à Martin Bellamy, je lui en apporte, de la nourriture.

Elle marqua une pause.

— Je vous l'ai déjà dit. Je l'aime bien, ce Bellamy. Je pense qu'au fond, c'est quelqu'un de correct.

Le pasteur lui tapota le dos.

— Tout à fait, tout à fait… Harold, Jacob, lui, et tous ceux, à l'école, qui ont eu l'occasion de goûter votre délicieuse cuisine vous en sont reconnaissants. Car j'ai entendu que vous arriviez chaque fois là-bas avec des montagnes de bonnes choses et que vous les partagiez entre les gens. Je sais qu'ils vous remercient tous les jours.

— C'est déjà bien assez malheureux que ces pauvres gens soient prisonniers. Si en plus ils doivent se contenter de la mauvaise tambouille distribuée par le gouvernement !

— Je pensais que les repas venaient du service de restauration dirigé par Mme Brown. Comment l'appelle-t-elle, maintenant ? L'Ad Patres Gourmand ?

— C'est bien ce que je disais — de la mauvaise tambouille !

Ils rirent tous les trois.

— Cette affaire finira bien par se régler, reprit le pasteur lorsqu'ils se calmèrent. Et tout s'arrangera pour Harold et pour Jacob.

— Vous êtes allé faire un tour, là-bas ?

— Bien sûr.

Lucille lui tapota la main.

— Que Dieu vous en bénisse. C'est un pasteur qu'il leur faut. Ils ont besoin d'une aide spirituelle, tous, sans exception.

— Je fais ce que je peux. J'ai parlé avec Martin Bellamy — nous parlons beaucoup tous les deux, en fait. Et je crois sincèrement qu'il s'agit d'un homme intègre qui fait de son mieux. Mais la situation évolue très vite. L'Agence doit faire face à un tel nombre de nouveaux Revenants…

— … qu'ils ont mis l'horrible colonel Willis aux commandes.

— C'est ce que j'ai cru comprendre, oui.

Lucille pinça les lèvres.

— Il faut que quelqu'un fasse quelque chose.

Sa voix était basse, comme un filet d'eau murmurante sortant de l'anfractuosité d'une roche.

— C'est un homme cruel, monsieur le pasteur. Ça se voit dans son regard — un regard qui s'éloigne lorsqu'on plonge les yeux dedans. Si vous l'aviez vu lorsque je suis allée là-bas pour récupérer mon Harold et mon Jacob. Il était plus froid que la nuit, en décembre. Comme une montagne d'apathie.

— Dieu trouvera un moyen.

Lucille acquiesça d'un signe de tête, même si, depuis trois semaines, le doute se faisait parfois lancinant.

— Dieu trouvera un moyen, oui. Mais je m'inquiète quand même.

— Nous avons tous matière à nous inquiéter, répondit le pasteur.

Face à eux

Il y avait plusieurs décennies, à présent, que Fred Green rentrait tous les soirs pour retrouver une maison vide. Il s'était habitué au silence. Et même s'il n'était pas un grand fan de sa propre cuisine, il avait fini par se réconcilier avec les plats préparés décongelés et les steaks systématiquement trop cuits qu'il se préparait à l'occasion.

La cuisine avait toujours été le domaine de Mary.

Dans la journée, lorsqu'il ne travaillait pas sur ses propres terres, il était à la scierie, prêt à accepter n'importe quelle tâche qu'on voulait bien lui proposer. Il était rare qu'il rentre chez lui avant la nuit et, chaque soir, il se sentait un peu plus fatigué, un peu plus brisé que la veille. Ces derniers temps, cependant, il avait plus de difficultés à se faire embaucher, même pour quelques heures. Quand il arrivait, il y avait toujours une file d'hommes plus jeunes et plus valides que lui, qui attendaient dans la faible lumière du matin que le contremaître vienne choisir ses manœuvres à la journée.

Et même si, en matière de travail manuel, l'expérience avait ses mérites, la jeunesse, elle, présentait des avantages quasi imbattables. Fred avait atteint un stade de sa vie où il commençait à s'essouffler. Il y avait tout simplement trop à faire.

C'était ainsi que, chaque soir, Fred Green rentrait chez lui, faisait réchauffer un plat surgelé et s'installait devant la télévision, où il n'était plus question que des Revenants, et encore des Revenants.

Les explications des journalistes, il ne les écoutait que d'une oreille. Il était bien trop occupé à les houspiller, à les traiter d'imbéciles et de fouteurs de merde, si bien qu'il n'attrapait ici et là que des fragments décousus d'actualité sur le flux des Revenants qui, chaque jour, ressemblait de plus en plus à un fleuve.

Toute cette histoire avait pour effet de le mettre mal à l'aise, l'emplissait de sombres pressentiments.

Mais il y avait autre chose. Une sensation qu'il ne parvenait pas à nommer. Les nuits lui pesaient de plus en plus, ces dernières semaines. Chaque soir, il montait se coucher dans sa maison vide et silencieuse — comme il le faisait depuis tant d'années — et il courait après le sommeil jusque bien après minuit. Lorsque l'oubli espéré venait enfin, son sommeil restait superficiel et agité, privé de rêves et néanmoins entrecoupé.

Certains matins, il se réveillait avec des bleus sur les mains qu'il attribuait à sa tête de lit de bois. Une nuit, il fut saisi par une impression de chute et s'éveilla juste avant d'atterrir sur le plancher, au pied de son lit, le visage ruisselant de larmes, une profonde et indescriptible tristesse aspirant l'air autour de lui jusqu'à le rendre irrespirable.

Il demeura là, à sangloter à même le sol, en colère contre il ne savait trop quoi, la tête pleine de découragement et de nostalgie.

Il appela sa femme.

Il y avait si longtemps qu'il n'avait plus prononcé les deux syllabes de son prénom qu'il n'aurait su dire à quand remontait la dernière fois. Il composa le mot sur sa langue, le lança et l'écouta résonner dans l'air lourd et confiné de la maison, encombrée de tant de vieux désordre.

Puis, toujours affalé sur le plancher, il attendit. Comme si elle allait soudain sortir de sa cachette, nouer les bras autour de lui, l'embrasser et chanter pour lui — de cette voix resplendissante et aimée qui lui manquait tant —, lui apportant de nouveau la musique après toutes ces années de vide.

Mais personne ne répondit.

Il finit par se relever. Se dirigea vers le placard dont il sortit une malle qui n'avait pas revu la lumière du jour depuis des lustres. Elle était noire, avec une fine patine sur les charnières en laiton, et parut émettre un soupir lorsqu'il l'ouvrit.

La malle était remplie de livres, de partitions, de petites boîtes contenant des bijoux fantaisie et de menus objets en céramique que personne n'était plus capable d'apprécier dans cette maison. A mi-hauteur du coffre, enfoui sous un corsage de soie avec une délicate broderie de roses sur le col, se trouvait l'album photo. Fred le prit, s'assit sur le lit, l'épousseta. L'album s'ouvrit avec un petit craquement.

Et, tout à coup, elle fut de nouveau devant lui, sa Mary, et son regard souriant.

Il avait oublié la fragile rondeur de son visage. Oublié qu'elle avait les cheveux aussi noirs. Oublié cet air égaré qui semblait flotter en permanence sur ses traits — et qui avait sans doute été ce qu'il avait le plus aimé chez elle. Même lorsqu'ils se disputaient, elle avait toujours eu cette expression déconcertée, comme si elle voyait le monde sous un angle que personne d'autre ne percevait ; comme s'il lui était impossible de comprendre, même avec la meilleure volonté du monde, pourquoi les gens se comportaient comme ils le faisaient.

Il resta assis ainsi, à tourner les pages de l'album en essayant de ne pas penser au son de sa voix — à la pure perfection de son timbre quand elle chantait pour lui les nuits où le sommeil ne voulait pas lui venir. Il ouvrit et referma la bouche comme pour former une question qui, par entêtement, refusait de sortir.

Puis il tomba en arrêt devant une photo. Son sourire avait perdu son éclat ; son expression n'était plus égarée, mais décidée plutôt. Le cliché datait d'un après-midi baigné de soleil, peu après sa fausse couche.

Cette tragédie particulière était restée un secret entre elle et lui. A peine avaient-ils reçu la confirmation de la grossesse que tout s'était effondré. Fred s'était réveillé cette nuit-là, au son des sanglots de sa femme. Elle pleurait doucement dans la salle de bains, avec le fardeau de ce qui venait de se passer déjà sur les épaules.

Lui, une fois endormi, avait toujours eu un sommeil de plomb. « T'arracher de ton sommeil, c'est comme réveiller les morts », lui avait-elle dit un jour. Aujourd'hui encore, il se demandait si elle avait essayé de faire appel à lui cette nuit-là, si elle lui avait demandé son aide et s'il l'avait laissée livrée à elle-même. Clairement, il aurait pu faire quelque chose.

Comment un mari pouvait-il dormir — platement dormir — dans de telles circonstances ? La question ne cessait de le tarauder. Il était resté là, ronflant comme un sonneur, comme un animal privé de parole, alors que la braise fragile de la vie de leur enfant s'éteignait sans bruit.

Ils avaient prévu d'annoncer la nouvelle de la grossesse à leurs amis lorsque Mary fêterait son anniversaire, moins d'un mois plus tard. Mais il n'y avait plus eu lieu d'annoncer quoi que ce soit. Seul le médecin avait eu connaissance de leur malheur. Et la seule trace visible qui en avait subsisté avait été la pâleur nouvelle du sourire de Mary. Une pâleur qu'il n'avait jamais pu oublier. Il retira la photo de sous le papier collant transparent qui la maintenait en place. Elle sentait le vieux, la colle et le moisi. Cette nuit, pour la première fois depuis que Mary était morte, il pleura sans bruit.

Le lendemain matin, Fred se présenta à la scierie, mais, une fois de plus, on ne voulut pas de lui. Il rentra chez lui et vérifia l'état de ses cultures. Mais ses champs n'avaient pas besoin de lui non plus. Alors il monta dans son camion et se rendit chez Marvin Parker.

Marvin vivait dans la maison juste en face de l'entrée du bâtiment scolaire où ils parquaient les Revenants. Marvin n'avait qu'à s'asseoir dans son jardin pour assister aux arrivages — des cars pleins de Revenants que l'on débarquait devant les grilles. Et regarder les Revenants arriver était précisément ce à quoi Marvin employait désormais son temps.

Fred, sans trop savoir pourquoi, sentait que sa place était là, à lui aussi. Il avait besoin de voir par lui-même à quoi ressemblait désormais le monde. Besoin de voir les visages des Revenants.

Presque comme s'il cherchait quelqu'un de précis.

Harold était assis en silence sur le bord de son lit de camp, au milieu de ce qui, quelques mois auparavant encore, avait été la classe de dessin de Mme Johnson. Il regrettait de ne pas avoir un bon mal de dos, qui lui aurait permis de rager et de bisquer tout son soûl. Harold avait toujours eu plus de facilités à réfléchir en profondeur sur des sujets graves, ou déroutants, une fois qu'il avait râlé et pesté énergiquement au sujet de son dos. Il frémit en pensant à ce qui aurait pu se passer s'il n'avait pas été un vieux grincheux et un râleur fini. Lucille aurait sans doute réussi à le sanctifier d'une façon ou d'une autre, à l'heure qu'il était.

Le lit de camp voisin était occupé par Jacob, avec sa couverture pliée sur l'oreiller. C'était une de ces couvertures que Lucille cousait de ses mains. Elle était pleine de motifs complexes, de couleurs variées et de coutures décoratives. Seul un assaut nucléaire en règle aurait pu l'effilocher. L'oreiller avait été aplati et remis droit, la couverture, pliée dans les règles de l'art, formait un rectangle parfait.

« Comme il est soigneux, ce garçon », songea Harold. Il se demanda s'il en avait toujours été ainsi.

— Charles ?

Harold soupira. Dans l'encadrement de la porte de l'atelier d'art devenu dortoir se tenait la vieille femme. Une Revenante, elle aussi. La lumière de fin d'après-midi tombait sur son visage, entouré comme par un halo d'éclaboussures de peintures, aux couleurs et dans des états d'achèvement variés, traces laissées par de nombreuses années de projets artistiques faits en classe. Il y avait des jaunes vibrants et des rouges ardents qui auraient dû être atténués par le passage des années, estimait Harold. Pourtant, ils avaient gardé tout leur éclat.

Ce pointillé de couleurs englobait la vieille femme dans une sorte d'arc-en-ciel anarchique, lui donnant un air de majesté et de magie.

— Oui ? dit Harold.

— A quelle heure partons-nous, Charles ?

— Bientôt, dit Harold.

— Nous allons être en retard, Charles. Et je ne suis pas d'accord, tu sais. C'est très impoli.

— Ce n'est pas grave. Ils nous attendront.

Harold se leva, s'étira, et se dirigea lentement vers la vieille dame, Mme Stone, pour la conduire jusqu'à son lit placé dans un coin de la salle. C'était une grande femme noire qui, a quatre-vingts ans bien tassés, avait largement perdu la tête. Mais sénile ou pas, elle prenait soin d'elle-même et de ses maigres affaires. Elle était toujours propre et coiffée. Et se débrouillait, Dieu sait comment, pour que ses quelques vêtements restent impeccables.

— Tu n'as aucun souci à te faire, reprit-il patiemment. Nous ne serons pas en retard.

— Mais nous sommes déjà en retard.

— Nous avons tout le temps qu'il faut devant nous.

— Tu es sûr ?

— Absolument, mon cœur.

Harold sourit et lui caressa la main pendant qu'elle prenait place sur le lit. Il s'assit à côté d'elle, et elle se coucha sur le côté, glissant déjà dans le sommeil. Tout se passait avec elle selon un schéma presque immuable : une excitation soudaine due à quelque problème insurmontable. Et puis, hop ! elle s'endormait d'un coup.

Il veilla ainsi sur Mme Stone — Patricia, c'était son prénom — jusqu'à ce que le sommeil l'emporte. Puis, malgré la chaleur de juin, il posa sur elle la couverture prise sur le lit de Jacob. Elle marmonna quelque chose au sujet des gens importants qu'il ne convenait pas de faire attendre. Puis ses lèvres s'immobilisèrent, sa respiration se fit lente et régulière.

Harold retourna s'asseoir sur son propre lit. Et songea qu'il aurait bien aimé avoir un livre. Peut-être demanderait-il à Lucille de lui en apporter un, la prochaine fois qu'elle viendrait les voir. Tant qu'il ne s'agissait pas de la Bible ou d'un autre attrape-nigaud du même acabit.

N'empêche que Bellamy jouait bel et bien un rôle dans cette histoire, médita Harold en se frottant le menton. Même s'il n'avait plus la même autorité depuis que l'Agence avait commencé à enfermer les gens, le New-Yorkais restait malgré tout l'homme le mieux informé du secteur. A sa façon, Bellamy gardait le contrôle des opérations. C'était lui qui se chargeait d'attribuer les lits, la nourriture, qui procurait des vêtements, s'assurait que tout le monde avait reçu un nécessaire de toilette et tout le tralala. Il supervisait la surveillance, à la fois des « vrais vivants » et des « Revenants ».

Il avait la responsabilité des opérations, même s'il y en avait d'autres autour de lui qui se chargeaient du travail sur le terrain. Et Harold commençait à découvrir, grâce aux soldats qui jacassaient pendant leurs patrouilles, qu'on en faisait de moins en moins, du travail sur le terrain, justement.

La politique en vigueur, depuis quelque temps, consistait à garder les ex-morts sur place et à les stocker comme de la bidoche en surproduction. A l'occasion, lorsqu'il s'en présentait un qui avait une valeur ou une notoriété particulière, les agents de l'AIR faisaient un petit effort et lui payaient un billet d'avion pour qu'il puisse retourner chez lui. Mais, pour la grande majorité, les Revenants étaient simplement replantés là où le hasard avait voulu qu'ils réapparaissent.

Les choses ne se passaient peut-être pas partout de la même façon, réfléchit Harold. Mais tôt ou tard, le monde entier finirait par s'aligner sur ces méthodes. De plus en plus, on estimait que la procédure d'accueil la plus efficace consistait à attribuer à chaque Revenant un numéro et un casier judiciaire, à actionner quelques touches sur un clavier d'ordinateur, à poser deux ou trois questions, à cocher quelques cases puis à les oublier dans un centre de détention quelconque. Si l'interrogateur faisait preuve de bonne volonté — mais ils étaient de moins en moins nombreux dans ce cas —, il poussait le zèle jusqu'à faire une recherche Internet avec le nom du Revenant. Mais cela n'allait pas plus loin. La pratique courante, désormais, consistait à les ficher et à cocher quelques cases. Autrement dit, à ne rien faire ou presque.

Laissant la vieille dame à son sommeil, Harold quitta la salle de dessin et se fraya un chemin dans le vieux bâtiment scolaire surpeuplé. Depuis le premier instant où ils avaient commencé à arrêter les Revenants, les choses avaient été organisées à la vas-y-comme-je-te-pousse. Et chaque jour qui passait, cela ne faisait qu'empirer. Là où, au début encore, il y avait eu des espaces libres pour circuler, se trouvaient désormais des lits de camp et des gens qui s'y raccrochaient sans oser en bouger, de crainte de s'en trouver dépossédés par d'éventuels nouveaux résidents, car il en arrivait tous les jours par wagons. Même si on n'était pas encore arrivé au stade où le nombre des corps excédait celui des lits, une hiérarchie s'était créée.

Les privilégiés, qui avaient investi les lieux en premier, disposaient d'un coin de pièce dans le bâtiment scolaire principal, où tout fonctionnait à peu près et où cantine et sanitaires se trouvaient à proximité. Alors que les nouveaux — à l'exception des personnes âgées et des infirmes, à qui on réservait encore une place à l'intérieur — atterrissaient à l'extérieur, sur le parking et dans les rues réquisitionnées autour de l'école. Ceux-là se voyaient logés dans une zone désignée comme le Village des Tentes.

Lequel « village » formait un ramassis aussi kaki que sinistre, assemblé avec des tentes de l'armée tellement vieilles que Harold ne pouvait les regarder sans plonger, tête la première, dans des réminiscences de sa petite enfance. Les images étaient si lointaines qu'elles apparaissaient en noir et blanc sur l'écran cinématographique de sa mémoire.

Ce qui sauvait la situation jusqu'ici, c'est que le temps restait clément. Chaud et humide, mais quasiment sans pluie.

Harold traversa le Village des Tentes et se dirigea vers l'extrémité opposée du camp, à côté de la clôture sud, où était logé l'ami de Jacob, un petit garçon qui répondait au nom de Max. De l'autre côté de la barrière, les gardiens marchaient d'un pas lent, leur fusil à la hanche.

— Bande de fumiers dépourvus de conscience! aboya Harold comme il le faisait chaque fois.

Il leva les yeux vers le soleil. Il était toujours là, à l'évidence. Mais il paraissait beaucoup plus chaud, d'un seul coup. Un filet de sueur coula sur son front et finit par dégouliner de la pointe de son nez. Etrangement, il se mit à faire plus chaud encore. La température s'éleva d'au moins dix degrés, comme si le soleil venait de descendre sur eux pour se poser sur son épaule avec la ferme intention de lui chuchoter quelque chose de très important à l'oreille.

Face à eux

Harold s'essuya le visage et frotta sa main trempée de transpiration sur sa jambe de pantalon.

— Jacob? appela-t-il.

Un tremblement prit naissance à la base de sa colonne vertébrale, puis se prolongea dans ses jambes.

— Jacob? Où es-tu?

Puis la terre, soudain, se leva à sa rencontre.

Jeff Edgeson

S'il fallait en croire l'horloge fixée au mur, l'heure d'entretien de Jeff avec le colonel touchait à sa fin. Willis avait passé les cinquante-cinq minutes qui venaient de s'écouler à poser les questions qu'ils connaissaient désormais tous les deux par cœur. Jeff aurait préféré passer ce temps à lire. Un bon roman cyberpunk ou peut-être une fantasy urbaine. Il avait un faible pour les auteurs avec une imagination forte. L'imagination, à ses yeux, était une qualité à la fois rare et importante.

— Que croyez-vous qu'il se passe lorsqu'on meurt ? demanda le colonel.

Pour le coup, c'était une nouvelle question, même si elle n'avait rien d'imaginatif. Jeff réfléchit un instant, un peu troublé à la perspective de parler religion avec le colonel, pour lequel, au fil des entretiens, il s'était pris d'affection. Le grand militaire blond lui rappelait son père.

— Eh bien… C'est destination l'enfer ou destination paradis, je suppose.

Jeff émit un petit rire.

— J'imagine que ça dépend si on s'est éclaté dans sa vie ou non.

— Vous en êtes sûr ?

Jeff secoua la tête.

— Pas sûr du tout, non. Il y a tellement longtemps que je suis athée. Je n'ai jamais été sûr de grand-chose, pour tout vous dire.

— Et maintenant ?

Le colonel se redressa sur sa chaise et ses mains disparurent sous son bureau, comme s'il cherchait quelque chose.

— *Je ne suis pas plus fixé. Le doute, c'est toute l'histoire de ma vie, en fait.*

Le colonel Willis sortit alors un paquet de cigarettes de sa poche et en offrit une au jeune homme.

— *Merci, dit Jeff en l'allumant.*

— *Il n'y a aucune raison pour que tout ceci devienne invivable,* observa le colonel. *Chacun a son rôle à jouer, dans l'histoire — aussi bien ceux de mon espèce que ceux de la vôtre.*

Jeff hocha la tête. Il se renversa contre le dossier de sa chaise, exhala une longue volute de fumée blanche. Peu lui importait que la chaise soit aussi inconfortable et les murs aussi ternes, peu lui importait que, quelque part en ce monde, il ait un frère en vie et que le colonel et ses hommes refusent de le laisser partir pour aller le retrouver.

Comme s'il avait lu dans ses pensées, le colonel reprit la parole :

— *Je ne suis pas un homme cruel. J'ai juste un sale rôle à jouer.*

Il se leva.

— *Mais il faut que je vous laisse. Des comme vous, j'en ai encore tout un chargement à réceptionner ce soir.*

9

Harold ouvrit les yeux sous un soleil qui lui parut éblouissant et implacable, comme jamais encore. Tout lui semblait lointain et discutable, comme lorsqu'on revient à soi après une surdose de médicaments. Un attroupement s'était formé autour de lui. Tous ces gens avaient l'air plus grands que nature, comme des personnages étirés jusqu'à la caricature. Harold ferma les yeux et prit une inspiration profonde. Lorsqu'il souleva de nouveau les paupières, Martin Bellamy se tenait penché au-dessus de lui, avec un air très sombre et très officiel. Toujours vêtu de son fichu costume noir, songea Harold. Même par cette chaleur.

Il se dressa sur son séant. Sa tête lui faisait mal. La chance avait fait qu'il était tombé dans un coin d'herbe et pas sur la chaussée. Il sentait un truc dans ses poumons. Quelque chose de lourd et de mouillé qui le fit tousser.

Une première toux mena à la suivante, puis ce fut pire même que la toux : une quinte terrible, déchirante, qui le plia en deux, le corps secoué comme une paire de castagnettes. Des petites taches noires dansaient devant ses yeux une ronde éphémère, naissant puis s'évanouissant tour à tour.

Lorsque la toux cessa enfin, Harold se retrouva étalé dans l'herbe avec une couverture pliée sous la tête, le soleil dans les yeux et le corps dégoulinant de sueur.

— Qu'est-ce qui s'est passé? demanda-t-il, conscient d'une présence humide et tranchante dans sa gorge.

La réponse vint de Bellamy :

— Vous vous êtes évanoui. Comment vous sentez-vous maintenant ?

— Ça va. Chaudement.

L'agent sourit.

— C'est qu'il ne fait pas frais, en effet.

Harold tenta de s'asseoir mais le monde le trahit et se mit à tourner sur lui-même. Il ferma les yeux et reposa la tête sur le sol. L'odeur de graminées chauffées au soleil lui rappela des moments d'enfance, au temps où se coucher dans l'herbe fraîche de juin n'était pas synonyme de syncope.

— Où est Jacob ? demanda-t-il, sans ouvrir les yeux.

— Je suis là.

L'enfant se détacha de la foule qui s'était assemblée autour de lui. Son ami Max, silencieux, dans son sillage. Jacob s'agenouilla près de lui et prit sa vieille main dans la sienne.

— Je ne t'ai pas fait peur, au moins, petit ?

— Non, p'pa.

Harold soupira.

— C'est bien.

Max, un petit garçon qui, les jours passant, s'était révélé très tendre et préoccupé d'autrui, s'agenouilla près de la tête de Harold, ôta sa chemise et s'en servit pour lui essuyer le front.

— Ça va aller, monsieur Harold ?

Max était un Revenant pur cru *british*. Livré avec tous les accessoires, y compris l'accent et les belles manières. L'enfant avait été ramassé dans le comté de Bladen, pas loin de l'endroit où le type japonais avait été retrouvé, dans les tout débuts. A croire que Bladen devenait le centre névralgique où fleurissaient les ex-morts de provenance exotique.

— Oui, Max. Je vais aller.

— Parce que vous aviez l'air vraiment très malade. Et quand on est malade, il est préférable d'aller à l'hôpital, monsieur Harold.

Malgré sa nature calme et stoïque de Revenant et son accent britannique raffiné, Max parlait avec un débit proprement torrentiel.

— Il y a très, très longtemps, mon oncle est tombé malade

et il a fallu l'emmener à l'hôpital. Mais il ne guérissait pas et il toussait, un peu comme vous tout à l'heure, mais encore pire. Eh bien, voyez-vous, monsieur Harold, il en est mort.

Harold hochait la tête et acquiesçait à tout ce qu'il racontait, même s'il avait perdu le fil de l'histoire tout de suite après la première salve « Mon oncle est tombé malade... ».

— C'est bien, Max, murmura-t-il, les yeux toujours fermés. Très, très bien.

Harold resta allongé longtemps, les yeux clos, avec une sensation d'intense chaleur, comme si le soleil était venu se vautrer tout en travers de son corps. Des éclats de conversation lui parvenaient, dominant parfois le bruit de bottes des soldats qui patrouillaient avec diligence, de l'autre côté de la clôture. Il n'avait pas eu l'impression de se trouver si près de l'extrémité du camp lorsque la quinte de toux l'avait fichu par terre. Mais il se rendait compte à présent combien il avait été près de la frontière — de la limite entre le dedans et le dehors.

Son esprit s'échappa alors, enchaînant un parcours imaginaire. Il visualisa la terre qui se trouvait par-delà la clôture. Son regard glissa sur le revêtement du parking de l'école. Empruntant la rue principale, il passa devant la station-service et longea les petits commerces vieillots qui se trouvaient de part et d'autre de Main Street, il y avait de cela tant d'années. Il croisait des amis, des visages familiers ; des gens qui vaquaient tranquillement à leurs affaires. Parfois, ils lui souriaient et lui faisaient un petit signe de la main. Il y en eut même un ou deux pour lui crier un « Salut, Harold ! » de loin.

Harold s'aperçut que le camion dont il tenait le volant était celui dans lequel il roulait en 1966. Il y avait des années qu'il n'avait pas repensé à ce camion, mais, à présent, il s'en souvenait avec la plus extrême précision. La largeur des sièges. Leur douceur. La force brute qu'il avait fallu exercer rien que pour manœuvrer cet engin. Les générations actuelles étaient-elles conscientes du luxe que représentait la direction assistée ? Ou était-elle devenue, comme les ordinateurs, une de ces évidences du quotidien, privées de toute magie ?

Dans sa tête, Harold traversait toute la ville et prenait lentement conscience qu'il n'y avait pas un seul Revenant dans ses rues et dans ses avenues. Il poursuivit jusqu'à la sortie d'Arcadia et s'engagea sur la grande route, en direction de chez lui, avec son camion ronronnant sous lui comme un gros animal tranquille. En arrivant, il manœuvra non sans mal pour se garer devant la maison où il trouva Lucille, jeune et belle. Elle était assise sur la terrasse, dans l'éclat du soleil, son dos très droit, avec quelque chose de majestueux et d'éminent dans l'allure que Harold n'avait jamais, jamais rencontré chez aucune autre femme. Ses longs cheveux d'un noir de jais tombaient plus bas que ses épaules et brillaient dans la chaude lumière du soleil. Créature de grâce et d'élévation, elle l'intimidait, et c'était pourquoi il l'aimait entièrement et sans réserve. Jacob décrivait de petits cercles guerriers autour du chêne devant la maison, criant quelque chose qui avait trait à des héros ou des méchants.

La vie, telle qu'elle devait être.

Puis l'enfant décrivit un nouveau cercle, passa derrière l'arbre et ne resurgit pas de l'autre côté. Evanoui en l'espace d'un instant.

L'agent Bellamy était agenouillé dans l'herbe, à côté, lorsque Harold ouvrit les yeux. Derrière lui, un duo de secouristes impatients de passer à l'action projetaient leur ombre sur son visage ruisselant de sueur.

— Vous avez des antécédents ? demanda l'un des intervenants.

— Non, dit Harold.

— Vous êtes sûr ? demanda Bellamy. Faut-il que je sorte votre dossier médical ?

— J'imagine que vous faites bien ce que vous voulez, maugréa Harold.

Ses forces lui revenaient, portées par un courant souterrain de colère.

— C'est le privilège de ceux qui travaillent pour le gouvernement, non ? Vous avez des infos sur tout le monde. On est tous fichés, de toute façon.

Bellamy secoua la tête.

— Je propose que nous procédions simplement.

Il fit signe aux urgentistes.

— Vérifiez que tout va bien, O.K. ? Il sera peut-être plus coopératif avec vous qu'avec moi.

— N'y comptez pas trop, marmonna Harold.

Il détestait soutenir un conflit en position allongée, mais il n'avait pas vraiment le choix pour le moment. Chaque fois qu'il tentait de se redresser, Jacob lui appuyait doucement sur l'épaule, son visage menu marqué par une expression soucieuse.

Bellamy se leva et essuya l'herbe accrochée à ses genoux.

— Je vais tâcher de mettre la main sur son dossier médical. Et noter l'incident sur le registre, bien sûr.

Il agita la main pour attirer l'attention.

Une paire de soldats approcha.

— Tout ce dérangement pour un vieil homme fatigué, protesta Harold à haute voix.

Avec un grognement, il finit par se remettre en position assise.

— Allons, allons.

Le secouriste lui attrapa le bras avec une force surprenante.

— Vous devriez vous rallonger et nous laisser vous examiner, monsieur.

— Détends-toi, dit Jacob.

Et Max de renchérir :

— Oui, vous devriez vous recoucher, monsieur Harold. C'est comme je vous le disais tout à l'heure, pour mon oncle. Un jour il est tombé malade mais il ne voulait pas que les docteurs le « tripotent », comme il disait. Alors il leur criait dessus chaque fois qu'ils s'approchaient. Et puis il est mort.

— Bon, d'accord, d'accord, marmonna Harold.

Le débit précipité du gamin avait suffi à tuer dans l'œuf sa rébellion. Soudain, il se sentait très, très fatigué. Alors il rendit les armes, accepta de se remettre sur le dos et de laisser les secouristes intervenir.

S'ils se livraient à des expérimentations inadmissibles sur

sa personne, il pourrait toujours leur faire un procès. On était quand même en Amérique, après tout.

Puis Max enchaîna à un train d'enfer sur une nouvelle histoire au sujet de son oncle. Et le staccato heurté de la voix enfantine le berça jusqu'à le replonger dans l'inconscience.

— Nous allons être en retard, annonça la vieille dame noire sénile.

Harold s'assit sur son lit de camp, sans trop savoir comment il était arrivé là. Il était de retour dans sa chambre et les températures avaient baissé légèrement. Par la fenêtre, le soleil ne brillait plus que faiblement. Il en conclut qu'on était toujours le même jour, mais un peu plus tard. Sur son avant-bras se trouvait un pansement sous lequel sa peau piquait. Autant dire qu'on avait dû profiter de son sommeil pour lui enfoncer une seringue de quelque chose.

— Putains de toubibs.

— C'est un gros mot, dit Jacob.

Max et lui étaient assis à même le sol et jouaient à un de leurs jeux. Ils se levèrent d'un bond et coururent vers le lit.

— Jusqu'ici, je ne t'ai pas fait de remarque, déclara Jacob. Mais maman ne serait pas contente si elle t'entendait dire « putain ».

— Ce n'est pas un bon mot, en effet. Je propose que cela reste un secret entre nous. On ne dira rien à ta mère, O.K. ?

Jacob sourit.

— D'accord, ça reste entre nous. Tu veux que je te raconte une nouvelle blague ?

— Oh, oui, oui ! s'écria Max. Elle est merveilleuse. C'est la blague la plus drôle que j'aie entendue depuis longtemps. Mon oncle…

Harold leva la main pour l'arrêter.

— Raconte ta blague, fiston.

— Quelle est la plus grande peur d'un chalumeau ?

— Je ne sais pas, dit Harold, même s'il se souvenait d'avoir enseigné cette devinette enfantine à son fils, peu avant qu'il ne meure.

— Un chienlumeau!

Ils rirent tous les trois.

— Nous ne pouvons pas rester ici toute la journée, protesta soudain Patricia en s'asseyant sur le bord de son lit. Nous sommes déjà en retard. Terriblement en retard. C'est très malpoli de faire attendre les gens. Ils vont finir par se faire du souci pour nous.

Elle posa une main noire sur les genoux de Harold.

— S'il te plaît. Je n'aime pas être impolie, Charles. Ce n'est pas comme ça que ma mère m'a élevée. On peut y aller tout de suite. Je suis déjà prête.

— Bientôt, promit Harold, en se demandant ce qui le faisait entrer dans son jeu.

— Qu'est-ce qu'elle a? demanda Max.

Généralement, l'enfant n'ouvrait la bouche que pour s'exprimer par paragraphes entiers. Harold se tut donc et attendit la suite. Mais rien ne vint. Patricia jouait nerveusement avec les plis de sa robe et s'inquiétait de ne pas les voir se préparer à partir.

— Elle a juste un peu de brouillard dans la tête, finit par préciser Harold.

— Ce n'est pas vrai!

D'un geste vif, Patricia retira la main qu'elle avait posée sur ses genoux.

— Tu as raison. C'est faux.

Harold lui reprit la main et la tapota avec affection.

— Tu n'as pas l'esprit embrouillé et nous ne serons pas en retard non plus. Ils ont appelé tout à l'heure pour annoncer que l'invitation était reportée.

— Oh! mon Dieu, non… Ils ont annulé?

— Non, non. Pas du tout. Ils ont juste reculé l'heure.

— Tu dis cela, mais je suis sûre qu'ils ont annulé parce que nous tardons trop et qu'ils sont fâchés! C'est affreux.

— Non, tu te trompes. Tout va bien, je te promets.

Il se leva, constatant avec soulagement qu'il avait retrouvé une maîtrise normale de son corps. Tout compte fait, peut-être que ces maudits médecins n'étaient pas complètement nocifs. Il passa un bras rassurant autour des épaules volumineuses de la vieille femme.

— Ils ont juste repoussé l'heure, c'est tout. Il y a eu un petit souci avec le repas, je crois. Un conflit en cuisine avec le traiteur et tout a brûlé, si j'ai bien compris. Donc il leur faut un peu plus de temps, mais rien de grave.

— Tu es sûr ?

— Absolument. Du coup, il nous reste de la marge. Je pense même que tu pourrais t'accorder une petite sieste avant de partir. Tu es fatiguée ?

— Pas du tout.

Elle pinça les lèvres puis fondit soudain en larmes.

— En fait, si… Je suis tellement, tellement fatiguée.

— Je sais ce que c'est.

— Oh ! dit-elle. Oh ! Charles, qu'est-ce qui ne tourne pas rond chez moi ?

Harold lui caressa les cheveux.

— Rien. Rien du tout. Tu es fatiguée, c'est tout.

Elle le regarda alors, le visage marqué par une peur intense, bouleversante. Comme si elle savait en cet instant qu'il n'était pas qui il prétendait être, qu'il existait une terrible différence entre la réalité et ce qui se racontait dans sa tête. Puis l'étincelle de lucidité s'éteignit et il eut de nouveau devant lui une vieille femme fatiguée, à l'esprit confus. Et lui redevint son Charles. Elle posa la tête sur son épaule et pleura, parce que c'était probablement la seule chose qu'il lui restait à faire.

Très vite, la vieille dame s'endormit. Harold l'allongea sur sa paillasse, repoussa les mèches qui lui tombaient sur le visage et la contempla fixement, comme s'il avait des énigmes plein la tête.

— C'est terrible, dit-il.

— Quoi ? demanda Jacob de sa voix égale et monocorde.

Harold s'assit au pied de son lit et regarda ses mains. Il fixa son index et son majeur comme s'il tenait entre les deux un de ces merveilleux cylindres faits de nicotine et de carcinogènes. Portant ses doigts vides à ses lèvres, il inhala. Retint son souffle, puis le laissa filer — toussant un peu lorsque ses poumons furent vides d'air.

— Vous ne devriez pas faire cela, dit Max.

Jacob acquiesça d'un signe de tête.

— Cela m'aide à réfléchir, dit Harold.

— A quoi vous réfléchissez? voulut savoir Max.

— A ma femme.

— Elle va bien, maman, lui assura Jacob.

Ce fut au tour de Harold de hocher la tête.

— Bien sûr qu'elle va bien, ta maman.

Max, comme toujours, avait son opinion sur la question.

— Jacob a raison. Les mamans vont toujours bien parce que le monde ne pourrait pas se passer d'elles. C'est ce que me disait mon papa avant de mourir. Il disait que les mères sont la raison pour laquelle le monde tourne comme il tourne. Et que sans elles, les gens seraient méchants et affamés, qu'ils se battraient tout le temps et qu'il n'arriverait jamais rien de bon à personne.

— Il n'avait peut-être pas tort de dire ça, fit Harold.

— Mon papa disait aussi que ma maman, c'était la meilleure du monde et qu'il ne l'échangerait contre aucune autre. En fait, je pense que c'est le genre de truc que tous les papas doivent raconter à leurs enfants parce que c'est ce qu'il faut leur dire. Je parie que Jacob, il pense la même chose pour sa maman — votre femme — parce que c'est ce qu'il faut penser. La vie est ainsi...

Le petit garçon se tut alors brusquement et fixa sur eux un regard absent. Harold accueillit le silence avec soulagement mais fut malgré tout assez troublé par la soudaineté du phénomène. Max avait l'air terriblement distrait, comme si quelque étrange créature avait bondi pour lui enlever de la tête tout ce qu'il avait encore à l'esprit quelques secondes plus tôt.

Puis les yeux du petit garçon Revenant se révulsèrent, comme si un grand interrupteur avait été coupé dans son cerveau. Il tomba par terre, comme endormi. Seule preuve que quelque chose avait tourné vraiment mal : le mince filet de sang qui coulait sur sa lèvre inférieure.

Tatiana Rusesa

Puisqu'ils étaient blancs, ils ne la tueraient pas. Plus que blancs, encore, ils étaient américains, donc ils la traiteraient avec respect et même gentillesse. Cela lui était égal qu'ils refusent de la laisser partir; au contraire, elle regrettait de ne pouvoir leur être d'une plus grande utilité.

Avant qu'ils la conduisent ici, dans ce lieu dont elle ignorait le nom, elle avait été placée ailleurs, dans un endroit moins vaste. Les gens qui se trouvaient en sa compagnie là-bas n'étaient pas les mêmes que ceux d'ici, mais ils n'étaient pas non plus très différents. Ils affirmaient tous être employés par une institution qu'ils appelaient l'«Agence».

Ils lui apportaient à manger, lui avaient fourni un lit de camp pour dormir. Elle portait toujours la robe blanc et bleu que la femme lui avait donnée dans son précédent lieu d'hébergement. Cara, se souvint Tatiana. Elle parlait à la fois le français et l'anglais et elle avait été très gentille avec elle. Mais Tatiana était consciente de ne pas lui avoir été d'une grande aide et son impuissance lui pesait lourdement sur la conscience.

Chaque matin, à 10 heures, l'homme venait la chercher et la conduisait dans la pièce sans fenêtres. Là, il lui parlait, toujours d'une voix lente et monocorde, comme s'il n'était pas certain qu'elle comprenne son anglais. Mais elle avait toujours bien travaillé à l'école, et son anglais était simple et limpide. L'accent de l'homme lui sonnait étrangement aux oreilles et quelque chose lui disait que le sien lui paraissait peut-être tout aussi bizarre. Alors elle donnait la même lenteur monocorde à ses réponses, ce qui semblait convenir à son interrogateur.

Il lui paraissait important de leur faire plaisir. Si elle ne s'évertuait pas à le (ou les) satisfaire, il leur ordonnerait peut-être de la renvoyer dans son pays.

Tous les jours, donc, il passait la prendre et la conduisait ici, dans cette pièce, pour lui poser ses questions. Et elle s'efforçait, dans la mesure du possible, de lui répondre. Au début, elle avait eu peur de lui. Il était grand et ses yeux étaient durs et froids, comme la terre en hiver. Mais il se montrait toujours très poli avec elle, même si — elle en avait péniblement conscience — elle ne l'aidait pas beaucoup.

Depuis quelque temps, elle commençait même à le trouver beau. La dureté de ses yeux ne les empêchait pas d'être d'un bleu très pur et ses cheveux avaient la couleur des grandes herbes sèches dans les prés, au coucher du soleil. Et il avait l'air très, très fort. Or la force, elle le savait, était une qualité dont les gens beaux étaient censés être pourvus.

Aujourd'hui, quand il était venu la chercher, il s'était montré plus distant que d'habitude. Parfois, il lui achetait des bonbons qu'ils mangeaient ensemble en se rendant jusqu'à la pièce sans fenêtres. Mais aujourd'hui, il n'avait rien apporté du tout. Et même si ce n'était pas la première fois, l'atmosphère entre eux était différente.

Il ne lui fit pas la conversation en chemin, comme cela lui arrivait souvent. Voyant qu'il marchait en silence, elle pressa le pas pour l'ajuster au sien. Tout cela lui donnait à penser que leur entretien, aujourd'hui, ne se passerait pas tout à fait comme à l'ordinaire. Que les choses seraient plus sérieuses, peut-être.

Une fois à l'intérieur de la pièce, il ferma la porte, comme il le faisait toujours. Il marqua un petit temps d'arrêt et tourna les yeux vers la caméra de surveillance qui se trouvait dans le coin au-dessus de la porte. Cette vérification-là, c'était la première fois qu'elle la lui voyait faire. Il se mit alors à poser ses questions en parlant d'une voix aussi lente et calme que tous les autres jours.

— Avant qu'on vous retrouve, dans le Michigan, quelle est la dernière chose dont vous vous souvenez ?

— Des soldats. Et de mon pays. Le Sierra Leone.

— *Que faisaient les soldats ?*
— *Ils tuaient les gens.*
— *Et vous ? Ils vous ont tuée ?*
— *Non.*
— *Vous en êtes certaine ?*
— *Non.*

Même si plusieurs jours s'étaient écoulés depuis la dernière fois qu'il l'avait interrogée sur ces points particuliers, elle connaissait les réponses par cœur. De fait, elle maîtrisait aussi bien ses réponses que lui maîtrisait ses questions. Au début, il avait posé les mêmes tous les jours. Puis il avait arrêté pour lui demander de lui conter des histoires. Elle avait beaucoup aimé ces discussions-là et lui avait parlé de sa mère qui, chaque soir, lui récitait des légendes peuplées de dieux et de monstres. « Les êtres et les événements liés à la magie et au merveilleux sont les forces vives du monde », disait toujours sa mère.

Durant près d'une heure, il lui posa les questions qu'ils connaissaient par cœur tous les deux. A la fin de l'heure, qui correspondait à l'intervalle de temps qu'ils passaient normalement ensemble, il la surprit en lui demandant ce qu'il n'avait encore jamais demandé :

— *A votre avis, qu'arrive-t-il lorsque l'on meurt ?*

Elle réfléchit un instant, soudain déconcertée et un peu anxieuse. Mais il était blanc. Et il était américain. Donc elle avait la certitude qu'il ne lui ferait aucun mal.

— *Je ne sais pas.*
— *Vous êtes sûre ?*
— *Oui.*

Elle songea alors à ce que lui avait dit un jour sa mère à ce sujet. « La mort, ce n'est que le début des retrouvailles auxquelles tu ignorais aspirer. » Elle était sur le point de faire part de cette philosophie au colonel Willis lorsqu'il sortit son pistolet et lui tira une balle dans la poitrine.

Puis il resta assis à regarder en silence — les oreilles encore bourdonnantes après la déflagration de l'arme à feu. Il attendait de voir ce que cela allait donner.

10

— Le pauvre, pauvre garçon, chuchota Lucille en serrant Jacob contre sa poitrine. Le malheureux enfant.

C'était tout ce qu'elle parvenait à dire au sujet du décès de Max, mais elle le dit souvent et elle le dit en souffrant mille morts. Quel mal frappait donc le monde pour que de telles tragédies puissent se produire? Qu'est-ce qui rendait possible qu'un enfant — n'importe quel enfant — puisse être vif et en bonne santé à un moment, puis trépasser quelques secondes plus tard?

— Le malheureux enfant, murmura-t-elle encore.

On était tôt le matin et le parloir aménagé par l'Agence dans le bâtiment scolaire d'Arcadia était presque désert. Ici et là, on voyait un garde qui faisait les cent pas ou lançait quelque nouvelle insignifiante à l'un de ses congénères. Les soldats semblaient indifférents aux agissements du vieil homme qui avait été arrêté avec son jeune fils Revenant et qui avait refusé de se séparer de son enfant. Ils ne se préoccupaient pas plus de la vieille femme aux cheveux argentés qui venait régulièrement leur rendre visite.

Quant à la mort du petit Max, ils s'en souciaient encore moins, et ce constat peinait Lucille. Elle n'aurait su dire exactement comment ils auraient dû signifier qu'une vie s'en était allée, qu'il y avait un deuil à faire, une tristesse à laquelle il convenait de donner une place. Peut-être auraient-ils pu arborer un brassard noir sur l'uniforme ou quelque autre insigne du même genre? Ce geste aurait été approprié. Mais l'idée parut ridicule à Lucille au moment même où elle lui vint à l'esprit. Les gens mouraient. Même les enfants. Ainsi en allait-il dans ce monde.

Le parloir mis en place pour les visites avait été bricolé avec de la tôle ondulée fixée sur des poteaux en métal. De gros ventilateurs gémissaient aux points d'entrée et de sortie, tentant de rendre l'air humide un peu moins irrespirable. Ici et là étaient disposées quelques chaises et quelques tables.

Jacob restait sagement assis sur les genoux de Lucille, souffrant de cette culpabilité dont s'accablent les enfants à la vue de leur mère en larmes. Assis à côté d'elle sur le banc, Harold avait le bras passé autour de ses épaules.

— Allons, allons, ma chère vieille tourmenteuse...

Sa voix était grave, douce, pleine de grâce et d'ombre. Un ton qu'il ne se savait plus capable de prendre depuis toutes ces années où il s'était montré... eh bien, « désagréable » ne serait pas exactement le mot qu'il aurait choisi, mais...

— Ce sont des choses qui arrivent, Lucille. Les médecins disent qu'il y a eu rupture d'anévrisme.

— Les enfants n'ont pas de rupture d'anévrisme, repartit Lucille.

— Si, ça arrive. Très rarement, mais ça arrive. Et c'est peut-être ainsi que cela s'est passé pour lui la première fois. On peut penser que c'était déjà comme ça, chez lui, depuis le début.

— Ils disent qu'il y aurait une espèce de maladie. Je n'y crois pas, mais c'est ce qu'on raconte.

— Une maladie ? Quelle maladie ? A part l'imbécillité, il n'y a aucune maladie qui sévit ici, maugréa Harold.

Lucille se tamponna les yeux. Ajusta le col de sa robe.

Jacob se dégagea des bras de sa mère. Il portait les nouveaux habits qu'elle lui avait apportés. Ils étaient propres, avec cette douceur particulière qu'ont les vêtements neufs.

— Tu veux que je te raconte une blague, maman ?

Elle fit oui de la tête.

— Mais attention ! Rien de cochon, hein ?

— Cochon, jamais de la vie, coupa Harold. Je ne lui apprends que des blagues vaches.

— Oh ! ça suffit, vous deux !

— Ne t'inquiète pas trop au sujet de Max, murmura Harold.

Il regarda autour de lui dans le parloir.

— Il y a déjà longtemps que Max s'en est allé au… enfin, qu'il est allé là où vont les gens lorsqu'ils quittent cette terre pour de bon. Ce que tu as vu n'était qu'une ombre qui…

— Arrête, ordonna Lucille à voix basse. Max était un gentil garçon et tu le sais.

Cela, Harold ne pouvait le contester.

— Gentil, il l'était, en effet.

— Il était différent? demanda soudain Jacob, le visage crispé par la perplexité.

Harold tourna la tête vers l'enfant.

— Comment cela, différent?

C'était la première fois que Jacob évoquait, quoique indirectement, le sujet que tout le monde sur cette planète espérait voir aborder par les Revenants : eux-mêmes.

— Il était différent par rapport à avant? insista Jacob.

Lucille secoua la tête.

— Je ne sais pas, mon chéri.

Elle prit la main de son fils dans la sienne — un peu à la façon des acteurs que l'on voyait dans les films, ne put-elle s'empêcher de penser. Elle passait trop de temps devant la télévision, ces dernières semaines.

— Je n'ai pas beaucoup eu l'occasion de parler avec Max, dit-elle. Ton papa et toi, vous avez passé plus de temps avec lui que moi.

— Et nous, on le connaissait à peine, trancha Harold, avec à peine une pointe de rudesse dans la voix.

Jacob tourna la tête et porta son attention sur le visage ridé de son père.

— Mais tu crois qu'il était différent, toi?

— Différent de qui? Par rapport à quand?

Harold laissa la question en suspens entre eux, fragile comme une buée. Il voulait entendre l'enfant le dire lui-même. Voulait l'entendre admettre que Max était quelque chose qui avait été mort; l'entendre dire qu'il se produisait un phénomène exceptionnel dans le monde, quelque chose d'étrange, d'effrayant et, avant tout, de contre nature.

Il voulait entendre Jacob affirmer qu'il n'était pas le petit garçon qu'il avait perdu le 15 août 1966.

Ces mots, il avait besoin, *vraiment besoin* de les entendre.

— Je ne sais pas, dit Jacob.

Lucille s'en mêla.

— Evidemment que tu ne sais pas. Moi, je suis sûre qu'il n'y avait rien de différent chez Max. Tout comme je sais qu'il n'y a rien de différent chez toi. Les gens ici sont tous comme tout le monde, à part qu'ils font partie d'un grand et beau miracle. C'est tout. C'est la miséricorde de Dieu et non pas son courroux, comme certains le prétendent.

Lucille attira l'enfant contre elle et l'embrassa sur le front.

— Tu es mon fils que j'aime, dit-elle, ses cheveux argentés lui glissant sur le visage. Le bon Dieu te ramènera à la maison. Et s'il ne le fait pas, je m'en chargerai moi-même.

Après cette visite, Lucille effectua le trajet du retour dans un brouillard de frustration. Le monde entier paraissait flou, troué, indistinct, comme si elle le voyait à travers un rideau de larmes. En vérité, elle pleurait bel et bien, mais elle ne s'en aperçut qu'en se garant devant chez elle, sous le chêne, et que le grondement du camion fit place au silence, la laissant face à la grande maison de bois qui se dressait de toute sa hauteur, vide, noire et prête à l'engloutir. Elle s'essuya les yeux et pesta en silence d'avoir versé des larmes.

Elle traversa le jardin à grands pas, encombrée par les boîtes en plastique vides dont elle se servait pour apporter à manger à Jacob, Harold et Martin Bellamy. Lucille s'appliqua à concentrer toutes ses pensées sur la nourriture, sur l'idée d'avoir à nourrir ces trois hommes. Elle pensa que la bonne cuisine rendait les gens plus tendres, alors même qu'elle les rendait aussi plus forts. Si seulement les gens cuisinaient plus et mangeaient mieux, le monde ne serait peut-être pas aussi brutal, songea-t-elle.

Face à eux

Lucille Abigail Daniels Hargrave n'avait jamais été grand amateur de solitude. Même enfant, elle avait toujours adoré se trouver dans une maison pleine de monde — ayant grandi en petite dernière, dans une famille de dix personnes. Tous tassés les uns sur les autres, dans ce qui n'avait été guère plus qu'une bicoque grise à la périphérie de la petite ville de Lumberton, en Caroline du Nord. Son père travaillait dans l'industrie du bois et sa mère faisait des ménages pour les familles plus aisées que la leur, tout en arrondissant les fins de mois, chaque fois que l'occasion se présentait, en cousant, tricotant, reprenant et reprisant tout ce qui pouvait être cousu, tricoté, repris ou reprisé.

Son père n'avait jamais médit sur sa mère et sa mère n'avait jamais prononcé un mot de travers au sujet de son père. De sa vie commune avec Harold, Lucille avait appris que le fait de ne pas dénigrer l'autre était le signe le plus sûr qu'une union fonctionnait. Les baisers passionnés, les achats de bouquets et autres cadeaux ne valaient pas un clou si l'homme rabaissait sa femme ou si l'épouse répandait de vilaines rumeurs sur son mari.

Comme beaucoup de gens, elle avait passé l'essentiel de sa vie adulte à tenter de recréer les conditions de son enfance — de reconstituer des enchantements passés —, comme si le temps n'avait pas toujours le dernier mot. Mais Jacob avait été sa seule et unique tentative du côté de la maternité, du fait de certaines complications liées à sa naissance. Elle n'avait pas pleuré, même le jour où les médecins étaient venus lui porter la nouvelle. Face à l'annonce qu'il n'y aurait pas d'autre enfant, elle s'était contentée de hocher la tête — parce qu'elle avait su, quelque chose en elle savait déjà — et elle avait dit que Jacob suffirait.

Huit années durant, elle avait été une mère avec un fils. Puis, pendant plus d'un demi-siècle, une épouse, une baptiste, une amoureuse des mots, mais pas une mère. Trop de temps s'était écoulé entre ses deux vies.

Mais aujourd'hui, Jacob était le temps vaincu par K.-O. Il était le temps déphasé, désynchronisé, le temps paré d'une perfection qu'il n'avait pas eue auparavant. Il était la vie telle qu'elle aurait dû être, toutes ces années. Voilà ce qu'ils étaient, tous ces Revenants, comprit-elle alors. Et pendant le reste de la soirée, elle ne pleura pas, son cœur ne fut pas aussi lourd et, lorsque le sommeil vint la chercher, il la trouva au rendez-vous.

Cette nuit-là, elle rêva d'enfants. Et lorsque vint le matin, elle se leva avec une envie urgente de cuisiner.

Lucille passa ses mains sous le robinet. Dans sa grande poêle, du bacon rissolait gaiement. Une grande casserole de gruau d'avoine était placée au chaud sur le fond de la grande cuisinière à bois. Par une des fenêtres de la cuisine, elle scruta le jardin, luttant contre une sensation insistante d'être observée. Naturellement, elle ne vit personne. Elle reporta son attention sur le repas du matin qu'elle préparait en quantités excessives.

Ce qui la frustrait le plus dans l'absence de Harold, c'est qu'elle était tout simplement incapable de cuisiner au singulier. Ce qui ne voulait pas dire que Harold ne lui manquait pas. Il lui manquait douloureusement, même. Mais c'était tout bonnement honteux de passer son temps à jeter de la nourriture. Même si elle apportait des monceaux de provisions à l'école, le réfrigérateur était toujours plein à craquer de restes. Et les restes lui paraissaient toujours dépossédés de leurs belles saveurs d'origine. Elle avait un palais sensible et il lui semblait que tous les aliments restés trop longtemps dans le froid artificiel du frigo prenaient un vilain goût de cuivre.

Tous les jours, elle portait à manger à l'école. Ou plus exactement, à l'abominable camp de prisonniers pour têtes de pioche et/ou Revenants. Même s'ils devaient rester en détention, Harold et Jacob seraient des prisonniers bien nourris. Mais elle ne pouvait faire un saut là-bas pour leur apporter leur petit déjeuner. Pendant les vingt et quelques dernières années, elle avait pris l'habitude d'abandonner le volant à Harold et sa conduite à elle s'était rouillée. Elle ne se sentait pas capable de faire trois fois l'aller-retour jusqu'en ville pour livrer tous les repas de la journée. Ses petits déjeuners, elle les prenait seule, avec juste la maison vide comme témoin et observateur. Juste le son de sa propre voix pour lui donner la réplique.

— Comment le monde en est-il arrivé là? demanda-t-elle à la maison silencieuse.

Le son de sa voix courut sur le sol, franchit la porte pour flotter jusqu'au petit meuble où Harold stockait ses cigarettes, poursuivit son chemin jusqu'au réfrigérateur plein de restes et la table où personne n'attendait; puis elle résonna dans les autres pièces, grimpa à l'étage, dans les chambres, où les lits étaient vides.

Lucille se racla la gorge, comme lorsqu'on voulait attirer l'attention, mais seul l'écho réagit en lui renvoyant le son.

— Bon. Ça ira mieux avec la télévision, affirma-t-elle à voix haute.

Avec le poste allumé, il y avait moyen de faire illusion. Il y aurait des voix et des rires dont elle pourrait imaginer qu'ils provenaient de la grande pièce à vivre où une joyeuse compagnie serait assemblée — comme au temps où ils réunissaient encore famille et amis, avant que Jacob ne descende à la rivière et que tout dans sa vie et celle de Harold ne se fige et ne reste en suspens.

Une part de Lucille voulait écouter les actualités pour savoir s'il y avait du nouveau au sujet de l'artiste français disparu — un certain Jean Quelque-Chose. Les journalistes n'en finissaient pas de parler de lui, de son retour d'entre les morts, de son art qu'il avait repris, des folles sommes d'argent qu'il avait gagnées en quelques mois grâce à ses sculptures, après avoir tant tiré le diable par la queue dans sa première vie. Depuis peu, le jeune Jean Machin-Chose avait disparu avec la femme de plus de cinquante ans qui avait contribué à « asseoir sa renommée », comme ils disaient.

Jamais Lucille n'aurait imaginé qu'il puisse y avoir des émeutes quelque part à cause d'un artiste en fuite. Et pourtant les manifestations s'étaient déchaînées à Paris. Il avait fallu des semaines au gouvernement français pour remettre de l'ordre dans le pays.

Mais le célèbre artiste Revenant restait introuvable. Certains disaient que sa notoriété avait fini par peser trop lourd sur ses épaules. Quelqu'un avait même déclaré qu'un artiste qui n'est plus maudit cesse d'être un artiste. Et que c'était la raison pour laquelle ce Jean Truc-Bidule avait pris la tangente. Il voulait de nouveau être pauvre et affamé pour retrouver l'essence de son talent.

Cette idée avait beaucoup fait rire Lucille. Penser que quelqu'un puisse s'amuser à vouloir souffrir de la faim, c'était de la franche rigolade. Elle n'y croyait pas une seconde.

— Il avait peut-être juste envie qu'on le laisse tranquille, ce Jean Machin, dit-elle pesamment.

Lucille médita sur la question quelque temps. Puis le silence de la maison s'abattit de nouveau sur elle, comme une botte géante. Alors, elle passa dans la pièce voisine, mit le journal télévisé et laissa entrer le monde extérieur.

— … et la situation semble empirer un peu partout, disait le présentateur.

L'homme était d'origine hispanique, avec des traits sombres et un costume clair. Lucille crut comprendre dans un premier temps qu'il parlait des finances publiques, de la balance du commerce extérieur, du prix du carburant ou de l'état de la planète — toutes choses qui semblaient toujours aller de mal en pis. Mais non. Il s'agissait une fois de plus des Revenants.

— Mais qu'est-ce qu'ils ont donc, tous ? s'étonna-t-elle doucement, les mains croisées devant elle sur son tablier.

A la télévision, le présentateur tourna les yeux dans sa direction, comme en réponse à sa question :

— Au cas où vous ne nous rejoindriez que maintenant, sachez que les débats font toujours rage au sujet du rôle et de l'autorité de l'Agence — toute récente encore et néanmoins déjà surpuissante — internationale pour les Revenants. Aux dernières nouvelles, l'Agence aurait obtenu d'importants financements à la fois des pays de l'OTAN et des pays non membres. Le montant exact des fonds ainsi que leur origine n'ont pas encore été rendus publics.

Juste au-dessus de l'épaule du présentateur apparut un petit emblème — un idéogramme doré avec les mots « Agence internationale pour les Revenants » écrits au centre. Puis le logo disparut et l'écran de télévision fut avalé par des images de camions chargés de soldats, puis d'hommes en armes courant sur un tarmac pour disparaître dans le ventre d'un avion gris, si énorme qu'il aurait pu contenir une église entière, clocher compris.

— Oh! mon Dieu, chuchota Lucille en éteignant la télévision. Doux Jésus, dites-moi que ce n'est pas vrai.

Elle se demanda ce que le vaste monde savait de ce qui se passait à Arcadia. Avait-on été informé en haut lieu que le groupe scolaire avait été réquisitionné? Soupçonnait-on la place terrifiante que prenait l'Agence?

Dans son esprit, elle reconstitua Arcadia, telle que la ville était devenue. En vérité, les Revenants étaient partout. Il y en avait des centaines, à présent, comme s'ils étaient attirés tout particulièrement par cet endroit, par cette petite ville. Même si le Président avait donné ordre aux Revenants de rester consignés chez eux, il y en avait trop désormais qui venaient de tous les coins du monde. Et on ne les laissait plus regagner leur ville, leur pays d'origine. Parfois, Lucille assistait à des arrestations opérées par les soldats. L'acte le plus menaçant que l'histoire pouvait offrir en guise de « rassurance »...

A d'autres occasions, Lucille en apercevait qui se cachaient. Ils avaient assez de bon sens pour se tenir à distance des militaires et pour éviter le centre-ville, où se trouvait le groupe scolaire fortifié derrière ses clôtures, ses barricades et ses gardes armés. Mais un peu plus loin, sur la rue principale, on pouvait les entrevoir, les Revenants, à demi cachés dans de vieux bâtiments ou dissimulés dans des maisons normalement inoccupées. Lucille leur faisait toujours un petit signe au passage, car saluer les gens faisait partie de son éducation. Et les Revenants la saluaient en retour, comme si tous savaient et se considéraient comme intrinsèquement liés à elle. A croire qu'elle était un aimant destiné à les attirer. A leur porter secours et assistance.

A les sauver.

Mais qui était-elle pour avoir des idées pareilles? Rien qu'une vieille femme qui vivait seule dans une maison construite pour trois. Tôt ou tard, supposait Lucille, il se présenterait quelqu'un pour remettre le monde à l'endroit. Ainsi en allait-il dans la vie. Des situations aussi exceptionnelles que celle-ci ne pouvaient être affrontées que par des gens exceptionnels. Des gens comme on en voyait dans les films — jeunes, athlétiques et qui savaient s'exprimer. Pas par de vieilles gens qui vivaient dans une ville dont personne n'avait jamais entendu parler.

Non, songea Lucille, en secouant la tête pour mieux se convaincre elle-même. Ce n'était pas son destin d'aider les Revenants. Ce n'était peut-être même pas son destin d'aider Jacob et Harold. Quelqu'un d'autre s'en chargerait, sans doute. Peut-être le pasteur Peters. Ou, plus vraisemblablement, l'agent Martin Bellamy. Mais Bellamy n'était pas un parent, ni un conjoint confronté à une maison désertée. Bellamy n'était pas celui autour de qui les Revenants semblaient graviter. C'était elle. C'était toujours elle.

— Il faudra bien faire quelque chose, admit-elle avec un soupir en s'adressant aux murs.

Une fois l'écho de la télévision retombé et le calme redescendu sur la maison, Lucille reprit le fil de sa vie comme si le monde n'avait pas changé au-delà du royaume de ses cinq sens. Elle se lava les mains dans l'évier de la cuisine, les sécha, cassa quelques œufs dans la poêle et entreprit de les brouiller délicatement. La première fournée de bacon qu'elle avait mise à frire était cuite et craquante. Elle les retira avec une spatule et les posa sur du papier essuie-tout, puis les tapota pour absorber un peu le gras. Son médecin était toujours en train de lui faire la leçon sur les graisses. Elle cueillit avec gourmandise un petit bout de lard sur une assiette et le croqua tout en préparant ses œufs et en remuant son gruau de temps en temps.

Elle pensait à Harold et à Jacob, enfermés dans le ventre de cette école, derrière la barrière des soldats, des clôtures, des barbelés coupants et, pire encore, la barrière de la bureaucratie gouvernementale. Cela la mettait en colère de penser à ces soldats qui étaient venus sans crier gare et avaient arraché son fils et son mari de la rivière — une rivière qui leur appartenait presque, d'une certaine façon, compte tenu de ce qu'elle représentait pour Harold et pour Jacob.

Alors qu'elle petit-déjeunait à sa table de cuisine, Lucille était si absorbée qu'elle n'entendit pas les pas résonner sur la terrasse, devant la maison. La bouillie d'avoine qu'elle avait préparée était chaude, souple et lisse. Elle glissa doucement dans son estomac en laissant derrière elle un discret goût de crème. Puis vinrent les œufs au bacon, forts et salés, doux et suaves à la fois.

— J'élèverais bien un temple en votre honneur, dit-elle à voix haute en s'adressant à son assiette.

Ce qui la fit rire. Puis la fit se sentir coupable. Et même à la limite du blasphème. Mais Dieu avait le sens de l'humour. Elle le savait bien, au fond, même si elle ne l'avait jamais admis devant Harold. Et Dieu savait qu'elle n'était qu'une vieille femme solitaire perdue dans une maison orpheline.

Elle avait déjà avalé la moitié de son petit déjeuner lorsqu'elle prit conscience de la présence de l'enfant. A sa vue, elle faillit tomber de sa chaise. Frêle et blonde, la petite fille se tenait de l'autre côté de la moustiquaire, toute boueuse et débraillée.

— Oh! mon Dieu, petite!

Lucille se couvrit la bouche de la main.

C'était une des deux enfants Wilson — Hannah si sa mémoire était bonne. Et généralement, elle l'était. Lucille n'avait plus revu les Wilson en ville depuis la réunion à l'église, il y avait déjà plus d'un mois.

— Pardon, m'dame, dit la petite. Je vous ai fait peur.

Lucille s'essuya les lèvres et se leva.

— Non, non, ce n'est pas grave. Tu m'as juste surprise, je n'avais pas remarqué qu'il y avait quelqu'un… Mais d'où sors-tu, dis-moi? demanda-t-elle en lui ouvrant la porte.

— Je m'appelle Hannah. Hannah Wilson.

— Je sais qui tu es. La fille de Jim. Toi et moi, nous avons des liens de parenté, figure-toi.

— Oui, m'dame.

— Quelque part dans notre lignée, nous sommes cousins, avec ton père. Jim et moi avons une tante en commun… Même si son nom ne me revient pas pour l'instant.

— Oui, m'dame, répéta timidement Hannah.

Lucille s'écarta et fit signe à la petite fille d'entrer.

— Tu as l'air à moitié morte de faim, toi. Quand as-tu mangé pour la dernière fois ?

Hannah resta debout, immobile et en silence dans l'encadrement de la porte. Elle sentait la boue et l'air du dehors, comme si elle était tombée du ciel et ressortie de terre le matin même. Lucille lui sourit mais l'enfant hésitait toujours.

— Je ne vais pas te faire de mal, tu sais. Enfin… Sauf si tu restes plantée là et que tu refuses d'entrer. Je vais trouver un gros fouet et te battre comme plâtre jusqu'à ce que tu t'assoies et que tu manges jusqu'à plus faim.

La petite Revenante lui rendit enfin son sourire, avec cette réserve un peu détachée propre à ceux de son espèce.

— Bien, madame.

Lorsqu'elle se décida enfin à pénétrer dans la maison, la moustiquaire claqua gaiement derrière elle, comme pour applaudir ce temps de répit dans la solitude de Lucille.

La fille mangea tout ce que lui servit Lucille, ce qui ne fut pas rien, vu les quantités qu'elle avait cuisinées ce matin-là. Puis, voyant Hannah prête à finir tout ce qu'elle avait préparé pour le petit déjeuner, Lucille commença à farfouiller dans le réfrigérateur.

— Mmm… Non, il n'y a rien de bon, là-dedans. Ce ne sont que des restes. Je ne peux décemment pas te faire manger ces trucs-là.

— Ce n'est pas grave, miss Lucille. Je n'ai plus faim. Merci beaucoup, vraiment.

Lucille plongea la main dans le fond du réfrigérateur.

— Oh, non, tu n'es pas encore rassasiée. Je ne suis même pas sûre que ton estomac ait un fond, mais j'ai l'intention de m'en assurer. Et pour cela, il faut que je le remplisse ! Je te nourrirai jusqu'à expiration des stocks ! Même si je dois vider toute l'épicerie d'Arcadia.

Son rire résonna dans la maison tandis qu'elle entreprenait de déballer la saucisse fraîche dégotée dans le fond du réfrigérateur.

— Mais je ne cuisine pas gratuitement, je te préviens ! Pour personne. Même le Seigneur Jésus, je lui demanderais de gagner sa pitance, s'il lui venait idée de prendre un repas chez moi. Il faudra que tu me rendes quelques petits services pour payer ton écot.

Lucille plaça une main dans son dos et ressembla aussitôt au personnage dont elle voulait donner l'apparence : celui d'une vieille, vieille femme, frêle et chancelante. Elle émit un grognement plaintif.

— Je n'ai plus vingt ans, mon petit.

— Ma maman m'a dit de ne pas mendier.

— Et ta maman a raison. Mais tu ne mendies pas. C'est moi qui te demande de l'aide, c'est différent. Et en échange, je te nourris. C'est honnête, non ?

Hannah hocha la tête. Assise sur une chaise trop grande et trop large, elle balançait les jambes d'avant en arrière.

— Parlant de ta mère, reprit Lucille en piquant la saucisse avec une fourchette. Elle risque de se faire du souci pour toi. Et ton papa aussi. Ils savent où tu es ?

— Je crois, dit l'enfant.

— Ça veut dire quoi, je crois ?

La gamine répondit par un haussement d'épaules évasif, mais comme Lucille lui tournait le dos et qu'elle était absorbée par ses préparatifs, elle ne vit pas son geste. Au bout d'un moment, Hannah s'en aperçut et précisa d'une petite voix enfantine :

— Je ne sais pas.

Lucille huila la poêle en fonte.

— Allons, allons, mon petit, tu n'as pas besoin de faire tant de mystères. Je suis au courant pour toi et ta famille. Ta mère, elle est… comment on dit, déjà ? De retour, comme ton papa. Et ton frère aussi. Où sont-ils, d'ailleurs ? Aux dernières nouvelles, vous aviez tous disparu de l'église quand les soldats ont commencé à arrêter les honnêtes gens.

Lucille plaça la saucisse dans la poêle et baissa le feu.

— Normalement, je ne dois rien dire, précisa la petite.

— Oh, oh, répliqua Lucille. Ça a l'air très sérieux. Les secrets, c'est toujours très sérieux.

— Oui, miss Lucille.

— Normalement, je n'aime pas trop les secrets. Ils peuvent donner lieu à toutes sortes de complications si on ne fait pas attention. Pendant tout le temps où j'ai été mariée, je n'ai jamais eu le moindre secret pour mon mari, figure-toi.

Lucille se dirigea vers l'enfant et lui murmura à l'oreille :

— Mais tu sais quoi ?

— Non ? chuchota la petite.

— En fait, ce n'est pas vrai. Mais ne le dis à personne, c'est un secret.

Hannah afficha un vrai, grand beau sourire, qui faisait beaucoup penser à celui de Jacob.

— Je te l'ai dit pour mon fils, Jacob ? Il est comme toi. Comme toi et le reste de ta famille.

— Et il est où ? demanda l'enfant en ouvrant de grands yeux.

Lucille soupira.

— A l'école. Les soldats l'ont pris.

Hannah blanchit.

— Oui, je sais, soupira Lucille. Ça fait peur. Mon mari et lui ont été embarqués tous les deux. Ils étaient au bord de la rivière ensemble et les militaires sont venus les chercher.

— Près de la rivière !

— Malheureusement, oui.

La saucisse commençait à crépiter dans la poêle.

— Les soldats aiment la rivière, vois-tu. Ils ont compris qu'il y avait plein d'endroits sur la rive où les gens pouvaient se cacher. Alors ils y vont souvent et ils cherchent un peu partout, pour essayer de trouver des personnes à arrêter. Bon, d'accord, ils ne sont pas vraiment méchants, ces soldats. Enfin, je l'espère, en tout cas. Ils ne font jamais de mal à personne, ils se contentent juste d'enfermer les gens loin de leur famille... Non, physiquement, c'est sûr, ils ne sont pas violents. Ils vous enlèvent, c'est tout. Vous séparent de ceux qui vous aiment et qui tiennent à vous, et... Lorsqu'elle se retourna, Hannah avait disparu. Seul le claquement de la porte-moustiquaire ponctua sa fuite d'un petit claquement léger.

— On se revoit la prochaine fois, quand tu reviendras! lança Lucille à la maison déserte.

Une maison dont elle savait qu'elle ne resterait plus vide très longtemps.

N'avait-elle pas rêvé d'enfants, la nuit précédente?

Alicia Hulme

— « Ce qui est arrivé au petit garçon était juste accidentel. Il n'y a pas de "maladie du Revenant". Mais de brusques disparitions peuvent survenir, en revanche. »

La jeune fille transmit nerveusement le message dont elle avait été chargée à l'homme à la peau noire et au costume bien coupé, assis du côté opposé du bureau.

— Je ne comprends rien à ce qui se passe, commenta-t-elle à mi-voix. Mais cela paraît inquiétant, non ?

— C'est O.K., lui assura Bellamy. Nous vivons une situation un peu étrange.

— Et qu'est-ce qui va se passer, alors ? Je n'ai pas envie de croupir ici. Pas plus que je ne voulais rester dans l'Utah.

— Vous ne serez pas retenue ici très longtemps. J'y veillerai. Conformément à ce que l'agent Mitchell vous a promis.

Alicia sourit au souvenir de l'agent Mitchell.

— C'est vraiment quelqu'un de bien, cette femme.

L'agent Bellamy se leva, contourna le bureau et plaça une petite chaise à côté de la sienne pour s'asseoir. Puis il glissa une main dans une de ses manches et en sortit une enveloppe.

— Voici leur adresse, dit-il en lui tendant le papier. Ils n'ont pas été informés de votre retour, mais, d'après les renseignements que j'ai pu glaner, ils le souhaitent. Ils le souhaitent très fort, même.

Alicia prit l'enveloppe et l'ouvrit avec des mains tremblantes. Sur un bout de papier figurait une adresse, dans le Kentucky.

— Mon père vient du Kentucky, dit-elle d'une voix soudain

gonflée par les larmes. Il a toujours détesté Boston, mais maman voulait y rester à tout prix. Apparemment, il l'a eue à l'usure.

Elle passa les bras autour du cou de l'homme à la peau noire et au costume bien coupé, et l'embrassa sur la joue.

— *Merci. Mille fois, merci !*

— *Dehors, vous trouverez un soldat — un dénommé Harris. Il est jeune, peut-être dix-huit ou dix-neuf ans. Guère plus jeune que vous, en fait. Il vous sortira d'ici.*

Il lui donna une petite tape amicale sur la main.

— *C'est une bonne chose qu'ils soient allés vivre dans le Kentucky, vos parents. L'Agence est surtout présente dans les lieux les plus densément peuplés. Dans le Kentucky, vous aurez plus de facilités pour vous cacher.*

— *Et qu'est-ce que je fais pour l'agent Mitchell, alors ? Vous comptez me renvoyer là-bas avec un message de réponse pour elle ?*

L'agent Bellamy secoua la tête.

— *Non. Ce serait trop risqué. Autant pour elle que pour vous. Veillez à ne pas perdre Harris de vue, surtout. Et conformez-vous à ce qu'il vous dira. Il fera le nécessaire pour que vous retrouviez vos parents.*

— *Entendu,* dit-elle en se levant.

En atteignant la porte, elle hésita, puis la curiosité l'emporta.

— *Et les disparitions, alors ? Qu'est-ce qu'elle entend par « brusques disparitions » ?*

L'agent dans son beau costume soupira.

— *Très franchement, je ne sais pas si c'est la fin ou le commencement.*

11

Presque tous les jours, désormais, Fred Green et une poignée de ses congénères se réunissaient sur un coin d'herbe devant chez Marvin Parker. Ils se rassemblaient sous le soleil de plomb et laissaient bouillir leur colère pendant que, l'un après l'autre, les cars de Revenants débouchaient de la rue principale d'Arcadia. Au début, John Watkins avait dénombré les Revenants grâce à un petit bâton de bois trouvé dans son pick-up. Il cochait les arrivées, par paquets de cinq. Pendant la première semaine, il en avait compté plus de deux cents.

— Je vais être à court de place pour cocher avant qu'ils ne soient à court de Revenants, avait-il fait remarquer au petit groupe au bout d'un moment.

Personne ne lui avait répondu.

De temps en temps, Fred se prenait à murmurer :

— On ne peut pas laisser faire ça, tonnerre de Dieu.

Il secouait alors la tête et prenait une grande gorgée de bière, en proie à des espèces de démangeaisons dans les jambes, comme si elles avaient besoin d'aller quelque part.

— Et ça se passe ici même, chez nous, à Arcadia, ajoutait-il sombrement.

Aucun d'entre eux n'aurait été capable de définir ce qu'il désignait par « ça ». Mais tous savaient de quoi il parlait. Tous savaient que quelque chose d'énorme, de planétaire — quelque chose qui dépassait en magnitude tout ce qu'ils avaient pu imaginer — se déroulait là, pour ainsi dire, sur leurs plates-bandes.

— Vous n'y croiriez pas, vous, si je vous disais qu'un volcan, ça peut pousser dans un jardin ? lança Marvin Parker, un après-midi alors qu'ils se tenaient debout en silence à regarder un nouvel autocar se vider de ses occupants.

Marvin était grand et maigre, avec une peau plus blanche que la craie et des cheveux d'une intense couleur rouille.

— Et pourtant, c'est vrai, les gars. C'est la vérité vraie, comme je vous le dis. On m'a parlé une fois d'une femme qui a eu un volcan juste derrière chez elle. Et ça a commencé tout petit, juste une petite bosse, comme une taupinière, pas plus. Mais le lendemain, la bosse avait grandi, puis il y a eu un petit monticule et tous les jours, comme ça, la butte montait.

Personne ne pipa mot. Ils écoutaient seulement et construisaient dans leurs têtes le tertre mortel de terre, de roche et de feu pendant que, de l'autre côté de la rue, les Revenants étaient déchargés, comptés et placés en files pour entrer dans le bâtiment.

— Puis, un jour, alors que la colline avait déjà atteint dix pieds de haut, la femme a pris peur. C'est dur de croire qu'il lui a fallu tant de temps avant de commencer à réagir, pas vrai ? Et pourtant, ça s'est passé exactement comme je vous le dis. Elle prenait le temps de « voir venir », comme on dit. Et quand elle a commencé enfin à reprendre ses esprits…

— Qu'est-ce qu'elle aurait pu faire ? demanda l'un des hommes.

Mais sa question resta sans réponse. Et Marvin poursuivit son récit :

— Le temps qu'elle se décide à faire appel à quelqu'un, l'odeur du soufre flottait déjà partout chez elle. Les voisins ont commencé à s'en mêler, pour le coup. Ils se sont décidés à sortir leur tête du sable, ces andouilles, et à aller voir de plus près la taupinière qui était en train de se transformer en montagne quasiment sous leurs fenêtres. Mais quand ils se sont enfin remué la couenne, il était déjà trop tard, comme par hasard.

— Concrètement, ils auraient pu faire quoi ? questionna un autre.

Mais là encore, aucune réponse ne vint. Marvin continua de dérouler son histoire :

— Alors des scientifiques sont venus et ils ont examiné la

montagne. Ils ont fait des prélèvements, des analyses et tout le tintouin. Et vous savez ce qu'ils lui ont dit, à cette femme ? « Nous n'avons qu'un seul conseil à vous donner, madame : déménagez ! » Vous y croyez, vous ? C'est tout ce qu'ils ont trouvé à lui raconter. Elle était sur le point de perdre sa *maison*, le premier droit élémentaire de tout un chacun, la seule chose au monde qui nous revient tous de droit et que nous possédons vraiment. Et eux la regardent tranquillement et lui sortent : « Eh ben, pas de bol, ma chérie ! » Peu de temps après cette visite, elle a mis ses affaires — toute sa vie — dans des cartons et elle est partie. Puis les autres habitants de la ville ont suivi un à un. Fuyant la chose qui avait commencé à sortir dans son jardin et qu'ils avaient tous regardée pousser sans rien faire.

Il termina sa bière, écrasa la cannette dans sa main et la jeta avec un grognement dans l'herbe sèche du jardin.

— Ils auraient dû agir dès le début. Remuer ciel et terre lorsqu'ils ont vu cette boule anormale sortir de la pelouse et qu'ils ont senti, dans le fond d'eux-mêmes, que quelque chose ne tournait pas rond. Mais non, ils ont tous hésité, attendu... Surtout la propriétaire de la maison. Et à cause de ses hésitations, tout le monde a payé le prix.

Pendant le reste de la journée, les autocars défilèrent pendant que les hommes regardaient en silence. Ils étaient tous pris à la gorge par le sentiment qu'ils étaient trahis par ce qui se passait dans le monde, là, à l'instant même, et que cette trahison avait peut-être déjà commencé bien avant, des années plus tôt, même.

Ils pressentaient que le monde, au fond, leur avait menti toute leur vie.

Ce fut le lendemain de ce jour-là que Fred Green se pointa en portant sa pancarte. C'était un carré de contreplaqué peint en vert avec, en lettres rouge écarlate, le slogan « REVENANTS, HORS D'ARCADIA ».

Fred Green ne savait pas trop où la contestation le mènerait. Il n'était pas trop sûr des mérites de la méthode, ni des résultats qu'il pouvait espérer en tirer. Mais il avait au moins le sentiment de faire quelque chose, de donner forme aux tourments obscurs qui le tenaient éveillé la nuit, même s'il ne comprenait rien à ces forces étranges qui chassaient son sommeil et le laissaient exsangue, épuisé, chaque matin.

C'était la meilleure idée qui lui soit venue jusqu'à présent, alors advienne que pourra.

Martin Bellamy était assis à table, les jambes croisées, sa veste de costume ouverte et sa cravate de soie desserrée de quelques millimètres de plus qu'à l'ordinaire. Harold songea que, pour un type toujours tiré à quatre épingles comme l'agent, cette allure frisait la décontraction. Il ne savait pas encore très bien quoi penser de Bellamy. Mais a priori, s'il ne le haïssait toujours pas à l'heure qu'il était, cela voulait probablement dire qu'il avait une franche affection pour sa personne. Chez lui, c'était généralement comme ça que ça marchait.

Harold avalait bruyamment des cacahuètes fraîches, cuites dans l'eau salée, une cigarette calée entre les doigts, un trait de fumée d'un blanc crayeux glissant sur son visage. Il mâchait et essuyait sur son pantalon le jus saumâtre qui lui coulait sur les doigts — Lucille n'étant pas là pour protester. Et quand il en avait envie, il tirait une bouffée sur sa cigarette et recrachait la fumée sans tousser. Ne pas tousser demandait pas mal d'efforts, ces jours-ci, mais il apprenait.

C'était une des rares opportunités qu'avait trouvées Bellamy de parler à Harold en tête à tête depuis que la situation à Arcadia avait évolué pour en arriver là où elle en était. La plupart du temps, Harold refusait tout net de laisser Jacob s'éloigner hors de sa vue, même pour un petit moment.

— Elle ne me le pardonnera pas s'il lui arrive quelque chose, répétait le vieil homme.

A l'occasion, cependant, il acceptait de laisser Jacob en compagnie d'un des soldats dans la pièce voisine — à condition de pouvoir vérifier d'abord de quel soldat il s'agissait. Ce qui permettait à Bellamy de sortir son carnet de notes et de lui poser deux ou trois questions.

— Comment vous sentez-vous, monsieur Hargrave?

D'une chiquenaude, Harold fit tomber sa cendre dans un petit cendrier en métal.

— Je vis toujours, comme vous pouvez le constater. Mais qui ne vit pas, de nos jours?

Il pompa sur sa cigarette.

— Elvis Presley a déjà fait son come-back, au fait?

— Je tâcherai de me renseigner.

Le vieil homme rit doucement.

Bellamy se renversa contre son dossier, changea de position, puis examina le vieil homme du Sud avec curiosité.

— Alors, comment vous sentez-vous?

— Cela vous arrive de jouer au lancer de fer à cheval, Bellamy?

— Non. Mais j'ai déjà essayé le *bocce ball*.

— Qu'est-ce que c'est que ce truc-là?

— C'est la version italienne, à peu de chose près.

Harold hocha la tête.

— Il faudrait qu'on se fasse une partie, une fois. Au lieu de rester bouclés là-dedans!

Il écarta les bras pour désigner la petite pièce étouffante où ils étaient installés. Bellamy sourit.

— Je vais voir ce que je peux faire. Comment vous sentez-vous?

— Vous m'avez déjà posé cette question.

— Vous n'avez pas répondu.

— Oh que si, j'ai répondu.

Le regard de Harold se perdit de nouveau dans la pièce.

Bellamy referma son calepin et le plaça sur la table, entre le vieil homme et lui. Puis il posa son stylo sur le carnet et tapota ostensiblement l'ensemble, comme pour dire : « C'est juste vous et moi, ici, Harold, je vous le promets. Pas d'appareil enregistreur, pas de caméra espion ou de micros dissimulés. Juste un garde, de l'autre côté de la porte, qui ne peut pas vous entendre et qui, même s'il en avait la possibilité, ne le voudrait pas. S'il est là, c'est juste à cause du colonel Willis. »

Harold termina son bol de cacahuètes bouillies en silence, puis finit sa cigarette avec Bellamy assis en face de lui, qui ne disait rien, se tenant dans la patience de l'attente. Le vieillard alluma une nouvelle cigarette et aspira une longue bouffée, ample et spectaculaire. Il retint la fumée dans ses poumons aussi long-temps qu'il le put. Puis il l'expulsa dans une toux qui en amena une autre, puis une quinte complète qui le laissa pantelant, le front couvert de sueur.

Lorsque la toux cessa enfin et que Harold se fut repris, Bellamy se décida enfin à parler.

— Comment vous sentez-vous ?

— Les toux sont plus fréquentes qu'avant, c'est tout.

— Mais vous refusez de faire les examens médicaux.

— Non, merci, monsieur l'agent secret. La vieillerie, voilà ce que c'est, ma maladie. Mais je suis une vieille carne trop solide pour faire une rupture d'anévrisme, comme le petit. Et je ne suis pas assez stupide pour croire à cette histoire de « maladie contagieuse » ou de « virus du Revenant ». Même si vos soldats se chuchotent des choses entre eux à ce sujet.

— Vous ne vous en laissez pas conter, monsieur Hargrave.

Harold tira sur sa cigarette en silence.

— J'ai mon idée sur ce qui pourrait être la cause de vos quintes de toux, reprit Bellamy.

Harold rejeta un beau trait de fumée, droit et régulier.

— Ah oui ? Ma femme et vous, vous avez les mêmes idées, on dirait.

Le vieil homme éteignit sa cigarette et écarta le bol avec les cosses vides qui avaient contenu les cacahuètes. Il posa les deux mains l'une à côté de l'autre sur la table et les regarda, prenant acte à ce moment précis de leur âge, de leurs rides. Elles lui parurent minces et frêles comme jamais encore jusque-là.

— On peut parler, Martin Bellamy ?

L'agent changea de position sur sa chaise. Il redressa le dos comme s'il se préparait à quelque chose de grave.

— Que voulez-vous savoir ? Vous formulerez les questions et je m'efforcerai d'y répondre de mon mieux. C'est tout ce que je peux faire. Et c'est tout ce que vous pouvez demander.

— Très bien, monsieur l'agent secret. Alors première question :
les Revenants sont-ils réellement des personnes ?

Bellamy marqua un temps de silence. Son attention semblait
absorbée par quelque image interne qui se serait soudain imposée
à son esprit. Puis il répondit, d'un ton aussi confiant que possible :

— Ils y ressemblent. Ils mangent — ils mangent énormément,
même. Ils dorment — sporadiquement, certes, mais d'un vrai
sommeil. Ils marchent. Ils parlent. Ils ont des souvenirs. Tout
ce que les gens ordinaires font, ils le font.

— Mais bizarrement, quand même.

— Oui, ils sont en effet un peu bizarres.

Harold émit un petit rire et hocha la tête.

— Un peu, oui ! Et depuis quand est-il simplement « bizarre »
de revenir d'entre les morts, monsieur l'agent ?

Bellamy garda un ton égal.

— Depuis quelques mois.

— Deuxième question, alors… Ou est-ce la troisième ?

— La troisième, je crois.

Harold émit un rire sec.

— Vous êtes réveillé. C'est bien.

— J'essaie.

— Troisième question, donc… Les gens comme vous et moi,
du plus loin qu'on se souvienne, n'ont jamais eu l'habitude de
refaire un second passage sur terre une fois le certificat de décès
signé. Puisque ces individus le font, peut-on affirmer que ce sont
quand même des êtres humains ?

— Et si vous en veniez aux faits, Harold ? suggéra Bellamy,
non sans une certaine brusquerie.

— Vous êtes tous les mêmes, vous, les Yankees, grommela
Harold.

Il s'agita sur sa chaise. Les muscles de ses jambes tressautaient.
Toutes sortes d'énergies semblaient lui parcourir le corps.

— Nous sommes entre nous, là, dit Bellamy. Juste vous et moi.

Il se pencha comme s'il s'apprêtait à prendre les vieilles mains
de Harold dans les siennes. Et il l'aurait peut-être fait, s'il l'avait
fallu. Mais le vieil homme était prêt.

— Il ne devrait pas être ici, bon Dieu! Il est *mort*. Mon fils est mort — en août 1966. Noyé dans la rivière. Et vous savez quoi?

— Dites-le-moi.

— Nous l'avons mis en terre, voilà ce que nous avons fait. Comme Dieu est cruel, j'ai moi-même retrouvé son corps. Et je l'ai arraché à la rivière. De mes mains. Mon enfant était froid comme la glace, et on était au plein de l'été. J'ai touché des poissons qui étaient moins froids que mon fils ce jour-là. Moins froids que sa peau blanche de noyé.

Les yeux de Harold brillèrent.

— Mais je l'ai porté moi-même jusqu'à la maison. Même si tous les autres pleuraient autour et protestaient que ce n'était pas à moi de le faire, qu'il fallait que je passe mon fardeau à quelqu'un d'autre.

Harold secoua la tête.

— Ils ne comprenaient pas. Il fallait que ce soit moi, justement. Que ce soit moi qui sente et qui voie qu'il était froid et anormal. Que ce soit moi qui sente qu'il ne reviendrait pas. Jamais. Nous l'avons enterré. Parce que c'est la chose à faire quand les gens meurent. On les confie à la terre. On leur creuse un trou, on les met dedans, et voilà. Après ça, c'est fini, terminé. Plus rien.

— Vous ne croyez pas à l'au-delà?

Harold secoua la tête avec impatience.

— Non, non, non! Je ne vous parle pas de ça! Quand je dis que c'est terminé, je veux dire que c'est terminé à ce niveau-là.

Il attrapa les mains de Bellamy dans les siennes. Et les serra avec suffisamment de force pour lui faire mal. Découvrant que le vieil homme avait plus de poigne qu'il ne l'avait imaginé, Bellamy voulut se dégager, mais Harold ne lâcha pas prise.

— Le corps, quand il meurt, il s'en va à tout jamais.

Les yeux de Harold étaient grands ouverts et perçants.

— Parce que c'est censé être *fini*, cria-t-il. Vous le pigez, ça, oui ou non?

— Je comprends, oui, répondit Bellamy de sa voix lisse et new-yorkaise, en désenchevêtrant ses mains de celles de Harold. Je sais que c'est dur, je sais que c'est déroutant.

— Avec le temps, ça s'est arrêté, murmura Harold au bout d'un moment. La douleur. Les souvenirs. L'amour. Tout.

Il marqua une pause.

— Maintenant, ça recommence. Quand je me réveille, je pense à comment c'était avant. Je pense à des anniversaires, à des fêtes de Noël, à des...

Il se mit à rire et la lumière du souvenir brilla dans ses yeux.

— Vous avez déjà coursé une vache, vous, Bellamy?

L'agent se mit à rire.

— Là où je suis né, je ne peux pas dire que j'en ai vraiment eu l'occasion.

— On a eu des fêtes de pluie et de boue, l'année où Jacob a eu six ans. Pendant trois jours avant la Noël, il a plu des cordes en continu. Et les routes étaient devenues tellement mauvaises que personne ne pouvait plus sortir pour aller fêter en famille ou avec des amis comme prévu. Donc tout le monde restait chez soi et on se souhaitait un « joyeux Noël! » au téléphone.

Pris dans ses souvenirs, Harold se renversa contre son dossier et ses mains se mirent en mouvement, parlant avec lui.

— Il y avait une ferme, dans le temps, à côté de chez nous. Elle appartenait au vieux bonhomme Robinson. Plus tard, quand il est mort, j'ai racheté sa terre à son fils. Mais à cette époque, il était bien vivant et il avait ses vaches qui pâturaient dans le champ à côté de chez nous. Son troupeau, il n'était pas bien gros. On les comptait sur les doigts de la main, ses vaches, au vieux Robinson. Tous les deux ans et quelques, il en conduisait une à l'abattoir. Mais pour l'essentiel, il se contentait de le garder pour le garder, son bétail. Sans raison particulière. Son père avait toujours eu des vaches avant lui. Et pour être franc, je crois qu'il ne se posait même pas la question.

Bellamy hocha la tête. Il ne savait pas trop où cette histoire allait les conduire, mais il était prêt à se laisser emmener.

— Donc, le jour de Noël arrive, et partout, c'était une boue pas possible. Ça pissait la pluie comme si le bon Dieu nous préparait un second déluge. Et là, alors que ça tombait pire que tout, voilà qu'on frappe de grands coups à notre porte et c'était, devinez qui ? Le vieux bonhomme Robinson. Grand comme une montagne. Il était chauve comme un nouveau-né et bâti comme un bûcheron, avec un torse puissant qu'on aurait dit un arbre. Et je le trouve sur le pas de la porte, dégoulinant et couvert de boue. « C'est quoi, le problème ? » je lui ai demandé. « Les vaches se sont sauvées », qu'il dit. Et il me montre l'endroit par où elles s'étaient échappées, avec la terre toute retournée sur leur passage. Là, je n'ai même pas le temps d'ouvrir la bouche pour lui proposer de l'aide et déjà je sens un truc qui file à côté de moi, traverse la terrasse comme une fusée et se jette sous la pluie et dans la boue.

— Jacob ?

— J'allais lui hurler après et lui crier de revenir dare-dare se mettre au chaud. Et puis je me suis dit : « Allez, zut, pourquoi pas ? » Et là, j'ai à peine le temps de faire un pas vers la porte et je vois ma Lucille passer en courant devant moi, presque aussi vite que Jacob, encore vêtue de sa plus belle robe. Elle n'avait pas fait trois pas dehors qu'elle était déjà boueuse des pieds à la tête. Là, on est tous partis d'un fou rire, y compris le vieux bonhomme Robinson… Peut-être qu'on en avait tous assez de rester enfermés à la maison, murmura pensivement Harold tandis que ses mains s'immobilisaient de nouveau sur ses genoux.

— Alors ? demanda Bellamy.

— Alors quoi ?

— Vous les avez rattrapées, les vaches ?

Harold rit doucement.

— Ouaip. On les a eues.

Puis son sourire s'évanouit et sa voix se fit de nouveau grave, pesante, déchirée.

— Et puis, tout ce bonheur s'est arrêté d'un coup. Et avec les années, même les souvenirs ont fini par s'en aller. Mais maintenant… maintenant, je me retrouve avec un pied de chaque côté du gouffre. Et j'ai passé l'âge de faire le grand écart, merde !

Harold contempla fixement ses mains. Lorsqu'il parla de nouveau, il y avait une trace de délire dans sa voix :

— Sérieusement, Bellamy : je suis censé faire quoi, moi ?

Ma tête me dit que ce n'est pas mon fils. Ma raison est catégorique : Jacob Hargrave est mort noyé par une journée ensoleillée d'août 1966. Mais lorsqu'il parle, mes oreilles me disent que c'est lui. Mes yeux me disent que c'est lui, que c'est Jacob — le même, trait pour trait !

Harold abattit son poing sur la table.

— Et comment je peux me dépêtrer de ça, selon vous ? Parfois, la nuit, quand il fait noir et que le silence est tombé, et que tout le monde dort, il se lève et vient s'allonger à côté de moi sur mon lit de camp — de la même façon qu'avant —, comme s'il avait eu un cauchemar ou un truc comme ça. Ou même pire que cela, comme si je lui manquais… Il arrive tout doucement la nuit et se roule en boule à côté de moi et… et merde, je ne peux pas m'empêcher de passer un bras autour de lui, comme je le faisais quand il était vraiment lui. Et vous savez quoi, Bellamy ?

— Quoi, Harold ?

— Je me sens plus heureux que je ne l'ai jamais été depuis des années. Je me sens entier. Rassemblé. Comme si tout, dans ma vie, était de nouveau à sa place, en équilibre.

Harold toussa.

— Qu'est-ce que j'en fais, moi, de ce bonheur-là ?

— Il y en a qui s'y raccrochent, dit Bellamy.

Un instant, Harold demeura muet. La réponse l'avait surpris, réellement surpris.

— Il me transforme, admit-il au bout de quelques instants. Bon sang, il me transforme.

Bobby Wiles

Bobby avait toujours été doué pour s'introduire dans les endroits où il n'était pas censé mettre les pieds. Son père avait prédit qu'il serait prestidigitateur quand il serait grand, tellement il avait eu l'art de disparaître par toutes sortes de moyens lorsque l'envie l'en prenait. Aujourd'hui, Bobby était dissimulé dans le bureau du colonel, à l'intérieur d'un des gros conduits d'aération de l'école. Et il observait le militaire à travers les lattes.

Il fallait dire qu'il n'y avait jamais rien d'intéressant à faire dans cette vieille école. Aucune activité à part s'asseoir et attendre, sans jamais aller nulle part. Alors Bobby se glissait en douce un peu partout et s'ennuyait un peu moins. Il y avait des quantités d'endroits à explorer, dans l'ancien bâtiment scolaire. Déjà, il avait trouvé le moyen de pénétrer dans l'ancienne cuisine. Il pensait y trouver un couteau avec lequel s'amuser. Mais ils avaient tous disparu. Alors il avait rampé à l'intérieur de la chaufferie, en passant par un conduit extérieur. Là, tout était dur, rouillé, rigolo.

Le colonel était assis à son bureau et observait une longue rangée d'écrans d'ordinateurs. Il en avait assez d'Arcadia, le colonel. Assez des Revenants. Assez de cet état inhabituel des choses, qui s'était abattu sur le monde. Mieux que tous les autres, il voyait où le phénomène les mènerait. Il anticipait déjà l'hystérie collective, les rixes, les manifestations et tout le reste. Les gens avaient déjà bien assez de mal à endurer leur quotidien lorsque le monde tournait normalement et que les trépassés restaient dans leur caveau…

Le colonel savait que cette situation avec les Revenants n'était pas de celles qui pouvaient se canaliser d'elles-mêmes. Pas de celles qui pouvaient se résoudre pacifiquement. Alors il suivait les ordres, parce que c'était la seule façon d'aider la population. La seule façon de maintenir l'ordre et la confiance des gens dans la permanence des choses et la bonne marche du monde.

A la différence de tant d'autres, le colonel n'avait pas peur des Revenants. C'était plutôt tous les autres qu'il craignait. Ou, plus exactement, leurs réactions une fois confrontés à leurs aimés — qu'ils les croient authentiquement vivants ou non. Se retrouver tout près d'eux, les voir respirer et demander à être rappelés au souvenir des vivants.

Le colonel avait eu de la chance. Lorsque son père avait été appréhendé en tant que Revenant, il en avait été informé et on lui avait laissé le choix d'entrer ou non en contact avec lui. Il avait pris la décision de ne pas le revoir, mais seulement parce que c'était la meilleure solution pour tout le monde. Ce ne serait tout simplement pas bon pour lui de s'exposer à une situation qui pourrait fausser son jugement, sous l'influence des souvenirs. Et surtout créer des attentes par rapport à un futur avec quelqu'un dont l'avenir avait pris fin des années plus tôt.

La situation avec les Revenants était contraire à l'ordre général et les gens s'en rendraient compte bien assez tôt. En attendant, il fallait des hommes de sa trempe pour tenir les rênes du mieux qu'ils le pouvaient.

Il avait donc informé l'Agence qu'il ne souhaitait pas entrer en contact avec son père. Mais il avait quand même fait le nécessaire pour qu'il soit transféré dans le meilleur centre de détention. A cette part de lui-même, à cet homme qui était peut-être son père, il n'avait pu refuser cette discrète entorse à ses principes.

Malgré l'ampleur de sa tâche, et même s'il lui fallait être dur avec les autres comme avec lui-même, il n'avait pu s'interdire ce petit geste. Il existait une possibilité ténue, après tout, pour qu'il s'agisse réellement de son père.

Sur chaque écran d'ordinateur, face au colonel, on voyait la même image : une femme noire volumineuse et âgée, assise à un bureau face à un agent aux cheveux coupés ras, à la tête carrée, qui s'appelait Jenkins. Bobby avait été interrogé une fois par Jenkins. Mais le colonel, c'était autre chose.

Bobby respirait doucement, en faisant le moins de bruit possible lorsqu'il passait son poids d'une hanche sur l'autre. Les parois du conduit étaient fines et couvertes de crasse.

Le colonel buvait de petites gorgées de café et regardait Jenkins et la vieille femme parler. Il y avait le son, mais Bobby était trop loin pour capter vraiment la conversation. Plusieurs fois, il entendit la vieille femme prononcer le prénom « Charles », ce qui semblait énerver Jenkins.

« Sûrement son mari », songea Bobby.

Le colonel avait toujours le regard fixé sur les moniteurs. De temps en temps, il faisait basculer l'image et on voyait apparaître un homme à la peau noire vêtu d'un très beau costume. L'homme était assis à son bureau et travaillait. Le colonel l'observait puis reportait son attention sur l'écran où on voyait la vieille dame.

Assez vite, l'agent Jenkins se leva et frappa à la porte de la salle d'interrogatoire. Un soldat entra et aida gentiment la femme à sortir. Jenkins leva alors les yeux vers la caméra, comme s'il savait que le colonel avait assisté à l'entretien, et il secoua la tête d'un air frustré. « Rien », l'entendit dire Bobby.

Le colonel ne prononça pas un mot. Il appuya seulement sur un bouton, et brusquement l'agent noir au costume bien coupé qui travaillait à son bureau apparut sur tous les moniteurs. Le colonel le regarda en silence avec un air très grave et très dur. Jusqu'au moment où Bobby s'endormit faute de distractions.

Il fut réveillé par les soldats qui le tiraient de force hors du conduit, en hurlant des questions et en le manipulant avec rudesse. Sa dernière vision du colonel le montrait courroucé et pointant le doigt sur un jeune soldat tandis qu'ils l'enfermaient dans une pièce sans fenêtres.

— Allez, allez, gamin! dit l'un des soldats.

Bobby se mordit la lèvre.

— Je m'excuse. Je ne le referai pas.

— Va, va, fit le soldat.

Il était jeune, blond, avec une peau irrégulière, creusée par l'acné.

Malgré l'évidente colère du colonel, il souriait en poussant Bobby hors de la pièce.

— Tu me fais penser à mon petit frère, murmura-t-il tout bas lorsqu'ils eurent quitté le bureau.

— C'est quoi son nom ? demanda Bobby.

La curiosité avait toujours été son fort.

— Il s'appelait Randy... Ne t'inquiète pas, je prendrai soin de toi.

Et Bobby commença à avoir moins peur.

12

Dans une autre vie, Lucille aurait été commis de cuisine. Elle serait partie travailler tous les matins, sourire aux lèvres. Et, le soir, elle serait revenue à la maison imprégnée d'odeurs d'huile, d'épices et de condiments. Ses pieds auraient été en bouillie. Ses jambes fatiguées. Mais elle aurait été ravie. Son métier, elle l'aurait exercé avec une vraie passion.

Aujourd'hui, elle se tenait dressée à la barre de sa cuisine — encombrée mais propre. Et une seconde tournée de poulets frits grésillait dans sa marmite, bruyants comme l'océan se jetant à l'assaut des rochers. Dans la pièce voisine, la famille Wilson au grand complet parlait et riait, évitant d'allumer la télévision pendant qu'ils faisaient honneur à son repas. Ils étaient assis en cercle, par terre — pourquoi dans cette position, alors qu'ils avaient une table de salle à manger en parfait état, à moins de deux mètres ? Lucille n'en avait aucune idée. Leurs assiettes sur les genoux, ils enfournaient des montagnes de riz et de sauce, du maïs, des haricots verts, du poulet et des galettes. Ici et là, on entendait une explosion de rire, suivie par le long silence qui accompagne toute mastication appliquée.

Il en alla ainsi jusqu'à ce que la famille au complet fût rassasiée, ne laissant comme restes que quelques morceaux de poulet qui se battaient en duel sur une assiette, posée à côté de la cuisinière. Lucille les plaça dans le four, au cas où quelqu'un aurait un petit creux plus tard dans la journée. Puis elle se lança dans une inspection complète de ses placards, pour faire l'état des stocks.

Tous les niveaux étaient bas, ce qui ravit Lucille.

— Je peux faire quelque chose ? demanda Jim Wilson en émergeant de la pièce voisine.

Quelque part au premier étage, sa femme courait en riant après ses enfants.

— Non merci, dit Lucille, la tête à moitié engagée dans un de ses placards et prenant des notes à l'aveugle sur sa liste de courses. J'ai tout bien en main.

Jim s'approcha de l'évier, avisa une pile d'assiettes sales et releva les manches. Lucille finit par se dégager de ses étagères.

— Et qu'est-ce que tu fais, là ?

— Je donne un coup de main.

— Tu laisses ça, s'il te plaît. La vaisselle, c'est le travail des enfants.

— Ils jouent.

Elle lui donna une petite tape sur la main.

— Ils ne vont pas jouer toute la journée, si ? Il faut leur donner des responsabilités.

— C'est vrai, acquiesça Jim.

Lucille s'activa dans sa cuisine, allant et venant autour de l'homme qui avait jeté l'ancre devant l'évier. Même s'il lui avait donné raison sur l'éducation correcte à offrir à sa progéniture, il lavait, rinçait et plaçait les assiettes dans l'égouttoir. Une par une.

Je lave. Je rince. J'égoutte.

— Dis voir, mon grand, pourquoi ne les places-tu pas dans l'évier toutes en même temps ? Je n'ai encore jamais vu personne faire la vaisselle comme ça, assiette par assiette.

Jim ne dit rien. Et continua de la même façon.

Une par une.

Je lave. Je rince. J'égoutte.

— Bon, d'accord, fit Lucille.

Elle s'efforça de ne pas attribuer la bizarrerie de Jim à la cause, quelle qu'elle soit, qui l'avait fait se lever du tombeau. Même s'ils étaient cousins — à son idée, du moins —, elle aurait aimé être plus proche de Jim et de sa petite famille. C'était une grande source de regret et de chagrin pour Lucille.

Même si elle avait tenté de se rapprocher de lui, elle ne se souvenait pour l'essentiel que d'une chose : que c'était un homme qui avait travaillé dur. Et c'était à peu près tout ce que les habitants d'Arcadia avaient su de lui, jusqu'au moment où il avait été brutalement effacé de la surface de la Terre avec sa famille.

Cela avait été quelque chose de terrible, ce quadruple meurtre. Parfois, Lucille parvenait presque à oublier ce qui s'était passé. Presque. Mais à d'autres moments, elle ne voyait plus que cela lorsqu'elle regardait n'importe lequel d'entre les Wilson. Et c'était précisément pour cette raison que la population d'Arcadia les avait rejetés. Personne n'appréciait d'être ramené à une page noire de son histoire. Et les Wilson, pour Arcadia, représentaient un drame resté non réparé.

C'était arrivé quelque part au milieu de l'hiver 1971, si les souvenirs de Lucille étaient bons. Et généralement, ils l'étaient. Comme pour toutes les grandes catastrophes, sa mémoire s'était cristallisée sous la forme d'une scène : celle de l'annonce.

Elle se trouvait dans la cuisine, occupée à faire la vaisselle. Il faisait un froid de loup dehors. Par la fenêtre, elle voyait le grand chêne — nu comme au jour de sa naissance — et elle avait frissonné violemment lorsque le vent avait forci.

— Jésus Marie, avait-elle murmuré.

Harold était quelque part dans la tourmente, livré à la nuit froide. Parti faire des courses à l'épicerie, à cette heure tardive. Une idée de fou, avait déploré Lucille. Et là, comme s'il l'avait entendue penser, il était apparu. Ou, plus exactement, la lumière de ses phares, comme deux grands yeux qui dansaient sur le chemin en terre menant à leur maison.

— Il vaut mieux que tu t'assoies, avait-il dit en entrant.

— Quoi ? Qu'est-ce qui se passe ?

Tout était déjà là, dans la voix de Harold. Et elle avait senti son cœur chuter comme du plomb au fond de sa poitrine.

— Assieds-toi, je te dis ! avait aboyé Harold.

Il se frottait la bouche sans arrêt. Reculant et avançant les lèvres pour former des cercles du format d'une cigarette. Il s'était assis à la table de cuisine. Levé. Puis rassis.

— On leur a tiré dessus, avait-il fini par révéler, presque dans un murmure. Tiré sur les quatre. Toute la famille a été abattue. Les enfants dans leur lit. Exécutés. Jim trouvé mort dans l'entrée, avec son fusil accroché presque à portée de main, comme s'il avait été sur le point de l'attraper mais n'avait pas eu le temps de l'atteindre. Il n'était pas chargé, à ce qu'on dit, donc il ne lui aurait sans doute pas servi à grand-chose, son fusil... Avec les enfants, à la maison, c'est folie de garder une arme chargée à portée de main. Voilà ce qu'il disait toujours, Jim.

Harold s'était essuyé les yeux.

— Connie... ils l'ont découverte sous le lit. Je suppose que c'est elle qu'ils ont eue en dernier.

— Doux Seigneur, avait-elle psalmodié, les yeux rivés sur ses mains encore pleines de produit vaisselle. Doux Seigneur. Doux Seigneur.

Harold avait grommelé une espèce de confirmation.

— Nous aurions dû leur rendre visite plus souvent, avait-elle sangloté.

— Quoi?

— Nous aurions dû passer plus de temps avec eux. Ils faisaient partie de la famille. Nous étions parents, Jim et moi.

Harold n'avait jamais été bien convaincu par ses interprétations généalogiques. Mais cela faisait partie de ces choses dont il importait peu qu'elles soient vraies ou non. Donc, si Lucille croyait que Jim et elle étaient cousins, c'était la vérité. Ce qui rendait leur disparation encore plus difficile à accepter.

— *Qui* a fait ça, Harold?

Il avait secoué la tête en s'efforçant de ne pas pleurer.

— Personne n'en sait rien.

Des conversations comme celle-ci, il y en avait eu d'innombrables à Arcadia. Et pas seulement cette nuit-là, mais pendant les années qui avaient suivi. Car tous sentaient que la mort des Wilson, tout en étant tragique et horrifiante en soi, aurait également une influence décisive sur la ville d'Arcadia et modifierait à jamais son atmosphère. Plus jamais ses habitants n'auraient la même vision de leur terroir et de sa place dans le monde.

Face à eux

Ce fut après le quadruple meurtre des Wilson que les gens commencèrent à prendre note des petits larcins qui se produisaient ici ou là. Ou qu'ils prêtèrent soudain attention aux problèmes conjugaux des uns et des autres — peut-être même aux histoires d'adultère. Un sentiment général de violence se répandit dans Arcadia après la tragédie des Wilson. La suspicion fleurit comme de la moisissure, gagnant du terrain petit à petit, année après année.

Lorsque Jim Wilson eut fini de laver la vaisselle à son étrange manière, Lucille, elle, venait de terminer sa liste de courses. Elle monta se laver au lavabo du premier étage, puis redescendit prendre son sac et sa liste, et s'immobilisa sur le seuil. Fin prête, avec les clés du camion dans la main et le vieux Ford bleu qui lui retournait son regard, elle prit une profonde inspiration et se rappela à quel point elle avait horreur de conduire. Sans compter que le fichu vieux camion de Harold était l'animal le plus capricieux, le plus rétif que l'on puisse imaginer. Il démarrait uniquement si cela lui chantait. Les freins hurlaient. « Il est vivant, ce machin, avait-elle dit plus d'une fois à Harold. Vivant et plein de mépris pour les femmes… Peut-être même pour l'humanité tout entière, tout comme son propriétaire. »

— Je suis désolé pour tout ce dérangement.

La voix de Jim Wilson fit bondir Lucille. Elle ne s'était toujours pas habituée à ce que les Revenants soient si silencieux, comme s'ils marchaient sur des semelles de vent. Lucille inventoria son sac. Sa liste était là. Son porte-monnaie était là. Sa photo de Jacob, à sa place. Et pourtant, elle continuait de farfouiller dans ses affaires et s'adressa à la famille Wilson au complet sans jeter un regard en arrière. Ils étaient tous là, dressés côte à côte comme une image de carte de Noël. Elle les sentait, même sans les voir.

— J'ai l'impression d'entendre ta fille, bougonna Lucille. Je comprends d'où elle tient cette drôle de manie de s'excuser sans raison et à tout propos. Je ne veux plus rien entendre de la sorte, est-ce clair ?

Lucille se décida à refermer son sac, même si elle ne se sentait pas encore complètement d'aplomb. Une menace semblait flotter dans l'air, comme à l'approche d'une tempête.

— J'essaie de ne pas causer trop de tracas, dit Jim. Et j'aimerais que tu saches à quel point nous apprécions ton aide, c'est tout. Nous sommes reconnaissants de tout ce que tu fais pour nous.

Lucille prit une profonde inspiration et se retourna en souriant.

— Bouclez-vous à l'intérieur lorsque je serai partie. Et dis à ta Connie que j'aurai à lui parler à mon retour. Je voudrais lui transmettre une recette de gâteau que je tiens de notre grandtante Gertrude... enfin, je crois.

Elle marqua un temps de silence, réfléchit.

— Et garde tes enfants à l'étage. A priori, personne ne devrait passer par ici. Mais on ne sait jamais.

— Nous resterons là-haut, dans les chambres.

— Et n'oublie pas que...

— Il y a à manger dans le four, l'interrompit Jim.

Et il lui adressa un petit salut de la main.

— Bon, bon, marmonna Lucille.

Et elle marcha la tête haute en direction du camion de Harold, refusant de se retourner et de leur laisser voir à quel point elle était soudain tenaillée par la peur.

A Arcadia, le magasin d'alimentation était un des derniers bastions encore debout du projet de rénovation et de mise en valeur de la ville orchestré en 1974. Depuis cette date reculée, plus aucune somme d'argent substantielle n'avait été injectée dans les finances locales. Le vieux bâtiment en brique constituait la dernière halte à la limite ouest d'Arcadia, marquant la fin de la ville proprement dite qui se délitait ensuite sous la forme d'une route de campagne, avec des champs, des arbres, des maisons ponctuant le paysage ici et là. La supérette se dressait donc à l'extrémité de la grand-rue, carrée et imposante, comme du temps où elle avait encore le statut de mairie.

Face à eux

En fait, il aurait suffi d'arracher l'enseigne et les publicités stratégiquement placées pour retrouver, estompées et à demi effacées par le temps, les lettres « HOTEL DE VILLE », en relief sur les vieilles pierres. Avant l'arrivée des militaires, le propriétaire de l'épicerie s'estimait heureux lorsqu'il voyait trente clients dans une journée. Et encore, le chiffre était optimiste, même si on comptait les vieux qui parfois traînaient par là sans rien acheter et se balançaient simplement dans leur rocking-chair, près de la porte, en échangeant des anecdotes inventées.

Un jeune soldat offrit son bras à Lucille, alors qu'elle se préparait à monter l'escalier. Il l'appela « Madame » et se montra patient et attentionné — alors que tant d'autres jeunes la dépassaient au pas de course, comme si les stocks de nourriture pouvaient soudain venir à manquer.

A l'intérieur, un assortiment de commères au masculin monopolisait les places assises. Il y avait là Fred Green, Marvin Parker, John Watkins et quelques autres. Les deux dernières semaines, Lucille les avait vus « manifester ». Puisqu'il leur avait pris idée, apparemment, de donner ce nom à leurs simagrées. De l'autre côté de la rue, dans le jardin de Marvin Parker, ils criaient leurs slogans et brandissaient leurs pancartes. Aux yeux de Lucille, leurs opérations de protestations formaient un drôle de spectacle. Ils étaient à peine une demi-douzaine et ils n'avaient toujours pas trouvé de slogan qui tenait la route. Un jour, alors qu'elle passait à côté d'eux pour aller voir Harold et Jacob, elle les avait entendus crier : « Arcadia pour les vivants, pas pour les mendiants ! »

Elle n'avait aucune idée de ce que cela pouvait vouloir signifier. Mais le savaient-ils eux-mêmes ? Lucille était persuadée que, s'ils hurlaient cette revendication, c'était uniquement à cause de la rime. Manifester, pour eux, c'était crier des trucs en vers.

Lorsque le jeune soldat l'eut escortée à l'intérieur du bâtiment, Lucille s'immobilisa devant le petit groupe d'hommes.

— Je ne serais pas fière de moi, à votre place, leur asséna-t-elle en tapotant la main du soldat pour lui indiquer qu'elle pouvait continuer toute seule sans son aide. Franchement, c'est honteux, de vous voir agir comme vous le faites.

Il y eut quelques marmonnements échangés parmi les hommes. Puis Fred Green, ce fichu instigateur de Fred Green, prit la parole.

— Nous vivons en démocratie, non? Chacun a le droit de faire ce qu'il veut.

Lucille fit claquer sa langue avec impatience.

— Quel rapport, je te prie?

— Ben quoi? On est juste assis ici, à nous mêler de ce qui nous regarde.

— Vous ne devriez pas être plutôt dehors, sur votre carré d'herbe, à crier votre stupide slogan?

Fred haussa les épaules.

— On est en pause.

Lucille eut du mal à décrypter son ton. Faisait-il de l'ironie ou prenaient-ils effectivement un temps de repos? Ils avaient la peau à moitié brûlée par le soleil, l'air exténué, l'œil dans le vague. Peut-être étaient-ils bel et bien mûrs pour une récréation.

— Je suppose que vous organisez un sit-in, alors? Comme ils faisaient à l'époque où les personnes de couleur voulaient les mêmes droits que nous autres?

Les hommes se regardèrent entre eux, sentant le piège mais échouant à repérer sa nature.

— Comment cela, un sit-in? demanda Fred, optant pour une contre-question prudente.

— J'aimerais connaître vos revendications, c'est tout. Tous les sit-in ont des revendications. Il faut avoir des buts précis lorsqu'on se regroupe pour manifester comme vous le faites.

Un soldat pressé heurta Lucille par mégarde. Elle accepta ses excuses puis poursuivit :

— Vous avez réussi à semer le désordre, ça, c'est clair. Mais ensuite? Quelle est votre plate-forme de revendications? Quel mouvement représentez-vous?

Les yeux de Fred se remplirent soudain de lumière. Il se redressa dans son rocking-chair et prit une inspiration profonde, théâtrale. Les autres suivirent son exemple et se tinrent droit comme des pierres tombales.

— Nous défendons les vrais vivants, annonça Fred d'une voix étale.

C'était le slogan du Mouvement pour les vrais vivants — ces cornichons que Lucille et Harold avaient vus s'entraîner à la télévision, il y avait déjà de cela quelque temps. Ceux qui étaient passés d'un coup de la promesse de guerre interraciale à celle de l'intégration ethnique tous azimuts, depuis que les morts avaient fait retour. Et voilà que Fred Green se réclamait de leur mouvement, maintenant.

A croire, songea Lucille, qu'ils avaient tous perdu un boulon dans l'affaire.

Les compagnons de Fred aspirèrent une grande lampée d'air, comme l'avait fait leur meneur — et enflèrent telle la grenouille qui voulait être grosse comme le bœuf.

— Nous sommes du parti des vivants, lancèrent-ils en chœur.

— Je ne savais pas que la cause de la vie avait besoin d'être défendue. Mais tant qu'à faire, vous pourriez crier ça au lieu de ce stupide : « ARCADIA POUR LES VIVANTS, PAS POUR LES MENDIANTS ». Qui mendie quoi ? Ça ne veut rien dire, franchement.

Alors qu'elle concluait son petit speech d'un geste dédaigneux de la main, Fred l'examina de la tête aux pieds, l'œil soudain calculateur.

— Comment va ton fils, Lucille ?

— Bien.

— Toujours à l'école ?

— A la prison, tu veux dire ? Oui, il y est toujours.

— Et Harold ? J'ai entendu dire qu'il était à l'école aussi ?

— En prison, insista Lucille. Oui, Harold est avec Jacob.

Elle ajusta la bride de son sac sur son épaule, ce qui eut pour effet, elle ne sut trop comment, d'ajuster ses pensées en même temps.

— C'est quoi, les courses que tu vas faire ? demanda Fred.
Ses compagnons hochèrent la tête, comme s'ils condescendaient à lui accorder cette question. Ils étaient tous assis dans l'espace qui faisait antichambre avant l'entrée du magasin proprement dit. Le propriétaire avait voulu faire de ce local une aire d'accueil pour ses clients — comme cela se faisait dans les grands supermarchés. Mais les vieux de la ville avaient rapidement colonisé le lieu. Au début, ils étaient juste restés debout à regarder les gens entrer et sortir. Puis quelqu'un avait commis l'erreur de déposer un rocking-chair près de la porte, et ils étaient passés à la position assise. Depuis, il n'y avait plus rien à faire. Le local à l'entrée de la petite épicerie était devenu le domaine des hommes-commères.

Pour l'acheteur qui parvenait à franchir ce premier obstacle, le bâtiment n'offrait de charme qu'à celui qui venait avec peu d'attentes et de maigres exigences. Sur quelques rayons serrés s'entassaient des conserves, des serviettes en papier et autres rouleaux de papier hygiénique et quelques produits ménagers. Le long des murs, à côté des fenêtres, on trouvait les articles de quincaillerie pendus à des crochets ou directement accrochés aux poutres, comme si une cabane à outils avait explosé quelque part et que son contenu avait volé dans tous les sens. Le propriétaire du magasin — un homme obèse que l'on appelait « Patate » pour des raisons que Lucille n'avait jamais réussi à élucider — s'efforçait de couvrir tous les besoins basiques dans un espace plus que limité.

Le résultat était un échec criant, mais Lucille estimait que c'était bien de sa part d'essayer. La supérette n'était pas un bon endroit pour obtenir ce qu'on désirait, mais on pouvait généralement y trouver ce dont on avait besoin.

— Je vais acheter le nécessaire, Fred. Qu'est-ce que tu en dis ?
Fred eut un grand sourire et se renversa contre son dossier.
— Voyons, Lucille. C'était juste une question amicale. Je ne pensais pas à mal.
— C'est vrai, ça ?
— Pour sûr, que c'est vrai.

Un bras calé sur l'accoudoir, il posa le menton sur son poing.

— Mais pourquoi une question aussi innocente trouble-rait-elle à ce point une bonne ménagère comme toi ?

Fred se mit à rire.

— Ce n'est pas comme si tu cachais quelqu'un chez toi, pas vrai, Lucille ? Remarque que les Wilson ont disparu de l'église depuis un certain temps maintenant… D'après ce qu'on raconte, les soldats sont venus pour les prendre, mais le pasteur les avait déjà relâchés dans la nature.

Lucille serra les lèvres.

— Relâchés dans la nature ? On dirait que tu parles de gibier. Ce sont des personnes, pas des animaux.

— Des personnes ?

Fred plissa les yeux en la regardant, comme si l'image qu'il avait d'elle était soudain devenue floue.

— Non, Lucille. Et je regrette que tu puisses croire une chose pareille. C'*étaient* des personnes. Avant. Mais ce ne sont plus des gens comme toi et moi.

— Depuis qu'ils ont été tués, tu veux dire ?

— Je pense que les soldats apprécieraient qu'on les aiguille pour les mettre sur la piste des Wilson.

— Oh ! sûrement, oui, rétorqua Lucille en se détournant, comme pour s'élancer à l'intérieur de l'épicerie. Mais je ne pourrais rien pour eux. Je ne sais pas où ils sont.

Elle fit un pas en avant, pressée de laisser derrière elle Fred Green et ses méprisables façons de faire. Mais quelque chose la fit se figer sur place.

— Qu'est-ce qui est arrivé ? demanda-t-elle.

Fred tourna les yeux vers ses comparses.

— C'est quoi, cette question ? Qu'est-ce qui est arrivé à qui ?

— A toi, Fred. Qu'est-ce qui t'est arrivé après la mort de Mary ? Comment es-tu devenu ce que tu es maintenant ? Vous veniez le dimanche à la maison, elle et toi. C'est toi qui étais au côté de Harold lorsqu'il a trouvé Jacob ce jour-là, bon sang ! Lorsque les Wilson sont morts, vous étiez aux funérailles, Mary et toi, comme tout le monde. Et puis elle est partie et tu as disparu

avec. Que s'est-il passé ? Qu'est-ce que tu as donc contre eux ?
Contre eux tous sans exception ? Tu es en rogne contre qui ?
Dieu ou toi-même ?

Comme Fred refusait de répondre, elle poursuivit son
chemin et disparut rapidement entre les rayons serrés du
magasin d'alimentation, laissant les hommes médire, ricaner
ou fomenter leurs projets. Fred Green la suivit des yeux. Puis
il se leva, lentement, et quitta le bâtiment. Il avait un devoir
important à remplir.

Sur le chemin du retour, l'esprit de Lucille était submergé.
Elle voyait les mille façons dont les gens refusaient de faire
face à la réalité que constituaient les Revenants, et remerciait
Dieu de lui avoir accordé la grâce et la patience nécessaires
pour traverser ces épreuves. Elle remercia le Très-Haut d'avoir
guidé la petite famille de Revenants jusqu'à sa porte alors qu'ils
se trouvaient dans le besoin — alors qu'elle-même se trouvait
dans le besoin. Car à présent, la maison était moins vide et son
cœur moins douloureux lorsqu'elle rentrait chez elle au volant
du vieux camion, avec le siège passager couvert de provisions.
Aujourd'hui, une maison pleine l'attendait, pleine de vie, comme
toute maison devrait l'être.

Le camion quitta le périmètre de la ville et fila sur la route,
longeant les prés, les arbres et les champs. Dans le temps, Harold
et elle avaient envisagé de s'installer en centre-ville, mais ils
avaient changé d'avis juste avant la naissance de Jacob. L'idée
de vivre tous les trois séparés du reste du monde, protégés par la
forêt et les étendues cultivées, l'avait séduite. Elle en était tombée
amoureuse, même.

En arrivant chez elle, Lucille vit distinctement les traces des
pneus de camion creusées dans sa pelouse. Puis les empreintes
des bottes de soldats dans l'herbe. La porte d'entrée pendait, à
moitié dégondée, et il y avait de la boue sur les marches de l'escalier extérieur, sur la terrasse et à l'entrée de la maison.
Lucille immobilisa son véhicule sous le grand chêne et resta

assise en laissant tourner le moteur, avec la cabine pleine de nourriture et les larmes qui lui coulaient des yeux.

— Et toi? Tu étais où?

Elle posa la question d'une voix brisée, pleinement consciente que là, en cet instant, seul Dieu pouvait l'entendre.

Samuel Daniels

Samuel Daniels était né à Arcadia, avait été élevé à Arcadia, avait appris à prier à Arcadia. Puis il était mort. Et maintenant, il était de retour à la case départ. Mais la bourgade avait changé. Ce n'était plus la petite ville contournable qu'elle avait été, celle que les voyageurs parcouraient sans pause ni hésitation, prenant parfois simplement le temps de se demander ce que les gens faisaient de leur vie dans un bled pareil. Un endroit où les maisons étaient basses, quelconques et fatiguées. Un semblant de ville avec deux stations-service et un seul feu de circulation. Un lieu de terre, de bois et de fer-blanc, où les habitants semblaient être directement nés des forêts, enserrées entre la morne étendue des champs.

A présent, Arcadia n'était plus le détour mais la destination, médita Samuel en scrutant à travers le grillage la ville qui se déroulait lentement vers l'est. A distance, l'église se tenait coite, sur ses hauteurs silencieuses et immobiles, seule sous le firmament. La simple route à deux voies qui menait à la ville était défoncée et creusée d'ornières là où, il n'y avait pas si longtemps encore, l'asphalte présentait un aspect lisse et régulier. Chaque jour voyait arriver plus de trafic entrant, moins de trafic sortant.

Les gens qui avaient fait la ville d'Arcadia n'étaient plus maîtres chez eux, songea Samuel. La ville ne leur appartenait plus. Ils n'étaient plus que des visiteurs, des touristes sur leurs propres terres. Les Arcadiens de souche vaquaient à leurs tâches quotidiennes sans vraiment savoir où ils étaient. Chaque fois qu'ils le pouvaient, ils se regroupaient, s'agglutinaient entre eux — d'une façon qui n'était pas sans rappeler l'attitude que la rumeur attribuait parfois aux

Revenants. Et ils contemplaient le monde autour d'eux avec méfiance, les visages empreints d'une expression de sombre perplexité.

Même le pasteur, malgré l'étendue de sa foi, malgré son entendement supérieur du divin, n'était pas à l'abri du doute et de la confusion. Samuel s'était adressé à lui, cherchant la Parole, cherchant le réconfort et une explication aux changements qui bouleversaient sa ville et mettaient le monde sens dessus dessous. Mais le pasteur ne répondait plus à l'image que Samuel avait conservée de lui.

Il était toujours aussi massif et carré — toujours bâti comme une montagne —, mais il était aussi devenu lointain comme les sommets enneigés. Le pasteur et lui s'étaient entretenus à la porte de l'église.

Ils avaient parlé de la façon dont les Revenants étaient transportés jusqu'à Arcadia, puis parqués dans le vieux bâtiment scolaire, qui était déjà devenu trop étriqué pour les contenir. Chaque fois que les camions passaient et qu'on entrevoyait un Revenant à la vitre, scrutant le nouvel environnement où on le conduisait, le pasteur Peters l'observait avec attention, comme s'il cherchait quelqu'un en particulier.

— Vous croyez qu'elle est vivante ? avait demandé le pasteur au bout d'un temps de silence, manifestement oublieux de leur conversation en cours.

— Qui ? s'était étonné Samuel.

Mais le pasteur Peters n'avait pas répondu, comme si la question qu'il venait de poser avait été adressée à quelqu'un d'autre.

Samuel avait alors compris qu'Arcadia avait changé. La ville était désormais murée derrière ses clôtures, ses barbelés. La ville était en cage et coupée du reste du monde, comme une forteresse. Les soldats étaient partout. Ce n'était plus l'endroit où il avait grandi, plus la petite bourgade ramassée sur elle-même dans la campagne ouverte aux quatre vents. Cet endroit, c'était désormais tout autre chose.

S'éloignant de la clôture, Samuel se cramponna à sa bible. Arcadia et tout ce qui se trouvait entre ses murs avaient changé. Et plus jamais les gens, la ville, le pays ne seraient ce qu'ils avaient été.

13

Aux actualités, la nouvelle circulait qu'un artiste français, anciennement décédé, venait d'être retrouvé alors que la communauté internationale le recherchait depuis plusieurs semaines. Le sculpteur Revenant avait épousé la femme largement quinquagénaire qui lui avait offert un lieu pour vivre et qui s'était démenée pour que le monde entier connaisse son nom.

Lorsqu'il avait été découvert, Jean Rideau n'avait fait aucune déclaration à la presse sur les raisons de sa disparition. Mais les médias voulaient des explications et ne le lâchaient plus. La maison minuscule — presque une cahute — dans la périphérie de Rio, où l'artiste et sa femme avaient réussi à vivre incognito, fut envahie par les reporters, les photographes, puis, peu après, par les soldats envoyés pour rétablir l'ordre. Jean et sa femme réussirent à tenir le siège dans ces conditions pendant une semaine, protégés de la foule qui grossissait de jour en jour par un cordon d'uniformes.

Mais très vite, les masses avaient enflé et les policiers avaient été débordés par le nombre. Si bien que le célèbre sculpteur français et son épouse avaient dû être évacués en catastrophe. C'était à ce moment-là que l'émeute avait éclaté. Presque autant de Revenants que de vrais vivants moururent ce jour-là. Le charisme de Jean Rideau et la puissance mystérieuse de son art post-tombal attiraient les gens de tous les bords.

Si les informations diffusées à la télévision étaient exactes, le nombre de victimes à Rio se chiffrait par centaines. La plupart étaient mortes piétinées au moment de la ruée en arrière, lorsque les soldats avaient commencé à tirer. Les autres étaient tombées, tout simplement, sous les balles.

Une fois la foule calmée et Jean Rideau et sa femme emmenés hors de Rio — le gouvernement français réclamant leur retour avec insistance —, la situation n'avait pas été réglée pour autant. Car quelque part dans la cohue, l'épouse de Jean avait été blessée à la tête et elle gisait désormais dans le coma, alors que le monde entier continuait à exiger à cor et à cri que Jean et elle, à travers son art, accomplissent un acte jamais accompli, tiennent un rôle encore jamais joué, divulguent un secret encore ignoré de tous, qui éclairerait l'énigme suprême : celle de la vie et de la mort. Mais Jean Rideau, lui, ne voulait plus qu'une chose : se tenir en silence au chevet de la femme qu'il aimait.

Le pasteur et son petit bout de femme étaient assis sur le canapé et regardaient la télévision avec, entre eux, un espace suffisant pour contenir un troisième corps adulte. Lui sirotait son café et le remuait de temps en temps, juste pour entendre le son de la cuillère tintant contre la céramique.

Son épouse avait ses petits pieds ramenés sous elle, les mains posées sur les genoux et le dos très droit. Elle avait l'air très convenable et cette attitude recueillie qu'ont parfois les chats. Par moments, elle glissait la main dans ses cheveux, sans trop savoir pourquoi.

A la télévision, l'animatrice d'un talk-show populaire ouvrait le débat avec un ministre du culte et un scientifique. La discipline particulière du scientifique ne transparaissait pas clairement, mais il était mondialement connu depuis qu'il avait publié un livre sur les Revenants, dans les premiers temps de leur apparition.

— Sait-on quand ce phénomène prendra fin ? demanda la journaliste, sans que l'on sache précisément à qui elle adressait sa question.

Le religieux garda le silence. Par humilité, peut-être, ou plus simplement parce qu'il n'avait pas envie de reconnaître qu'il ignorait la réponse, pensa le pasteur.

— Bientôt, répondit le scientifique.

Son nom apparut au bas de l'écran, mais le pasteur ne se soucia pas de le mémoriser. L'homme se tut alors, comme si tout était dit avec ce « bientôt ».

— Et que répondriez-vous à des téléspectateurs qui attendraient une réponse un peu plus précise ?

L'animatrice se tourna vers le public dans le studio, puis regarda la caméra bien en face pour montrer qu'elle était dans la position de Mme Tout-le-Monde.

— Cet état de choses ne peut se poursuivre indéfiniment, expliqua le scientifique. Pour dire les choses simplement : il y a une limite au nombre de personnes qui peuvent revenir.

La femme du pasteur pointa un doigt accusateur vers l'écran.

— C'est absurde, ce qu'il dit. Comment peut-il savoir combien ils seront à revenir ?

Ses mains virevoletaient nerveusement au-dessus de ses genoux.

— Je ne vois pas comment il pourrait prétendre comprendre quelque chose à ce qui se passe. Le retour des morts sur terre, c'est clairement l'œuvre de Dieu. Et Dieu n'a pas à nous rendre de comptes ni à nous fournir d'explications sur ses desseins.

Le pasteur ne dit rien et continua de regarder la télévision. Sa femme tourna la tête vers lui, mais il ne semblait pas avoir de commentaires à faire.

— Il ne sait pas de quoi il parle, conclut-elle dans un murmure.

A l'écran, le ministre du culte finit par entrer dans le débat, même s'il le fit avec prudence :

— Je crois que le mieux, à l'heure qu'il est, est de garder une position d'expectative. Aucun d'entre nous ne peut prétendre à un quelconque savoir sur les Revenants. Ce serait une attitude dangereuse.

— Absolument, acquiesça la femme du pasteur.

Le scientifique ajusta son nœud de cravate.

— Ce que veut dire le révérend, c'est que ces événements ne relèvent plus du registre de la religion. Peut-être dans le temps, lorsque nous rêvions encore de fantômes et de spectres, ces questions auraient-elles été du ressort des docteurs de l'Eglise. Mais ce n'est pas le cas aujourd'hui, avec les Revenants. Nous avons affaire à des personnes réelles et véritables, à des êtres physiques et non à des esprits. Nous pouvons tendre la main vers eux, les toucher, leur parler. Et eux le peuvent aussi en retour.

Il secoua la tête et se renversa contre son dossier avec assurance, comme si toute cette histoire relevait de quelque vaste projet dont il détenait le secret.

— La question qui nous préoccupe est donc une question scientifique et uniquement scientifique.

Choquée, la femme du pasteur s'assit toute droite à l'autre extrémité du canapé.

— Il essaie juste de semer le trouble dans les esprits, dit son mari.

— Eh bien, si c'est son intention, il a réussi! Je ne comprends pas qu'on laisse des individus comme lui s'exprimer à la télévision!

— Avez-vous quelque chose à répondre à cela? demanda l'animatrice du talk-show à l'homme d'Eglise.

Elle se promenait dans le public, à présent, avec un microphone dans une main et un paquet de fiches cartonnées bleues dans l'autre. Elle s'immobilisa près d'un homme de haute taille, solidement charpenté, habillé comme s'il venait de faire un long voyage à travers un pays rude et froid.

— A cela, dit calmement le révérend, je rétorquerai que le monde physique a ses sources dans le spirituel. Dieu et le surnaturel sont les racines dont se nourrit le monde physique. Malgré toutes les avancées de la science, malgré toutes les théories et les disciplines, malgré tous les bips-bips et les lumières clignotantes de la technocratie moderne, les questions majeures — Comment l'univers est-il né? Quel est le but et le destin ultime de l'humanité? — n'ont, pas plus qu'hier, reçu de réponse des scientifiques.

— Ah ouais? Et qu'est-ce qu'il en dit, Dieu, de tout ça? cria le grand baraqué avant que les premiers applaudissements aient pu éclater dans le public.

Dans une main grosse comme un battoir, il enserra à la fois le micro et les doigts de l'animatrice.

— Puisque vous affirmez que ces imbéciles de scientifiques ne savent rien, quelle réponse avez-vous à nous offrir, révérend ?

Le pasteur Peters soupira. Portant une main à sa tempe, il se frotta la tête.

— Il a tendu le bâton pour se faire battre. Et le scientifique aussi, d'ailleurs.

— Comment cela ? demanda sa femme.

Elle n'eut pas à attendre la réponse très longtemps.

A la télévision, les choses devinrent soudain très bruyantes et très agitées. Le grand costaud avait arraché le micro des mains de la présentatrice et hurlait que le docteur de l'Eglise et le célèbre scientifique étaient des incapables, l'un comme l'autre, et que les gens en avaient assez, plus qu'assez qu'on leur promette des réponses que personne ne leur donnait jamais.

— Au fond, si on regarde les choses en face, vous êtes aussi inutiles l'un que l'autre ! vociférait-il.

Le public entra en ébullition et il y eut un tonnerre d'applaudissements et d'acclamations. Encouragé, le costaud partit dans une longue tirade pour souligner que personne — ni les esprits scientifiques, ni les religions, ni le gouvernement — n'avait de réponse à donner au sujet de l'océan de Revenants sous lequel les vrais vivants finiraient par se noyer. « Tout ce qu'ils font, c'est nous recommander de croiser les bras et d'attendre bien gentiment, comme des enfants à qui on promet des bonbons. Et pendant ce temps, les zombies nous tirent un à un jusqu'à la tombe ! »

— Eteins-moi ça, dit le pasteur.

— Pourquoi ?

Il se leva.

— Continue de regarder si tu veux. Je passe dans mon bureau. J'ai un sermon à rédiger.

— Je croyais que tu avais terminé ?

— Quand il y en a un de fini, il reste toujours le suivant à mettre au point.

Sa femme éteignit la télévision.

— Je peux peut-être t'aider ? Je n'ai pas besoin de regarder ce truc-là. Je préfère me rendre utile.

Le pasteur prit son café et essuya la table à l'endroit où s'était trouvée la tasse. Il déplaçait sa silhouette massive lentement et avec précision, comme à son habitude. Son épouse se leva et vida son propre mug.

— Cette émission m'a donné une idée. Tu pourrais orienter ta prochaine prédication sur la mise en garde des fidèles contre les faux prophètes.

Le pasteur grommela une réponse évasive.

— Je pense qu'il faut que les gens comprennent que ce qui se passe aujourd'hui n'est ni un hasard ni un accident, reprit son épouse. Les gens doivent entendre que Dieu sait toujours ce qu'il fait. Que leur vie a un sens. Qu'il y a bel et bien un dessein divin derrière les événements auxquels nous assistons.

— Et si on me demande quel est le dessein en question ?

Sans regarder sa femme, le pasteur se dirigea calmement vers la cuisine. Elle le suivit.

— Tu leur dis la vérité, que tu ne sais pas. Mais que tu es certain qu'il y en a un, que tout n'est pas vain. C'est l'assurance dont les gens ont besoin.

— Les gens sont fatigués d'attendre sans comprendre. C'est le problème que rencontre chaque pasteur, curé, prédicateur, shaman, prêtre vaudou et j'en passe. Le monde entier est fatigué d'entendre qu'il y a un sens profond là-dessous — qu'il soit divin ou non. Ce que les gens veulent, c'est savoir une fois pour toutes où ils en sont et jusqu'où ça va aller.

Le pasteur se retourna pour regarder sa femme. Elle lui parut soudain plus petite que d'habitude. Petite et tellement pleine de manquements et de faiblesses. « Elle sera toujours l'image même de l'échec », dit soudain une voix dans sa tête. Cette sentence brutale le paralysa, coupa en deux le fil de ses pensées et le laissa muet.

Elle se tenait face à lui, prise dans un même silence. Depuis le début des événements, son mari avait changé. Quelque chose faisait barrage entre eux depuis plusieurs semaines. Quelque chose dont il ne voulait pas lui parler. Quelque chose qu'il n'osait pas mentionner dans ses sermons.

Il se détourna pour sortir de la pièce.

— Bon, il faut que je m'y mette.

Elle fit un pas en avant et se plaça devant lui — une fleur dressée face à une montagne. La montagne, comme elle l'avait toujours fait, s'immobilisa au pied de la fleur.

— Tu m'aimes encore? demanda-t-elle.

Il prit sa main dans la sienne. Puis il se pencha pour l'embrasser avec une grande douceur. Il cueillit ensuite son visage entre ses paumes, passa lentement le pouce sur ses lèvres. Et l'embrassa encore. Ce fut un long baiser, profond et tendre.

— Bien sûr que je t'aime encore.

Et il parlait en vérité.

Puis il la souleva avec beaucoup de douceur et d'affection et l'écarta de son chemin.

Harold était particulièrement bougon, aujourd'hui. Il faisait trop chaud pour faire quoi que ce soit hormis mourir. Et encore. Le fait de mourir ne vous garantissait plus grand-chose, de nos jours.

Il était assis sur son lit de camp, les genoux ramenés contre la poitrine. Une cigarette éteinte lui pendait aux lèvres et une couche de sueur parfaitement étale luisait à son front. Dehors, dans le couloir, les ventilateurs bourdonnaient faiblement, déplaçant juste assez d'air dans le bâtiment pour faire frissonner, ici et là, une feuille de papier oubliée.

Jacob ne tarderait pas à revenir des toilettes et Harold attendait son retour pour s'y rendre à son tour. Il était devenu dangereux de quitter son lit de camp depuis qu'ils étaient si nombreux. Il y avait trop d'arrivages quotidiens et pas assez d'endroits où dormir. Si on laissait son couchage sans surveillance, même un petit moment, on pouvait être sûr qu'au retour, on se retrouvait exproprié et condamné à dormir dehors, à même le pavé, sous les étoiles.

Les seules possessions auxquelles on pouvait encore prétendre, ces jours-ci, c'étaient celles auxquelles on parvenait à se raccrocher physiquement. Harold faisait partie des privilégiés, dans la mesure où sa femme venait le voir et lui apportait des vêtements propres lorsqu'il en avait besoin, et de la vraie nourriture lorsque la faim se faisait sentir. Mais même ce confort-là allait en diminuant. Les militaires n'autorisaient plus les visites aussi librement qu'avant.

— Trop de monde, objectaient-ils simplement.

Ils ne pouvaient pas suivre face à des effectifs en augmentation constante, qu'il s'agisse de Revenants ou de vrais vivants. Ils redoutaient également que des indésirables s'introduisent dans l'école pour inciter à des soulèvements. Cela s'était déjà produit dans l'Utah. A l'heure qu'il était, les rebelles s'y trouvaient d'ailleurs toujours, terrés quelque part dans le désert avec leurs armes et leurs exigences de remise en liberté sans condition.

Mais le gouvernement hésitait encore sur la conduite à tenir avec les insurgés. Donc, ils les gardaient entourés d'un énorme cordon de soldats, auquel le petit groupe de révoltés n'avait aucun espoir de tenir tête. Depuis plus d'une semaine déjà, la situation était dans l'impasse. Seuls la présence des médias et le souvenir des événements de Rochester retenaient les militaires de passer à l'attaque.

En attendant, les hommes en uniforme fournissaient les retranchés en vivres et en boissons. Les rebelles — menés exclusivement par des vrais vivants — sortaient prudemment de leurs positions barricadées et allaient chercher les repas apportés par les soldats, tout en criant leurs revendications : la liberté et l'égalité des droits pour les Revenants. Puis ils retournaient dans leur campement de fortune et réintégraient l'existence qu'ils avaient eux-mêmes forgée, aidés par les circonstances.

Mais même si — contrairement à Rochester où les soldats allemands, ainsi que la famille juive, avaient perdu la vie dans des circonstances tragiques — tout se passait pacifiquement à Arcadia, l'Agence redoutait la menace des mouvements insurrectionnels. Si bien que le règlement devenait de plus en plus restrictif. Lucille n'était plus autorisée à venir voir son mari et son fils qu'une fois par semaine. A présent, des rumeurs tenaces circulaient dans le camp. On disait que des projets allaient être mis en œuvre pour que les détenus aient plus de place. Ce qui signifiait forcément qu'il faudrait transférer beaucoup de monde ailleurs — une perspective qui n'était pas faite pour rassurer Harold.

L'eau se faisait rare à Arcadia, même si elle ne s'était pas tarie complètement. Tout était rationné, désormais. Et si le fait de n'avoir plus que des portions restreintes de nourriture était déjà bien assez pénible, le manque d'eau apparaissait à tous comme un sort inutilement draconien.

Même si personne ne mourait de soif, les habitants du camp s'estimaient heureux si on leur autorisait une douche tous les trois ou quatre jours. Ils apprenaient à faire très attention pour essayer de garder leurs vêtements aussi propres que possible, compte tenu des circonstances.

Au début, tout cela avait paru anecdotique, voire modérément amusant. Tout le monde souriait et mangeait avec le petit doigt en l'air, une serviette en papier sur les genoux et une autre coincée dans le col de la chemise. Et lorsqu'il leur arrivait de se tacher, ils prenaient un air d'importance et s'employaient à réparer les dégâts avec une pointe de théâtralité. Au début, tous avaient été soucieux de bienséance, attentifs à garder bonne figure et à ne pas laisser leur apparence physique se dégrader. Au début, oui, les gens se raccrochaient encore à leur dignité. Avec le sentiment de vivre une situation vouée à se résoudre positivement d'un instant à l'autre. Comme si le soir même, avec un peu de chance, ils pourraient être de retour chez eux, confortablement calés dans leur canapé, à regarder l'émission de télé-réalité de leur choix.

Mais les jours devinrent semaines et les semaines finirent par former un mois — même un peu plus que cela, désormais — et pas un seul d'entre eux n'avait retrouvé son chez-soi, son canapé ni sa série préférée. Les prisonniers les plus anciens s'étaient déjà installés dans l'idée qu'ils ne rentreraient plus à la maison et que les conditions iraient en empirant. Tous, dans le camp, commençaient à se désintéresser de leur apparence et de la façon dont les autres la percevaient.

L'Agence n'était pas mieux organisée pour assurer l'hygiène, la propreté et le nettoyage des locaux que pour fournir l'eau et la nourriture aux détenus. Dans l'aile ouest du bâtiment scolaire, les toilettes avaient rendu l'âme à force d'usage. Ce qui n'avait diminué en rien le besoin des occupants d'avoir recours auxdites commodités. Certaines personnes pensaient que le mieux était de continuer à utiliser les toilettes HS tant qu'elles pouvaient le supporter.

D'autres avaient cessé de s'inquiéter du problème. Elles pissaient ou chiaient n'importe où, dès qu'elles avaient un moment d'intimité. D'autres encore en étaient arrivées à ne même plus se soucier d'intimité.

Et quelque part au milieu de tout ce laisser-aller, la grogne commençait à monter. Le Revenant moyen, malgré cette espèce d'indolence qui semblait le caractériser, ne se réjouissait pas plus qu'un autre d'être retenu contre sa volonté. Prisonniers et désœuvrés, ils passaient leurs journées à se languir de leurs aimés qu'ils souhaitaient revoir de toutes leurs forces. Et s'il n'y avait pas d'aimés, ils aspiraient au moins à retourner dans le monde des vivants. Même si certains ne savaient pas ce qu'ils voulaient exactement, ils étaient tous au moins sûrs d'une chose : vivre entassés derrière les clôtures du camp ne faisait pas partie de leur projet.

Partout à Arcadia, les Revenants commençaient à rouspéter. A perdre patience.

Si quelqu'un avait pris la peine de regarder les choses d'un peu plus près, il aurait pu prévoir ce qui allait arriver.

Peu après 5 heures, chaque matin, depuis quelques semaines, une demi-douzaine d'hommes recevaient un appel téléphonique de Fred Green. Un appel bref, sans formules de politesse ni fioritures, sans excuses pour le réveil matinal.

— Soyez là dans une heure. Et apportez à manger pour la

journée. Arcadia a besoin de nous, criait Fred d'une voix rugueuse et abrasive.

Dans les premiers jours de leur mouvement contestataire, Fred et son équipe étaient restés à distance des soldats et des grilles par où entraient les chargements de Revenants. Au début, ils ne savaient même pas si c'était contre les Revenants ou contre le gouvernement qu'ils devaient mener leur action.

D'accord, les Revenants étaient des choses horribles et contre nature, mais l'Etat valait-il mieux qu'eux ? C'étaient les autorités, après tout, qui faisaient main basse sur Arcadia. Les autorités qui envoyaient les soldats, les hommes en uniforme, les ouvriers du bâtiment et tout le reste.

Manifester, c'était du boulot. Un gros boulot, même. Bien plus fatigant que ce qu'ils avaient imaginé. Ils passaient par des phases d'énergie chancelante et ils avaient presque en permanence la gorge irritée. Mais chaque fois qu'un autocar plein de Revenants descendait la grand-rue en hoquetant, pour se diriger vers le bâtiment scolaire, Fred et les autres voyaient leurs forces défaillantes se ranimer. Alors ils levaient leurs pancartes et montaient le volume de leurs voix surmenées. Brandissant très haut leurs écriteaux vengeurs, ils montraient les poings et avançaient la mâchoire.

Lorsque les bus arrivaient, les slogans fleurissaient. Chacun des hommes en rébellion criait pour son propre compte. « Rentrez chez vous ! » vociféraient-ils. Et : « On ne veut pas de vous, ici ! Arcadia aux Arcadiens ! »

Avec le temps et la pratique, Fred et ses acolytes commencèrent à se lasser de hurler à distance. Et, petit à petit, ils entreprirent de se mettre en travers du chemin des autocars. Ils étaient prudents, cela dit. S'ils menaient cette action, c'était pour faire valoir leur droit à s'exprimer librement, pour faire savoir au monde qu'il restait encore des citoyens bons et honorables, qui refusaient de rester assis sans rien faire face à l'effondrement généralisé des valeurs. Pas pour y laisser leur peau et revendiquer le statut de martyr.

Ils se tenaient cois jusqu'au moment où les cars s'immobilisaient devant les grilles, le temps de passer au contrôle avant de poursuivre leur route à l'intérieur du centre de rétention. A ce signal précis, les manifestants se précipitaient de l'autre côté de la rue avec leurs pancartes levées, chacun criant sa colère et montrant le poing. L'un d'entre eux s'aventura même, une fois, à ramasser une pierre et à la jeter — même si, il fallait en convenir, il avait pris soin de la lancer là où elle ne pouvait blesser personne.

Mais chaque jour qui passait, ils s'enhardissaient un peu plus.

Dès la deumième semaine, quatre soldats au lieu d'un se dressèrent en faction devant le poste de garde situé à proximité du lieu de manifestation de Fred et de son équipe. Les quatre jeunes en uniforme se tenaient très droit, les bras dans le dos, le visage lisse et dépourvu d'expression. Ils gardaient en permanence les manifestants à l'œil mais ne faisaient rien qui pût les provoquer.

Lorsque les cars arrivaient, les soldats sortaient de leur guérite et formaient un cordon de protection face à la ligne des manifestants.

Fred Green et les autres assistaient avec respect à cette démonstration d'autorité. Ils criaient donc leurs slogans et hurlaient leurs malédictions derrière la rangée des soldats sans jamais les menacer. Leurs actes de désobéissance civile restaient très respectueux du pouvoir en place.

Ce jour-là — dont ils ne savaient pas encore qu'il resterait dans les mémoires —, il était 6 heures tout juste passées. Le soleil venait à peine de se lever lorsque Fred Green se gara devant chez Marvin.

— Allez, Fred! C'est parti! On s'y recolle, à la manif! lança John Watkins en guise de salut.

Il était assis dans son pick-up, la portière ouverte, une jambe balancée à l'extérieur de la cabine. Sa radio était allumée mais la musique qui sortait des vieux haut-parleurs rendait un son confus et nasillard. Fred reconnut une chanson où il était question d'une ex-femme vicieuse.

— J'en ai manqué combien ? beugla Fred.

Pancarte en main, il descendit de son camion. Il commençait la journée d'une humeur de chien après une nuit d'insomnie particulièrement torturante. Fred Green appartenait à ce type d'homme qui avait décidé une fois pour toutes que la colère était la meilleure parade lorsque ça chavirait dans son cœur et qu'il n'y comprenait plus rien.

John lui jeta un regard perplexe.

— Qu'est-ce que t'as ce matin ? T'es malade ?

— Malade, moi ? Pourquoi veux-tu que je sois malade ? Je vais très bien.

Il prit une expression rogue et s'essuya le front, en se demandant à quel moment il avait commencé à transpirer.

— Il y a eu beaucoup de cars ce matin ?

— Aucun, jusqu'à présent, s'éleva la voix de Marvin Parker dans son dos.

Surpris, Fred se retourna en sursaut, le visage écarlate.

— Fred ? Tu es sûr que ça va ? demanda Marvin.

Il aboya :

— Hé, mais vous avez fini, tous, avec vos conneries ?

— Je lui ai demandé la même chose, déclara John. Il n'a pas l'air dans son assiette, hein ?

— Arrêtez, merde ! cria Fred. Allez, on y va ! On s'y met !

Ils sortirent dans la rue comme ils le faisaient désormais tous les matins. Ces manifestations mineures de désobéissance civile étaient devenues leur seule activité à tous. Les champs de Fred étaient envahis par les mauvaises herbes et les maïs commençaient à pourrir sur pied. Depuis plusieurs semaines, maintenant, il ne se présentait même plus à la scierie pour essayer de travailler.

Rien de tout cela ne semblait plus avoir d'importance, à présent. Tout ce qui avait fait l'ordinaire de sa vie avait cessé de compter. Il attribuait la responsabilité du phénomène à ses nuits blanches. Et la responsabilité de ses nuits blanches, bien sûr, il la faisait porter aux Revenants.

Les autocars finirent par arriver. A chacun, Fred hurlait :

— Retournez en enfer, bandes de succubes !

Face à eux

Et les cinq autres d'enchaîner sur le même mode. Il était un peu plus tendu que d'habitude, alors ses camarades suivaient le mouvement. Ils crièrent tous plus fort, agitèrent leurs pancartes avec plus de ferveur et plusieurs d'entre eux cherchèrent des pierres — pas forcément des petites — pour canarder les arrivants.

Au bout d'un moment, les soldats de garde appelèrent des renforts, conscients que la situation tournait au vinaigre. L'un des soldats avertit Fred et ses acolytes qu'ils auraient intérêt à mettre une sourdine.

— Les Revenants! En enfer! scanda Fred en réponse.

Le soldat réitéra son avertissement d'un ton plus sévère.

— A bas l'Agence! riposta Fred à pleins poumons.

Le soldat brandit une cartouche de gaz lacrymogène.

— C'est mon dernier avertissement.

— Va te faire foutre! hurla Fred.

Il cracha alors à la figure du soldat, et la phase diplomatique prit fin.

L'étape suivante fut initiée par Marvin Parker qui, sur une impulsion, se jeta au-devant d'un des autocars qui descendaient la rue. C'était probablement l'acte le plus imprudent et le plus stupide qu'il aurait pu commettre. Mais il ne s'en retrouva pas moins au milieu de la chaussée, criant, agitant sa pancarte et refusant de bouger d'un millimètre face à l'énorme véhicule qui déboulait sur lui. Deux soldats se ruèrent sur lui et le jetèrent au sol. Mais il était étonnamment souple pour un homme de son âge et se remit aussitôt sur ses pieds. L'autocar bourré de Revenants s'immobilisa dans un crissement de freins, juste devant le trio en pleine bagarre.

Fred et les autres — à ce stade, ils étaient presque une douzaine — chargèrent le car et le frappèrent de leurs poings, agitant leurs pancartes et lançant des insultes. Les soldats s'efforçaient de les retenir en les tirant en arrière. Ils hésitaient toujours à utiliser les gaz lacrymogènes ou à frapper pour de bon. Fred et sa bande, après tout, avaient été étonnamment inoffensifs jusqu'à présent. Les soldats cherchaient encore à comprendre quelle mouche les piquait ce jour-là, quand le poing droit de Marvin Parker s'abattit sur la mâchoire d'un des militaires, qui tomba sans connaissance. Marvin était un grand maigre, pas très impressionnant, mais il avait été boxeur amateur dans le temps, lorsqu'il était encore en âge de pratiquer ces activités.

Après cela, ce fut la mêlée, la vraie. Avec des bras et des jambes qui frappaient dans tous les sens, des cris et des grognements qui s'élevaient de la masse confuse des combattants.

Un jeune soldat costaud attrapa Fred par la taille et le souleva de terre. Il lutta pour se dégager, mais les bras qui le tenaient étaient puissants, alors il donna des coups de pied dans tous les sens et finit par atteindre l'arrière d'un crâne. L'étau autour de sa taille se desserra d'un coup et il tomba dans les jambes d'un soldat qui le renversa.

« Fascistes ! » hurla-t-on alors quelque part dans la foule. Un cri qui conféra à la bagarre un aspect encore plus surréaliste. Le lot de Revenants dans le car observait la scène, chacun à travers sa vitre, sans trop savoir s'ils devaient s'en alarmer ou non. Pour la plupart d'entre eux, ce n'était pas la première fois qu'ils se trouvaient en butte à ce genre de démonstrations. Mais cela ne rendait pas l'expérience plus confortable pour autant.

— Ne vous inquiétez pas, leur dit le chauffeur du car, le front barré par un pli perplexe. Ils sont là tous les jours depuis des semaines. Je crois qu'ils ne sont pas trop dangereux, dans l'ensemble.

Fred jurait en se battant contre l'un des jeunes soldats qu'il venait de heurter, lorsqu'il se sentit happé de nouveau par-derrière. Cette fois, c'était Marvin Parker qui lui hurlait aux oreilles.

— Allez, viens, Fred ! Bouge-toi. On se tire !

Même s'ils étaient portés par leur colère, Fred et ses amis ne bénéficiaient ni de l'entraînement ni, surtout, de la jeunesse de leurs adversaires.

Fred se releva tant bien que mal et se mit à courir. Malgré la montée d'adrénaline, il se sentait à bout de forces. Il était tout bêtement trop vieux pour ce genre de plaisanterie. Et l'affrontement le laissait sur sa faim. Rien n'avait été obtenu. Rien n'était réglé. L'attaque s'était passée très vite et n'avait livré aucun résultat concret. Il était déçu plus qu'autre chose.

Marvin, lui, courait avec un sourire jusqu'aux oreilles. Il ne partageait ni sa fatigue ni sa déception, apparemment. Une coulée de sueur lui dégoulinait sur la tempe, mais son long visage chevalin était hilare. Il exultait.

— Eh ben ! Ça fait drôlement du bien, non ?

Fred jeta un coup d'œil derrière lui pour voir si les soldats les poursuivaient. Mais pas un seul ne s'était lancé à leurs trousses. Ils avaient réussi à maîtriser deux de leurs comparses et les maintenaient plaqués au sol, sur l'asphalte. Tout le reste de la bande était libre et courait à leurs côtés. Quelques-uns avaient des débuts d'ecchymoses sur la figure, mais, dans l'ensemble, personne n'avait vraiment souffert de l'aventure.

Ils regagnèrent leurs camions, se précipitèrent à bord et démarrèrent. Marvin sauta sur le siège passager du pick-up de Fred et ils sortirent de l'allée, devant chez Marvin, dans un crissement de pneus sonore.

— Ils doivent penser que nous avons compris la leçon, commenta Fred en regardant dans son rétroviseur.

Aucun véhicule de l'armée ne démarra en trombe pour les prendre en chasse.

Marvin se mit à rire.

— S'ils pensent ça, c'est qu'ils n'ont rien compris. Car demain, on y retourne, c'est sûr !

— On verra, fut tout ce que répondit Fred.

Les rouages de son esprit étaient en marche.

— J'ai peut-être une meilleure idée. C'est quelque chose qui pourrait te plaire, vu que pour ce qui est de la forme physique, tu nous laisses tous loin derrière.

Les yeux de Marvin brillèrent.

— Quelle idée ?

Fred lui adressa un clin d'œil.

— Couper du grillage, tu crois que ce serait dans tes cordes ?

Face à eux

Les pieds de Harold le faisaient souffrir. Toujours assis sur son lit, il retira ses chaussures et ses chaussettes et examina ses orteils. Leur aspect était inhabituel. Ils le démangeaient et dégageaient une odeur particulière, surtout entre les doigts de pied. Probablement une mycose. Il se frotta les orteils et gratta, gratta jusqu'à obtenir une sensation de brûlure et un espace de peau à vif. Mmm… Oui… Bel et bien, une mycose.

— Charles? appela Patricia, encore dans un demi-sommeil, en provenance du lit voisin.

— Oui?

Il remit ses chaussettes mais renonça aux chaussures.

— Charles? C'est toi?

— C'est moi, oui.

Balançant les jambes hors du lit, il lui tapota l'épaule.

— Réveille-toi. Tu es partie dans un rêve, là.

Elle se redressa et une larme solitaire roula sur sa joue.

— Oh! Charles, c'était terrible. Vraiment terrible. Tout le monde était mort, sans exception.

— Allons, allons, murmura Harold.

Il se leva pour s'asseoir à côté de la vieille femme. Un jeune à l'aspect débraillé qui passait par là jeta un coup œil à l'intérieur, vit les deux lits vides et esquissa le geste d'entrer. Harold secoua la tête.

— Non, non, ils sont occupés. Les deux lits de camp sont à moi.

— Vous ne pouvez pas avoir deux lits pour vous tout seul, m'sieur, protesta le jeune.

— Pas pour moi seul, non. Mais ces trois lits sont réservés à ma famille. Ces deux-là sont à moi et à mon fils.

Le jeune dévisagea Harold et la vieille femme noire d'un air soupçonneux.

— Alors, elle, c'est votre femme?

— Oui, dit Harold.

Le gamin, visiblement sceptique, campait sur ses positions. Patricia tapota la cuisse de Harold.

— Charles, Charles, Charles… Tu sais à quel point je t'aime, n'est-ce pas ? Oui, bien sûr que tu le sais. Comment va Martin ? Elle dirigea son attention sur le garçon qui se tenait dans l'encadrement de la porte.

— Martin, mon petit chéri, où étais-tu passé ? Viens là, mon bébé, que je t'embrasse. Il y a si longtemps que tu nous as quittés. Viens donner un bisou à ta maman.

Patricia parlait d'une voix calme, étale, sans aucun accent à proprement parler. Ce qui rendait ses paroles d'autant plus déstabilisantes.

Harold sourit et tint sa main serrée dans la sienne. Il n'aurait su dire au juste si elle était lucide ou non, mais de toute façon, cela ne changeait pas grand-chose au problème.

— Je suis là, ma chérie.

Il lui embrassa doucement la main puis regarda l'ado.

— Allez, file, maintenant. Le fait qu'ils nous gardent parqués ici comme des animaux ne veut pas dire que nous devons nous comporter comme des bêtes pour autant.

L'ado pivota sur ses talons et poursuivit son chemin. Harold émit un grommellement désapprobateur en le voyant tourner la tête de droite à gauche, à la recherche d'un autre lit à pirater avant le retour de son occupant légitime.

— Alors ? Je m'en suis bien sortie ? demanda Patricia en pouffant doucement.

Il serra sa main plus fort.

— Tu as été grandiose.

Harold retourna s'asseoir sur son lit tout en vérifiant du coin de l'œil que personne ne s'introduisait en douce dans la pièce pour s'approprier le couchage de Jacob.

— Tu n'as pas à me remercier, Charles. Jamais.

Harold fit un effort pour sourire. Patricia tapota soudain les poches de sa robe.

— Tu veux des bonbons ? Je vais voir ce que je peux trouver pour toi.

— Ne cherche pas, va. Tu n'en as pas.

— Il me semblait pourtant que...

Elle parut déçue lorsque ses tapotements ne livrèrent aucun résultat. Toutes ses poches étaient vides. Harold s'étendit sur son lit de camp et essuya la sueur sur son visage. C'était le pire mois d'août de sa vie. Enfin... de mémoire récente.

— Tu n'en as jamais, des bonbons, en fait.

La vieille femme se leva et se laissa choir à côté de lui, sur le lit, avec un petit gémissement de douleur.

— Je suis Marty, maintenant, dit Harold.

— Ne commence pas à bouder. Je te prendrai des bonbons la prochaine fois que j'irai en ville. Mais tu ne peux pas continuer à faire des bêtises comme ça. Ce n'est pas comme ça que nous t'avons élevé, ton père et moi. Tu te comportes comme un enfant gâté et je ne l'admettrai pas.

Harold s'était déjà habitué à cette nouvelle forme de sénilité dont la vieille femme faisait preuve. La plupart du temps, c'était Jacob qui jouait pour elle le rôle de « Marty ». Mais de temps en temps, le câblage dans sa tête se mettait à dysfonctionner plus que d'habitude, et d'un coup, sans prévenir, le casting de son théâtre intérieur se modifiait. Et lui, Harold, prenait la place de l'enfant. Un enfant qui, d'après ses estimations, devait avoir autour de sept ans.

Mais il n'y avait pas grand mal à cela. Et pas d'alternative non plus, d'ailleurs. Harold se contentait donc de fermer les yeux — tout grincheux qu'il était — et de laisser la dame émettre des sons tendres et maternels et lui expliquer comment il pouvait devenir un enfant sage.

Harold essaya un moment de se détendre, mais cela lui était de plus en plus difficile, vu qu'il ne cessait de penser à Jacob, parti aux toilettes depuis déjà un bon moment et qui tardait à revenir. Il tenta de se convaincre qu'il n'y avait aucune raison de s'inquiéter. Se présenta à lui-même toutes sortes de raisons d'attendre le cœur tranquille, sans se mettre martel en tête.

Pour commencer, déjà, cela ne faisait probablement pas si longtemps. Garder la notion du temps devenait difficile lorsqu'on passait ses journées à tourner en rond. Il y avait belle lurette que Harold avait renoncé à porter une montre, vu qu'il n'avait plus tellement d'horaires ni d'endroits précis où aller. Il ne disposait donc d'aucun moyen objectif de mesurer depuis combien de temps son fils avait quitté la pièce. Partant de là, il s'efforçait de décider dans sa tête, avec les ressources subjectives qui lui étaient propres, quand se situerait le point critique où il lui faudrait s'inquiéter pour de bon. Or il s'approchait rapidement de ce point critique.

Il se redressa en position assise et garda les yeux rivés sur la porte, comme si le fait de la fixer intensément pouvait suffire à faire apparaître la silhouette de l'enfant. Il demeura ainsi un moment, à guetter de toutes ses forces, mais toujours pas de Jacob.

Même s'il avait perdu la main en cinquante ans, Harold n'en restait pas moins un père. Et son esprit partit dans toutes les directions que pouvait prendre l'imagination des parents. Il commença par se représenter Jacob se rendant simplement aux toilettes — même si la plupart étaient désormais fichues, elles restaient le lieu de destination le plus courant — et s'arrêtant en chemin pour parler à quelqu'un. Puis le scénario se modifia : Jacob sortait des toilettes et l'un des soldats l'arrêtait, lui donnant l'ordre de le suivre. Jacob protestait et le soldat l'attrapait par la taille, le soulevait et le jetait sur une épaule — et pendant tout ce temps, l'enfant hurlait et appelait son père à tue-tête.

— Non ! se dit Harold à lui-même.

Il secoua la tête et se rappela que c'était juste son imagination qui s'emballait. A moins que... Poussé par l'inquiétude, il fit un pas dans le couloir, tourna la tête d'un côté, puis de l'autre. C'était, partout, un flot continu de résidents qui allaient, venaient, erraient. Harold fit le sombre constat qu'ils étaient encore plus nombreux que la veille. Se retournant vers l'intérieur de la pièce, il vit que Mme Stone s'était rendormie. Son regard s'attarda sur les deux lits vides.

S'il partait, il n'était pas certain de les retrouver à son retour.

Mais l'image de Jacob emporté par un soldat se faisait obsédante. Harold décida qu'il était prêt à prendre le risque.

Il se glissa rapidement dans le couloir, en espérant que personne ne repérerait par quelle porte il était sorti. En chemin, il heurta plusieurs personnes et ne put s'empêcher de s'émerveiller de la diversité qui régnait dans le camp. Même si la majorité des prisonniers étaient américains, ils venaient vraiment des horizons les plus variés. C'était la première fois, lui semblait-il, que Harold voyait réunis autant d'accents différents dans un périmètre aussi restreint.

Alors qu'il arrivait à proximité des toilettes, Harold avisa un soldat qui approchait. Il marchait le dos raide, le regard fixé droit devant lui, comme si de hautes et urgentes préoccupations retenaient son attention.

— Hé! cria Harold. Hé!

Le soldat — un grand adolescent roux à la peau furieusement attaquée par l'acné — n'entendit pas. Harold se hâta et réussit à le retenir par le bras.

— Je peux faire quelque chose pour vous? demanda le soldat d'un ton pressé.

Epinglé sur son uniforme, on pouvait lire son nom. «Smith». Harold s'efforça de prendre un ton cordial et empressé. Il n'avait aucune raison — au moins dans un premier temps — de se montrer désagréable.

— Hé, Smith. Désolé. Je n'avais pas l'intention de vous attraper comme ça par le bras.

— Je suis attendu à une réunion, monsieur. Vous avez besoin de quelque chose?

— Je cherche mon fils.

— Et vous n'êtes probablement pas le seul.

Smith ne se sentait clairement pas concerné.

— Adressez-vous à votre député, il pourra vous aider.

— Et pourquoi ne pourriez-vous pas m'aider, *vous*, merde? tonna Harold en se redressant de toute sa faible hauteur.

Smith était grand, carré et fort en muscles — la jeunesse à son stade le plus viril et le plus raffiné. Il plissa les yeux, cherchant apparemment à le jauger.

— Tout ce que je vous demande, c'est de me donner un petit

coup de main pour le retrouver. Il est parti pour les W.-C. il y a déjà un petit moment et…

— Et il n'y était pas, aux W.-C.?

— Eh bien…

Harold resta coi. Il y avait longtemps qu'il ne s'était pas comporté de façon aussi bougrement irrationnelle.

— … en fait, je ne suis pas allé jusque-là.

Smith soupira d'irritation.

— Bon, allez, allez! Faites ce que vous avez à faire, Smith. Je me débrouillerai pour le trouver.

Le soldat partit sans demander son reste. Harold le vit s'éloigner à grands pas, fendant la foule comme s'il était seul au monde et que les autres n'existaient pas.

— Petit con, maugréa-t-il pour lui-même.

Il savait que Smith n'avait commis aucune faute à proprement parler. Mais l'insulter le soulagea quand même.

Il atteignit les toilettes juste au moment où Jacob en sortait. L'enfant avait les cheveux en désordre et les vêtements de travers. Son visage était écarlate.

— Jacob? Qu'est-ce qui s'est passé?

Jacob écarquilla les yeux. Il entreprit de rajuster sa chemise dans son pantalon et se passa la main sur le crâne.

— Rien.

Harold s'accroupit devant lui et lui souleva le menton, en examinant son visage de près.

— Tu t'es battu, toi.

— C'est eux qui ont commencé.

— Eux, qui?

Jacob haussa les épaules.

— Ils sont encore là? demanda Harold en jetant un coup d'œil en direction des toilettes.

— Non. Ils sont repartis.

Harold soupira.

— Qu'est-ce qui s'est passé?

— C'est parce qu'on habite dans une pièce rien que pour nous, Mme Stone, toi et moi.

Harold se redressa et regarda autour de lui, en espérant que les bagarreurs en question étaient encore dans le secteur. Il s'en voulait de ne pas avoir été présent, même s'il était fier, quelque part au fond de lui, que son fils se soit battu. (Cela s'était déjà produit une fois avant, lorsque Jacob avait eu sept ans et qu'il avait réglé à coups de poing un conflit avec un certain Theo Adam. A cette occasion-là, il avait été présent. C'était même lui qui avait séparé les deux garçonnets. Jusqu'à ce jour, il continuait de ressentir une pointe de culpabilité d'avoir interrompu la bagarre alors que Jacob avait été sur le point de l'emporter.)

— Je leur ai mis une peignée, précisa Jacob en souriant.

Harold se détourna pour que l'enfant ne le voie pas sourire.

— Allez, viens, Jacob. Nous avons eu notre dose d'aventures pour tous les deux, aujourd'hui.

Par chance, personne n'avait pris leurs lits lorsqu'ils retournèrent dans l'ancienne classe de dessin. La vieille femme dormait paisiblement dans son coin.

— Maman, elle vient aujourd'hui?

— Non, dit Harold.

— Demain?

— Je ne crois pas, non.

— Et après-demain?

— Oui, après-demain, elle vient.

— Dans deux jours, alors?

— Oui.

— Bon, dit Jacob.

Il se leva, tira un bout de crayon de sa poche et traça deux traits sur le mur au-dessus de son lit.

— Tu aimerais qu'elle t'apporte quelque chose?

— A manger, tu veux dire?

— Ou autre chose?

L'enfant réfléchit un instant.

— Un autre crayon. Et du papier.

— D'accord. Cela paraît raisonnable. Tu as envie de dessiner, je parie?

— Non, je veux écrire des blagues.

— Hein ?

— Tout le monde a déjà entendu celles que je connais.

Harold soupira doucement.

— Cela arrive aux meilleurs d'entre nous, tu sais.

— Tu ne veux pas m'en apprendre d'autres ?

Harold secoua la tête. C'était la huitième fois que son fils lui réclamait cette maigre faveur. Et la huitième fois déjà qu'il la lui refusait.

— Marty ? murmura la vieille femme dans son sommeil.

— Pourquoi elle est comme ça ? demanda Jacob en observant Patricia.

— Les choses se mélangent un peu dans sa tête. Cela arrive parfois quand quelqu'un prend de l'âge.

Jacob regarda la femme. Puis son père. Puis de nouveau la femme.

— A moi, cela n'arrivera pas, dit Harold.

C'était ce que l'enfant avait voulu entendre. Il s'assit à l'extrémité de son lit, les jambes pendantes, les pieds touchant presque le sol. Redressant le dos, il regarda, par la porte ouverte, la foule en mouvement, comme une grande houle échevelée qui allait et venait, inlassablement.

Depuis quelque temps, Martin Bellamy paraissait de plus en plus dépassé par la situation. Même si Harold ne savait plus très bien, au juste, en quoi consistait la situation en question. Ils avaient renoncé à leurs entretiens dans la chaleur accablante du bâtiment scolaire, où il n'y avait ni air conditionné ni souffle de vent, rien que la puanteur venant d'un trop-plein d'individus dans pas assez d'espace.

A présent, ils poursuivaient leurs discussions dehors, en jouant au jeu du fer à cheval, sous le ciel d'août brûlant, là où il n'y avait ni air conditionné ni souffle de vent, rien que le poids de l'humidité qui enserrait les poumons à la manière d'un poing.

Pas franchement un progrès.

Ces derniers temps, Harold, donc, avait noté des changements chez Bellamy. Une barbe irrégulière se dessinait sur sa mâchoire et ses yeux étaient inhabituellement fatigués et rougis. Comme quelqu'un qui avait beaucoup pleuré. Ou qui manquait de sommeil depuis trop longtemps. Mais Harold n'était pas le genre d'homme à en questionner un autre sur des histoires de larmes ou de nuits blanches.

— Alors, Harold ? Ça se passe comment entre Jacob et vous, ces temps-ci ?

La question de Bellamy s'acheva sur un grognement alors qu'il projetait le bras droit en avant et faisait voler le fer à cheval. Le projectile demeura suspendu en l'air un instant puis atterrit au sol avec un bruit sourd, manquant la cible et n'apportant aucun point.

En soi, ce n'était pas un mauvais terrain pour jouer au fer à cheval. Juste quelques arpents de sol dégagés derrière l'école, entre les allées grillagées pour piétons, nouvellement aménagées par l'Agence afin de faciliter les arrivages dans le camp.

De nouveau, ils commençaient à être à l'étroit, même si une bonne partie de la ville avait été progressivement intégrée dans le complexe entouré de barbelés. Chaque fois que les résidents commençaient à prendre leurs aises et à trouver leur rythme, et qu'ils se faisaient une petite place tranquille dans le périmètre du camp — que ce soit une tente plantée sur un coin d'herbe ou, pour les plus chanceux, une pièce dans une des maisons annexées par l'Agence pour pallier le manque d'espace —, il fallait recommencer à faire face à de nouveaux arrivages et aux problèmes de surpopulation qui s'ensuivaient. Les gens se retrouvaient tassés les uns sur les autres, et les choses, une fois de plus, se compliquaient. La semaine précédente, un des soldats s'était battu avec un Revenant. Personne n'avait réussi à savoir exactement quel avait été l'élément déclencheur de la bagarre, mais tout le monde s'accordait pour affirmer qu'il s'agissait d'une broutille. Quoi qu'il en soit, l'affaire s'était soldée par un nez en sang pour le soldat et un œil au beurre noir pour le Revenant.

Certains pensaient que ce n'était qu'un début.

Harold et Bellamy se tenaient à distance des événements. Ils se contentaient d'observer et faisaient de leur mieux pour ne pas se laisser entraîner dans la spirale. Jouer au fer à cheval leur était d'un certain secours pour y parvenir.

Souvent, lorsqu'ils étaient seuls tous les deux, à jouer, ils voyaient un groupe de Revenants ou des vrais vivants, conduits sous escorte dans le camp, avancer en file indienne. Les expressions étaient maussades, effrayées.

— Entre Jacob et moi ? Je ne vois pas pourquoi ça n'irait pas, finit par marmonner Harold.

Il tira sur sa cigarette, se campa solidement sur ses deux pieds et prit son tour. Le fer à cheval tinta victorieusement contre la cible en métal.

Au-dessus de leurs têtes, le ciel était d'un bleu pur et le soleil éblouissant. C'était tellement beau, là-haut, qu'il arrivait à Harold d'imaginer que le jeune gars de l'Agence et lui étaient juste deux bons amis qui se faisaient une petite partie par un après-midi tranquille d'été. Mais très vite, le vent tournait et la puanteur du camp les submergeait de nouveau, ramenant leurs pensées sur le triste état de leur environnement, le triste état du monde.

Bellamy prit son tour. Il manqua de nouveau le piquet, ne marqua toujours pas de points. Il retira sa cravate juste au moment où un petit groupe de Revenants surgit devant eux, allant du centre de tri au bâtiment principal du groupe scolaire.

— Si vous saviez ce qui se passe dans le vaste monde, en ce moment, vous refuseriez d'y croire, observa l'agent, lorsque la procession fut passée.

Harold haussa les épaules.

— Je refuse déjà de croire à ce que j'ai sous les yeux ici. Et pour ce qui est du reste du monde, je croirais peut-être un peu plus ce qui se raconte si nous avions une télévision ici et le droit de la regarder.

Il tira sur sa cigarette et secoua la tête.

— Se faire une opinion sur l'état du pays quand tout ce qu'on entend du matin au soir, ce sont des rumeurs et des ragots, ce n'est même pas la peine d'y penser. Je n'appelle pas ça de l'information.

Il lança son fer à cheval qui décrivit une trajectoire parfaite.

— Ce n'est pas moi qui ai pris la décision d'interdire la télé, rétorqua Bellamy avec son accent rapide de New York.

Les deux hommes s'avancèrent ensemble pour aller ramasser les fers tombés près de la cible. Harold avait sept bons points d'avance sur l'agent.

— C'est le colonel qui a instauré ça. Et encore, on ne peut même pas dire que ce soit sa décision. Les élus de Washington ont décrété que la télévision et les journaux seraient interdits dans les centres de rétention. Moi, je n'ai jamais eu mon mot à dire là-dessus. Toutes ces belles initiatives se prennent à un niveau bien au-dessus de mon petit grade.

Harold rassembla ses fers, revint sur ses pas et fit son lancer. Le fer tinta joyeusement contre le piquet.

— Ouais, c'est commode, votre système. Je parie que vous allez me dire, maintenant, que ce n'est pas vraiment la faute des politiques non plus. Que ce sont les citoyens qui sont responsables. Ce sont eux qui les ont élus, après tout. Qui leur ont confié la responsabilité de prendre ce type de décisions. Et rien de tout cela ne relève de vos compétences. Vous n'êtes qu'un tout petit rouage dans une vaste machine.

— On peut le dire comme ça, oui, fit Bellamy.

Un modeste rouage qui faisait ce qu'il pouvait pour lutter contre la vaste machine. Même si le nombre de Revenants qu'il avait aidés à s'échapper se comptait sur les doigts des deux mains.

Il prit position pour jouer, réussit à encercler le piquet en métal et émit un modeste grognement de victoire.

Harold secoua la tête.

— Tout cela va mal finir, si vous voulez mon avis.

Bellamy ne répondit pas.

— Et ce colonel, alors. Qu'est-ce qu'il donne ? Il s'en sort ?

— Bien, bien, oui.

— C'est malheureux, ce qui lui est arrivé, poursuivit Harold. Ce qui a failli lui arriver, du moins.

Harold visa. Encore un lancer parfait. Encore de nouveaux points marqués.

— C'est tout à fait regrettable, en effet, acquiesça Bellamy.

Je n'ai toujours pas réussi à comprendre comment ce serpent a pu se retrouver dans sa chambre.

Il lança et manqua son but. Mais ce loupé, cette fois, venait surtout de ce qu'il se retenait de rire.

Pendant quelques minutes, ils jouèrent simplement en silence, se contentant de vivre sous le soleil, comme toutes les autres créatures vivantes nées sur cette terre. Bellamy maintenait toujours tous ses rendez-vous avec Harold, même si la population à Arcadia était désormais beaucoup plus nombreuse qu'elle n'aurait dû l'être et qu'il y avait trop de personnes dans le camp pour que Bellamy puisse s'entretenir avec tous, et les conseiller — ce qui était devenu sa principale responsabilité depuis que le colonel se chargeait de la sécurité et de l'organisation générale du camp. En revanche, l'agent avait renoncé à questionner Jacob.

— Racontez-moi un peu, pour la femme, dit Harold.

Il visa et fit voler son fer. Pas mal. Mais pas parfait non plus.

— La femme ? Désolé, mais il faudra être un peu plus précis.

— La vieille femme.

— Ce n'est toujours pas très clair.

Bellamy prit son tour et manqua son but de plusieurs largeurs.

— Les vieilles femmes, ce n'est pas ce qui manque, en ce bas monde. Il y a même une théorie qui court, comme quoi toutes les femmes, si on attend assez longtemps, finissent par entrer dans cette catégorie. Révolutionnaire, non ?

Harold rit.

Bellamy tenta un dernier lancer et émit un sifflement de contrariété lorsqu'il manqua son but encore plus magistralement que la fois précédente. Sans attendre son adversaire, il se dirigea à grands pas vers l'autre extrémité du terrain. Il releva ses manches de chemise. Malgré l'humidité et la chaleur écrasante, il ne transpirait toujours pas.

Après l'avoir regardé faire un instant, Harold finit par suivre son exemple.

— Bon, d'accord, fit Bellamy. C'est quoi ce que vous voulez savoir ?

— Vous m'avez dit une fois que vous aviez une mère ?

Bellamy haussa les épaules.

— C'était une femme d'une grande bonté. Je l'aimais. Je ne vois pas ce que je peux vous en dire de plus.

— Vous disiez qu'elle n'était pas revenue.

— C'est exact. Ma mère est toujours morte, si c'est là le sens de la question.

Bellamy jeta un coup d'œil sur ses jambes de pantalon, essuya une trace de poussière, puis regarda le lourd fer à cheval qu'il tenait crispé dans la main. Elles étaient crasseuses. Ses mains étaient crasseuses. Il constata alors qu'il n'y avait pas qu'une seule tache de poussière sur son costume. Il en était couvert. Et sale avec ça. Comment avait-il pu ne pas s'en rendre compte ?

— Elle est morte lentement, dit-il au bout d'un moment.

Harold tirait sur sa cigarette, crachant de petites bouffées régulières. Un nouveau groupe de Revenants passa sous bonne garde dans le couloir grillagé, pendant que les deux hommes reprenaient leur jeu. Les Revenants regardèrent avec curiosité le vieillard et l'agent.

— Vous en avez d'autres, comme ça, des questions à me poser ? finit par marmonner Bellamy.

Il se redressa, fit abstraction de l'état répugnant de son costume et banda les muscles de son bras pour viser et lancer. Le fer manqua largement son but.

John Hamilton

John resta assis, menotté, sur un banc entre deux énormes soldats pendant tout le temps où les deux hommes se querellèrent à l'intérieur du bureau.

Le type noir vêtu d'un costume bien coupé — Bellamy, il s'appelait Bellamy, se souvint soudain John — terminait un de leurs entretiens lorsque le colonel Willis avait fait irruption dans la pièce avec les deux grands soldats, qui s'étaient empressés de lui passer les menottes. Leur petit groupe au grand complet avait défilé ensuite à travers le bâtiment pour se diriger vers le bureau du colonel, comme si un élève venait de se faire pincer alors qu'il trichait à son contrôle de maths.

— Qu'est-ce qui se passe? Qu'est-ce que j'ai fait? demanda John aux soldats.

Ils laissèrent poliment ses questions sans réponse.

Bellamy finit par ressortir du bureau du colonel. Il marchait à grands pas, le torse bombé par la colère.

— Relâchez-le! aboya-t-il à l'intention des soldats.

Les deux militaires échangèrent un regard.

— Tout de suite.

— Faites ce qu'il vous dit, déclara le colonel.

Dès qu'il fut débarrassé de ses menottes, Bellamy l'aida à se lever et l'entraîna dans le couloir.

— J'espère que nous nous sommes compris, lança le colonel juste avant qu'ils ne bifurquent à l'angle du corridor.

Bellamy marmonna un son indistinct dans sa barbe.

— C'est à cause de quelque chose que j'ai fait? demanda John.

— *Non, non. Venez avec moi. C'est tout ce que je vous demande.*

Ils sortirent du bâtiment, se retrouvèrent au grand soleil. Partout, les gens allaient et venaient, comme dans une immense fourmilière sous les nuages et dans le vent.

John ne comprenait toujours rien.

— *Vous ne voulez pas me dire ce qui se passe ? Quelle erreur j'ai commise ?*

Bellamy ne répondit pas. Ils avisèrent un grand soldat roux, jeune, avec des taches de rousseur.

— *Non ! protesta le militaire d'une voix basse et dure lorsqu'ils s'approchèrent de lui.*

— *C'est le dernier. Tu as ma parole, Harris.*

— *J'en ai rien à foutre de votre parole. On ne peut pas continuer à jouer à ce jeu-là. On va se faire gauler.*

— *C'est déjà fait.*

— *Quoi ?*

— *Nous avons été repérés. Mais on ne peut rien prouver. Donc celui-ci sera le dernier.*

Il fit signe à John de s'avancer.

— *Je peux savoir à quelle sauce je vais être mangé, là ?*

— *Vous allez partir avec Harris, lui expliqua Bellamy à voix basse. Il vous sortira d'ici.*

Glissant la main dans une poche de son costume, il en sortit une grosse liasse de billets pliés.

— *C'est tout ce qu'il me reste, de toute façon. Ce sera donc le dernier, que cela me plaise ou non.*

— *Et merde, maugréa Harris.*

Il n'avait clairement pas envie de faire ce que Bellamy lui demandait, mais il répugnait tout aussi clairement à laisser filer ce gros tas de billets mouillés de sueur.

John sentit le regard du soldat glisser sur lui.

— *C'est vraiment le dernier, hein ?*

— *Puisque je te le dis.*

Bellamy fourra l'argent dans la main de Harris, puis il tapota l'épaule de John.

— *Vous n'aurez qu'à le suivre. J'en aurais fait plus si je n'avais pas été pris à la gorge. Pour le moment, le seul recours que j'ai, c'est de vous faire sortir d'ici. S'il y a moyen, essayez le Kentucky. C'est un des endroits les plus sûrs actuellement.*

L'agent tourna les talons et la lumière du soleil d'été tomba sur lui.

— *C'est quoi, cette histoire ? demanda John à Harris.*

— *Il vient probablement de vous sauver la vie. Le colonel pensait que vous étiez sur le point de recevoir une proposition.*

— *Une proposition de qui ? Pour faire quoi ?*

Harris compta la liasse de billets qu'il avait dans la main.

— *De cette façon, vous ne serez peut-être pas dans le secteur, mais, au moins, vous gardez la vie.*

14

Harold était assis sur son lit de camp, occupé à regarder ses pieds et à râler à tout propos.

Saleté de mois d'août.

Saleté de toux.

Saleté de vie.

Jacob et Patricia Stone dormaient sur leurs lits respectifs. Alors que le front de Jacob était humide de sueur, celui de la vieille femme restait sec. Elle se plaignait en permanence d'avoir froid alors même que la touffeur humide écrasait tout, comme une lourde couverture trempée posée sur la Terre. Par la fenêtre juste au-dessus de son lit, Harold entendait les gens parler et se déplacer. Quelques-uns étaient des soldats, mais il y avait une grande majorité de civils. Les pensionnaires de cette prison particulière dépassaient depuis longtemps leurs gardiens en nombre. Les effectifs de l'ancienne école devaient désormais se chiffrer par milliers, estimait Harold. Mais il était devenu presque impossible de garder le compte des arrivages.

Juste en dessous de sa fenêtre, deux hommes s'entretenaient à voix basse. Harold retint son souffle pour essayer d'entendre. Il envisagea un instant de se mettre debout sur son matelas, mais il y renonça, craignant que le vieux lit de camp ne cède sous son poids. Il essaya de tendre l'oreille. Rien à faire. Il n'entendait que des sons exaspérés et des chuchotements indistincts.

Harold pivota sur son lit, posa les deux pieds au sol et s'étira sans bruit. Puis il se leva et s'approcha de la fenêtre, en espérant capter quelque chose de la conversation. Mais les fichus ventilateurs continuaient de bourdonner dans le couloir, comme un escadron d'abeilles géantes.

Il glissa ses pieds couverts de démangeaisons dans ses chaussures et fit un pas hors de la chambre.

— Qu'est-ce qui se passe ? s'éleva une voix dans la semi-obscurité, derrière lui.

C'était Jacob.

— Je sors faire un tour, murmura Harold. Recouche-toi et dors encore un peu. Il fait toujours nuit.

— Je ne peux pas venir avec toi ?

— Je n'en ai pas pour longtemps, Jacob. Et puis j'ai besoin de toi pour que tu t'occupes de notre amie.

Du menton, il désigna Patricia.

— On ne peut pas la laisser seule. Et toi non plus, d'ailleurs.

— Elle le saura même pas !

— Et si elle se réveille ?

— Je peux venir, alors ? insista l'enfant quand même.

Harold secoua la tête.

— Non. J'ai besoin que tu restes.

Mais Jacob ne voulait rien entendre.

— Allez… S'il te plaît…

De l'extérieur du bâtiment leur parvenait le fracas de véhicules lourds circulant sur la route, le bruit de pas des soldats et le cliquetis des armes.

— Marty ?

Les mains de la vieille femme battirent l'air, comme si elle cherchait à attraper quelqu'un ou quelque chose.

— Marty ? cria-t-elle. Marty, où es-tu ?

Jacob tourna les yeux vers elle. Puis reporta le regard sur son père. Harold s'essuya la bouche avec la main et se lécha les lèvres. Il tapota ses poches mais ne trouva pas de cigarettes.

— Bon, ma foi… pourquoi pas ?

Il soupira, toussa un peu.

— Puisque tout le monde a l'air de vouloir se lever, autant y aller tous ensemble. Prends avec toi tout ce que tu ne veux pas te faire voler, Jacob. Car c'est probablement la dernière fois que nous dormons ici. Lorsque nous reviendrons, nous serons sans doute sans domicile fixe. Sans lit fixe, je veux dire.

— Oh! Charles, chuchota la vieille femme.

Elle se redressa en position assise et enfila sa veste.

Ils avaient à peine passé l'angle du corridor que déjà un petit groupe s'introduisait dans l'ancienne classe de dessin et entreprenait de s'y installer.

Le confort et l'espace relatifs dont ils avaient disposé dans cette pièce, ils le devaient à Bellamy. C'était le mieux que l'agent ait pu faire pour les aider, Jacob, Mme Stone et lui. Même si Bellamy n'avait jamais rien dit à ce sujet, Harold n'était pas idiot. Et il savait qui il devait remercier.

A présent qu'ils s'éloignaient de leur havre de paix relative pour se diriger vers l'inconnu, Harold se demanda s'il ne commettait pas une forme de trahison par rapport à l'agent.

Mais il était déjà trop tard pour revenir en arrière.

Dehors, l'air était dense et humide. La nuit commençait à s'ouvrir à l'est, cédant sous les premières pressions de l'aube. Harold regarda la montre que lui avait apportée Lucille. Le jour pointait bel et bien et il avait passé la nuit entière sans dormir.

Les camions étaient partout et des soldats hurlaient des ordres. Jacob se raccrocha à la main de son père. La vieille femme, à son côté, se serra contre son flanc.

— Qu'est-ce qui se passe, Marty?

— Je ne sais pas, mon ange.

Elle lui saisit le bras et il la sentit qui tremblait légèrement.

— N'ayez pas peur, dit Harold. Je ne vous laisserai pas.

Lorsque le soldat se rapprocha, Harold discerna ses traits dans la faible lumière du petit matin et vit qu'il était très jeune, à peine dix-huit ans.

— Venez avec moi, fit l'enfant-soldat.

— Pourquoi? Qu'est-ce qu'il y a?

Harold redoutait qu'une émeute n'ait éclaté. Depuis quelques semaines, la tension montait à Arcadia. Trop de personnes retenues contre leur gré dans un espace trop réduit. Trop de Revenants aspirant à retrouver la vie qu'ils avaient quittée. Trop de vrais vivants révoltés de voir leurs chers Revenants traités comme une espèce inférieure et non comme des êtres humains ordinaires. Trop de soldats embarqués dans une aventure qui les dépassait de beaucoup. Pour Harold, c'était couru d'avance : ce mélange explosif pouvait tourner à la poudrière à tout moment.

Les gens enduraient, enduraient, mais il venait un moment où ils ne le supportaient plus.

— S'il vous plaît, insista le soldat. Venez avec moi sans discuter. Nous évacuons tout le monde.

— Et vous nous évacuez où ?

— Vers de plus vastes horizons.

Juste à ce moment-là, en provenance des grilles d'entrée de l'ancien groupe scolaire, on entendit quelqu'un vociférer. La voix était familière. Tout le monde se retourna d'un même mouvement. Même si les cris s'élevaient à distance et que la lumière du petit matin était encore hésitante, Harold reconnut Fred Green qui se tenait dressé comme un coq, le visage presque collé contre celui d'un des gardes à l'entrée. Il criait et pointait le doigt comme un illuminé, faisant ce qu'il fallait pour accaparer l'attention, apparemment.

— Qu'est-ce que c'est que ça encore ? demanda l'enfant-soldat.

Harold soupira.

— Ça ? C'est Fred Green. Et ça sent les embrouilles à plein nez.

A peine avait-il fini de parler qu'un bruit de bousculade se fit entendre. Quelque chose qui ressemblait à une foule en colère fit irruption hors du bâtiment. A vue de nez, ils étaient entre vingt-cinq et trente, à courir et à pousser des hurlements. Quelques-uns écartaient les soldats pour se frayer un passage. Ils toussaient et criaient. Une épaisse fumée blanche commençait à sortir en grosses volutes de la porte et par certaines fenêtres.

A l'arrière de la foule, de là d'où venaient les cris et la fumée, se rapprochant de la porte où les gens se pressaient pour sortir, résonna une voix étouffée :

— C'est au nom des vivants que nous agissons !

— Bon sang ! s'exclama Harold.

Il se retourna pour regarder du côté des grilles d'entrée. Les soldats couraient dans tous les sens. Tout le monde semblait essayer de comprendre ce qui se passait.

Fred Green avait, comme par hasard, disparu.

Et c'était probablement lui qui avait monté le coup, supputa Harold.

Comme pour confirmer sa supposition, Marvin Parker émergea alors de l'école, se détachant d'un grand nuage de fumée. Il portait des chaussures de chantier, un masque à gaz et un T-shirt qui proclamait « HORS D'ARCADIA ! » écrit avec ce qui semblait être du feutre indélébile. Il projeta une boîte cylindrique en métal vert sur le sol, juste devant la porte. Presque aussitôt, elle éclata et un jet de fumée blanche s'en éleva.

— Nous soutenons la cause des vivants ! cria encore Marvin, la voix plus ou moins brouillée par le masque à gaz.

— Que se passe-t-il ? demanda Mme Stone.

Harold tira la vieille femme et l'enfant sur le côté pour les mettre à l'abri de la foule qui déferlait dans leur direction.

Le jeune soldat qui venait de leur parler s'était déjà élancé vers la masse humaine en mouvement, le fusil levé, en leur ordonnant de reculer.

Deux soldats plaquèrent Marvin au sol. En temps normal, ils l'auraient ménagé, compte tenu de son âge, mais là, il n'y avait plus trace de modération dans leurs gestes. Marvin se défendit avec les poings et réussit même à mettre un coup vigoureux à l'un d'eux, mais le combat fut vite réglé. Ils lui encerclèrent les jambes et il atterrit au sol avec un craquement impressionnant, suivi d'un rugissement de douleur étouffé.

Mais même si Marvin était neutralisé, il était déjà trop tard pour calmer le jeu. Tout le monde était à bout de frustration. Il y avait trop longtemps, maintenant, que la tension montait chez les Revenants. Ils étaient fatigués d'être enfermés, loin de ceux qu'ils aimaient. Fatigués d'être traités comme des sans-droits, des sans-visage.

Des cailloux et des projectiles qui ressemblaient à des bouteilles de verre commencèrent à voler. Harold vit une chaise — probablement prise dans une des salles de classe — s'élever dans la lumière du petit matin et terminer sa trajectoire en heurtant de plein fouet la tête d'un soldat. Le jeune s'effondra en agrippant son casque.

— Doux Jésus ! s'exclama Mme Stone.

Leur trio réussit à se glisser derrière l'un des camions, de l'autre côté de la cour. Alors qu'ils couraient, Harold ne percevait derrière lui que des insultes et des cris. A tout instant, il s'attendait à entendre des coups de feu et des hurlements d'agonie.

Il souleva Jacob et le maintint serré contre lui d'un bras. De l'autre, il enlaça la vieille femme et l'attira plus près. Elle pleurait doucement en psalmodiant une longue litanie de « Doux Jésus ».

— Qu'est-ce qu'ils font, papa ? demanda Jacob.

Harold sentit la respiration de l'enfant tout contre son cou. Un souffle de terreur avait couru dans sa voix.

— Ça va aller, Jacob. Il n'y en a pas pour longtemps. Les gens ont peur, c'est tout. Ils ont peur et ils sont en colère.

Ses yeux commençaient à piquer et il sentit un point de démangeaison se préciser dans sa gorge.

— Ferme les yeux et retiens ta respiration.

— Pourquoi ? demanda Jacob.

— Fais ce que je te dis, fiston !

La colère qui emplissait la voix de Harold n'était là que pour masquer la peur. Il regarda autour de lui, cherchant un endroit où il aurait pu les conduire, un endroit où ils seraient en sécurité. Mais il redoutait ce qui pouvait arriver si l'un des soldats les prenait pour des émeutiers. Car c'était bien, après tout, d'une émeute qu'il s'agissait. Qui aurait imaginé qu'Arcadia connaîtrait un jour un tel soulèvement ? Ces foules amaigries, spoliées, usées par la frustration, on ne les voyait normalement qu'à la télé, dans des villes surpeuplées de lointains pays étrangers, lorsque les gens avaient été abusés trop longtemps.

L'odeur de gaz lacrymogène était de plus en plus forte. Faisait couler ses yeux et son nez. Au bout d'un moment, il lui fut impossible de contenir sa toux qui explosa en quinte.

— Papa?

Jacob le regardait, effrayé.

— Pas de panique, jeune homme, murmura-t-il entre deux accès de toux. C'est juste un peu de fumée qui pique. Ça va s'arrêter bientôt.

Il se pencha derrière le camion qui les dissimulait pour jeter un coup d'œil. Un volumineux champignon de fumée couleur guimauve s'échappait de l'école et montait dans le ciel du matin. Les sons de la bataille se calmaient, en revanche. Et le bruit qui dominait était celui de la toux qui secouait des dizaines et des dizaines de personnes. De temps à autre, à l'intérieur du nuage, on entendait gémir ou pleurer.

Les gens franchissaient le mur épais de fumée et apparaissaient, aveuglés, les bras tendus devant eux ou le corps plié en deux par la toux. Les soldats se tenaient juste à l'extérieur du cercle de fumée et semblaient satisfaits de la laisser travailler pour eux et rétablir le calme à leur place.

— Bon, ça va, ça se termine, annonça Harold.

Il repéra Marvin Parker, couché par terre sur le ventre. Son masque à gaz lui avait été retiré. Marvin ne ressemblait plus à l'image que Harold gardait de lui. D'une certaine façon, il était pourtant le même : grand, maigre et pâle, avec des rides profondes autour des yeux et toujours ces mêmes cheveux d'un roux flamboyant. Mais il avait l'air plus dur, plus froid. Et il ricanait, même, alors que les soldats le menottaient en lui bloquant les bras dans le dos.

— Ce n'est qu'un début! cria-t-il, le visage serré et cruel, les yeux larmoyants à cause des gaz lacrymogènes.

— Doux Jésus, répéta encore Mme Stone en se cramponnant à son bras. Qu'est-ce qui leur a pris, mon Dieu, à tous ces gens?

— Ça va se tasser, promit Harold. Je vous protégerai, de toute façon.

Il fouilla sa mémoire, passa en revue tout ce qu'il savait — ou croyait savoir — au sujet de Marvin Parker. A part le fait qu'il avait touché un peu à la boxe, dans le temps, rien dans son histoire n'expliquait l'homme qu'il était devenu aujourd'hui.

— Et où est donc passé Fred Green? s'interrogea-t-il à voix haute en le cherchant des yeux.

Mais Fred n'était plus nulle part en vue.

L'épouse du pasteur Peters acceptait rarement d'interrompre son mari lorsqu'il se claquemurait dans son bureau. Sauf s'il lui demandait expressément de l'aider à élaborer un point de sa prédication, elle gardait ses distances et le laissait construire ses sermons, méditer à sa guise. Mais aujourd'hui, une vieille femme particulièrement perturbée se tenait à leur porte et suppliait qu'on lui permette de parler à son pasteur.

L'épouse conduisit donc Lucille jusqu'à son mari, traversant leur maison à pas lents en lui tenant la main. Lucille s'appuyait de tout son poids sur la frêle petite femme.

— Vous êtes si gentille, mon petit, la remercia Lucille, consciente qu'elle se déplaçait moins vivement qu'elle ne l'aurait souhaité.

Sa main libre était crispée sur sa vieille bible en cuir dont les pages commençaient à se détacher. Le dos du volume était cassé; la couverture usée et tachée. Elle paraissait épuisée et à bout de forces, cette bible — un peu à l'image de sa propriétaire.

Assise très droite dans le cabinet de travail du pasteur, Lucille parla lorsque la petite épouse sans nom fut ressortie sans bruit.

— J'ai besoin de votre secours, monsieur le pasteur.

Lucille se tapota le front à l'aide d'un mouchoir et tripota la couverture de sa bible, comme s'il s'agissait d'un porte-bonheur.

— Je suis perdue, chuchota-t-elle. Je suis perdue et j'erre dans les étendues désolées d'une âme sans repères.

Le pasteur sourit.

— Voilà qui est imagé.

Il pria pour que son commentaire soit perçu comme moins condescendant qu'il ne sonnait à ses propres oreilles.

— C'est la vérité de ce que je vis.

Elle s'essuya les yeux et renifla. Les larmes ne tarderaient pas à venir.

— Qu'est-ce qui vous tourmente, Lucille?

— Tout. Tout va de travers.

Sa voix se noua dans sa gorge. Elle la libéra avec un petit toussotement irrité.

— Le monde entier a perdu la tête. N'importe qui peut entrer chez vous, enlever des innocents à leur domicile pour les emmener en prison. Ils ont même arraché la fichue porte de ses gonds, vous comprenez cela, vous? Il m'a bien fallu une heure pour la réparer. A-t-on idée de se comporter de cette façon? Nous vivons la fin des temps! Que Dieu nous vienne en aide!

— Allons, Lucille. Je ne pensais pas que vous étiez le genre de personne à brandir l'Apocalypse pour un oui ou pour un non.

— Eh bien, moi non plus, je ne me considérais pas comme ce genre de personne. Mais regardez autour de vous, voyez ce que les gens sont devenus! C'est tout simplement abominable! Vous savez ce que j'arrive à me dire, parfois? C'est qu'il a bon dos, Satan, d'être soi-disant responsable de tous nos malheurs. Peut-être qu'il n'y est jamais entré, dans le jardin d'Eden! Peut-être qu'Adam et Eve ont cueilli le fruit défendu de leur propre initiative et qu'ils ont décidé ensuite de rejeter le blâme sur le serpent! Je n'aurais jamais imaginé qu'un tel scénario soit possible. Mais maintenant, au train où vont les choses…

Sa phrase se perdit dans un murmure.

— Je peux vous offrir quelque chose à boire, miss Lucille?

— Boire? Qui pense encore à boire en des temps pareils?

Elle tomba dans un brusque silence. Puis :

— Cela dit, je pense qu'un verre de thé glacé ne me ferait pas de mal.

Le pasteur frappa ses deux grandes mains l'une contre l'autre.

— Ah! J'aime mieux entendre cela!

Lorsqu'il revint avec son thé, Lucille était déjà beaucoup plus calme. Elle s'était enfin décidée à reposer sa bible, qu'elle avait placée sur la table, à côté de sa chaise. Ses mains reposaient tranquillement sur ses genoux et ses yeux étaient moins rouges, moins gonflés.

— Et voilà pour vous, miss Lucille.

— Merci.

Elle but une gorgée.

— Comment va votre épouse ? Elle paraît préoccupée.

— Elle est juste un peu soucieuse, avec tout ce qui se passe.

— Ce ne sont pas les raisons qui manquent, c'est sûr.

Le pasteur sourit.

— Comme la fin des temps, par exemple ?

Lucille soupira.

— Cela fait des semaines qu'ils sont bouclés dans ce camp.

Le pasteur hocha la tête.

— Vous avez pu leur rendre visite, n'est-ce pas ?

— Au début, oui. Tous les jours, même. Je leur apportais des repas, je lavais leur linge. Et j'étais assez présente pour que mon fils sente que sa mère l'aime et qu'elle ne l'oublie pas. La situation n'était pas joyeuse, mais elle restait supportable. Alors que maintenant… maintenant tout est devenu tellement épouvantable.

— J'ai entendu dire qu'ils n'autorisaient plus les visites ?

— Voilà. Ils n'avaient même pas encore fini de coloniser la ville entière que l'interdiction était déjà tombée. Annexer toute une ville, comme ça, sans rien demander à personne, vous trouvez ça normal, vous ? Jamais, jamais dans ma vie tout entière, je n'aurais imaginé qu'une chose pareille puisse se produire ! Mais voilà…

Lucille marqua un temps de silence, soupira, puis secoua lentement la tête.

— Il faut croire que le fait qu'un événement soit inimaginable ne l'empêche pas de survenir quand même. C'est le talon d'Achille du solipsiste, si je puis dire ! La terrible réalité des choses, elle est là, juste sous nos yeux. Il suffit d'entrouvrir notre porte pour la voir, tellement palpable qu'on pourrait presque lui serrer la main. Tout ce que je n'ai pas su imaginer est là et me rit au nez…

La voix de Lucille se brisa.

Le pasteur se pencha sur son bureau.

— A vous entendre, on croirait que tout est votre faute, miss Lucille.

Elle secoua la tête d'un air égaré.

— Mais comment ? Qu'ai-je bien pu faire qui aurait provoqué un tel désastre ? Est-ce moi qui ai fabriqué ce monde ? Est-ce moi qui ai rendu les gens jaloux, violents, envieux ? Suis-je responsable de cette débâcle ?

Ses mains avaient recommencé à trembler. Le pasteur Peters les prit dans les siennes.

— Bien évidemment, vous n'y êtes pour rien, miss Lucille. Dites-moi, quand avez-vous pu parler à Harold et à Jacob pour la dernière fois ? Comment vont-ils ?

— Comment ils vont ? Ils sont prisonniers, livrés à eux-mêmes ! Comment voudriez-vous qu'ils aillent ?

Elle se tamponna les yeux, jeta sa bible sur le sol et se leva pour faire les cent pas devant le pasteur.

— Il doit bien y avoir une signification profonde, un dessein, une intention derrière tout cela ! Dites-moi qu'il en est ainsi, vous qui êtes un homme de Dieu !

— J'espère qu'il y a un dessein, répondit prudemment Peters.

Elle fit claquer sa langue avec impatience.

— Ah, vous, les jeunes prédicateurs ! Personne ne vous a appris à donner à vos ouailles l'illusion que vous aviez toutes les réponses ?

Le pasteur se mit à rire.

— J'ai mis une croix sur les illusions, par les temps qui courent.

Lucille soupira.

— Je ne sais plus très bien comment prendre les choses.

— Il y aura du changement, lui assura le pasteur. De cela, au moins, je suis certain. Mais dire quel type de changement, quand et de quelle manière, cela n'est pas de mon ressort.

Lucille se leva, ramassa sa bible et planta son regard dans le sien.

— Alors, qu'est-ce qu'on fait ?

— Nous faisons ce qui est en notre pouvoir.

Longtemps, Lucille demeura assise chez elle en silence. Elle avait les yeux rivés sur sa bible et réfléchissait aux paroles du pasteur. Comment comprendre ce « faire ce qui est en notre pouvoir » ?

Toute sa vie, elle avait plutôt été de celles qui se conforment aux instructions. Et la Bible avait toujours été son guide d'élection pour répondre aux grandes questions de l'existence. La Bible lui avait indiqué comment se comporter lorsqu'elle était petite. Et avait continué à lui offrir des repères plus tard, lorsqu'elle avait quitté les territoires protégés de l'enfance pour s'engager sur les chemins fleuris de l'adolescence. Elle n'avait certes pas toujours respecté tous les préceptes à la lettre. Il lui était arrivé de se livrer à des explorations qui, sans être explicitement interdites, n'en étaient pas moins de nature à provoquer quelques froncements de sourcils. Mais ces temps-là avaient été heureux et, dans l'ensemble, ses petites frasques n'avaient fait de mal à personne, même pas à elle-même.

Après son mariage, sa bible avait continué à faire bon usage et à lui apporter toutes sortes d'indications sur la façon dont une femme devait se comporter pour être une bonne épouse. Cela dit, parmi les injonctions bibliques, il y en avait à prendre et à laisser, avait découvert Lucille. Le monde avait changé et certaines règles valables dans les temps anciens n'avaient plus cours aujourd'hui. Pour être franche, Lucille estimait que le « Femmes, soyez soumises à vos maris, comme au Seigneur ! » n'avait rien eu de bon non plus jadis, aux temps bibliques. Elle n'osait même pas imaginer ce qui se serait passé si elle avait été une épouse docile et effacée. Harold, pour commencer, s'il avait été seul maître à bord, aurait probablement bu, fumé et mangé jusqu'à s'infliger une mort prématurée. Et il n'aurait pas été là pour assister au miracle de son fils revenu d'entre les morts.

Jacob. L'enfant était au centre de ses inquiétudes ; au cœur de ses angoisses, de son chagrin, de sa terreur. Car ils avaient commencé à tuer les Revenants. A les tuer comme ça, sans raison, simplement par volonté de les éliminer. Cela ne se passait pas encore partout dans le monde, mais c'était devenu une réalité.

Depuis une semaine, la télévision avait commencé à diffuser des reportages. Dans certains pays — connus pour la brutalité de leurs mœurs —, on tirait sur les Revenants à vue. Ils étaient abattus sur place, puis les corps étaient brûlés, comme s'ils avaient été porteurs d'une maladie contagieuse. Chaque soir, les bulletins se multipliaient, avec des flashes spéciaux, des images terrifiantes, des vidéos diffusées en direct sur Internet.

Ce matin-là, lorsqu'elle était descendue — le son de ses pas solitaires flottant dans la maison noire et vide —, elle avait trouvé la télévision encore allumée chuchotant dans le vide. Pourquoi l'engin était resté en marche toute la nuit, Lucille n'aurait su le dire. Elle était certaine de l'avoir éteint avant d'aller se coucher. Mais elle était d'assez bonne foi pour admettre que ses certitudes n'étaient plus vraiment irrécusables. A soixante-treize ans, elle n'excluait pas que penser avoir éteint quelque chose sans que cela soit le cas fasse partie du domaine des possibles.

Il était encore tôt et un homme, noir et chauve, dont la moustache, très fine, était taillée avec précision, marmonnait quelque chose à voix basse. Par-dessus l'épaule du journaliste, dans le studio derrière lui, Lucille voyait des silhouettes aller et venir. Ils étaient tous jeunes d'allure, tous vêtus de chemises blanches avec des cravates de teintes conventionnelles. C'était probablement les jeunes talents de la chaîne, songea Lucille, qui s'agitaient dans l'espoir de sortir de l'arrière-plan pour s'installer sur le siège occupé par l'homme chauve.

Elle monta le volume, s'assit sur le canapé et écouta ce que le présentateur avait à dire, même si elle savait que les nouvelles seraient détestables.

— Mesdames, messieurs, bonjour, lança le journaliste, revenant à l'évidence au début d'un cycle quelconque dans le continuum d'informations qui se diffusait jour et nuit. Notre gros titre, aujourd'hui, nous vient de Roumanie où le gouvernement a émis un décret refusant que les droits civiques fondamentaux soient étendus aux Revenants. Ces derniers sont qualifiés de simplement « à part » et ne bénéficient pas, par conséquent, des mêmes protections que les citoyens ordinaires.

Lucille soupira. Soupirer était presque devenu pour elle une occupation à temps plein depuis que le monde était devenu ce qu'il était.

A la télé, la caméra délaissa le présentateur noir et chauve.

Des images apparurent d'un pays que Lucille supposa être la Roumanie. On voyait un Revenant pâle, les traits hâves, arrêté chez lui puis embarqué par deux soldats. Ces derniers étaient minces, rasés de près ou encore imberbes, avec des traits menus et une certaine maladresse dans l'allure, comme s'ils étaient encore trop jeunes pour comprendre vraiment comment la mécanique de leur corps fonctionnait.

— Le sort des enfants…, se lamenta Lucille en parlant à la maison pleine de silences et d'échos.

Sa poitrine se noua lorsque la pensée des Wilson, de Jacob et Harold afflua soudain pour remplir la maison vide. Ses mains se mirent à trembler et l'écran de télévision se voila jusqu'à devenir indistinct. Lucille s'étonna un instant du phénomène, puis elle sentit les larmes tracer leur chemin sur ses joues et se rassembler aux coins de sa bouche.

Quelque part en route — même si elle n'aurait su dire à quel stade exactement —, elle s'était juré qu'elle ne pleurerait plus. Désormais, elle était trop vieille pour les larmes. Harold et elle avaient atteint un stade dans leur vie où toutes les raisons qu'on pouvait avoir de pleurer auraient dû appartenir au passé. Et même si elle continuait à éprouver des sentiments, il lui était devenu désagréable de sangloter. Peut-être à cause de toutes ces années passées avec Harold, qu'elle avait toujours connu les yeux secs. Toujours. Sans exception.

Mais à présent, il était trop tard. Elle pleurait, sanglotait irrémédiablement. Et pour la première fois depuis d'innombrables années, elle se sentait vivante.

Le présentateur des actualités continuait de commenter la séquence filmée, où on voyait l'homme en état d'arrestation recevoir les menottes, puis prendre place à l'arrière d'un gros camion militaire à côté d'autres Revenants.

— Pour l'instant, aucune réaction officielle sur l'initiative de la Roumanie n'a été publiée, ni par l'OTAN, ni par l'ONU, ni par l'Agence internationale pour les Revenants. Quant aux commentaires des autres gouvernements, ils sont restés discrets, et se partagent à égalité entre ceux qui applaudissent le nouveau décret roumain et leurs adversaires qui soutiennent que ce pays viole les droits élémentaires de l'être humain. Lucille secoua la tête, le visage encore mouillé de larmes.

— Le sort de ces enfants…, répéta-t-elle.

Car il ne s'agissait pas seulement d'une tragédie effroyable, frappant des contrées lointaines et improbables. Non. La même chose se produisait ici, sous ses yeux, en Amérique. Tous ces tristes imbéciles — les adhérents du Mouvement pour les vrais vivants — avaient crû et s'étaient multipliés, produisant des rejetons du Maine jusqu'à la Californie. La plupart du temps, ils ne faisaient pas grand-chose à part proférer des insolences. Mais, ici et là, quelqu'un mourait soudain de mort violente. Et un groupuscule quelconque affirmant agir « pour le compte des vivants » revendiquait la responsabilité de l'exécution.

Même si personne n'en parlait ici, le phénomène n'avait pas épargné Arcadia. Une Revenante étrangère avait été trouvée morte dans un fossé, au bord de la route. Tuée d'une balle de fusil de calibre 30-06.

Chaque jour qui passait, l'humanité semblait sombrer un peu plus bas dans l'abomination. Et tout ce à quoi Lucille parvenait à penser, c'était à Jacob.

Son pauvre, pauvre Jacob.

Après le départ de Lucille, lorsque son épouse, enfin, eut glissé dans les ombres du sommeil, le pasteur Peters demeura assis seul dans son bureau, à relire la lettre avec l'en-tête de l'Agence internationale pour les Revenants.

Pour des raisons de sécurité publique, Elisabeth Pinch ainsi que tous les Revenants séjournant dans cette partie de l'Etat du Mississippi étaient désormais détenus dans un établissement de Meridian. Hormis cette information, le courrier officiel ne fournissait que très peu de détails. Quelques lignes suivaient pour garantir au pasteur que les Revenants étaient traités d'une façon « appropriée à la situation » et que les droits humains de base étaient « expressément respectés ». Tout cela paraissait très formel, très correct et nimbé d'un grand flou bureaucratique.

En dehors de son cabinet de travail, la maison était silencieuse, à l'exception du battement régulier de la vieille horloge du grand-père de sa femme, qui se dressait au fond du vestibule. Le père de son épouse la leur avait donnée, quelques mois avant de mourir. Sa femme avait grandi, accompagnée par le tic-tac profond, immuable de cette grande horloge de parquet, qui avait rythmé avec une régularité lancinante chacune de ses nuits d'enfance. Au début de leur mariage, elle avait été tellement déstabilisée par le silence qu'ils avaient dû acheter un métronome pour rendre une sonorité au temps et lui permettre de retrouver le sommeil.

Le pasteur sortit dans le vestibule et s'immobilisa devant l'horloge. Elle était haute de presque deux mètres, ornementée et moulurée. L'énorme balancier en cuivre, gros comme le poing, allait et venait, avec une majestueuse régularité, aussi souplement que s'il venait de sortir des mains de l'horloger, même s'il se balançait ainsi depuis plus d'un siècle.

Du côté de sa femme, il n'y avait guère eu que cette horloge pour faire figure d'objet de famille transmissible. Lorsque le père était mort, son épouse s'était âprement disputée avec ses frères et sœurs — pas au sujet du coût des funérailles ni sur l'usage qu'elle voulait faire de la maison, des terres ou des maigres économies parentales. Seule la question de l'horloge avait soulevé les rancœurs. Aujourd'hui encore, les relations de la fratrie restaient chargées d'acrimonie à cause de cet héritage sonnant et non trébuchant.

Où était leur père à présent ? se demanda le pasteur Peters.

Il avait remarqué que sa femme soignait tout particulièrement l'horloge depuis que les Revenants avaient commencé à faire leur (ré)apparition. Une odeur de dépoussiérant et d'encaustique flottait en permanence autour de la vieille pendule.

Le pasteur s'éloigna de l'horloge et poursuivit son chemin dans la maison. Il passa dans le séjour et resta debout un instant à regarder, à inventorier, à inscrire à la mémoire.

La table au centre de la pièce, ils l'avaient dénichée en route, alors qu'ils effectuaient le long voyage entre le Mississippi et la

Caroline. Le canapé, ils l'avaient choisi alors qu'ils visitaient une église à Wilmington. C'était un des rares achats sur lesquels ils étaient tout de suite tombés d'accord. Il était à motifs bleus et blancs — « Bleu de Caroline », s'était exclamé fièrement le vendeur — avec le bord des coussins passepoilé bleu ou blanc. Les généreux accoudoirs étaient recourbés vers l'extérieur, et les coussins, grands, amples et doux.

Tout à l'opposé se trouvait la table qu'elle avait repérée dans le Tennessee. Il l'avait détestée au premier abord, celle-là. Elle était trop grêle, le bois trop sombre, avec des ornements trop plats. Cette table-là, avait-il pensé d'emblée, ne méritait pas que l'on s'intéresse à elle.

Le pasteur Peters parcourut la pièce, rassemblant ici et là des piles de livres égarés à des places qui n'étaient pas les leurs. Il procéda avec lenteur et précaution, essuyant chaque volume manipulé avant de le glisser à l'endroit qui lui revenait dans la bibliothèque. De temps en temps, il soulevait une couverture en cuir, glissait un doigt entre les pages et le promenait doucement sur le papier, attentif aux odeurs, aux textures. Comme s'il était peut-être destiné à ne plus voir de livres, comme si la marche inéluctable du temps avait fini par l'emporter.

Ces rangements se poursuivirent pendant un long, long moment. Mais le pasteur ne s'en aperçut pas, ayant perdu la notion de l'heure. Il ne revint à lui que lorsque le chant des grillons commença à s'étioler dehors et que, quelque part au loin, dans la vaste campagne, un chien aboya pour saluer l'imminence du jour.

Il avait attendu trop longtemps.

Malgré ce retard qu'il n'aurait pas dû prendre — malgré sa peur au ventre —, il continua de se déplacer sans hâte dans la maison encore endormie. Il commença par regagner son bureau et se munit de la lettre avec le logo de l'Agence. Il récupéra aussi ses carnets et, oui, sa bible. Et il entassa le tout dans le sac en bandoulière que sa femme lui avait offert pour Noël.

Puis il sortit son sac de voyage de derrière le meuble pour ordinateur. Il l'avait préparé la veille seulement, car sa femme faisait tourner des lessives fréquemment et il avait eu peur qu'elle ne remarque l'absence de certains vêtements dans ses placards. Il avait procédé avec discrétion, de manière à pouvoir partir sans scènes, sans éclats de voix, avec le minimum de remous possible — même si c'était parfaitement lâche de sa part.

Le pasteur traversa la maison sans bruit, franchit la porte d'entrée et plaça les deux sacs sur le siège arrière de sa voiture. Déjà, le soleil pressé envoyait ses premiers rayons. Il était encore caché par les arbres mais il avait, incontestablement, franchi la ligne d'horizon. Et il s'élevait presque à vue d'œil.

Il retourna dans la maison et se dirigea à pas lents vers la chambre à coucher. Sa femme dormait en chien de fusil, formant une petite boule fragile au milieu du lit.

Son départ la blesserait horriblement, songea le pasteur.

Il ne lui restait que très peu de temps. Bientôt, elle ouvrirait les yeux. Elle se réveillait toujours très tôt le matin. Il plaça son petit mot sur la table de chevet, hésita brièvement à l'embrasser.

Puis abandonna l'idée et tourna les talons.

Elle s'éveilla dans un lit vide. Dans le vestibule, l'horloge veillait sur la continuité du temps et le soleil oblique du matin assiégeait ses persiennes. L'air était déjà tiède, et elle songea que la journée promettait d'être brûlante.

Elle cria le nom de son mari. Son appel resta sans réponse.

Il avait encore dû s'endormir dans son bureau. De plus en plus fréquemment, depuis les événements, le sommeil le surprenait à sa table de travail et elle s'inquiétait de ce changement chez lui. Elle ouvrait la bouche pour l'appeler encore lorsqu'elle vit la feuille de papier à côté d'elle, sur la table de chevet. Tracées très simplement dans l'écriture rude de son mari figuraient les lettres de son nom.

L'homme qu'elle avait épousé n'avait jamais été de ceux qui laissent des petits messages fleuris sur une table de nuit.

Elle ne pleura pas tout de suite en lisant la lettre qu'il lui avait laissée. Son premier réflexe fut de s'éclaircir la voix, comme si elle pouvait répliquer aux mots qui étaient écrits. Puis elle s'assit dans le lit silencieux où ne résonnaient que le son précipité de son souffle et les pulsations mécaniques de la vieille horloge dans le vestibule. Ses pensées se raccrochèrent un instant à son père. Ses yeux étaient comme enveloppés de larmes, mais elle ne pleurait toujours pas.

Les lettres qu'elle fixait toujours se brouillèrent. Elles lui faisaient l'effet d'être loin, très loin, comme si elles se déformaient à travers un brouillard épais. Mais elle les relut quand même.

« Je t'aime », disait le petit mot.

Puis, juste en dessous :

« Mais j'ai besoin de savoir. »

Jim Wilson

Jim ne comprenait plus rien à rien. Ni aux soldats briseurs de porte ni au rôle joué par Fred Green dans leur arrestation. De son point de vue, Fred Green avait toujours été un gars plutôt chouette. Fred et lui n'avaient pas été amis à proprement parler, mais seulement parce qu'ils n'avaient jamais travaillé ensemble et qu'ils ne faisaient pas partie des mêmes cercles. S'ils n'étaient pas devenus amis, c'était uniquement parce que les opportunités ne s'étaient pas présentées. Comment expliquer qu'ils en soient là aujourd'hui? s'interrogeait Jim.

Il faisait partie des prisonniers du camp, à présent. Les soldats étaient venus le chercher et les avaient emmenés à la pointe du fusil, sa famille et lui. Et Fred Green avait assisté à la scène. Il était arrivé dans son vieux pick-up, s'était garé derrière le camion des soldats et il était resté assis là, au volant, à regarder, pendant qu'on les conduisait, menottés, jusqu'au véhicule semi-blindé qui les avait transportés au camp.

Qu'est-ce qui avait changé chez Fred? La question gardait Jim éveillé la nuit. S'il avait eu la prévoyance de réfléchir à sa transformation plus tôt, Connie, les enfants et lui seraient peut-être encore en liberté.

Ils étaient là tous les quatre, agglutinés les uns contre les autres dans l'école bondée, à faire la queue pour le repas de midi qui, comme tous les jours, ne suffirait pas à les rassasier.

— Que lui est-il arrivé? demanda Jim à sa femme.

C'était une question qu'il lui avait déjà posée. Mais aucune des réponses que Connie lui avait proposées jusque-là n'avait permis de résoudre l'énigme. *Et Jim avait découvert que les énigmes — même de sinistre espèce, comme celle de Fred Green — l'aidaient à détacher ses pensées du sort dévolu à sa famille.*

— *Il n'a pas toujours été comme ça.*

— *Qui? répliqua Connie.*

Elle essuya la bouche de Hannah qui passait son temps à mâchonner des trucs depuis qu'ils étaient prisonniers… détenus… ou Dieu sait comment il fallait appeler leur nouvelle condition. Connie avait découvert que la peur s'exprimait parfois par les comportements les plus surprenants.

— *Arrête de tout mettre à la bouche comme ça, Hannah. Tu n'as plus l'âge de te conduire comme un bébé.*

Par chance, Tommy leur donnait moins de souci. Il était encore terrassé par la façon dont ils avaient été arrachés de la maison des Hargrave et il n'avait même plus l'énergie de faire des bêtises. La plupart du temps, il restait simplement assis, tranquille, sans rien dire, comme s'il était à des milliers de kilomètres de là.

— *Il me semble qu'il n'était pas du tout comme ça, avant, observa Jim. Qu'est-ce qui a changé? Est-ce lui? Est-ce nous? Il me fait l'effet d'être dangereux.*

— *Mais de qui me parles-tu, à la fin? s'énerva Connie.*

— *De Fred. Fred Green.*

— *J'ai appris que sa femme était morte. Il paraît qu'après cela, il n'a plus jamais été le même.*

Jim demeura silencieux un instant. En sollicitant très fort ses méninges, il réussit à ramener du fond de sa mémoire une poignée de souvenirs. La femme de Fred chantait, se rappela-t-il soudain. Et avec talent. Jim conservait d'elle l'image d'une longue femme brune, semblable à quelque grand oiseau, très beau et très rare.

Jim fit le point sur sa famille. Il les examina, soudain conscient de tout ce qu'ils étaient, de tout ce qu'ils représentaient, de tout ce qu'une personne pouvait signifier pour une autre.

— *J'imagine que ça peut expliquer certaines choses, oui, murmura-t-il pensivement.*

Puis il se pencha pour embrasser sa femme, retenant son souffle comme s'il pouvait aussi, d'un même mouvement, tenir le temps en suspens et, par la force d'un seul baiser, garder sa famille à l'abri du danger et de la douleur, faire en sorte qu'ils ne le laissent jamais seul.

— C'était en quel honneur? demanda Connie lorsque leurs lèvres finirent par se séparer.

Elle avait les joues en feu et se sentait un peu flottante, comme lorsqu'ils étaient très jeunes et que chacun de leurs baisers était encore un dépaysement.

— En l'honneur de tout ce que je ne sais pas te dire avec des mots.

15

Harold n'aurait pas poussé l'audace jusqu'à admettre qu'il s'était pris d'affection pour le jeune soldat. Mais il était disposé à affirmer qu'il trouvait quelques qualités à ce garçon. Ou, à défaut de qualités, au moins un petit quelque chose de familier. Et dans un monde où les morts refusaient de rester morts, le familier, sous quelque forme que ce soit, ressemblait à une bénédiction.

C'était le même jeune homme qu'il avait rencontré le matin de l'émeute, il y avait aujourd'hui un peu plus d'une semaine. Et ce bref moment partagé avait forgé entre eux quelque chose qui ressemblait à un lien. Lorsque la fumée s'était dissipée ce jour-là et que le calme était retombé sur le camp, aucune victime, au final, n'avait été à déplorer. Ne subsistait de la bataille qu'une belle collection d'égratignures et de bleus, ramassés au moment où les soldats avaient lutté avec les émeutiers pour les plaquer au sol. Une personne, selon les sources de Harold, avait été transportée à l'hôpital à la suite d'une réaction allergique aux gaz lacrymogènes. Mais à part cela, il n'y avait pas eu de suites fâcheuses.

Les événements paraissaient déjà très loin, comme s'ils étaient survenus voilà des années. Mais Harold savait que cette impression était trompeuse. Comme souvent dans le Sud, un manteau de silence était venu recouvrir prématurément une plaie qui ne s'était pas refermée. Elle avait juste été masquée par la chaleur, les « monsieur », les « madame », les sourires et autres expressions de politesse.

Mais les gens étaient toujours aussi remontés qu'avant.

Face à eux

* *

Harold était assis sur un tabouret de bois, à côté de la clôture ornée de barbelés appelée « la Barricade ». La Barricade avait grandi à un rythme aussi hideux que terrifiant. Elle serpentait de l'extrémité sud de la ville, partant de la quincaillerie et armurerie Long, une vieille bâtisse déjà croulante, pour se dérouler irrépressiblement, coupant des jardins par le milieu et butant ici et là contre des maisons, qui n'étaient plus vraiment des maisons mais des avant-postes pour les soldats. La Barricade enveloppait la ville entière, incluant le groupe scolaire pestilentiel et dévasté, encerclant commerces et habitations, enkystant la caserne des pompiers et les bureaux du shérif qui se confondaient dans un seul et même bâtiment. La Barricade, élevée par les militaires et leurs fusils, avalait tout, sans rien épargner sur son passage.

Seules les maisons situées à la périphérie — comme celles des cultivateurs, du pasteur ou des gens qui, comme Harold et Lucille, se méfiaient de la vie citadine — restaient encore en dehors des limites clôturées. A l'intérieur du camp, les gens étaient casés dans les maisons réquisitionnées comme dans des dortoirs. Le groupe scolaire étant déjà rempli à craquer, il avait fallu évacuer les habitants du centre d'Arcadia et les loger dans des hôtels à Whiteville. Dès que les propriétaires libéraient les lieux, les soldats entraient pour installer des lits de camp et assurer le minimum de commodités nécessaires au bivouac des Revenants. A chaque évacuation, il y avait des manifestations d'indignation et de colère. Mais Arcadia n'était pas la seule ville à connaître ces expropriations, et la situation ne touchait pas que l'Amérique.

Il fallait se rendre à l'évidence : l'humanité était à présent trop nombreuse sur Terre. Et des concessions devaient être faites pour la vie.

Tant et si bien que la ville et les habitations d'Arcadia étaient désormais absorbées par l'événement, par les clôtures, par les soldats et par les Revenants, par la complexité et les promesses de tension qui découlaient de l'ensemble.

Malheureusement, la ville d'Arcadia n'avait jamais été conçue pour accueillir les foules. Même si le territoire gagné grâce à l'annexion du centre-ville avait permis aux résidents de récupérer un peu d'espace vital, le répit avait été de courte durée. Alors que le camp couvrait désormais tout le périmètre de la bourgade, la paix n'était toujours pas dans les cœurs.

Harold, pour sa part, se félicitait que Lucille et lui aient décidé, dans le temps, de vivre tranquilles, hors du périmètre urbain. Il n'imaginait vraiment pas qu'on puisse lui confisquer *sa* maison pour la mettre à la disposition d'inconnus, même si c'était apparemment le geste citoyen à faire.

Au-delà de la Barricade qui entourait la ville d'Arcadia courait une bande large de quelques mètres délimitée par la clôture extérieure. Tous les cent mètres, un soldat était placé en surveillance dans cette espèce de couloir. Il arrivait qu'ils patrouillent à la fois autour de la Barricade et à l'intérieur du camp. On les voyait alors traverser la ville en petits groupes serrés, promenant leurs fusils dans ces mêmes rues où peu de temps auparavant les enfants se livraient encore à leurs jeux. Les gens les interpellaient pour les questionner sur la situation, non seulement à Arcadia, mais aussi dans le monde. Et ils demandaient quand elle serait enfin appelée à changer.

Il était rare que les soldats répondent.

Mais l'essentiel de leur temps, les gardes le passaient debout — ou parfois même assis — autour de la Barricade, avec une expression qui évoquait soit un grand détachement, soit un profond ennui, selon l'éclairage du moment.

Le jeune soldat qui avait éveillé l'intérêt de Harold s'appelait « Junior ». Ce surnom, bien sûr, était de nature à surprendre puisqu'on ne lui avait jamais connu de père et qu'ils ne partageaient donc pas le même nom. Le jeune soldat avait expliqué à Harold que son prénom officiel était Quinton, mais que, depuis toujours ou presque, tout le monde l'appelait « Junior ». Un surnom qui, à ses yeux, en valait bien un autre.

Junior était propre sur lui et désireux de plaire, deux qualités fort appréciées par les militaires dans le choix de leurs recrues.

Il était passé du lycée à l'uniforme sans jamais s'être percé ni narine ni oreille, sans avoir collectionné les tatouages ni fait quoi que ce soit de particulièrement rebelle. Son entrée dans l'armée avait été orchestrée de A à Z sous le commandement maternel. Toute sa vie, sa mère lui avait répété que, tôt ou tard, l'uniforme était la destination obligée pour un homme digne de ce nom. Donc, dès ses dix-sept ans et demi, après une scolarité sans éclat, sa mère l'avait traîné jusqu'au bureau de recrutement et son engagement avait été signé.

Ses résultats aux tests d'aptitude n'avaient pas fait grande impression sur le jury. Mais il était capable de se tenir droit, de manier une arme et de faire ce qu'on lui disait. C'était précisément ce que à quoi se résumaient ses fonctions, à présent qu'il devait surveiller les abords d'une ex-ville gonflée par les Revenants. Et voilà que, depuis quelque temps, il avait régulièrement droit à la compagnie d'un vieux bonhomme du Sud et à son fils, ancienne-ment décédé. Le vieux bougon du Sud, Junior parvenait encore à le supporter. Mais il n'appréciait que modérément le gamin, toujours pendu aux basques de son père.

— Hé, Junior? Tu crois qu'ils vont te garder ici encore combien de temps? demanda Harold, de son tabouret de bois, placé contre la Barricade.

Il parlait en s'adressant au dos tourné de Junior. C'était la position de base dans laquelle se déroulaient presque toutes leurs conversations. A quelque distance, derrière lui, juste hors de portée de voix, Jacob regardait son père parler au jeune soldat.

Junior répondit sans se retourner :

— Je ne sais pas trop. Je suppose qu'on restera là tant que vous y serez aussi.

Harold haussa les épaules.

— Je parie que ça ne durera plus très longtemps, maintenant. Des conditions de vie comme celles-ci, on ne peut pas les imposer aux gens éternellement. Quelqu'un finira par trouver une solution, ne serait-ce que par la grâce du lapin sauvage.

Le sport favori de Harold, depuis qu'il connaissait Junior, était d'inventer des expressions à son intention — les plus bizarres possibles, de préférence. Le jeu était d'une étonnante facilité. Il suffisait d'opérer un mélange baroque en introduisant un nom d'animal de ferme, ou une référence énigmatique au temps ou au paysage. Et lorsqu'il arrivait à Junior de demander ce que signifiait l'expression inconnue, il s'empressait d'inventer aussi une signification. Tout l'intérêt du jeu, pour Harold, étant de mémoriser les expressions déjà utilisées et ce qu'elles étaient censées vouloir dire. Il fallait éviter de reproduire les mêmes dans la conversation suivante.

— Hein ? Qu'est-ce que ça veut dire ça, encore, m'sieur ?

— Grands dieux ! Mais on ne t'a donc rien appris ! Tu n'as jamais entendu « par la grâce du lapin sauvage » ?

— Jamais, m'sieur, non.

Harold éteignit sa cigarette sur le talon de sa chaussure et donna un petit coup sous son paquet à moitié plein, pour sortir la suivante. Junior tourna la tête et le regarda faire.

— Tu fumes, fiston ?

— Jamais quand je suis en service, m'sieur.

— Je t'en mets une de côté pour quand tu auras terminé, promit Harold dans un murmure.

Il alluma la sienne avec élégance, tira dessus en aspirant lentement, jusqu'au fond des poumons. Malgré la douleur, il donnait une impression d'aisance, de facilité.

Junior leva les yeux vers le soleil. Il faisait plus chaud ici qu'il ne l'avait imaginé lorsqu'il avait reçu son affectation. Les étés, après tout, étaient aussi brûlants dans le Kansas. Mais ici, en Caroline, la chaleur était d'une espèce différente, permanente. Comme si, chaque jour qui passait, elle vous broyait un peu plus.

— Je peux te demander quelque chose ? fit Harold.

Il haïssait la vie à Arcadia, de cela, en tout cas, Junior était certain. Mais au moins, le vieil homme le faisait marrer.

— Allez-y, demandez toujours.

— C'est comment, dehors ?

— Ben, il fait chaud. Comme ici.

Harold sourit.

— Je veux dire, hors du camp. Comment ça se passe? Il n'y a plus de télévisions, plus d'ordinateurs ici.

— Ce n'est pas notre faute, rétorqua Junior avant même d'avoir été accusé. Ce sont les ordres.

Une petite patrouille passa. Juste une paire de soldats originaires de Californie, qui semblaient toujours se retrouver de garde en même temps. Ils arrivèrent à grands pas réguliers, comme d'habitude, le saluèrent d'un signe de tête et poursuivirent leur chemin sans trop leur prêter attention, au vieil homme et à lui.

— Hors du camp? C'est bizarre, dit Junior.

— Qu'est-ce qui est bizarre?

— Ben, le monde, quoi.

Harold sourit.

— Il faudra qu'on travaille à enrichir ton vocabulaire, gamin.

— C'est juste… comment dire? La confusion partout. Les gens ne savent plus trop où ils en sont.

Harold hocha la tête.

— C'est bien ce que je me disais. C'est la confusion qui règne, même dehors. Tu imagines ce que ça peut donner ici, à l'intérieur.

— A l'intérieur, c'est pas pareil, protesta Junior. Les choses sont organisées, au moins. Vous avez de la nourriture, vous avez de l'eau.

— Maintenant, oui.

— Oui, bon, d'accord. Je sais qu'il nous a fallu du temps, mais nous avons fini par maîtriser la logistique. Et puis tous ceux qui sont là-dedans ont choisi d'y être.

— *Choisi?* Tu rigoles?

— Bien sûr que si, vous avez choisi de rester avec ça.

Du menton, Junior désigna Jacob, toujours assis sagement hors de portée de voix, comme Harold lui avait dit de le faire. Il portait un polo en coton rayé et un jean que Lucille lui avait apporté plusieurs semaines plus tôt. L'enfant se tenait tranquille et se contentait d'observer son père. De temps en temps, son regard se portait sur l'acier chatoyant de la Barricade. Et il suivait des yeux la clôture, comme s'il ne comprenait pas tout à fait comment elle en était arrivée à se trouver là, ni ce qu'elle signifiait exactement.

Junior secoua la tête en examinant l'enfant.

— Ils vous ont proposé de vous le reprendre, murmura-t-il. Mais c'est vous qui avez décidé de rester avec. Comme tous les autres vrais vivants qui se trouvent dans ce camp. C'est une décision que vous avez tous prise en connaissance de cause, donc vous n'avez aucune raison d'avoir peur ou de vous sentir perdu ou déphasé. La vie, elle est facile pour vous.

— Tu dis ça parce que tu n'as jamais vu l'état des sanitaires.

Junior reporta son attention sur Harold.

— Vous avez une ville entière pour vous, là-dedans. Avec des repas servis tout prêts — tout ce dont on peut avoir besoin, dans la vie, vous l'avez. Il y a même un terrain de base-ball.

— Un terrain de base-ball, tu parles! Il est couvert de tentes. C'est un bidonville, oui.

— Et puis on vous a mis les W.-C. chimiques.

Junior désigna la rangée de cabines rectangulaires, blanc et bleu. Harold soupira.

— Vous croyez que vous êtes mal installés, là-dedans, insista Junior. Mais c'est le paradis à côté de ce qui se passe dans d'autres pays. Je sais ce que je dis : j'ai un de mes potes stationné en Corée. C'est dans les petits pays que les gens souffrent le plus. Chez nous, encore, il y a de l'espace. Mais en Corée, ou au Japon, c'est l'enfer. Ils ne savent plus où mettre les nouveaux arrivants.

Junior baissa soudain la voix.

— Vous avez entendu parler des bateaux-citernes?

Il écarta les bras, ses grandes mains pâles retournées comme des serre-livres.

— Ils sont presque aussi grands que des pétroliers. Et remplis à craquer.

Junior détourna les yeux.

— C'est qu'il en sort de partout. Il y en a des millions et des millions, à présent, confia-t-il tout bas.

Harold regarda sa cigarette se consumer.

— Ils sont trop nombreux, c'est ça le problème. Et ce sont les vivants qui payent les pots cassés. Personne ne peut plus suivre. Personne ne veut de leur retour. La plupart du temps, maintenant, personne n'appelle plus pour prévenir qu'un nouveau Revenant a été retrouvé. Les gens se contentent de les laisser errer. Junior parlait à travers le grillage. Malgré la gravité des faits qu'il rapportait, il semblait indifférent au cours tragique du monde.

— Les tankers, nous, on les appelle les barges de la mort. Les journalistes, ils le disent autrement pour ne pas faire peur aux gens. Mais, en réalité, c'est bien ça : des cargos bourrés de morts. Les cales en sont pleines.

Junior continua de raconter l'état du monde, mais Harold n'écoutait plus. Dans son esprit, il vit apparaître un monstrueux navire noir dérivant sans gouvernail sur un océan plat, sans reflets. La coque poussait hors de l'eau, matière aussi bien liquide que faite d'acier, de rivets, de soudures. C'était une image de film d'horreur, ce grand navire fantomatique traversant une mer condamnée. A bord, entassés les uns sur les autres, chacun plus sombre et plus lourd que celui du dessous, s'écrasant mutuellement sous leurs poids comme des enclumes, il y avait des containers. Chacun d'entre eux bourré de Revenants. De temps à autre, le navire bougeait un peu, soulevé vers l'avant ou vers l'arrière par un mouvement invisible de l'océan. Mais les Revenants empilés ne réagissaient plus, ne se souciaient de rien. Harold en voyait des milliers. Des dizaines de milliers. Tous serrés les uns contre les autres dans ces containers sombres et durs, poussés, déportés d'un bout à l'autre de la Terre.

Dans sa tête, Harold avait une vue plongeante sur la multitude et les observait d'une grande distance, tout en distinguant précisément chacun d'entre eux, avec un angle de vue qui ne pouvait exister que dans un rêve. Tous ceux qu'il avait jadis connus, il les voyait dans cette Flotte de la Mort — y compris son fils.

Une sensation de froid lui agrippa la poitrine.

— Il faudrait que vous puissiez voir ça, poursuivait Junior.

Avant que Harold puisse répondre, la quinte de toux se déclencha. Après cela, il ne se rendit plus compte de grand-chose. Tout ce dont il garda conscience fut la douleur, comme un déchirement aigu. Puis, comme la première fois, le soleil se retrouva soudain à la verticale au-dessus de son visage alors que la terre, elle, se blottissait gentiment dans son dos, comme un animal chaud et doux qui vous pousse du museau.

Harold se réveilla avec la même sensation de distance et d'inconfort que la fois précédente. Sa poitrine lui faisait mal. Et il avait de nouveau ce truc lourd et mouillé qui encombrait le haut de sa cage thoracique. Il essaya d'inspirer, mais ses poumons refusaient de faire leur boulot. Jacob était auprès de lui. Et Junior aussi, constata-t-il.

Le jeune soldat s'agenouilla à côté de lui.

— Monsieur Harold?

— Ça va, ça va. Laissez-moi juste une minute pour récupérer.

Il se demanda combien de temps il était resté sans connaissance. Suffisamment longtemps pour que Junior ait eu le temps de courir jusqu'au portillon blindé le plus proche, de passer à l'intérieur du camp et de se porter à son secours. Son fusil était encore accroché à son épaule.

— Papa? murmura Jacob, le visage tendu par l'inquiétude.

Harold répondit par un croassement exténué.

— Oui, p'tit?

— Ne meurs pas, supplia l'enfant.

Des rêves angoissants, elle en faisait à revendre, ces derniers temps. Lucille avait plus ou moins perdu l'espoir de fermer l'œil la nuit. Il y avait si longtemps qu'elle ne connaissait plus le luxe d'une vraie nuit de repos qu'elle n'y pensait même plus. Elle ne se souvenait du sommeil que de façon floue et distante, comme on pouvait avoir la nostalgie du ronronnement particulier de la voiture dans laquelle on roulait, enfant, et dont on se surprenait parfois à identifier le son, sur une route au loin.

Lorsque, d'aventure, elle s'endormait quand même, c'était presque toujours par accident. De ces sommes improvisés, elle se réveillait en sursaut, le corps plié dans une position inconfortable.

Et elle trouvait souvent sur ses genoux, bien calé à sa place dans l'attente de son réveil, un livre ouvert qui semblait lui rendre son regard. Quant à ses lunettes, elles resurgissaient régulièrement d'entre les pages, après avoir glissé le long de son nez lors de ces phases d'assoupissement.

Certaines nuits, Lucille descendait dans la cuisine et restait simplement debout à écouter le bruit que faisait le vide autour d'elle. De l'obscurité, les souvenirs montaient comme une fumée, et venaient se dérouler dans sa tête. Le plus souvent, elle revoyait une soirée d'octobre, du vivant de Jacob, une soirée où il ne s'était rien passé d'extraordinaire et qui, justement pour cette raison, était devenue extraordinaire à ses yeux.

A présent que le magique et l'anormal se déchaînaient dans le monde, Lucille prenait conscience que les moments normaux de sa vie étaient ceux qui avaient toujours importé le plus.

Elle se souvenait de Harold dans le séjour, gratouillant maladroitement sa guitare. Il avait toujours été un musicien déplorable, ce qui ne l'avait pas empêché d'étudier son instrument avec passion et ténacité — du temps où il était encore père, du moins. Il travaillait ses gammes dès qu'il avait un moment de libre, entre son emploi, le jardin, le bricolage et Jacob.

Lucille se souvenait que Jacob était dans sa chambre ce soir-là, à faire un vacarme pas possible, vidant sa malle à jouets pour déverser ceux-ci sans grande précaution sur le plancher de bois dur. Elle se souvenait du bruit des meubles que son fils poussait d'un bout à l'autre de la pièce. A plusieurs reprises, Harold et elle l'avaient mis en garde en lui expliquant que c'était interdit. Mais Jacob, dans le feu de l'action, finissait toujours par se lancer quand même dans de grands déménagements. « Je suis obligé. Ce sont mes jouets qui décident », répondait-il en toute bonne foi, lorsqu'ils lui demandaient pourquoi il avait désobéi.

Dans le souvenir que Lucille conservait de la scène, Harold assassinait les notes sur sa guitare et Jacob se livrait à ses jeux avec cette conviction concentrée propre à l'enfance — comme si l'avenir du monde en dépendait. Elle-même s'activait devant ses fourneaux, dans les affres de la confection d'un repas de fête quelconque. Il y avait un jambon au four. Une pintade au chou dans une cocotte. Du jus de viande et une purée de pommes de terre, du riz blanc parfumé au thym, du maïs avec du poivron rouge, des haricots verts et des haricots beurre, du gâteau au chocolat, du quatre-quarts, des petits biscuits au gingembre. Et même une dinde rôtie en attente.

— Ne mets pas trop de bazar dans ta chambre, Jacob! cria-t-elle. C'est bientôt l'heure de manger.

— Promis, maman!

Puis, quelques secondes plus tard, s'élevait une demande :

— Maman? Je voudrais bien construire quelque chose.

— Quoi, par exemple?

— J'sais pas.

— Commence déjà par réfléchir à ce que tu veux!

Tout en surveillant la cuisson de ses légumes, Lucille voyait par la fenêtre une discrète cohorte de nuages défiler devant la lune pâle, impeccablement formée.

— Tu peux construire une maison? lança-t-elle en direction de la chambre.

— Une maison? demanda l'enfant d'une voix pensive.

— Une grande, grande maison, avec au moins douze chambres et des plafonds cathédrale.

— Mais ça sert à rien, on est rien que nous trois. Et toi et papa, vous dormez dans le même lit. Donc il nous faut que deux chambres, pour habiter.

— Oui, mais si des gens viennent nous rendre visite?

— Je leur passerai mon lit.

De la chambre de Jacob lui parvint un grand fracas, comme si quelque chose de lourd venait de se renverser.

— Qu'est-ce que c'est?

— Rien, rien du tout.

Les accords brisés continuaient de s'élever avec une énergie imperturbable de la guitare maltraitée.

— Ton « rien du tout » fait un sacré vacarme, Jacob Hargrave!

Lucille inspecta ses fourneaux. Toutes les cuissons se déroulaient sereinement. Un chapelet d'odeurs glorieuses s'était répandu dans toute la maison, filtrait par les interstices des murs et se diffusait jusque dans le vaste monde.

Rassurée, elle mit le tout à feu doux et abandonna son poste pour voir où en était Jacob.

La chambre de son fils était dans l'état qu'avaient laissé présager les différents bruits perçus. Le lit, basculé sur le flanc, était poussé contre un mur, de manière à ce que le matelas pointe à la manière d'une barricade, tandis que les montants formaient d'intéressants arcs-boutants. De sous la barrière improvisée apparaissait une traînée de rondins miniatures, éparpillés et renversés, le tout destiné à la construction de cabanes de trappeur ou de forts.

Debout dans l'encadrement de la porte, Lucille s'essuya les mains sur son torchon. De temps à autre, Jacob passait la main hors de son fortin et attrapait un rondin de son choix, pour continuer à bâtir son œuvre invisible.

Lucille soupira, mais pas d'énervement.

— Il sera architecte, plus tard, annonça-t-elle en regagnant le séjour.

Epuisée, elle se laissa tomber sur le canapé et fit mine de s'éponger le front avec son torchon. Harold continuait de s'escrimer sur sa guitare.

— Peut-être, réussit-il à répondre.

Mais l'interruption qui l'avait déconcentré accentua le désarroi de ses doigts. Il les plia et les déplia pour les assouplir et reprit le morceau du début.

Lucille s'allongea de tout son long et s'étira. Puis elle roula paresseusement sur le côté, les genoux remontés, ses deux mains jointes calées sous une joue, et observa d'un œil endormi le combat mené par son mari contre son inaptitude musicale. « Comme il est beau », pensait Lucille. Harold n'était jamais aussi beau que dans l'échec.

Ses mains, même si elles n'enchantaient pas les cordes, étaient larges et habiles. Ses doigts étaient lisses, doux, avec un aspect étrangement replet. Il portait la chemise en flanelle qu'elle lui avait achetée aux premières gelées, cette année-là. La chemise était rouge et bleu et il avait protesté qu'elle était trop ajustée. Mais il l'avait mise le lendemain pour travailler et il était revenu à la maison ce soir-là en lui annonçant qu'il l'adorait, parce qu'elle ne l'entravait pas dans ses mouvements. C'était juste un petit détail. Mais les détails comptaient tellement.

Harold portait un jean — délavé mais propre. Et c'était comme ça qu'elle l'aimait. Elle avait grandi à l'ombre d'un père qui avait passé l'essentiel de sa vie à prêcher la bonne parole à des gens qui prenaient à peine le temps de l'écouter. Il portait des costumes extravagants, qu'il n'avait pas les moyens de s'offrir et qui coûtaient cher à sa famille. Mais la mère de Lucille avait jugé crucial que son mari soit vêtu comme un pasteur évangéliste se doit de l'être, quels que soient les sacrifices financiers à consentir.

Alors, quand Harold s'était présenté, vêtu d'un jean et d'une chemise tachée, avec son doux sourire un peu suspect, elle avait commencé par tomber amoureuse de sa garde-robe. Puis s'était éprise aussi, peu à peu, de l'homme qui la portait.

— Tu sais que j'ai du mal à me concentrer quand je te vois allongée comme ça? chuchota Harold en tendant sa sixième corde.

Lucille bâilla. La somnolence lui tombait dessus à la manière d'un marteau.

— Si je te déconcentre, ce n'est pas voulu.

— Je progresse, annonça-t-il.

Elle ne put s'empêcher de rire un peu.

— Continue de pratiquer. Tu as des doigts larges. Ça ne te facilite pas la tâche.

— Tu crois que ça vient de là? De l'épaisseur de mes doigts?

Elle fit oui de la tête, avec une expression terriblement ensommeillée.

— Mais personnellement, j'ai un faible pour les doigts larges, murmura-t-elle.

Le regard de Harold scintilla.

— Papa? cria Jacob depuis sa chambre. Les ponts, c'est fait avec quoi?

— Il sera architecte, chuchota Lucille.

— Avec des matériaux, beugla Harold.

— Quel genre de matériaux ?

— Ça dépend de ce qu'on a sous la main.

— Oh ! Harold…, s'insurgea Lucille.

Ils attendirent l'un et l'autre la question suivante, qui ne vint pas. Il y eut juste le choc sourd provoqué par un paquet d'éléments de construction envoyés au sol, ponctuant le démontage d'un projet repris à la base.

— Un jour, il construira des maisons, prédit Lucille.

— Dans une semaine, il sera peut-être passé à autre chose.

— Non. Je ne pense pas.

— Et qu'est-ce qui te fait dire cela ?

— Une mère sent ces choses-là.

Harold plaça la guitare par terre, contre sa jambe. Lucille glissait déjà dans un demi-sommeil. Il sortit un plaid en laine de la grande armoire placée dans l'entrée et l'étendit sur elle.

— Il y a quelque chose à faire, pour le repas ? demanda-t-il à mi-voix.

— Il va construire des choses, chuchota-t-elle simplement.

Puis elle s'endormit pour de bon, à la fois dans son souvenir et là, à l'instant, dans la maison vide.

Lucille se réveilla sur le canapé du salon, allongée sur le côté, avec ses mains jointes placées sous sa joue et les jambes repliées contre sa poitrine. Dans le fauteuil où Harold tirait des accords discordants de sa guitare, il n'y avait personne. Elle tendit l'oreille, guettant l'écho des jeux de Jacob, occupé avec ses rondins de construction.

Rien.

Elle se remit lentement en position assise, les paupières encore alourdies de sommeil, les yeux brûlés par la fatigue. Elle ne se souvenait pas de s'être allongée sur le canapé et encore moins de s'être endormie. Son dernier souvenir conscient, elle le situait dans la cuisine, debout à côté de l'évier, les yeux rivés sur la fenêtre, se préparant à attaquer la vaisselle.

Maintenant qu'elle avait dormi, il était très tard. Ou terriblement tôt. Sur sa peau, elle perçut une première sensation de fraîcheur, comme si l'automne faisait déjà entendre sa voix. Dehors, les grillons de la nuit poursuivaient leurs stridulations cadencées. Et au premier étage, un solitaire, échappé de leurs rangs, s'était glissé dans les murs et faisait vibrer ses élytres dans un recoin empoussiéré.

Le corps de Lucille la faisait souffrir et, pire encore, elle avait peur. Non pas du rêve si réel qui venait de la visiter. Ou du fait que c'était le premier depuis des semaines et que sa santé en pâtissait. Ce qui l'effrayait le plus, c'était la façon dont elle avait été soudain parachutée de nouveau dans son vieux corps fatigué.

Dans son rêve, elle avait trotté comme avant, alors que maintenant ses genoux étaient douloureux, et ses chevilles, enflées. Dans son rêve, son corps ferme lui avait donné la sensation de pouvoir tout accomplir, le moment venu. Cette certitude lui avait permis de supporter le pressentiment latent qu'elle avait eu dans le songe. Et même lorsque ce dernier avait viré au cauchemar, elle avait pu faire face, puisque sa jeunesse lui était garantie.

Restait qu'elle avait repris sa peau de vieille femme. Pire même que cela, sa peau de vieille femme seule. Elle ne se réconcilierait sans doute jamais avec cette solitude qui la terrifiait depuis toujours.

— Il serait devenu un bâtisseur, chuchota-t-elle, adressant ses regrets à la maison vide.

Et les larmes commencèrent à couler.

Elles furent longues à tarir. Mais Lucille se sentit mieux une fois la crise passée, comme si une valve s'était ouverte quelque part et qu'une pression invisible s'était relâchée. Lorsqu'elle voulut se relever, ses douleurs arthritiques lui poignardèrent les os. Elle inspira vivement et retomba sur le canapé.

— Oh! mon Dieu.

Sa seconde tentative se passa mieux. La douleur était toujours là, mais le fait qu'elle s'y attendait l'allégea. En se déplaçant, elle traîna un peu des pieds et ses pas produisirent un léger bruit de frottement, comme celui des très vieilles gens. Elle chemina ainsi jusque dans la cuisine, réussit à se faire un café et alla le boire debout, dans l'encadrement de la porte donnant sur le jardin de devant, afin d'écouter chanter les grillons. Peu à peu, les cricris réguliers s'espacèrent et elle eut la réponse à sa question précédente. Il n'était plus très tard, mais déjà très tôt. Vers l'est, une faible clarté diluait l'encre noire du ciel — l'amorce de ce qui, bientôt, serait soleil, horizon et lumière.

— Dieu soit loué, chuchota-t-elle.

Pour réaliser le projet qui s'était esquissé dans son rêve, un minimum de préparatifs et de planification serait nécessaire. En sachant qu'elle aurait besoin d'oublier le poids du silence et de la solitude pour avancer. Malgré ses bavardages ineptes, la télévision serait une alliée bienvenue.

— Bon, Lucille, du calme. Ça va aller, se dit-elle en s'asseyant pour écrire sur un carnet.

Au début, elle nota les choses simples, les vérités déjà connues, les évidences incontestables.

« Le monde est un endroit étrange », écrivit-elle.

Ça, c'était le premier constat de sa liste. Une fois les mots écrits, elle ne put s'empêcher de rire un peu d'elle-même en pensant à ce que dirait Harold.

— Comment veux-tu que je me prenne au sérieux ? J'ai été mariée avec toi trop longtemps, confia-t-elle à son mari absent.

A la télévision, quelqu'un pérorait sur les dangers liés aux érections prolongées jusqu'à quatre heures et au-delà.

Elle écrivit alors.

« Ils ont été injustement arrêtés. »

Puis :

« Mon mari et mon fils sont prisonniers. »

Elle baissa les yeux pour relire. Toutes ces affirmations paraissaient simples et un peu imposantes. Il était important de disposer des faits, mais les faits pavaient rarement le chemin du salut, médita-t-elle. Ils se contentaient d'être là et, du fin fond des ténèbres du possible, scrutaient l'âme pour voir comment elle réagirait une fois qu'elle les affronterait.

« Dois-je le faire ? écrivit-elle ensuite. Existe-t-il vraiment des individus en ce monde qui essaient d'en sauver d'autres ? Les choses se passent-elles ainsi dans la vraie vie, ou seulement dans les films ou dans les rêves ? Si je me lance, qu'obtiendrai-je sinon de passer définitivement pour une vieille femme cinglée ? Un tel acte conduirait-il à mon arrestation ou peut-être même à pire que cela ? Vais-je être tuée ? Et tueront-ils aussi Harold ? Et Jacob ? »

— Oh ! mon Dieu, soupira-t-elle.

La télévision lui rit au nez. Mais elle poursuivit quand même. Elle écrivit que la ville était devenue un lieu d'horreur où la courtoisie était profanée. Elle écrivit que l'Agence était le tyrannique agent du Mal. Mais elle effaça cette dernière affirmation pour en choisir une plus modérée : « Le gouvernement est dans l'erreur », nota-t-elle. Se rebeller était nouveau pour elle. Nouveau et suffisamment brûlant pour l'ébouillanter si elle ne faisait pas attention. Elle avait besoin d'entrer dans le bain en douceur.

Elle songea à David et Goliath, ainsi qu'à toutes les autres histoires bibliques connues où le peuple élu s'élevait contre un puissant oppresseur. Elle pensa aux Juifs, à l'Egypte et aux pharaons.

— Laisse aller mon peuple ! lança-t-elle à voix haute.

Elle rit doucement lorsque la télévision lui répondit « D'accord » sous la forme d'une voix enfantine.

— C'est un signe, non ?

Après cela, elle écrivit encore pendant un long moment. Si long que ses phrases débordèrent de la page, qu'elle commença à avoir des crampes dans la main, que le soleil était déjà loin au-dessus de l'horizon et que la télévision avait enchaîné sur les nouvelles du jour.

Lucille écoutait d'une oreille pendant que son stylo crissait sur le papier. Il ne se passait rien de nouveau où que ce soit. Juste des Revenants qui retournaient. Toujours plus nombreux. Et personne ne savait comment, ni pourquoi ni jusqu'à quand. Les centres de détention s'étalaient, couvraient des surfaces toujours croissantes. Des villes entières étaient réquisitionnées, et pas seulement des petites villes de rien du tout, comme Arcadia. Les vrais vivants se voyaient dépossédés, c'était du moins ce qu'affirmait un des présentateurs.

Lucille songea qu'il exagérait.

Une femme de Los Angeles, interviewée par un reporter, déclara que le présentateur réagissait trop mollement et sous-estimait la gravité des événements.

Lorsque Lucille eut terminé, elle se redressa pour se relire. Une partie de ce qu'elle avait écrit n'avait pas vraiment d'intérêt, décida-t-elle. Mais les premiers éléments restaient cruciaux, même à la lumière du jour. La situation était grave, à Arcadia. Et les problèmes ne pouvaient être laissés sans solution. Or, elle avait eu beau prier et prier, il fallait reconnaître que rien n'avait été fait, qu'aucune action n'avait été entreprise.

Que Dieu n'avait pas levé le petit doigt.

— Seigneur Jésus, il va falloir que je le fasse moi-même, marmonna-t-elle.

D'un pas qui n'était plus traînant mais sûr, Lucille se leva pour passer dans la chambre à coucher. Dans le placard, tout à fait au fond, sous des entassements de boîtes vides et de vieilles chaussures qui ne leur allaient plus, ni à Harold ni à elle, sous des piles de déclarations d'impôts et autres factures, de livres jamais lus, de poussière, de moisissures et de toiles d'araignée, se trouvait le pistolet de Harold.

La dernière fois que cette arme avait vu la lumière du jour remontait à un demi-siècle, lorsque Harold, au volant de son camion, avait heurté un chien sur la grande route et qu'ils avaient dû abréger les souffrances de l'animal après l'avoir ramené chez eux. Le souvenir se présenta sous la forme d'un flash rapide et repartit comme il était venu. Comme si une part d'elle-même refusait de revivre les détails de cette histoire en ce moment précis.

Le pistolet était plus lourd que dans ses souvenirs. Elle ne l'avait tenu qu'une seule fois dans sa vie — le jour où Harold l'avait rapporté à la maison. Il en avait été si fier, de son nouveau jouet. Lucille, à l'époque, avait eu de la peine à comprendre ce qu'une arme pouvait avoir de si admirable pour susciter la fierté chez qui que ce soit.

Le canon était lisse, un rectangle bleu dur et noir qui s'associait à la perfection avec le manche d'acier et de bois. Le cœur de la crosse était en acier massif — Lucille le sentait à sa masse et à son poids —, mais les plaquettes de bois de chaque côté se logeaient confortablement dans la main. On aurait dit un revolver de cinéma.

Lucille songea aux films qu'elle avait vus et à tout ce que les armes y accomplissaient : elles tuaient, faisaient éclater des serrures, menaçaient, détruisaient, sauvaient, donnaient confiance, protégeaient.

Et tuaient. Tuaient. Tuaient.

Sentir le pistolet dans sa main, c'était comme sentir la mort, songea-t-elle. Froide. Dure. Immuable.

Etait-ce là qu'elle en était arrivée ?

Le Mouvement des vrais vivants était tout ce qui restait encore à Fred.

Ses champs étaient en friche ; sa maison en désordre. Il ne se présentait même plus le matin à la scierie et n'avait pas été employé depuis des semaines.

Marvin Parker était détenu sans possibilité de caution et mis en examen pour infraction grave. Le petit chahut qu'il avait provoqué à l'école lui avait valu une épaule disloquée et une côte cassée. Même si Marvin avait été averti du risque, Fred n'en était pas moins bourrelé de remords. L'idée avait été mauvaise à la base. C'était la conclusion à laquelle il était arrivé avec le recul. Il se souvenait d'avoir dit à Marvin : « Voilà qui leur servira de leçon, c'est moi qui te le dis. Ça les fera réfléchir un peu, tous autant qu'ils sont. Et avec un peu de chance, ils fourgueront leurs Revenants à une autre ville que la nôtre. » Marvin avait acquiescé de grand cœur. Mais aujourd'hui, c'était lui qui se retrouvait derrière les barreaux, estropié. Et ça, Fred l'avait un peu sur la conscience.

Face à eux

Non seulement il ne pouvait rien faire pour Marvin en l'état actuel des choses, mais encore il se disait que l'action qu'ils avaient menée, malgré ses conséquences dramatiques, n'avait sans doute pas été suffisamment énergique.

Peut-être avaient-ils manqué d'ambition, l'un et l'autre. Il y avait moyen d'aller loin, beaucoup plus loin que cela.

Après les événements qui avaient coûté sa liberté à Marvin, Fred avait vu arriver de nouvelles recrues. Des gens du coin, qui avaient compris la portée de leur action et qui étaient décidés à leur prêter main-forte. Ils n'étaient pas nombreux, et la plupart d'entre eux étaient surtout doués pour la parlote. Mais il y en avait deux ou trois qui n'avaient pas froid aux yeux. Ceux-là feraient ce qu'il y avait à faire le moment venu.

Or, justement, ce moment-là se rapprochait. La ville entière était passée aux mains de l'adversaire. Tous les habitants avaient été obligés soit de partir de chez eux, soit de cohabiter avec les Revenants. Bon sang, même la maison de Marvin Parker avait été engloutie dans le camp ! Annexée par l'Agence et par la bande des Revenants.

Fred savait que la même chose se produisait un peu partout dans le monde : les gens étaient poussés à bout. Et les choses continueraient d'aller de mal en pis tant que personne ne se bougerait pour y mettre le holà. Il fallait bien que quelqu'un se lève et défende les intérêts d'Arcadia ; que quelqu'un brandisse haut et fort la cause des vivants. Si la population s'était battue, si les gens avaient su se rassembler contre les Revenants comme ils auraient dû le faire depuis le début, le pays n'en serait pas là. Tout se passait comme dans l'histoire que Marvin avait racontée au sujet du volcan, dans le jardin de cette bonne femme. Trop d'entre eux étaient restés les bras croisés, à observer le phénomène. Mais lui, Fred, n'était pas de cette espèce. Le combat, à présent, reposait sur ses épaules.

Ce soir-là, Fred Green élabora un nouveau plan de combat et peaufina sa stratégie pour les jours à venir. Au cours de la nuit qui suivit, il rêva pour la première fois depuis plusieurs semaines. A son réveil, il faisait encore nuit noire. Il ouvrit la bouche ; sa voix était rauque, sa gorge douloureuse. Il ignorait pourquoi. De son rêve, il ne lui restait que peu d'images — pour l'essentiel, il se souvenait d'avoir été seul dans une maison enténébrée où il y avait une musique, le son lointain d'un chant de femme.

Fred avança une main à tâtons, dans l'espace vide à côté de lui — l'espace où personne ne dormait plus.

— Mary ?

Rien ne répondit dans la maison.

Il sortit de son lit et passa dans la salle de bains. Il actionna l'interrupteur, éclairant les carreaux nus du sol où Mary avait jadis pleuré la perte de leur bébé. Fred demeura pétrifié face au miroir, en se demandant ce qu'elle penserait de lui si elle le voyait maintenant.

Au bout d'un long moment, il éteignit, quitta la salle de bains et se dirigea vers la pièce qu'au fil des ans, il avait fini par baptiser son « atelier des projets inaboutis ». C'était un vaste fouillis qui sentait la poussière et le moisi. Partout, des outils étaient entassés à côté d'ébauches de pièces de menuiserie, abandonnées à mi-course, et autres tentatives avortées de création. Il demeura debout, à l'entrée de la pièce, le regard fixé sur tout ce qu'il avait entrepris et jamais achevé : un jeu d'échecs en séquoia (il ne savait pas jouer mais aimait la complexité des pièces), un podium sculpté en chêne pourri (il n'avait jamais fait de vrai discours de sa vie, mais aimait voir un orateur perché sur une belle estrade).

Un petit cheval à bascule à demi achevé.

Il essaya de se souvenir pourquoi il s'était lancé dans cette dernière entreprise, et pourquoi il s'était arrêté en si bonne voie. Une chose était certaine, en tout cas : le petit cheval de bois était dans un recoin de son atelier, à demi dissimulé sous des cartons et des couettes, stockées là en attendant l'hiver.

Pourquoi diable s'était-il mis en tête de vouloir sculpter ce stupide jouet de bois ?

Fred se fraya un chemin au milieu des objets entassés sous des kilos de poussière pour se diriger vers la « chose ». Intrigué, il passa la main sur le bois brut. Même s'il n'avait pas été poncé, il était agréable au toucher. Les années d'abandon avaient adouci les aspérités.

Le cheval à bascule n'était peut-être pas le meilleur projet auquel il s'était attelé, mais ce n'était pas un échec total non plus. Bon, d'accord, ce jouet sentait le travail d'amateur. Peut-être à cause de la bouche qui n'était pas très réussie. Les dents avaient l'air bizarre, mais il aimait l'aspect des oreilles de l'animal. Il se souvint alors de toute l'attention qu'il leur avait accordée pendant qu'il sculptait la tête. C'était la seule partie de la créature pour laquelle il avait eu bon espoir de parvenir à un résultat satisfaisant. Il avait bien cru y laisser ses mains, qui étaient restées douloureuses et tordues par les crampes plusieurs jours durant. Mais maintenant qu'il contemplait les oreilles du cheval, Fred devait reconnaître que ses efforts avaient été couronnés de succès.

Juste derrière les oreilles, là où commençait la crinière, à un endroit visible pour le seul cavalier — même si la créature susceptible de chevaucher le jouet ne pouvait être que minuscule —, Fred déchiffra les lettres gravées dans le bois.

H-E-A-T-H-E-R

Heather… N'était-ce pas le prénom que Mary et lui avaient choisi pour leur enfant?

— Mary? appela Fred pour la dernière fois.

Lorsque son ultime cri demeura sans réponse, ce fut comme si l'univers lui-même avait cautionné — irrévocablement cautionné — ce qu'il projetait de faire, ce qu'il savait devoir être fait. A la vie et à son mystère, il avait accordé une dernière chance pour le faire changer d'avis. Mais son appel n'avait pas été entendu. Il n'avait reçu en retour que le silence et les échos vides d'une maison en déshérence.

Nathaniel Schumacher

Il y avait deux mois, à présent, qu'il était de retour et sa famille ne l'aimait pas moins qu'aux temps heureux où il avait été vivant. Sa femme, même si elle était plus âgée que lui, désormais, l'avait accueilli en lui jetant les bras autour du cou et en se raccrochant à lui, les larmes aux yeux. Ses enfants — qui n'étaient plus des enfants depuis longtemps — s'étaient blottis tout contre lui comme ils l'avaient fait tous les jours, autrefois. C'était le type de fratrie qui ne pouvait s'empêcher de se battre en permanence pour attirer l'attention de leurs parents et, sur ce plan, rien n'avait changé pendant les vingt années qui avaient séparé le décès de Nathaniel et sa réapparition en tant que Revenant.

Bill, son aîné, même s'il avait désormais sa propre famille, continuait de le suivre pas à pas tout en accusant sa sœur Helen d'être « nulle » et « infernale », comme il l'avait fait durant toute leur enfance.

Son fils et sa fille étaient tous deux revenus vivre à la maison, comme s'ils pressentaient que le temps allait être fragile, la durée fugitive. Et ils passaient leurs journées à tourner en orbite autour de lui, et de tout ce qu'il représentait à leurs yeux. Il était leur centre de gravité, exerçant sur eux une attirance qui restait magnétique. Ensemble, ils parlaient parfois jusque tard dans la nuit. Ses enfants lui expliquaient les fils de la vie qui s'étaient effilochés depuis son départ. Les nouvelles qu'ils lui communiquaient le faisaient sourire. De temps en temps, des débats éclataient lorsqu'il n'était pas de leur avis. Mais même lorsqu'il frappait du poing sur la table, ses propos

*étaient bien accueillis, comme si ses sorties tonitruantes les rassuraient
sur le fait qu'il était bien celui qu'il paraissait être.*

Il était leur père et il était de retour.

Puis un jour, de nouveau, il ne fut plus.

*Personne ne sut dire quand il avait disparu. On avait juste
pu constater qu'il ne se trouvait plus parmi eux. Ils lancèrent des
recherches pour le retrouver, mais avec un grand sentiment d'incertitude. Car ils étaient bien obligés de s'avouer que son retour hors
du tombeau avait été un événement imprévisible et aléatoire. Alors
pourquoi en aurait-il été autrement pour son départ?*

*Pendant un court laps de temps, ils se lamentèrent. La famille
pleura, gémit et se désespéra. Une dispute éclata entre Bill et Helen,
chacun accusant l'autre d'avoir été la cause de la disparition paternelle. Au point que leur mère se vit obligée d'intervenir, par souci
de tenue et de décence. Le frère et la sœur se présentèrent des excuses
pas tout à fait sincères. Puis ils recommencèrent à communiquer
en grommelant pour voir ce qu'il convenait de faire. Ils firent un
signalement de personne disparue. Et se présentèrent même devant
les militaires de l'Agence, pour annoncer que leur père était parti.*

*— Tout à coup, il n'était plus là, comme s'il s'était dissipé dans
l'air, expliquèrent-ils, désemparés.*

*Les soldats se contentèrent de prendre des notes et ne marquèrent
aucun étonnement.*

*Très vite, il n'y eut plus rien à faire. Leur père avait été là et il
n'était plus. Ils songèrent à se rendre sur sa tombe, à faire hisser son
cercueil hors de son caveau consacré — juste pour s'assurer que les
choses étaient revenues à leur état d'origine et qu'il ne se trouvait
pas simplement quelque part ailleurs dans le monde, sans eux.*

Mais leur mère refusa.

*— Nous avons eu notre temps et il s'est écoulé, se contenta-t-elle
de leur objecter calmement.*

16

Elle avait perdu un peu de poids. A part cela, rien en elle
n'avait changé.

— Comment tu te sens ? s'inquiéta-t-il.

Elle lui caressa la main, pressa les lèvres contre son épaule.

— Bien... Tellement bien.

— Tu as mangé ? Je veux dire : ils te nourrissent, au moins ?

Elle hocha la tête. Passa doucement les ongles sur son avant-bras.

— Tu m'as manqué.

Le centre de détention de Meridian, dans le Mississippi,
autorisait certaines formes de contact entre les vrais vivants et
les Revenants. Ici, la situation, sans être rose, n'avait pas pris
les mêmes proportions désastreuses qu'à Arcadia. Les vivants
et les Revenants étaient autorisés à se rencontrer dans une aire
clôturée, entre le bâtiment principal, où résidaient les détenus,
et la zone de sécurité, où les vivants étaient fouillés et contrôlés
pour s'assurer qu'ils ne portaient pas d'armes et qu'ils étaient
globalement dépourvus de toute mauvaise intention.

— Tu m'as manqué aussi, finit-il par lui dire.

— J'ai essayé de te retrouver.

— Je sais. Ils m'ont envoyé une lettre.

— Quel genre de lettre ?

— Juste un courrier pour m'informer que tu souhaitais me
retrouver.

Elle hocha la tête.

— Je l'ai reçue avant qu'ils commencent à enfermer tout le
monde dans des camps, précisa-t-il.

— Et ta mère ?

— Décédée, dit-il, avec plus d'indifférence qu'il n'aurait cru pouvoir en éprouver… Ou peut-être revenue. On ne peut plus trop savoir si les gens sont morts ou vivants, de nos jours.

Elle continuait de lui frotter la main, lentement, avec cette régularité hypnotique, propre à un amour familier. Assis si près d'elle — avec son odeur dans les narines, la sensation de sa main dans la sienne, avec le son vivant de son souffle qui soulevait son ventre, glissait sur ses lèvres —, le pasteur Robert Peters oubliait toutes les années, toutes les erreurs, tous les échecs, oubliait le chagrin et la trop grande solitude.

Elizabeth se pencha plus près.

— Nous pouvons partir, dit-elle tout bas.

— Non, c'est impossible.

— Si, nous le pouvons. Ensemble. Enfuyons-nous tous les deux, comme la dernière fois.

Il lui tapota la main avec une tendresse presque paternelle.

— C'était une erreur, la dernière fois. Nous aurions dû attendre.

— Attendre quoi ?

— Je ne sais pas. Nous aurions dû attendre, c'est tout. Le temps a une façon bien à lui de réparer ce qui a été brisé. C'est ce que j'ai découvert au fil des ans. Car je suis un vieillard, à présent.

Il réfléchit un instant, puis rectifia :

— Enfin… peut-être pas encore un vieillard, non. Mais assurément plus un jeune homme non plus. Et s'il y a une chose que j'ai apprise, c'est que même l'insoutenable finit par s'atténuer avec le temps.

Mais ne proférait-il pas là son plus grand mensonge ? N'était-ce pas l'insoutenable de son absence, justement, qui l'avait amené à tout lâcher pour faire le trajet en voiture jusque dans le Mississippi ? Il n'avait jamais réussi à oublier Lizzy, n'avait jamais pu se pardonner ce qu'il lui avait fait subir. Il s'était marié, il avait vécu, tourné son existence vers Dieu et s'était globalement acquitté des tâches qui lui incombaient. Malgré cela, il n'avait rien surmonté. Il l'avait aimée plus qu'il n'avait aimé son père, plus qu'il n'avait aimé sa mère, plus qu'il n'aimait Dieu. Mais il l'avait quittée quand même. C'était à la suite de son abandon qu'elle était partie. Faisant ce qu'elle avait juré d'accomplir : elle s'était enfuie seule et avait fini sous une voiture.

Depuis, pas une journée ne s'était écoulée sans qu'il se souvienne de sa trahison.

Le mariage avait été une simple concession devant laquelle son âme s'était inclinée. Prendre épouse avait été une orientation logique, compte tenu de sa place dans la communauté. Il s'y était donc attelé avec tout l'enthousiasme, toute l'ardeur qu'il aurait mis à acheter une maison ou à investir dans un fonds de pension.

Lorsque, quelques années plus tard, sa femme et lui avaient appris qu'il n'y aurait pas d'enfants dans leur vie, l'infécondité de leur couple lui était apparue, elle aussi, comme une évidence.

La vérité, c'est qu'il n'avait jamais envisagé de fonder une famille avec elle. La vérité, c'est que, même s'il croyait à l'institution du mariage, même s'il avait prêché d'innombrables fois sur le sujet au fil des années, même s'il ne comptait plus le nombre de mariages qu'il avait contribué à rafistoler, même s'il avait asséné l'imparable « Dieu et le divorce ne font pas bon ménage » à maints couples désenchantés, assis dans son bureau, le pasteur Peters avait toujours cherché le moyen d'en sortir.

Il avait suffi que les morts commencent à se lever du tombeau pour qu'il trouve le mobile dont il avait besoin.

Maintenant, il l'avait enfin rejointe et, même si tout ne paraissait pas idéal, il y avait des années qu'il ne s'était pas senti aussi heureux. Sa main reposait dans la sienne. Il pouvait la toucher, éprouver la réalité de sa présence, respirer son odeur familière — une odeur que les années avaient laissée intacte. Oui, c'était à cela que la vie était censée ressembler.

Ici et là, dans l'espace ouvert aux visiteurs, les gardes commencèrent à séparer les morts des vivants. Le parloir était terminé.

— Ils ne peuvent pas te garder enfermée comme ça. Ce n'est pas humain.

Il lui agrippa la main.

— Cela ne me dérange pas, dit-elle.

— Comment peux-tu dire ça ?

Il passa un bras autour d'elle et prit une profonde inspiration, se remplissant de son odeur.

— Ils sont venus te voir ? demanda-t-il à voix basse.

— Non.

— Je suis désolé.

— Il ne faut pas.

— Ils t'aiment.

— Je sais.

— Tu es toujours leur fille. Ils le savent. Ils devraient le savoir.

Elle hocha la tête.

Les gardes faisaient leur ronde. Et, en cas de nécessité, séparaient physiquement les gens lorsqu'ils restaient agrippés les uns aux autres.

« Les visites sont terminées » était tout ce qu'ils trouvaient à dire aux couples enlacés, aux parents serrant leurs enfants retrouvés contre eux.

— Je te sortirai de là, promit-il.

Elle acquiesça d'un signe de tête.

— D'accord. Mais si tu ne le fais pas, ne t'inquiète pas. Je comprendrai.

Puis les soldats arrivèrent et mirent fin au temps qui leur était imparti.

Cette nuit-là, le pasteur ne dormit que par bribes. Chaque fois qu'il s'assoupissait de nouveau, c'était le même rêve qui revenait.

Il avait seize ans et il était assis seul dans sa chambre. Quelque part dans la maison, son père et sa mère dormaient. Le silence de la demeure était lourd, chargé. Le souvenir de leur dispute restait suspendu dans l'air, comme une neige sombre retombée sur les cimaises.

Il se leva et s'habilla aussi doucement, aussi secrètement qu'il le put. Foula sur la pointe des pieds le plancher de la maison parentale. C'était l'été et la nuit humide vibrait du chant des grillons.

Il s'était préparé à vivre un drame, considérant comme une

évidence que son père et sa mère l'entendraient et qu'un affrontement éclaterait. Mais il ne se produisit rien du tout. Peut-être avait-il vu trop de films, lu trop de mauvais romans. Au cinéma, les départs baignaient toujours dans une atmosphère tragique. Un des protagonistes se mettait forcément à hurler. Et il n'était pas rare que l'échange tourne à la violence. Puis, au moment de la sortie de scène finale, une malédiction sinistre était généralement prononcée, du type : « Ne remets plus jamais les pieds dans cette maison. » Malédiction qui scellait définitivement le destin de tous les personnages.

Dans sa vie à lui, rien de tel ne s'était produit. Il était simplement sorti pendant que tous les autres dormaient. Le lendemain, ils se réveilleraient, constateraient son absence, et l'affaire s'arrêterait là. Ils sauraient où il était allé et pour quelle raison il avait quitté la maison. Mais ils ne chercheraient pas à le rattraper, car ce n'était pas ainsi que fonctionnait l'amour de son père. Cet amour-là était une porte ouverte, destinée à le rester. Pas plus qu'il ne vous laissait dehors, cet amour ne vous cloîtrait à l'intérieur.

Il dut marcher presque une heure entière avant de la retrouver. A la lueur de la lune, son visage paraissait anormalement pâle, presque décharné. Elle avait toujours été très mince mais, en cet instant, sous cette lumière, elle semblait mourante.

— Qu'il crève, vociféra-t-elle.

Le pasteur — qui n'était pas encore pasteur en ce temps-là — avait scruté son visage. Les yeux d'Elizabeth étaient gonflés et le sang formait une ligne sombre dans le creux entre son nez et sa lèvre. Il était difficile de déterminer d'où provenait le sang.

Elle avait vécu le départ dramatique que Robert avait imaginé pour lui-même.

— Ne dis pas des choses comme ça, murmura-t-il.

— Mais je le hais, ce connard! J'espère qu'il se fera écraser par un putain de car! Qu'un chien lui transpercera la gorge! Je veux qu'il attrape une maladie horrible qui le tuera à petit feu. Je voudrais que chacune de ses journées soit une torture! Et que chaque jour, soit encore pire que le précédent!

Elle parlait à travers ses dents serrées. Ses mains formaient des poings qui se balançaient au bout de ses bras.

— Lizzy...

Elle hurla. Hurla sa colère, sa douleur, sa peur.

— Liz, s'il te plaît.

De nouveaux cris aigus suivirent.

Et d'autres manifestations encore, que Robert Peters avait enfouies sous des strates de mémoire déposées au fil des ans entre la vraie nature d'Elizabeth Pinch et le souvenir qu'il en avait conservé.

Le pasteur Peters se réveilla au son d'un gros camion qui passait en grondant sur la route. Les murs du motel n'étaient pas épais et des engins militaires entraient et sortaient en permanence du centre de détention. Partout dans le pays circulaient ces énormes véhicules sombres, qui ressemblaient à une grossière caricature d'insectes préhistoriques. Ils étaient tellement bondés qu'on voyait parfois les soldats debout sur les marchepieds, accrochés à l'extérieur.

Le pasteur se demanda s'ils voyageaient ainsi sur l'autoroute, agrippés aux flancs sombres des camions. On lui avait toujours dit que c'était mortellement dangereux. Mais la mort était devenue assez ambivalente à l'époque actuelle, et la notion de péril mortel avait dû évoluer également.

En rentrant du centre de détention, il avait entendu à la radio qu'un groupe de Revenants avait été tué près d'Atlanta. Ils s'étaient réfugiés dans une petite maison, dans une petite ville — tous les événements négatifs semblaient survenir d'abord à la campagne —, lorsqu'un groupe affilié au Mouvement des vrais vivants avait eu vent de leur présence. Il s'était rendu sur place en formation serrée pour exiger que les Revenants se rendent pacifiquement.

Mais des sympathisants du camp adverse s'étaient retrouvés pris au milieu, surpris à cacher des Revenants. Les événements de Rochester semblaient déjà loin.

Face à eux

Lorsque les fanatiques de la mouvance des vrais vivants s'étaient présentés à la porte, la situation avait dégénéré rapidement. A la fin, la maison avait pris feu et tous ceux qui étaient à l'intérieur, aussi bien les vivants que les morts, avaient succombé. On affirmait à la radio qu'il y avait eu des arrestations mais, jusqu'à présent, aucune charge n'avait été retenue contre qui que ce soit.

Le pasteur Peters resta longtemps debout devant sa fenêtre de motel à regarder les événements du monde se dérouler et à penser à Elizabeth. Dans sa tête, c'est comme cela qu'il l'appelait. « Liz » était le nom qu'il lui donnait dans le temps.

Le lendemain, il retournerait lui rendre visite — à condition que les soldats ne bousculent pas ses plans. Il s'arrangerait pour parler à qui de droit et demanderait à ce qu'on la confie officiellement à sa charge. Lorsqu'il le fallait, il savait mettre son autorité spirituelle dans la balance. Et s'y entendait également pour faire vibrer la corde de la culpabilité émotionnelle, comme tous les hommes d'Eglise sont formés à le faire.

Cela n'irait pas tout seul, mais, en insistant un peu, il parviendrait à ses fins. Et il l'aurait retrouvée, enfin.

Par la grâce de Dieu, son projet aboutirait. Tout ce que le pasteur Robert Peters avait à faire, c'était de s'engager totalement.

— Par la grâce de Dieu, dit Robert, nous devrions y parvenir. Il suffit que notre engagement soit total.

Elle se mit à rire.

— Depuis quand es-tu devenu aussi croyant, Bertie ?

Il serra fort sa main dans la sienne. Il y avait des années que personne ne l'appelait plus ainsi. Elle était la seule à l'avoir jamais nommé « Bertie », d'ailleurs.

Sa tête reposait contre son épaule, comme s'ils étaient de nouveau adolescents et perchés dans le vieux chêne derrière la ferme de son père. Et non pas assis dans le parloir du centre de détention de Meridian. Il lui caressa les cheveux — il avait oublié leur couleur de miel et la façon dont ils coulaient comme de l'eau entre ses doigts. Chaque jour passé avec elle était une redécouverte.

— Tout ce qu'il faut, c'est les convaincre, ajouta-t-il.

— Je sais que tu feras de ton mieux, Bertie.

— Bien sûr.

— Et ça va marcher, j'en suis sûre.

Il lui embrassa le front — un geste qui lui valut des regards désapprobateurs de la part de plusieurs personnes autour d'eux. Elle n'avait que seize ans, après tout. Elle était encore mineure et menue pour son âge. Et lui était si grand, si massif, tellement plus âgé qu'elle. Même si c'était une Revenante, elle n'en restait pas moins une enfant.

— Qu'est-ce qui t'a rendue si patiente ? demanda-t-il.

— Comment cela ?

— Tu as perdu ton caractère emporté.

Elle haussa les épaules.

— A quoi bon ? On peut rager, pester, se déchaîner contre le monde. Ça ne le fera pas changer pour autant.

Il la regarda avec étonnement.

— C'est profond, ce que tu dis.

Elle se mit à rire.

— Qu'y a-t-il de si drôle ?

— Toi ! Tu es tellement sérieux !

— Oui, sans doute. J'ai vieilli.

Sa tête revint se poser sur son épaule.

— Tu voudrais qu'on aille où, tous les deux ? Une fois qu'on pourra partir d'ici, je veux dire.

— J'ai vieilli, répéta-t-il doucement.

— New York ! Et si on allait à New York ? A Broadway, tiens ! J'ai toujours rêvé de voir des spectacles à Broadway.

Il hocha la tête, puis baissa les yeux vers la petite main encore enfantine logée dans la sienne. Le temps n'avait encore rien infligé à cette main. Elle était toujours aussi neuve, aussi lisse. Ce qui n'aurait pas dû surprendre Robert Peters. Car telle était la caractéristique même des Revenants : ils représentaient un refus des lois naturelles. Alors, pourquoi sa main, si propre et inaltérée, le déstabilisait-elle à ce point?

— Tu trouves que je suis vieux? demanda-t-il.

— Ou peut-être qu'on pourrait se tirer à La Nouvelle-Orléans? Elle se redressa, les joues rosies par une soudaine excitation.

— Oh! oui, La Nouvelle-Orléans! Ce serait bien!

— Peut-être, concéda-t-il.

Elizabeth bondit sur ses pieds et baissa le regard sur lui. Le coin de ses yeux remontait gaiement vers le haut.

— Ce serait chouette, non? Toi et moi sur Bourbon Street. Partout, la musique de jazz. Et la nourriture! Quand je pense à la nourriture là-bas...

— Oui, ça pourrait être agréable.

Elle lui prit la main, tira sur sa carcasse massive pour le faire lever à son tour.

— Danse avec moi, Bertie.

Robert Peters accéda à sa demande, malgré les regards et les chuchotements choqués qu'il attirait sur lui. Ils tournèrent lentement sur eux-mêmes. Sa tête lui arrivait tout juste à la poitrine. Et elle était si frêle — presque aussi petite et frêle que l'épouse du pasteur.

— Tout va s'arranger, chuchota-t-elle, la joue posée contre son torse.

— Mais s'ils refusent de te libérer?

— Chut... Tout va bien se passer.

Ils dansèrent en silence. Les soldats avaient les yeux rivés sur eux. Et il en serait toujours ainsi, désormais, songea le pasteur Peters.

— Tu te souviens que je t'ai quittée, Liz?

— J'entends les battements de ton cœur.

Ce fut sa seule réponse.

— O.K., fit-il, après quelques instants.

Ce n'était pas la conversation qu'il avait imaginé avoir avec elle. L'Elizabeth Pinch de ses souvenirs — celle qui était restée suspendue toutes ces années au-dessus de l'autel de son mariage — n'avait pas été fille à éluder les questions qui faisaient mal. Non. Liz avait toujours été une guerrière. Même dans les lieux et les moments où ses combats n'avaient été ni acceptés ni même justifiés. Dans le temps, elle jurait, insultait, jetait les objets à la tête des gens. Elle avait été comme son père, un être de lutte et de courroux. Et c'était pour sa nature révoltée qu'il l'avait tant aimée.

— Je me débrouillerai pour te sortir d'ici, lui assura le pasteur Peters — au moment précis où, dans sa tête, il avait déjà reculé d'un pas pour la laisser danser seule dans sa prison.

Robert savait ce qui allait se passer : tout comme la première fois, il partirait et ne reviendrait pas. Cette fille n'était pas son Elizabeth. Ce qui faciliterait ce second abandon.

Mais même si elle avait été la même — même si elle avait été sa « Liz » —, cela n'aurait rien changé. S'il avait rompu la première fois, c'était parce qu'il avait su — parce qu'il avait toujours su — qu'elle finirait par le quitter. Tôt ou tard, elle se serait lassée de lui, de sa religion, de sa silhouette trop lourde, de sa lenteur, de son extrême normalité.

Liz avait été le genre de fille à danser sans musique sous les étoiles, et il était le type d'individu qui ne dansait que s'il y était forcé. Toutes ces années plus tôt, s'il ne l'avait pas laissée seule pour retourner chez ses parents, elle l'aurait planté là à un moment ou à un autre, pour filer à La Nouvelle-Orléans, tout comme le spectre de Liz souhaitait le faire maintenant.

Cet aspect d'elle, au moins, surnageait encore chez l'adolescente Revenante. Elle conservait en elle suffisamment de traces de Lizzy pour rappeler à Robert ce qu'il y avait de magnifique et de moche chez lui. Une part suffisante de la vraie Elizabeth Pinch subsistait pour lui permettre de voir la vérité : quel que soit l'amour qu'il avait eu pour elle, quel que soit le désir qu'elle lui avait inspiré, leur histoire d'amour n'aurait pas abouti. Même s'il était resté avec elle, à l'époque, même si, peut-être, il aurait pu l'empêcher de mourir, cela n'aurait rien changé dans le fond. Ce qu'il avait aimé chez elle aurait fini par mourir à son contact, petit à petit, par s'étioler au point de s'éteindre. Peut-être pas physiquement. Mais tout ce qui l'avait séduit chez elle aurait disparu.

Et ils l'auraient amèrement regretté l'un et l'autre.

C'est ainsi que le pasteur Robert Peters dansa dans le centre de détention de Meridian, avec la jeune fille de seize ans qu'il avait jadis aimée. C'est ainsi qu'il lui mentit et lui promit qu'il la sortirait de là. Et elle lui mentit en retour en lui jurant qu'elle l'attendrait et qu'elle resterait avec lui à tout jamais.

Ils dansèrent ensemble une dernière fois, et ce furent là les ultimes paroles qu'ils échangèrent.

Partout dans le monde, on assistait à des scènes semblables à celle-ci.

Connie Wilson

Tout convergeait désormais vers la terreur à venir. Elle le sentait. L'impression d'inévitable était là, comme lorsque la terre était sèche et infertile, les arbres gris et fragiles, l'herbe brune et corrodée. Quelque chose allait devoir changer. Tous ceux d'Arcadia le sentaient, lui semblait-il, même si personne n'aurait su définir l'impression en question. Elle tentait de faire abstraction de ses peurs, de les enfouir sous la routine en s'occupant de son mari, en tentant de garder ses enfants propres et bien nourris. Mais elle se faisait du souci pour miss Lucille. Depuis leur arrivée dans le centre, ils avaient croisé une fois Harold, son mari. Et elle avait eu l'intention de rester auprès de lui et de Jacob pour garder un œil sur eux, par reconnaissance pour leur hôtesse.

Mais ils avaient été débordés par le chaos. Et elle ignorait désormais où se trouvaient M. Hargrave et son fils.

— Tout finira bien par s'arranger, murmurait-elle souvent, comme pour elle-même.

Les Revenants étaient toujours prisonniers de la petite ville, prisonniers de l'Agence, prisonniers d'un monde peu sûr. Et les vrais vivants d'Arcadia étaient également des victimes à part entière, dépossédés de leur ville dont l'identité même s'était désintégrée.

— Non, tout cela va mal tourner, reconnut Connie en observant ce qui se passait sous ses yeux.

Elle serra alors ses deux enfants dans ses bras. Mais même ainsi, la peur continuait de peser de tout son poids sur ses épaules.

17

Harold et Bellamy se tenaient côte à côte sous la chaleur estivale oppressante, à l'occasion de ce qui devait être leur dernier entretien. Harold n'était pas vraiment chagriné que leurs parties de fer à cheval prennent fin. Le New-Yorkais était devenu très bon au lancer. Un peu trop bon à son goût, même.

Bellamy avait fini par être muté, en dépit de ses multiples protestations. L'initiative venait du colonel, qui avait invoqué la surpopulation et le fait que le temps manquait dans le centre de détention d'Arcadia pour que Bellamy puisse y conduire ses entretiens. D'autres tâches, plus urgentes, mobilisaient les agents de l'AIR — mais elles étaient de nature à rebuter quelqu'un comme Bellamy, qui refusait d'y être mêlé. Donc le colonel l'envoyait ailleurs.

Bellamy s'efforçait de ne pas y penser. Essayait de ne pas réfléchir aux implications probables de son départ concernant sa mère. Il visa et lança son fer à cheval en croisant les doigts. Le fer décrivit une trajectoire impeccable et atteignit son but.

Ting.

— Je crois que tu es déjà au courant pour mon départ ? annonça-t-il de sa manière lisse et sans détour.

— J'en avais entendu parler, oui. Enfin… disons que j'ai compris que c'était dans l'air.

Il plissa les yeux, fixa la cible, envoya le fer.

Ting.

Aucun des deux hommes ne se souciait plus de compter les points.

Ils continuaient de jouer sur la petite bande herbeuse, à côté de l'ancien bâtiment scolaire. Les autres espaces de jeux possibles ne manquaient pas, maintenant. Mais ils s'étaient habitués tous les deux à l'ambiance particulière de ce bout de terrain. Et puis, ils y étaient tranquilles depuis que la ville entière avait été mise à la disposition des prisonniers. Les détenus avaient investi les lieux de façon expansionniste et avaient migré hors du groupe scolaire, hors des quelques autres constructions temporaires que l'Agence avait érigées à la hâte. Déjà, la ville d'Arcadia était occupée de fond en comble. Tous les bâtiments laissés à l'abandon du fait du déclin de la ville avaient été aménagés de façon à ce que les gens puissent y résider. Même les rues — bien que peu nombreuses à Arcadia — abritaient désormais des tentes ou étaient transformées en zones de distribution pour les produits de première nécessité, fournis par l'Agence. Arcadia, entièrement engloutie, n'avait plus d'une ville que le nom.

Mais, abstraction faite de toutes ces considérations, ce recoin caché était le lieu où Harold et Bellamy avaient leurs habitudes, depuis toutes ces semaines passées à grignoter petit à petit leurs barrières défensives respectives.

Bellamy sourit à Harold.

— Il n'y a pas grand-chose qui t'échappe, hein ?

Il regarda autour de lui. Au-dessus d'eux, le ciel était d'un bleu dur sans voile, juste griffé ici et là par de fins nuages blancs. A distance, on entendait le souffle du vent qui traversait en bruissant les arbres de la forêt, puis refluait en arrière sous le choc de la chaleur et de l'humidité, pour revenir frapper rythmiquement les murs de la ville.

Lorsqu'elle atteignait Harold et Bellamy, la brise n'était plus qu'une exhalaison moite qui sentait l'urine, la sueur et l'humanité cloîtrée trop longtemps dans de mauvaises conditions. Désormais, presque tout sentait ainsi à Arcadia. L'âcre puanteur du camp imprégnait tout. A tel point que personne, pas même l'agent Bellamy, n'y prêtait plus grande attention.

Harold observa son compagnon du coin de l'œil.

— Alors ? Tu te décides à me la poser, ta question, oui ou non ?

Ils s'avancèrent ensemble dans la chaleur fétide pour récupérer leurs projectiles respectifs. Jacob n'était pas loin, juste à l'intérieur du bâtiment scolaire, en compagnie de Mme Stone — une personne qui occupait les pensées de Harold depuis un moment.

— Et avant que nous perdions trop de temps à jouer à des petits jeux — le calembour est intentionnel —, je propose qu'on laisse tomber les manœuvres d'approche, si tu le veux bien. Nous savons tous les deux qui est réellement Mme Stone.

Bellamy s'immobilisa.

— Tu l'as compris quand?

— Très vite après son arrivée. J'ai pensé que ce n'était pas forcément une coïncidence que cette dame se retrouve dans notre chambre.

— Je suis moins malin que je ne le croyais, hein?

— Malin, tu l'es. Mais c'est moi que tu as sous-estimé, c'est tout. Je vais essayer de ne pas retenir cette erreur contre toi.

Ils reprirent position et firent tour à tour un lancer. *Ting. Ting.* Le vent se leva de nouveau, forcit un peu et, l'espace d'un instant, ils furent caressés par une bouffée de senteurs fraîches et fleuries, comme si l'espoir d'un changement se dessinait dans le monde. Mais le souffle retomba et l'air se remit à brûler, pendant que le soleil traversait lentement le ciel.

— Comment va-t-elle? demanda Bellamy.

Ting.

— Bien. Tu le sais.

— Est-ce qu'elle me demande?

— Tout le temps.

Ting.

Bellamy demeura un instant silencieux, réfléchissant à ce qu'il allait dire. Mais Harold secoua la tête.

— Même si tu étais debout devant elle et que tu l'embrassais sur le front, elle ne te reconnaîtrait pas. Une fois sur deux, elle me prend pour toi. Et le reste du temps, elle croit que je suis ton père.

— Je suis désolé.

— Désolé de quoi?

— De t'avoir mis à contribution.

Harold se redressa, fixa la pointe de ses pieds et visa. Il lança son projectile avec force et manqua complètement son but. Il sourit.

— J'aurais agi de la même façon à ta place. D'ailleurs, c'est ce que je vais faire.

— C'est-à-dire? Tu attends quoi? Une contrepartie?

— Œil pour œil sonne mieux, pour moi.

— A ta guise.

— O.K. Alors, en échange, donne-moi des nouvelles de Lucille.

Bellamy soupira et se frotta le haut du crâne.

— Bien, d'après ce que j'entends ici et là, elle ne bouge pas beaucoup de chez elle, mais, franchement, il n'y a plus grand-chose par ici qui pourrait la motiver à sortir.

— Ils nous ont fait un sale coup, dit Harold.

Bellamy lança. Et réussit brillamment.

— Elle porte une arme, désormais, révéla-t-il.

— Quoi?

L'image de son vieux pistolet lui traversa l'esprit, suivie par le souvenir de la soirée qui avait précédé la mort de Jacob, et du chien dont il avait dû abréger les souffrances.

— C'est ce qu'on raconte, en tout cas. Elle s'est arrêtée à l'un des postes de contrôle sur la grande route. Et l'arme était posée sur le siège passager. Lorsqu'ils lui ont demandé ce qu'elle faisait avec un pistolet, elle leur a tenu un discours sur le droit constitutionnel et « la liberté de chacun d'assurer sa propre sécurité » — enfin, ce genre de discours, quoi. Puis elle a menacé de tirer. Sérieusement ou non, je n'en sais rien.

Pendant que Bellamy se dirigeait vers l'extrémité du terrain de jeux, en soulevant des nuages de poussière sous ses semelles, Harold se redressa, regarda le ciel et essuya la sueur de son front.

— Cela ne ressemble pas à la femme que j'ai épousée. Cette Lucille-là aurait tiré d'abord et discuté ensuite.

Bellamy inclina la tête sur le côté.

— Je pensais qu'elle était plutôt le genre de personne à s'en remettre à Dieu, pour rendre justice en ce monde.

— Ça, c'est venu par la suite. Plus jeune, c'était une rebelle.

Si je te racontais certaines choses qu'elle a faites dans le temps, tu ne me croirais pas.

— Rien qui ait laissé des traces dans un casier judiciaire, en tout cas. J'ai vérifié les deux vôtres.

— Ne pas s'être fait pincer ne veut pas forcément dire qu'aucune infraction n'a été commise.

Bellamy sourit.

Ting.

— Harold?

— Oui?

— Tu m'avais demandé de te parler de ma mère, une fois, tu t'en souviens?

— Je m'en souviens, oui.

— La cause officielle du décès, c'était la pneumonie. Mais ça, c'était à la fin. C'est la démence qui l'a emportée et vidée d'elle-même. Petit bout par petit bout.

— Et elle est revenue dans le même état.

Bellamy hocha la tête.

— Et maintenant, tu vas la quitter? demanda Harold.

— La personne que tu vois là, ce n'est pas ma mère… C'est comme la photocopie de quelqu'un qui a été. Tu le sais tout comme moi.

— C'est à cause du petit, que tu dis ça, rétorqua froidement Harold.

Bellamy regarda droit devant lui.

— Toi et moi, nous avons les mêmes positions sur la question. Nous savons l'un et l'autre que les morts sont morts et que l'histoire s'arrête là.

— Alors pourquoi me l'avoir amenée, ta mère, si elle n'est qu'une photocopie, comme tu dis? Pourquoi t'être donné tant de mal pour une ombre? Un semblant?

— A ton avis? Exactement pour la même raison qui fait que tu restes ici avec ton fils.

L'air demeura brûlant, et le ciel du même bleu dur et impénétrable, pendant le reste de la journée. Les deux hommes continuèrent de jouer, partie après partie, sans compter les points, sans vraiment savoir où ils en étaient ni pourquoi ils s'acharnaient ainsi. Ils gravitaient juste l'un autour de l'autre, quelque part au cœur d'une ville qui avait cessé d'être elle-même, et laissaient le monde tourner, avec le poids de leurs mots bourdonnant dans l'air alentour.

Le soir tombant trouva Lucille, courbée au-dessus de son bureau, et la maison Hargrave baignant dans une odeur de graisse pour armes. Le son d'une brosse métallique attaquant l'acier résonnait de la cave au grenier.

Sous le pistolet, Lucille avait trouvé le petit nécessaire de nettoyage qui n'avait servi que très occasionnellement depuis que l'arme était en leur possession. Un mode d'emploi accompagnait le kit. Le plus difficile, a priori, semblait être de démonter l'arme.

Il y avait quelque chose de déstabilisant dans le fait de devoir pointer le canon du pistolet dans une direction, tout en s'attaquant à un manchon avec un outil quelconque. Un ressort dangereux pouvait vous sauter aux yeux, et il y avait des petites pièces dures qu'il ne fallait pas perdre, car elles étaient indispensables au remontage. Lucille se débattait avec toutes les précautions à respecter, tout en se disant et, se répétant que l'arme n'était pas chargée. Elle ne se tirerait pas dessus en faisant une fausse manœuvre, comme la dernière des idiotes.

Elle avait retiré le chargeur et aligné les balles à l'autre extrémité du bureau. Elle les avait nettoyées aussi, en se servant juste de la brosse métallique, évitant soigneusement le recours au solvant, de crainte qu'une mystérieuse réaction chimique ne se déclenche lorsque le détergent à l'odeur de térébenthine entrerait en contact avec la poudre à canon.

Peut-être prenait-elle des précautions exagérées, mais tant pis. Elle n'avait de comptes à rendre à personne.

Vider le chargeur faisait un bruit harmonieux lorsque les balles sortaient, une à une, du fin magasin en acier.

Clac
Clac

Clac

Clac

Clac

Clac

Clac

Lucille tenait sept vies dans sa main. Une image lui vint alors d'elle-même, Harold, Jacob et la famille Wilson, tous morts. Sept morts.

Pensive, elle fit rouler les petits projectiles dans sa paume. Puis referma les mains en se concentrant sur le poids, la sensation des billes rondes, lourdes et lisses contre sa peau. Elle les serra si fort qu'elle crut un instant qu'elle allait se casser quelque chose.

Puis elle les aligna le long du bord du bureau, avec soin et douceur, comme sept petits mystères. Alors seulement, elle plaça l'arme sur ses genoux et relut le mode d'emploi.

Sur le papier, on voyait une photo de la partie mobile, en haut du pistolet : on la faisait glisser vers l'arrière pour révéler l'intérieur du canon. Elle plaça les mains comme indiqué sur le schéma et appuya. Rien ne se produisit. Elle appuya plus fort. Toujours rien. Examinant de nouveau les indications, il lui sembla qu'elle faisait pourtant le bon geste.

Lucille fit un dernier essai, en mettant tant de force qu'elle sentit le sang gonfler dans ses artères. Elle serra les dents, émit un grognement. D'un coup, la culasse glissa et une balle jaillit du pistolet pour aller cliqueter au sol.

— Seigneur, chuchota-t-elle.

Ses mains se mirent à trembler.

Pendant un long moment, elle laissa le projectile au sol et resta immobile, le regard rivé sur la balle, en songeant à ce qui aurait pu arriver.

— C'est sans doute quelque chose à quoi je dois me préparer, conclut-elle à voix haute.

Puis elle ramassa la balle, la plaça sur le bureau avec les sept autres et finit de nettoyer son arme.

Face à eux

*\
* *

Lorsque l'heure fut venue de quitter la maison, Lucille se dirigea vers le vieux pick-up de Harold, s'immobilisa, puis se retourna lentement pour regarder en arrière. De très loin, là-haut, imagina-t-elle, on devait voir son esprit tourner en orbite autour de la vieille maison fatiguée où elle avait été mariée, où elle avait aimé, où elle avait élevé un fils et s'était colletée avec un mari — un mari dont elle découvrait, depuis qu'ils étaient séparés, qu'il n'était pas si grincheux et méprisable qu'elle l'avait souvent pensé. Harold l'aimait, l'avait aimée chaque jour de ces cinquante et quelques années passées côte à côte. Et maintenant, alors que le soir montait de la terre alentour, il était temps pour elle de s'en aller.

Pour la part de responsabilité qui était la sienne dans le monde, Lucille inspira, garda dans l'univers de ses poumons l'image de la maison et de tout ce qu'elle représentait, et retint ainsi sa respiration jusqu'au moment où elle crut s'évanouir. Pourtant, elle s'y raccrochait encore, s'agrippant à cet instant, cette vision, cette vie, à ce brin de souffle, même si elle savait qu'il lui faudrait sans doute tout laisser partir bientôt.

Le soldat de garde, cette nuit-là, était un petit jeune nerveux, originaire du Kansas. Il répondait au nom de Junior et, depuis quelque temps, monter la garde à Arcadia lui pesait beaucoup moins, grâce au vieux bonhomme drôle et ronchon avec qui il s'était lié d'amitié.

Junior, comme toute personne prise dans les prémices d'une tragédie, pressentait que de fâcheux événements étaient en gestation. Il avait passé la soirée à vérifier compulsivement sur son téléphone s'il n'avait pas de nouveaux messages, tarabusté par une impression vague que quelque chose d'important pouvait survenir et qu'il serait appelé à transmettre le message.

A l'intérieur du poste de garde, il se racla nerveusement la gorge en entendant le grondement du vieux camion Ford qui roulait au loin en direction d'Arcadia. Il continuait de trouver étrange la façon dont les clôtures grillagées autour de la ville prenaient fin d'un coup, tout comme la route à deux voies, qui s'évanouissait soudain dans le vide de la campagne alentour. C'était comme si tout ce qui se passait à l'intérieur de la zone clôturée et barbelée, dans le périmètre de la Barricade, dans la ville entière à présent contenue, était aussi destiné à prendre fin brutalement, sans transition.

Le camion qui approchait s'emballait et soufflait tour à tour. Le faisceau des phares oscillait nerveusement sur la chaussée, comme si le conducteur avait du mal à contenir sa monture. Junior imagina un gamin en virée à bord d'un véhicule volé — il se souvenait d'avoir « emprunté » le pick-up de son père à un âge où ce genre d'exploit était plus ou moins un passage obligé.

Il n'y avait finalement pas tant de différences que cela entre le Kansas et la Caroline. Enfin… avec cette partie de la Caroline, en tout cas. De grandes étendues plates. Des fermes. Des gens simples, qui travaillaient pour vivre. Sans cette maudite humidité qui flottait dans l'air comme un spectre, il aurait peut-être, mais vraiment *peut-être*, pu envisager de s'installer dans le secteur. Il ne soufflait presque jamais de tornades par ici, et les gens, avec leur fameuse « hospitalité du Sud », étaient plutôt attachants.

Les freins stridents du camion ramenèrent l'attention de Junior là où elle était censée se concentrer. Le pick-up bleu continua de toussoter un peu puis se tut. Les phares, eux, restèrent allumés et transperçaient la nuit de leur éclat acéré. Il se souvint d'une formation qu'il avait faite, dans le temps, pour se préparer à une situation de ce type. Les phares allumés avaient pour fonction d'aveugler et de permettre aux personnes à bord du véhicule ennemi de descendre sans être vues et de choisir leur position pour tirer.

Junior n'avait jamais été très porté sur les armes, ce qui était une bonne chose, car il se trouvait être un très mauvais tireur. A ce moment précis, le conducteur inconnu passa en feux de croisement et il parvint à discerner, enfin, la femme de soixante-dix et quelques années, assise au volant, le visage tendu par la colère. L'idée lui vint à l'esprit qu'il aurait mieux valu qu'il n'y ait pas d'armes dans les parages. Mais comme il était soldat, il était donc armé. Et lorsque la vieille femme finit par descendre du pick-up, il constata qu'elle aussi.

— Madame, s'il vous plaît ! cria Junior en se hâtant hors de son poste de fortune. Je dois vous demander de me remettre immédiatement ce pistolet.

Sa voix tremblait, mais sa voix tremblait toujours un peu.

— Ce n'est pas après toi que j'en ai, mon garçon.

Lucille vint se placer devant le camion dont les feux de croisement brillaient toujours comme deux grands yeux furibonds. Elle portait une vieille robe en coton bleue qui tombait tout droit, sans fioritures, presque jusqu'aux chevilles. C'était la robe qu'elle enfilait lorsqu'elle avait rendez-vous chez le médecin et qu'elle était résolue à lui faire savoir qu'elle ne voulait rien savoir, rien entendre et qu'elle n'en ferait qu'à sa tête.

Un, deux, trois puis quatre Revenants sortirent à la queue leu leu de la cabine ; d'autres sautèrent du lit du camion. Ils étaient si nombreux, soudain, que Junior eut une vision du cirque de son enfance, celui qui passait chaque automne dans sa ville. Les Revenants se placèrent derrière Lucille, formant un groupe silencieux et compact.

— Je suis venue ici pour des questions de correction et de convenance, clama Lucille sans s'adresser nécessairement au jeune soldat. Des questions d'humanité et de respect élémentaire.

— A l'aide ! appela Junior, sans savoir au juste à qui il était censé s'adresser en la circonstance.

Tout ce qu'il savait, c'est qu'il aurait préféré ne pas être mêlé à ce qui se passait là, même s'il ignorait encore où la vieille femme voulait en venir.

— Hé, ho, les gars ! Venez en renfort !

On entendit le claquement pressé des bottes approchant de diverses directions sur le bitume.

— « Le Seigneur est mon berger, je ne manque de rien », psalmodia dignement Lucille.

Junior s'éclaircit la voix.

— Madame, il faudra vraiment que vous posiez cette arme !

— Je ne suis pas ici pour t'embêter, mon enfant.

Lucille veilla à ce que son pistolet reste pointé vers le sol.

— D'accord, madame. Mais il faudra quand même me remettre cette arme si vous voulez que nous puissions discuter calmement.

Les autres sentinelles l'avaient toutes rejoint à présent, avec leur arme sortie, même si quelque chose en eux, peut-être un lointain reste d'éducation, les empêchait de la braquer sur la vieille dame.

— C'est quoi, ce bordel, Junior ? chuchota l'un des soldats.

— J'en sais rien, murmura-t-il en retour. Elle vient juste de se pointer avec eux — un paquet de Revenants — et avec ce pistolet. Au début, elle était seule avec juste un camion plein, mais maintenant…

Comme tous pouvaient le constater, il y en avait d'autres. Beaucoup d'autres. Même si la poignée de soldats n'était pas en mesure de déterminer avec précision à combien de sujets ils avaient affaire, ils savaient déjà que ces derniers étaient en surnombre. Cela, au moins, ne faisait aucun doute.

— Je suis venue pour procéder à la libération de toutes les personnes enfermées ici ! cria Lucille. Je n'ai rien de particulier contre vous, les soldats. Je pense que vous vous contentez d'obéir aux ordres. C'est ce qu'on vous a appris à faire. Sachant cela, je n'ai pas de colère contre vous. Mais je tiens quand même à vous rappeler que vous avez une responsabilité morale : même si vous devez obéir à votre hiérarchie, vous avez le devoir d'être des personnes justes et équitables.

Lucille aurait aimé faire les cent pas devant son auditoire, comme le pasteur pendant son sermon, lorsqu'il avait besoin de mettre de l'ordre dans ses pensées. Même si elle avait tout répété et planifié dans sa tête pendant le trajet, à présent qu'elle était à pied d'œuvre, dressée face à la gueule noire des fusils, la peur lui vrillait le ventre.

Mais sa peur devrait attendre.

— Je ne devrais même pas vous parler, à vous les soldats ! les harangua-t-elle. Vous n'êtes pas la cause. Aucun d'entre vous n'est à l'origine du mal. Et c'est la cause que je veux. Appelez-moi le colonel Willis.

Junior secoua la tête.

— S'il vous plaît, madame, posez votre arme. Si vous voulez voir le colonel, nous vous laisserons voir le colonel. Mais désarmée.

Le soldat à côté de lui ajouta :

— Posez votre arme et livrez-nous ces individus Revenants pour que nous puissions procéder au fichage.

Les doigts de Lucille se crispèrent sur son arme.

— Jamais! vociféra-t-elle. Ficher ces innocents comme de vulgaires criminels! Vous n'avez pas honte?

Les soldats hésitaient toujours à diriger leur arme sur elle. Ils la pointèrent donc sur ses compagnons. Les Revenants qui étaient rassemblés autour de Lucille ne bronchèrent pas. Ils se contentaient d'assurer une présence et laissaient Lucille et son pistolet parler en leur nom.

— Je demande à voir le colonel! répéta-t-elle.

Même si elle se sentait coupable d'agir par la violence, elle ne se laisserait pas dissuader de son projet. Satan était un subtil tentateur, avait-elle appris. Et il œuvrait en sourdine en vous persuadant de consentir à de petites concessions, qui finissaient par mener à des péchés affreux. Et puis, elle était fatiguée de rester au bord du chemin et d'attendre.

— Colonel Willis!

Elle criait le nom de cet homme comme un contribuable furieux exigeant qu'on lui appelle un contrôleur des impôts.

— Je veux voir le colonel Willis. Immédiatement.

La constitution de Junior n'était pas faite pour endurer un tel niveau de tension.

— Va chercher quelqu'un, commanda-t-il à voix basse au soldat le plus proche de lui.

— Quoi? C'est juste une vieille bonne femme. Que veux-tu qu'elle fasse?

Lucille les entendit et, pour prouver qu'ils avaient mal évalué la situation, elle leva son arme et tira un coup en l'air. Tout le monde tressaillit.

— Qu'on me l'amène de ce pas ! ordonna-t-elle avec un petit bourdonnement dans les oreilles dû à la déflagration.

— Va chercher quelqu'un ! dit Junior.

— Va chercher quelqu'un, transmit le soldat à côté de lui.

Et ainsi de suite jusqu'au bout du rang.

Quelqu'un arriva bel et bien. Même si, comme Lucille l'avait anticipé, ce ne fut pas le colonel Willis mais l'agent Martin Bellamy qui franchit la grille, moitié marchant, moitié courant. Comme toujours, il portait son costume, mais la cravate manquait au tableau. Un signe sûr, songea Lucille, que leur affaire était vouée à l'échec.

— Belle soirée pour une balade en voiture, commenta plaisamment Bellamy en s'avançant devant les soldats.

En partie pour garder l'attention de Lucille fixée sur lui, mais aussi pour s'interposer entre la vieille dame et le maximum de canons de fusil possible.

— Que se passe-t-il, miss Lucille ?

— Ce n'est pas vous que j'ai envoyé chercher, Martin Bellamy.

— Non, madame, en effet. Mais ils sont venus me chercher et me voici quand même. Alors, de quoi s'agit-il, au juste ?

— Vous savez de quoi il s'agit. Vous le savez aussi bien que n'importe qui.

Sa main qui tenait le pistolet tremblait.

— Je suis en colère, énonça-t-elle, catégorique. Et je ne tolérerai pas cette situation un jour de plus.

— Je comprends parfaitement, madame. Votre colère est fondée. Si quelqu'un a le droit d'être furieux, c'est bien vous.

— Ah, non, monsieur Bellamy ! Je ne veux pas de ce jeu-là ! Comme vous tournez les choses, on croirait qu'il ne s'agit que de moi. Tout ce que je veux, c'est m'entretenir avec le colonel Willis. Allez me le chercher, s'il vous plaît. Ou envoyez quelqu'un d'autre à votre place si vous préférez. Cela m'est égal.

— Je suis à peu près persuadé que le colonel est déjà en

chemin et qu'il sera là d'un instant à l'autre. Et pour être franc, c'est ce qui m'inquiète.

— Eh bien, moi, il ne m'inquiète pas, votre colonel.

— Ce pistolet, pourtant, ne servira qu'à envenimer les choses.

— Le pistolet? Parce que vous croyez que c'est mon pistolet qui me rassure?

Lucille soupira, la main crispée sur son arme.

— La confiance que je ressens n'a rien à voir avec ce truc. Je n'ai pas peur, parce que je suis sûre d'être sur la juste voie.

Elle se tenait très droite, telle une fleur résistante poussant dans un sol dur.

— Trop de gens dans ce pays sont gouvernés par la peur, et moi la première. Bien des choses me terrifient encore. Tout ce que je vois à la télévision me remplit d'angoisse. Avant même le début des événements, j'avais peur, et je continuerai à trembler pour l'humanité lorsque tout ceci aura pris fin. Mais, ici, ce soir, je n'ai pas peur, non. Ni de mon acte ni de ce qui peut en découler. J'ai le cœur en paix, monsieur Bellamy, car je fais mon devoir, tout simplement. Et un jour, j'espère que, dans ce pays, les honnêtes gens cesseront d'avoir peur de faire ce que leur conscience leur dicte.

Bellamy chercha ses mots pour éviter que sa réponse ne sonne comme une menace. Avant tout, il lui fallait la calmer, la raisonner, chercher à gagner du temps.

— Le problème, c'est qu'il y aura des conséquences, miss Lucille. Le monde est ainsi fait que chacun de nos actes les porte en lui. Et ce ne sont pas toujours celles que l'on prévoit. Parfois elles dépassent tout ce que l'on peut concevoir. Quel que soit le dénouement ce soir — et j'espère, plus que vous ne pouvez l'imaginer, qu'il sera pacifique —, il y aura des suites, peut-être irréversibles.

Il fit un pas vers Lucille. Au-dessus de sa tête, comme si rien ici-bas ne troublait la calme sérénité du monde, les étoiles souriaient et un carrousel de petits nuages joufflus paradait devant la lune ronde.

Bellamy planta fermement ses deux pieds sur le sol.

— Je sais ce qui vous amène ici, miss Lucille : vous voulez faire valoir votre point de vue. Vous n'êtes pas satisfaite de la façon dont les choses ont évolué, ici, à Arcadia, et je peux vous comprendre. Je ne suis pas enchanté non plus par l'état actuel du monde. Croyez-vous que j'aurais annexé une ville entière pour entasser des gens dedans comme des marchandises si j'avais eu mon mot à dire dans l'histoire ?

— Non, je ne le crois pas. Et c'est pourquoi je ne m'adresse pas à vous, monsieur Bellamy. Vous n'avez plus voix au chapitre. Mon problème, ce n'est pas vous, c'est le colonel Willis.

— C'est bien ce que j'ai cru comprendre, madame. Mais le colonel Willis n'est pas plus libre de ses initiatives que moi. Il ne fait qu'obéir aux ordres, lui aussi. Il agit sous le commandement de sa hiérarchie, tout comme ces jeunes soldats que vous voyez ici.

— Assez ! Vous essayez de m'embrouiller !

— Si vous voulez obtenir satisfaction, miss Lucille, il faudra vous tourner vers plus haut placé que lui. Adressez-vous un cran au-dessus dans la chaîne de commandement.

— Martin Bellamy, me prenez-vous pour une idiote ?

— Au-dessus du colonel, il y a un général ou quelque chose comme ça, poursuivit Bellamy, imperturbable. Je ne suis pas complètement sûr du fonctionnement de la hiérarchie. Je n'ai jamais été militaire, et l'essentiel de ce que je sais, je le tiens de la télévision. Ce dont je suis sûr, en revanche, c'est que les soldats n'agissent que sur ordre. En fait, c'est une longue chaîne qui, au bout du compte, remonte jusqu'au Président. Et le Président, miss Lucille, comme chacun sait, n'a aucune marge d'autonomie. Il agit sous la contrainte de ses électeurs, des lobbies de l'industrie et de la finance, etc. Et ça continue comme ça indéfiniment.

Il fit un nouveau pas en avant. Encore un peu, et il pourrait l'atteindre. Plus que quelques mètres.

— N'avancez plus ! gronda Lucille.

— Aurais-je placé le colonel Willis à la tête de tout ceci si j'en avais eu le pouvoir ?

Bellamy tourna légèrement la tête pour diriger ses mots vers la ville noire assoupie, qui n'était plus Arcadia, mais juste un vaste goulag boursouflé et triste.

— Non, madame. Jamais je ne lui aurais confié quelque chose d'aussi important, d'aussi sensible. Car il s'agit sans conteste d'une situation ultrasensible.

Un autre pas en avant.

— Martin Bellamy, je vous interdis de faire un centimètre de plus, vous m'entendez !

— Mais voilà, nous en sommes tous là — vous, moi, le colonel Willis, Harold, Jacob et…

Un coup de feu éclata.

Puis un autre encore. Tiré en direction du ciel à partir du pistolet lourd et noir dans la main de Lucille. Puis elle baissa son arme et la pointa sur Bellamy.

— Je n'ai rien contre vous, monsieur Martin Bellamy, et vous le savez. Mais je ne me laisserai pas détourner de ce que je suis venue faire ici. C'est mon fils que je veux.

— Non, madame, s'éleva une voix derrière Bellamy, qui recula d'un pas.

Le colonel était sur les lieux. Et, à côté de lui, se tenaient Harold et Jacob.

— Vous ne serez pas détournée du tout, dit le colonel. Nous allons faire en sorte de vous remettre sur le bon chemin, si l'on peut dire.

La vue de Harold et de Jacob entre les mains du colonel prit Lucille au dépourvu — même si, à présent qu'elle les avait sous les yeux, elle comprenait qu'elle aurait dû s'attendre à une telle manœuvre. Elle braqua aussitôt son arme sur le colonel. Un frémissement se produisit côté soldats. Mais Willis leur fit signe de se tenir tranquilles.

Jacob avait les yeux écarquillés. C'était la première fois qu'il voyait sa mère armée d'un pistolet. Harold tonna :

— Lucille !

Elle se hérissa.

— Ne prends pas ce ton avec moi, Harold Hargrave !

— Qu'est-ce que tu fous ici, nom de Dieu ?

Un silence général tomba autour du couple.

— Je fais ce qui doit être fait. C'est tout.

— Lucille…

— Arrête, avec tes « Lucille » ! Tu aurais agi de la même façon à ma place, si j'avais été dans ta position et toi dans la mienne. Ose me dire le contraire ! Le regard de Harold se fixa sur l'arme.

— Peut-être. Mais ça veut dire aussi que je réagis comme tu aurais réagi si les rôles avaient été inversés. Et je ne veux pas te voir avec ce putain de pistolet, tu m'entends ?

— Surveille ton vocabulaire, Harold Hargrave !

Le colonel Willis intervint, l'air très distingué et détendu, même sous la menace du revolver pointé sur sa poitrine.

— Vous devriez écouter votre mari, madame Hargrave. Car si vous voulez que cet épisode se termine bien, il faudra vous rendre pacifiquement, vous et les créatures qui vous accompagnent.

— Vous, taisez-vous ! ordonna Lucille.

Harold secoua la tête.

— Fais ce qu'il te dit, Lucille. Regarde tous ces jeunes avec leurs fusils.

Il y en avait au moins une vingtaine — à la fois plus et moins que ce qu'elle avait imaginé. Ils avaient tous l'air incertain et hésitant, les armes comme les soldats. Ce qui faisait autant de possibilités pour que cet affrontement se solde par un drame horrible. Seigneur, qui était-elle pour jeter ce défi à la face du monde ? Juste une vieille femme dans une vieille robe, taraudée par la peur.

Alors seulement, Lucille se souvint qu'elle n'était pas seule. Elle tourna la tête pour regarder derrière elle. Ce qu'elle vit fut une masse compacte de Revenants, tous dressés et massés les uns contre les autres, le regard rivé sur elle, à attendre. Comme si leur sort à tous reposait entre ses seules mains.

Elle n'avait pas prévu qu'ils seraient du voyage. Pas un instant. Au départ, elle avait juste eu l'intention de se présenter à la grille, de faire valoir ses arguments auprès du colonel et de libérer la ville d'une façon ou d'une autre.

Mais alors qu'elle roulait en direction d'Arcadia, elle les avait vus ici et là, à la périphérie de la ville. Parfois à demi cachés, avec une expression maussade et effrayée. D'autres fois, en petits groupes, serrés les uns contre les autres, qui la regardaient sans même se dissimuler. Peut-être avaient-ils cessé de craindre l'Agence. Ou s'étaient-ils résignés à être faits prisonniers. Ou, peut-être, simplement, lui avaient-ils été envoyés par Dieu pour la seconder dans sa tâche et soutenir son courage. Elle s'était arrêtée, leur avait demandé de lui venir en aide. Et ils étaient montés dans son camion, un par un. Mais ils n'étaient pas si nombreux, alors. A présent, ils semblaient être des centaines et des centaines, comme si un mystérieux appel avait circulé sans bruit et que tous y avaient répondu. Mais peut-être s'étaient-ils trouvés là, tout près, cachés dans les environs ?

Ou alors il s'agissait d'un authentique miracle.

— Lucille…

C'était la voix de Harold.

Oubliant l'étrange prodige qu'elle avait sous les yeux, elle porta son attention sur son mari.

— Tu te souviens de ce jour de l'année… enfin, de l'année 1966, la veille de l'anniversaire de Jacob — la veille du jour où il est parti ? Nous revenions de Charlotte, il faisait nuit noire et il pleuvait comme vache qui pisse. Si fort qu'on s'était dit qu'il vaudrait peut-être mieux s'arrêter et attendre que ça passe. Tu te rappelles ?

— Oui, dit Lucille d'une voix blanche. Oui, je me rappelle.

— Cet idiot de chien a déboulé sans crier gare devant les roues du camion. Tu t'en souviens ? Je n'ai même pas eu le temps de tourner le volant. Il y a juste eu ce gros choc mou. Et le son du métal percutant la chair.

— Cela n'a aucun rapport avec…

— Tu as pleuré tout de suite, rien qu'au bruit, avant même que j'aie eu le temps de reprendre mes esprits et de comprendre ce qui se passait. Toi, tu avais déjà fondu en larmes. Et tu étais là, à pleurer comme une enfant en hoquetant : « Oh ! mon Dieu, oh mon Dieu. » Tu m'as fichu une peur bleue, à gémir comme ça. Ma première pensée a été que j'avais dû renverser un enfant, même si cela n'avait aucun sens d'imaginer qu'un petit d'homme puisse se trouver dehors, en pleine nuit, par ce temps d'apocalypse. Mais je n'avais que cette vision en tête : Jacob gisant sur la chaussée, mort et écrasé.

— Arrête, s'il te plaît, chuchota Lucille, la voix tremblante.

— C'était juste un fichu chien. Un setter appartenant à je ne sais qui, probablement lancé sur une piste qu'il avait perdue à cause de la pluie. Je suis descendu sous des trombes d'eau et j'ai fini par le trouver, tout brisé qu'il était. Je l'ai chargé dans le camion et nous l'avons ramené à la maison.

— Harold…

— Une fois arrivés chez nous, on l'a transporté à l'intérieur. Et on s'est retrouvé avec ce désastre sous le nez — rien que de la casse, que personne ne pouvait plus réparer. Il était déjà mort, ce chien. C'était juste son corps qui ne le savait pas encore. Je t'ai dit de rester à l'intérieur, de ne pas regarder, mais tu as refusé, Dieu sait pourquoi.

Harold se tut, le temps de dénouer ce qui était devenu un nœud dans sa gorge.

— C'est la dernière fois que j'ai utilisé ce pistolet. Et tu te souviens de ce que ça a fait au chien quand je m'en suis servi, Lucille. Je sais que tu as gardé cette image dans la tête.

Le regard de Harold se posa sur les soldats et sur leurs armes. Il souleva Jacob dans ses bras et le tint ainsi contre lui. Dans la main de Lucille, le pistolet pesait soudain trop lourd. Un tremblement démarra au niveau de son épaule, descendit le long de son bras, gagna son poignet puis ses doigts. N'ayant plus d'autre choix, elle abaissa son arme.

— C'est très bien, commenta le colonel Willis. Très, très bien.

Aux prises avec une fatigue soudain paralysante, Lucille secoua la tête.

— Il faut que nous parlions de ce qui se passe ici.

— Nous pouvons parler de toutes sortes de choses, madame.

— Il faut que ça change, plaida Lucille. Ils ne peuvent pas continuer ainsi. C'est impossible.

Même si elle avait abaissé son arme, elle ne continuait pas moins de la garder cramponnée dans la main.

— Il est possible que vous ayez raison, dit le colonel Willis. Son regard parcourut le rang de soldats, parmi lesquels se trouvait le jeune du Kansas. Il lui fit discrètement signe, en désignant Lucille du menton. Puis il reporta son attention sur elle.

— Je ne vous raconterai pas d'histoires en vous soutenant que tout va pour le mieux. Le moins que l'on puisse dire, c'est que le monde est désaccordé en ce moment.

— *Désaccordé*, reprit rêveusement Lucille en écho.

Elle avait toujours aimé le mot « désaccordé ». Tournant la tête, elle vit qu'ils étaient toujours là, le vaste corps des Revenants. Tous les regards convergeaient sur elle, sur leur unique — leur ultime — rempart face aux soldats.

— Que vont-ils devenir ? demanda-t-elle en se retournant juste à temps pour voir Junior dans son dos sur le point de la délester de son arme.

Le jeune garçon se pétrifia. Son propre fusil lui pendait toujours à l'épaule. Ce garçon-là avait la violence en horreur. Son seul vrai désir était de retourner chez lui sain et sauf, et de vivre comme tout le monde.

— Vous disiez, donc, madame Hargrave ?

La silhouette du colonel se détachait, noire, sur l'éclat hargneux des projecteurs de la grille sud. Les doigts de Lucille se resserrèrent sur la crosse du pistolet.

— Je vous demande ce qu'il adviendrait d'eux. En cas d'abdication de ma part ?

— Et merde, murmura Harold entre ses dents.

Sentant le vent tourner, il reposa Jacob par terre et lui prit la main. La voix de Lucille était ferme de nouveau. Dure et maîtrisée. D'un geste large, elle indiqua les Revenants.

— Alors ? C'est tout ce que vous avez à me répondre ? Que comptez-vous faire de ces gens, colonel Willis ?

Junior n'avait jamais entendu le mot « abdication » de sa vie. Mais il lui parut inquiétant et il recula d'un pas, s'écartant de la vieille femme qui agitait son arme.

— Toi, tu restes où tu es! aboya le colonel.

Junior fit ce qu'on lui ordonnait.

— Vous ne m'avez pas répondu, reprit Lucille en détachant chaque syllabe avec précision.

Elle fit un petit pas sur la gauche, histoire de garder le jeune soldat dans son champ de vision. Le colonel Willis se redressa, les mains dans le dos, adoptant une attitude distinctement militaire.

— Ils seront fichés et mis en détention, madame Hargrave.

— C'est inacceptable, affirma Lucille.

— Merde, merde, merde, jura Harold tout bas.

Le regard que Jacob leva vers lui était noyé de peur. L'enfant avait saisi le danger, lui aussi. Harold chercha Bellamy des yeux pour tenter d'établir une communication visuelle. A ce stade, il était inutile d'espérer encore raisonner Lucille.

Mais l'agent avait lui aussi les yeux rivés sur la vieille femme dressée face au colonel, tandis qu'une foule toujours croissante se massait autour des deux protagonistes.

La voix de Lucille montait en puissance.

— C'est abominable! Irrecevable!

Harold frémit. La dispute la plus féroce qu'il avait jamais eue avec Lucille avait démarré peu après un « irrecevable ». « Irrecevable » équivalait à un cri de guerre. Il fit un pas en arrière en direction de la grille ouverte, s'écartant de la trajectoire éventuelle des balles si la situation dégénérait — ce qui semblait désormais inéluctable.

Lucille se dressa de toute sa taille.

— Nous partons d'ici. Ma famille, ainsi que les Wilson.

Pas un muscle du visage du colonel ne bougea.

— Je ne crois pas, non.

— Si, je veux les Wilson. Ce n'est pas négociable.

— Madame Hargrave…

— Je pense que vous vous souciez des apparences, colonel. Vos hommes doivent vous respecter en tant que dirigeant de ce centre de détention. Et si une femme de soixante-treize ans, avec un petit pistolet ridicule, secondée d'un groupe de pauvres gens désarmés, ressort d'ici en ayant libéré une ville entière de ses prisonniers, vous ne ferez pas très bonne figure. Inutile d'être un grand stratège militaire pour le comprendre.

— Madame Hargrave…, répéta Willis.

— Je n'exigerai rien d'autre que ce qui me revient de droit : ma famille et ceux qui sont sous ma protection. Et en cela, monsieur, j'accomplis l'œuvre de Dieu.

Harold attira Jacob plus près de lui. Les détenus d'Arcadia, accourus de toutes parts, formaient une masse serrée pressée contre la clôture. Il scruta la foule dans l'espoir de repérer les Wilson. Ce serait à lui de les protéger quand les choses commenceraient à tourner mal pour de bon.

— L'œuvre de Dieu, oui. Pas du dieu de l'Ancien Testament ! Pas du dieu de Moïse qui a écrasé Pharaon et son armée. Non, ce dieu-là n'est plus.

Junior fit un nouveau pas en arrière.

— Reste où tu es, soldat ! cria le colonel Willis.

— Harold ! Va mettre Jacob en sécurité ! ordonna Lucille.

Puis elle se tourna vers le colonel, toujours auréolée d'une détermination biblique.

— Il faut que cet état de choses prenne fin. Et pour cela, nous devons cesser d'attendre que d'autres, ou même Dieu, nous sauvent à notre place.

— Ne bouge pas, seconde classe ! aboya le colonel Willis. Tu vas me débarrasser gentiment Mme Hargrave de son arme, afin que nous puissions tous aller nous coucher.

Junior était secoué de tremblements. Il interrogea Lucille du regard, lui demandant silencieusement que faire.

— Sauve-toi, petit, lui enjoignit-elle d'un ton de voix qu'elle réservait normalement à Jacob.

— Seconde classe ! hurla le colonel.

Junior tendit la main pour lui prendre son arme.

Lucille pivota vers lui et tira.

L'armée de Revenants de Lucille fut moins effrayée par le coup de feu que les soldats ne l'avaient escompté. Peut-être parce que la vaste majorité d'entre eux étaient déjà morts une première fois, de leur vivant. Et qu'ils avaient prouvé, avec le temps, que la mort ne pouvait les contenir à tout jamais ? C'était une possibilité. Mais pas la plus plausible. Ils étaient avant tout des personnes comme les autres.

Lorsque le jeune soldat s'effondra sur le trottoir en se cramponnant à sa jambe et en gémissant de douleur, Lucille ne s'agenouilla pas pour prendre soin de lui, comme elle l'aurait fait, en d'autres circonstances. Elle se contenta de l'enjamber et se dirigea droit sur le colonel Willis qui cria à ses soldats placés en rang d'ouvrir le feu. Il porta la main sur le pistolet à sa hanche mais, tout comme Junior, il éprouvait une réticence à tirer sur la vieille femme. Elle n'était pas comme les Revenants. C'était une vivante.

Les coups de feu, donc, ne partirent que des fusils des soldats. Certaines balles trouvèrent à se loger dans des corps, mais la plupart se contentèrent de traverser le vide de l'air pour s'enfouir dans la terre chauffée par l'été. Arme au poing, Lucille avança sur le colonel.

Avant même que le coup de feu n'atteigne Junior, Harold avait soulevé Jacob dans ses bras et couru pour échapper aux tirs. Bellamy suivit pas très loin derrière. Il rattrapa Harold et l'enfant et, sans rien demander, prit Jacob des bras de son père.

— On va récupérer ta maman ! cria Harold.

— D'accord, fit Jacob.

— Ce n'est pas à toi que je parlais, fiston.

— D'accord, fit Bellamy.

Et ils se ruèrent tous les trois à l'intérieur de la ville clôturée.

Les Revenants compensaient en nombre ce qui leur manquait en artillerie. Même sans compter les effectifs extérieurs venus avec Lucille, il restait les milliers d'entre eux, bouclés à l'intérieur de la Barricade, prisonniers d'Arcadia. Ils étaient tant et tant à assister à la scène qu'il était devenu impossible de les dénombrer.

Alors que les soldats qui gardaient l'entrée de la ville n'étaient qu'une poignée.

Les Revenants chargèrent — en silence, sans un cri, comme si l'événement en cours n'était pas leur but ultime, juste un rôle qu'ils savaient devoir tenir. Face au nombre, les soldats avec leurs armes à feu avaient conscience de faire de la simple figuration. Très vite, le fracas des salves décrut puis s'éteignit. Les Revenants enflèrent comme une marée immense autour du petit nœud de soldats qui disparut, englouti par la vague déferlante.

L'armée en marche de Lucille ondoyait devant elle, ouvrant rapidement la voie, tandis qu'elle s'immobilisait, pistolet pointé, face au colonel. Partout des cris jaillissaient et on entendait le choc sourd des corps en lutte. Dans la ville enivrée, c'était le déchaînement de l'orchestre du chaos, avec la rage de vivre au rendez-vous, des deux côtés de la ligne de démarcation.

Dans tous les bâtiments résonnait le fracas de verre des fenêtres brisées. Des combats faisaient rage dans les jardins ou sur les pas de porte, tandis que les soldats battaient en retraite par petits groupes. Parfois, ils reprenaient un peu l'avantage, parce que les Revenants n'étaient pas des militaires, juste des personnes ordinaires, et qu'ils avaient peur, comme tout le monde, face aux uniformes et aux armes.

Mais la promesse de la vie les galvanisait. Et leur marée irrépressible déferlait, toujours plus avant, se précipitant vers l'entrée du camp.

— Vous auriez pu le tuer, ce garçon, observa froidement le colonel en détournant les yeux de Lucille pour regarder Junior.

Le jeune soldat avait cessé de hurler et semblait accepter le fait que, même fauché par une balle, il était néanmoins en vie et, dans l'ensemble, en plutôt bon état. Il se contentait de gémir doucement en tenant sa jambe.

Lucille haussa les épaules.

— Il s'en sortira. Je savais à peine marcher lorsque mon père m'a appris à tirer. J'atteins toujours ce que je vise. Et rien que ce que je vise.

— Ça ne marchera pas, votre affaire.

— D'après ce que je vois, ça marche déjà.

— Vous savez aussi bien que moi qu'ils enverront de nouveaux contingents de soldats.

— Cela n'enlèvera rien à ce qui a été accompli aujourd'hui.

Elle abaissa son arme.

— Ils viendront vous régler votre compte. Ce sont des gens comme vous, comme moi. Ils savent ce que vous avez fait. Vous ne vous en tirerez pas comme ça.

Le colonel Willis s'essuya les mains. Puis il tourna les talons et s'éloigna sans un mot, se dirigeant vers la ville où les soldats dispersés tiraient encore ici et là, luttant bec et ongles pour regagner un peu de terrain, même si le combat paraissait perdu d'avance. Les Revenants étaient encore contenus en partie, mais pas pour longtemps.

Le colonel Willis observa ce qui se passait et ne dit rien.

Les Wilson ne furent pas longs à venir la rejoindre. Ils arrivèrent en famille, dans la position requise, avec Jim et Connie à chaque extrémité, comme deux serre-livres, et leurs beaux enfants entre eux, protégés du monde.

Jim ouvrit grand les bras en voyant Lucille.

— Vous n'avez pas provoqué cette émeute rien que pour nous, au moins ?

Lucille ne dit rien, mais le serra fort contre elle. Il sentait un peu le renfermé, comme quelqu'un qui avait besoin de prendre une douche. Lucille trouva cette odeur appropriée et décida qu'elle validait son acte. S'il sentait ainsi, c'est que sa petite famille et lui avaient bel et bien été indignement traités.

— C'était la chose à faire, dit-elle à voix haute, pour elle-même.

Jim Wilson allait lui demander ce qu'elle entendait par là. Mais Lucille n'aurait pas vraiment répondu. Elle aurait balayé sa question d'un geste de la main et aurait plaisanté au sujet de l'étrange façon dont il faisait la vaisselle. Ou l'aurait taquiné sur ses méthodes d'éducation. Pour rire, bien sûr, sans aucune arrière-pensée, juste pour le plaisir de créer du comique à répétition entre eux.

Mais un coup de feu retentit à distance, et Jim Wilson fut saisi d'un tremblement — comme une secousse brutale qui l'ébranla tout entier.

Puis il tomba mort, à ses pieds.

Chris Davis

Ils le trouvèrent à sa table de travail, dans la position habituelle, les yeux rivés sur le mur couvert de moniteurs face à son bureau. Il ne prononça pas un mot. Ne chercha ni à fuir ni à attaquer, comme Chris avait pensé qu'il tenterait peut-être de le faire. À leur entrée, il se redressa de toute sa hauteur et les toisa, le dos bien droit.

— J'ai fait mon boulot, c'est tout.

Chris ne put déterminer s'il sollicitait leur pardon ou s'il leur présentait des excuses à sa façon. Mais le colonel ne semblait pas être le genre d'homme à juger utile de se justifier.

— Je ne sais pas plus qui vous êtes que vous ne le savez vous-mêmes, poursuivit Willis. Peut-être êtes-vous de l'espèce de ceux de Rochester, résolus à vous battre jusqu'à mourir une seconde fois. Mais je ne le crois pas.

Il secoua la tête.

— Chez vous, c'est autre chose. Cette situation ne peut pas se prolonger. Rien ne tout ceci ne peut durer.

Puis :

— J'ai fait mon devoir, pas plus, pas moins.

L'espace d'un instant, Chris crut que le colonel Willis allait se tirer une balle dans la tête. Les circonstances se prêtaient à un dénouement dramatique. Mais lorsqu'ils s'emparèrent de lui, ils trouvèrent son arme de service déchargée, sagement posée sur son bureau. Sur les écrans accrochés au mur, où il avait observé des semaines durant la vie et parfois la mort des Revenants, subsistait juste l'image d'une vieille femme noire assise seule sur son lit de camp.

L'officier eut un léger sursaut lorsqu'ils le soulevèrent pour le porter dans les couloirs du bâtiment. Chris se demanda ce que son imagination faisait subir au colonel en cet instant.

Lorsque la porte donnant sur la pièce s'ouvrit, le garçon à l'intérieur, recroquevillé dans ses vêtements sales et souillés, se couvrit les yeux d'une main tremblante pour se protéger de la lumière.

— J'ai faim, dit-il faiblement.

Deux d'entre eux entrèrent et aidèrent le jeune garçon à sortir. Ils le soulevèrent dans leurs bras et le portèrent hors de sa prison. Puis ils placèrent le colonel Willis dans la pièce où le jeune garçon était resté livré à lui-même des jours durant. Juste avant qu'ils ne referment la porte sur lui, Chris vit le regard du colonel posé sur la masse des Revenants. Il avait les yeux écarquillés et remplis d'étonnement, comme si les Revenants devant lui s'étalaient, se multipliaient pour couvrir la surface entière de la Terre, emplissant chaque espace vide, enracinés à jamais dans ce monde, cette vie, même après leur mort.

— Bon, eh bien, d'accord.

Chris entendit le colonel murmurer ces mots sans qu'il puisse déterminer à qui ils s'adressaient.

Puis ils tirèrent la porte et la verrouillèrent.

18

— Stop! Il faut qu'on s'arrête.

Harold haletait, les poumons en feu.

Même si l'instinct de Bellamy lui commandait avec insistance de poursuivre — sa mère était quelque part dans cette monstrueuse cohue —, il s'immobilisa sans protester. Vu l'état de Harold, ils n'avaient pas le choix, de toute façon. Il reposa Jacob, et l'enfant s'élança vers son père.

— Papa?

Entre deux quintes de toux, Harold restait à court d'air, cherchant en vain à reprendre son souffle.

— Assieds-toi, dit Bellamy en passant le bras autour des épaules du vieillard.

Ils se trouvaient à côté d'une petite maison sur la Troisième Rue. A une distance suffisante des grilles d'entrée pour bénéficier d'une relative sécurité. La ville en elle-même était calme, les gens s'étant massés près de l'entrée du camp où se déroulaient les combats. Tous ceux qui avaient la possibilité de s'échapper devaient probablement être déjà dans la nature. C'était du moins ainsi que Bellamy voyait les choses. Logiquement, la ville ne devrait pas tarder à se vider.

La maison où ils avaient fait halte appartenait à la famille Daniels, si ses souvenirs étaient bons. En arrivant à Arcadia, il s'était appliqué à mémoriser le plus de données possible sur la ville et sur ses habitants. Pas parce qu'il avait anticipé la situation actuelle, mais uniquement parce que sa mère lui avait inculqué une attention aiguë au détail.

Quelque part près de la grille, un seul coup de feu éclata.

— Merci de m'avoir aidé à mettre Jacob à l'abri du danger. Je ne suis plus assez rapide, admit Harold en baissant les yeux sur ses mains.

Bellamy fronça les sourcils.

— Je ne sais pas si c'était une bonne idée de laisser Lucille.

— Tu voyais une autre solution, toi ? Imagine qu'on soit restés et que Jacob y ait laissé la vie. Enfin… si l'on peut dire… Il poussa un grognement et s'éclaircit la voix. Bellamy posa la main sur son épaule.

— C'était sans doute la meilleure chose à faire, oui. Et j'imagine que l'évacuation de la ville sera rapide.

— Tu es malade, papa ? demanda Jacob en essuyant le front de son père pendant que Harold continuait de tousser et de suffoquer.

Bellamy lui ébouriffa les cheveux.

— Ne t'inquiète pas pour lui. Il est mauvais comme une teigne. Des plus teigneux que lui, je n'en ai encore jamais vu. Et tu sais que ce sont les mauvaises carnes de son genre qui vivent le plus longtemps ?

Bellamy et Jacob aidèrent Harold à s'asseoir sur les marches de bois, devant chez les Daniels. La maison avait un petit air désolé, tassée sous un lampadaire cassé, à côté d'un terrain vague.

Harold toussa jusqu'à ce que ses mains se nouent et que ses poings se referment. Pendant que Jacob lui frottait le dos, Bellamy, debout, gardait le regard rivé sur le cœur de la ville — sur l'école, plus précisément. Sans cesser de tousser et de se racler la gorge, Harold lui fit signe de poursuivre son chemin.

— Va t'occuper d'elle. Personne ne nous embêtera par ici. Les seules personnes armées dans cette ville sont les soldats, et je pense qu'ils ont déjà dû plier sous le nombre.

Bellamy, les yeux braqués sur le bâtiment scolaire, ne bougea pas.

— Personne, en ce moment, ne s'intéresse à un vieux type et à un petit garçon, insista Harold. Nous n'avons pas besoin de toi pour veiller sur nous.

Il passa le bras autour des épaules de Jacob.

— Pas vrai, fiston ? Tu me protégeras ?

— Oui, papa, promit Jacob, l'air déterminé et sévère.

— Tu sais où j'habite, pas vrai ? Dès que cette saleté de toux se sera calmée, nous retournerons voir où en est Lucille. On n'entend plus tirer de ce côté-là. Apparemment, ils sont tous en train de partir. Mais Lucille doit nous attendre.

Bellamy tourna brusquement la tête et plissa les yeux pour regarder en direction de la porte sud.

— Ne t'inquiète pas pour elle, va. C'est une forte tête, ma Lucille. Elle n'a jamais laissé personne lui marcher sur les pieds.

Harold voulut émettre un rire rassurant, mais le son qui sortit de sa gorge était tendu et pesant.

— Nous l'avons laissée seule, dit Bellamy.

— Nous ne l'avons pas laissée, nous avons mis Jacob en sûreté. Si nous ne l'avions pas fait, elle nous aurait tirés comme des lapins, c'est moi qui te le dis.

Il attira Jacob plus près. A distance, on entendit des cris, puis un lourd silence retomba. Bellamy s'essuya le front. Alors seulement, Harold nota que, pour la première fois depuis tant de semaines, l'agent était en sueur.

— Je suis sûr que tout va bien pour elle, lui assura Harold.

— Je pense, oui.

— Elle est en vie.

Bellamy se mit à rire.

— Cela reste l'éternelle question, pas vrai ?

Harold tendit la main et prit la sienne.

— Merci pour tout, chuchota-t-il en toussant un peu.

Bellamy eut un sourire en coin.

— Tu nous fais un accès de sentimentalité, tout à coup, Harold ?

— Hé, l'agent, arrête ! Quand quelqu'un vous dit « Merci », on répond « De rien » et ça s'arrête là. Compris ?

— Sûrement pas, non. Ce moment rare, je le fais durer. Si tu me la joues câlin et sentimental, je tiens à prendre une photo. Où ai-je fourré mon téléphone portable ?

— Quelle andouille, répliqua Harold, en réprimant un rire.

Bellamy laissa passer un temps de silence, puis sourit.

— De rien, Harold.

Là-dessus, les deux hommes se séparèrent.

Harold resta assis, les yeux clos, sur la marche vermoulue. Il se concentra pour laisser s'exprimer cette fichue toux qui ne semblait pas vouloir céder du terrain. Il ne tenait pas à moisir là plus longtemps que nécessaire. Un sentiment d'angoisse tenace lui disait que ce n'était pas fini, qu'il restait encore une bataille à livrer. Et que le pire était sans doute encore à venir.

Tout son baratin au sujet de Lucille et de son indestructibilité supposée n'avait été que cela, justement : du baratin. Il se sentait plus coupable que Bellamy de l'avoir laissée seule face au colonel. C'était lui, son mari, après tout. Et il était pressé de s'assurer qu'il ne lui était rien arrivé. Mais c'était Lucille elle-même qui l'avait chargé d'assurer la sécurité de Jacob. Avec toutes ces armes, toute cette colère, toute cette peur, on ne savait jamais ce qui pouvait se passer. Quel parent resterait sans bouger au milieu d'une fusillade, planté sur le chemin des balles, avec un enfant dans les bras ?

D'ailleurs, si la situation avait été inversée, s'il était venu là, arme au poing, pour les libérer et que Lucille s'était tenue de l'autre côté, derrière les soldats, il aurait voulu, lui aussi, qu'elle prenne l'enfant par la main et ses jambes à son cou.

— Papa ?

— Oui, Jacob ? Qu'est-ce qu'il y a ?

Harold avait toujours aussi désespérément envie d'une cigarette, mais ses poches étaient vides. Il coinça les mains jointes entre ses genoux et son regard glissa sur la ville d'Arcadia, soudain plongée dans un silence de mort.

— Tu m'aimes, hein, papa ?

Harold tressaillit.

— C'est quoi, cette question stupide, fiston ?

Jacob tira les genoux contre sa poitrine, passa les bras autour de ses jambes et ne dit rien.

*
* *

Ils retraversèrent la ville avec précaution pour se diriger lentement vers la grille. De temps à autre, ils croisaient des groupes de Revenants. Il restait encore beaucoup de monde dans l'enceinte de la ville, même s'ils étaient nombreux déjà à s'être éparpillés dans la campagne alentour.

Harold s'efforçait de marcher d'un pas sûr, en évitant de semer la panique dans ses poumons. Pour reprendre son souffle, il s'arrêtait ici ou là et parlait de petites choses qui lui traversaient l'esprit. Principalement d'Arcadia. De comment c'était « avant », lorsque Jacob avait été en vie. Il lui paraissait soudain très important de souligner les différences, d'inventorier tout ce qui avait changé en un demi-siècle.

Le terrain vague, à côté de chez les Daniels, n'avait pas toujours été un espace vide. Du temps de la première enfance de Jacob, on y trouvait encore un glacier qui avait ouvert juste après la guerre et était resté florissant jusqu'à ce que la crise pétrolière commence à faire ses ravages, dans les années 1970.

— Raconte-moi donc une blague, tiens, finit par suggérer Harold, en pressant la main de Jacob.

— Tu les connais déjà toutes.

— Comment tu le sais, que je les connais déjà toutes ?

— Parce que c'est toi qui me les as racontées en premier.

Harold respirait déjà mieux, à ce stade. Et il sentait son énergie lui revenir.

— Mais je suis sûr que tu en as d'autres, que je ne connais pas.

Jacob secoua fermement la tête.

— A la télé, tu as bien dû en entendre ?

De nouveau, l'enfant fit signe que non.

— Et les autres enfants ? Ceux avec qui tu jouais quand on était encore dans la classe de dessin, avec Mme Stone ? Les enfants, ils connaissent toujours plein d'histoires. Je parie qu'ils en disaient, des blagues, avant qu'on commence à être trop serrés dans l'école et que la situation tourne au vinaigre — avant que tu leurs casses la figure, quoi.

Harold eut de la peine à réprimer un sourire à cette évocation. Mais Jacob faisait grise mine.

— Personne ne m'a jamais appris de blagues. Même pas toi.

Il lâcha la main de Jacob et ils continuèrent à avancer côte à côte, en balançant les bras.

— Bon, d'accord, dit Harold. On va essayer d'en inventer une, tu veux?

Jacob fit oui de la tête.

— On la fait sur quoi, la blague, alors?

— Les animaux. J'aime bien les blagues avec les bêtes.

— Il y aurait un animal en particulier que tu préfères?

Jacob réfléchit un instant.

— Je voudrais bien qu'on fasse une blague avec une poule.

Harold hocha la tête.

— D'accord, c'est une bonne idée. Il y a de quoi faire, avec les blagues de poule. Des blagues de garçon, surtout. Mais il ne faudra pas qu'elle arrive aux oreilles de ta mère.

Jacob se mit à rire.

Puis, tout à coup :

— Hé, papa? C'est quoi le seul animal qui sait marcher sur la tête?

— Euh… Je ne vois pas.

Jacob pouffa.

— Ben, le pou, pardi!

Le temps d'atteindre les grilles sud d'Arcadia, le père et le fils avaient mis au point leur nouvelle blague. Et même développé une théorie opérante sur les histoires drôles.

— C'est quoi, alors, le truc pour que les gens rigolent? demanda gravement Jacob.

— Tout est dans l'exécution.

— C'est quoi, l'exécution?

— La façon de raconter. Déjà, pour commencer, il faut donner l'impression que la blague est connue.

— Pourquoi?

— Parce que si les gens pensent que tu es en train de l'inventer, ça ne les intéressera pas de l'entendre. Les gens pensent toujours qu'une blague est drôle si elle a déjà fait rire d'abord beaucoup, beaucoup de monde. Les gens aiment bien l'idée de faire partie d'un grand ensemble. Ils auront l'impression d'être initiés. Et ils auront envie de la ramener chez eux, ton histoire drôle, de la raconter à leurs amis, pour agrandir le cercle.

— C'est chouette! acquiesça Jacob, l'air heureux.

— Et si la blague est vraiment bonne?

— Si elle est vraiment bonne, les gens vont la raconter, la raconter... Et elle sera connue dans le monde entier!

Harold opina.

— Voilà. Les bonnes choses ne meurent jamais.

Puis, avec une soudaineté qui ne leur laissa même pas le temps de répéter la blague qu'ils venaient de créer, ils atteignirent la grille sud, sans l'avoir vue venir, comme deux promeneurs paisibles — juste un père et un fils partageant un moment de complicité.

Et non pas comme deux êtres se dirigeant vers leur destin, là où se trouvait Lucille, là où gisait Jim Wilson.

Avec Jacob sur ses talons, Harold se fraya un chemin dans la mêlée des Revenants qui entouraient Jim.

Jim paraissait paisible dans la mort.

Lucille était agenouillée près de lui et pleurait toutes les larmes de son corps. Quelqu'un avait roulé une veste ou quelque chose d'approchant sous sa tête et avait placé un autre vêtement sur sa poitrine. Lucille tenait une de ses mains dans la sienne. Connie était cramponnée à l'autre. Quelqu'un, par chance, avait eu la présence d'esprit d'éloigner les deux enfants.

Ici et là, de petites poches de soldats subsistaient encore, désarmés et gardés par des Revenants. Certains avaient été ligotés avec des liens de fortune. D'autres, conscients que la cause était perdue et bien perdue, restaient assis, sans qu'on ait pris la peine de les entraver. Ils se contentaient d'observer en silence, sans plus opposer la moindre résistance.

Harold s'accroupit en grimaçant auprès de sa femme.

— Lucille?

— C'était mon cousin, ma famille… Je suis responsable.

Alors seulement, Harold vit qu'ils étaient agenouillés dans le sang.

— Harold Hargrave? demanda Lucille d'une toute petite voix. Où est Jacob?

— Ici.

Jacob se plaça derrière sa mère et passa les bras autour de son cou.

— Je suis là, maman.

— Bien.

Tout d'abord, Harold se demanda si elle avait pris conscience de la présence de l'enfant. Puis elle saisit Jacob et le serra contre elle.

— J'ai fait quelque chose de terrible, murmura-t-elle en se cramponnant à lui. Que Dieu me pardonne.

— Que s'est-il passé, Lucille?

— Il y avait quelqu'un derrière nous, répondit Connie Wilson.

Elle se tut pour essuyer les larmes qui ruisselaient sur son visage. Harold se releva. Lentement. Ses jambes étaient douloureuses et dures comme deux morceaux de bois.

— Qui a tiré? Un des soldats? Ce connard de colonel?

Connie secoua la tête.

— Non. Le colonel était déjà parti. Ce n'était pas lui.

— Dans quelle direction Jim était-il tourné? Il regardait côté ville? Ou par là?

De la main, il désigna l'endroit où Arcadia prenait fin et où commençaient les arbres et les prés.

— Il se tenait face aux maisons, dit Connie.

Harold se concentra sur la direction opposée et scruta la campagne obscure. Il ne voyait que la longue route sombre qui s'étirait entre les champs de maïs plus ou moins laissés à l'abandon. Plantés en bordure des surfaces cultivées s'élevaient de majestueux pins noirs se détachant sur le ciel étoilé.

— Oh! l'ordure! s'exclama Harold entre ses dents.

Connie redressa la tête en sursaut, le regard interrogateur.

— Qui?

Harold serra les poings.

— Ce putain de salopard.

— Qui? Quoi? Qu'est-ce qui se passe?

Connie tressaillit, se demandant soudain si elle allait être abattue à son tour. Mais dans la direction de la forêt, elle ne vit que les hautes silhouettes des arbres dans la nuit.

— Va chercher tes enfants, Connie. Vite.

Harold se tourna vers son vieux camion pick-up.

— On va transporter Jim à l'arrière. Toi, Connie, tu monteras avec lui. Allonge-toi et ne te redresse pas, surtout. Attends d'abord que je te donne le feu vert.

— Qu'est-ce qui se passe, papa? demanda Jacob.

— Ne t'occupe pas de ça, toi. Où est le pistolet, Lucille?

— Ici.

Elle le lui passa d'un air de dégoût.

— Tiens. Tu ferais mieux de le jeter.

Harold glissa l'arme dans sa ceinture et se dirigea côté conducteur.

— Papa, mais qu'est-ce qu'il y a? insista Jacob.

Il était toujours agrippé à sa mère. Elle lui tapota la main, comme si elle avait enfin fini par admettre la réalité de sa présence.

— Tiens-toi tranquille, maintenant! ordonna Harold d'un ton sévère. Viens ici, grimpe à bord et baisse la tête.

— Et maman?

— Jacob, fiston, tu fais ce que je dis, un point c'est tout! aboya Harold. Nous devons partir d'ici. Retourner à la maison et assurer la sécurité de Connie et des enfants.

Jacob s'allongea sur la banquette avant du camion. Pour lui montrer qu'il l'avait grondé pour son bien, Harold glissa un bras à l'intérieur pour lui tapoter la tête. Il ne lui demanda pas pardon, car il savait qu'il n'avait pas eu tort de crier. Et il considérait que l'on n'avait pas à s'excuser lorsqu'il n'y avait pas eu de torts de commis. Mais aucun principe n'interdisait de frotter affectueusement la tête d'un enfant peiné d'avoir été rabroué.

Une fois Jacob installé, Harold se pencha sur le corps de Jim.

Lucille le regardait faire et une citation des Evangiles lui monta aux lèvres.

— « Mon Dieu a envoyé son ange et fermé la gueule des lions qui ne m'ont fait aucun mal parce que j'ai été trouvé innocent devant lui. »

Pour une fois, Harold ne chercha pas à la contredire. Les mots bibliques sonnaient juste à ses oreilles. Quelques Revenants l'aidèrent à porter le corps dans le camion.

— Allez-y, les gars. En douceur.

— En pénitence, murmura Lucille, j'irai en pénitence… C'est arrivé par ma faute. Et c'est à moi, maintenant, de payer l'addition.

Lorsque le corps fut placé en sûreté sur le plateau du camion, Harold ordonna à Connie de monter à l'arrière aussi. Désemparée, elle secoua la tête.

— Je ne comprends rien à ce qui vient de se passer. Qui a tiré ? Où allons-nous ?

— J'aimerais autant que les enfants viennent avec nous dans la cabine, dit Harold sans répondre à sa question.

Connie se conforma aux instructions. Hannah et Tommy se firent une petite place à l'avant, à côté de Lucille, Jacob et Harold.

— Vous restez baissés tous les trois, vous m'entendez ? Je ne veux pas voir une seule tête qui dépasse.

Les enfants obéirent sans un mot. C'était à peine si on entendait parfois un petit sanglot rentré. Le camion rugit, s'ébranla et sortit d'Arcadia.

Lucille, l'esprit absent, regardait devant elle en silence.

Dans le plateau du camion, Connie reposait à côté du corps sans vie de Jim, dans une position qui ne devait pas différer beaucoup de celle qui avait été la leur pendant leurs années de vie et de mariage. Elle lui tenait la main. Et ne semblait ni effrayée ni rebutée par sa proximité avec la mort.

*
* *

338

Tout en conduisant, Harold scrutait les ténèbres scindées par le faisceau de ses phares, guettant le canon de fusil susceptible de dépasser soudain d'un bosquet et de l'envoyer dans la tombe. Lorsque les lumières de la ville derrière eux eurent diminué petit à petit pour disparaître dans la nuit, il plaça sa main sur celle de Lucille.

— Pourquoi on rentre chez nous ? demanda Jacob.

— Quand tu étais tout seul et effrayé en Chine, de quoi avais-tu envie ?

— De rentrer à la maison.

— Voilà. C'est ce qu'on fait quand on a le danger aux fesses. Même s'il peut nous suivre jusque-là.

Lorsqu'ils quittèrent la route principale pour s'engager sur la piste qui menait chez eux, Harold dit à sa femme :

— La première chose à faire en arrivant, c'est de conduire Connie et ses enfants à l'intérieur. C'est sans discussion, O.K. ? Ne t'inquiète pas pour Jim. Tu fais juste en sorte qu'ils entrent sans traîner. Tu m'entends ?

— Oui, dit Lucille.

— Une fois à l'intérieur, tu montes à l'étage. Tout de suite. Tu ne t'arrêtes sous aucun prétexte.

Harold immobilisa le camion au début de l'allée et ses phares trouèrent l'obscurité de deux longs traits de lumière. Jamais, pour autant qu'il pût se souvenir, la maison ne lui avait paru aussi noire, aussi vide.

Il enfonça la pédale d'accélérateur et prit de la vitesse dans l'allée, puis fit un brusque demi-tour devant la maison et recula jusqu'aux marches menant à la terrasse couverte. Comme s'il avait l'intention de décharger un arbre de Noël ou une cargaison de bois de chauffage et non le corps sans vie de Jim Wilson.

Harold ne doutait pas qu'ils étaient suivis. Traqué par le sentiment oppressant que tout n'était pas encore réglé, il procédait avec brusquerie. Il tendit l'oreille. Déjà, le vrombissement sourd des moteurs se faisait entendre au loin. Leurs poursuivants avaient probablement atteint le bout de la route non goudronnée, à en juger par le son.

Il poussa sa portière et descendit.

— Allez, hop! Vous sortez de là!

Il se retourna pour cueillir les enfants dans la cabine, les déposa sur leurs pieds comme de jeunes poulains et pointa le doigt sur les marches qui menaient à la porte d'entrée.

— Allez, ouste! Galopez!

— C'était bien rigolo de rouler vite comme ça, dit Jacob.

— Cours, je te dis!

Déjà, un double faisceau lumineux apparut, comme deux yeux ronds balayant le sol inégal. Harold porta sa main en visière et tira son pistolet de sa ceinture.

Jacob, Lucille et les Wilson se précipitaient pour franchir la porte lorsque le premier camion s'immobilisa dans la cour, juste sous le vieux chêne. Les trois véhicules suivants se garèrent de front, tous en pleins phares.

Mais Harold savait déjà à qui il avait affaire.

Il se détourna et parvint en haut des marches, juste au moment où les quatre portières claquaient.

— Harold! appela une voix par-delà le mur de lumière agressive. Allez, Harold!

— Ce n'est pas la peine de te cacher, Fred. Tu peux éteindre ces putains de phares. Et transmets la consigne à tes amis.

Il attendit devant sa porte et enleva le cran de sûreté de son pistolet. A l'intérieur de la maison, il entendait un bruit de pas pressés dans l'escalier, tandis que femmes et enfants se conformaient à ses ordres et montaient en hâte au premier étage.

Harold reprit l'offensive :

— On dirait que ton ami Clarence n'a toujours pas changé sa courroie, vu le bruit que fait son moteur.

— Ne t'occupe pas de ça, riposta Fred Green.

Mais les phares de son pick-up s'éteignirent. Peu après, les autres suivirent son exemple.

— Je suppose que tu as toujours ton fusil sur toi? lança Harold.

Fred s'avança jusque devant son camion, tandis que les yeux

de Harold s'ajustaient à l'obscurité. Fred portait son fusil dans ses bras, comme on aurait tenu un enfant.

— Je ne voulais pas le faire, dit Fred. Je tiens à ce que tu le saches, Harold.

— Tu parles. Tu as vu passer une occasion de te lâcher et tu as tiré. Cela fait des années que tu as la haine, Fred. Et avec ce qui se passe en ce moment dans le monde, tu peux te comporter comme la tête brûlée que tu as toujours rêvé d'être.

Harold fit un nouveau pas en arrière en direction de la porte et leva son pistolet. Les vieux qui étaient venus avec Fred, armés de fusils et de carabines, se mirent en position de tir. Seul Fred garda son arme baissée.

Il secoua la tête.

— Harold, ne m'oblige pas à faire quelque chose que je regretterai... Laisse-les sortir et qu'on en finisse.

— En finir comment ? En les tuant ?

— Ils sont *déjà* morts, Harold...

— Et pourquoi faut-il à toute force que tu les renvoies dans la tombe ? Pourquoi est-ce si important pour toi ?

Harold fit encore un pas en arrière. Il lui coûtait de laisser le corps de Jim à l'abandon, exposé comme en sacrifice sur le plateau du camion. Mais il n'avait plus tellement le choix.

— Qu'est-ce qui a fait de toi l'homme qui traque un ancien ami jusque chez lui, arme au poing, Fred ? Je pensais te connaître, pourtant.

Harold était presque à l'intérieur de la maison. Fred se tenait toujours devant son camion sans bouger.

— Les morts appartiennent aux morts. Les vivants aux vivants.

Reculant d'un pas supplémentaire, Harold se rejeta à l'intérieur et fit claquer sa porte. Un silence total tomba et se prolongea quelques instants. Sous l'effet d'un vent monté du sud comme la promesse d'une malédiction, un bruissement agita soudain les feuilles du chêne, devant la maison.

Sortant enfin de son mutisme, Fred fit signe à ses compagnons.

— Allez, c'est parti, les gars. On sort les bidons d'essence.

Patricia Bellamy

Il trouva sa mère seule dans la salle de classe, assise au bord de son lit, à attendre, attendre et attendre. Ses mains reposaient sur ses genoux et son regard fixé droit devant elle refusait de se laisser distraire. Mais lorsqu'elle le vit dans l'encadrement de la porte, ses yeux s'éclairèrent, comme si elle l'avait reconnu au premier regard.

— Oh! Charles, c'est toi. C'est enfin toi…

— Oui, tu vois. J'ai fini par venir.

Elle sourit alors, d'un sourire plus lumineux, plus vibrant que dans les souvenirs que Bellamy conservait d'elle.

— J'étais tellement inquiète, Charles. Je croyais que tu m'avais oubliée. Et il faut vraiment que nous soyons à l'heure. Je n'admettrai pas que nous ayons le moindre retard. Ce serait très impoli. Et pire que ça, même : ce serait manquer de cœur.

— Je suis d'accord avec toi, acquiesça Bellamy en se laissant choir à côté d'elle sur le lit.

Longtemps, il resta ainsi auprès de sa mère, sa main dans la sienne. Elle continuait de sourire aux anges et posa la tête sur son épaule.

— Tu m'as manqué, Charles.

— Toi aussi, dit-il.

— Je croyais que tu m'avais oubliée. C'est idiot, non?

— Complètement idiot.

— Mais je savais que tu reviendrais me chercher.

Les yeux de Bellamy étaient mouillés de larmes.

— Bien sûr que tu le sais. Je ne pourrais jamais t'abandonner.

— Oh, Charles, murmura la vieille femme. Je suis tellement fière de lui.

— *Je sais.*

— *C'est pour ça que je ne veux pas être en retard. Cette soirée, c'est un grand, grand moment pour lui. On fête son entrée en fonction en tant que nouveau membre du corps d'élite des services secrets — un agent du gouvernement. Notre fils, Charles... Il est devenu quelqu'un. Je veux qu'il sache à quel point nous sommes fiers de lui, toi et moi. Qu'il sache que nous l'aimons et qu'il pourra toujours compter sur nous.*

La voix de Bellamy s'étrangla.

— *Je suis sûr qu'il en a conscience.*

Pendant un temps très long, ils demeurèrent ensemble ainsi. Par moments, on entendait encore un peu de remue-ménage au-dehors. Quelques combats d'arrière-garde se livraient ici et là — comme le voulait la nature des choses. Certains soldats étaient restés fidèles au colonel Willis — ou, en tout cas, loyaux à l'autorité qu'il représentait. Il leur était difficile de reconnaître sans transition que tout ce qu'il avait fait, tout ce qu'il avait dit et pensé au sujet des Revenants pouvait être sujet à caution. Si bien que ces soldats-là continuaient de défendre leurs positions un peu plus longtemps que la moyenne de leurs camarades. Mais même ces derniers soubresauts s'apaisaient, se diluaient petit à petit dans le silence. Bientôt, la libération d'Arcadia serait tout à fait accomplie. Il ne resterait plus alors, dans la ville désertée, que Martin Bellamy et sa mère, appliqués à revivre une seconde fois ce qui avait été. Jusqu'à ce que la mort — ou autre chose qui emportait les Revenants comme des murmures dans la nuit — vienne la chercher. Ou le chercher, lui.

En tout cas, une chose était sûre : il ne reproduirait pas ses erreurs passées.

Sa mère releva alors la tête pour le regarder.

— *Oh! Marty. Je t'aime tellement, mon fils.*

Elle commença à tapoter ses poches, comme elle le faisait toujours lorsqu'il était petit et qu'elle voulait lui donner un bonbon.

Martin Bellamy serra sa main dans la sienne.

— *Je t'aime aussi. Et cette fois-ci, je ne l'oublierai plus.*

19

— Tu ne me crois quand même pas assez stupide pour te suivre à l'intérieur ? cria Fred.

Sa voix forte força le bois mince de la porte d'entrée, franchit les murs guère plus épais de la maison, résonnant à la manière d'une cloche.

— J'espérais que tu prendrais le risque ! lança Harold en réponse.

Il avait juste fini de tirer le canapé pour bloquer la porte d'entrée.

— Arrête ton cinéma, Harold. Ne nous oblige pas à aller jusqu'au bout. Les gars et moi, on mettra le feu, s'il le faut. Et vous serez obligés de sortir de toute façon.

— Vous pourriez essayer, oui.

Harold actionna l'interrupteur le plus proche pour plonger l'entrée dans l'ombre.

— Mais pour ça, il faudra vous approcher. Et je ne suis pas sûr que ce soit la meilleure chose que vous puissiez faire. Je suis armé, ne l'oublie pas.

Lorsqu'il eut fini d'éteindre les lumières et de contrôler toutes les ouvertures, Harold prit position derrière le canapé. Sa menace, hélas, n'avait pas été dissuasive. Déjà, il les entendait s'activer à l'arrière de la maison pour répandre de l'essence sur les murs de bois. Il songea à ouvrir le feu pour faire un tir de semonce. Mais si les choses tournaient aussi mal qu'il le pressentait, il aurait besoin d'un pistolet chargé pour défendre son petit monde lorsque la situation deviendrait vraiment critique.

— Je ne le fais pas de bon cœur, Harold. J'aimerais autant que cela n'aille pas plus loin.

Il avait beau être remonté et tout sauf certain de pouvoir s'y fier, Harold perçut un fond de sincérité dans la voix de Fred.

— Je le fais parce qu'il faut le faire. C'est pas plus compliqué que ça.

— Ah ouais? Je crois qu'on en est tous là, Fred. A faire ce qu'on doit faire.

Harold regarda en direction de l'escalier. Il entendait bouger à l'étage au-dessus.

— Surtout, restez à l'écart de cette putain de fenêtre! cria-t-il en direction du plafond.

Lucille apparut en haut des marches et descendit, à demi accroupie, avec une maladresse légèrement arthrosique.

— Remonte là-haut tout de suite! aboya Harold.

— Il faut que j'agisse, que je me rende utile. C'est ma faute si on en est là.

— Bon sang, mais tu n'as pas bientôt fini? Je croyais que ta chère Bible disait que la cupidité était un péché? Arrête de radiner et partage-la un peu, ta fichue culpabilité. Imagine à quoi aurait ressemblé notre vie de couple si tu avais été aussi déterminée à prendre tous les torts sur toi cinquante ans durant? Je me serais ennuyé comme un rat mort avec toi!

Il bomba le torse d'un air menaçant.

— Et maintenant, remonte là-haut!

— Pourquoi? Parce que je suis une femme?

— Non. Parce que je te le dis.

Sa réplique fit rire Lucille malgré elle.

— Cela vaut aussi pour moi, commenta Connie en négociant prudemment les marches à son tour.

— Oh, non, gémit Harold.

— Qu'est-ce que tu fais, Connie? protesta Lucille. Retourne tout de suite d'où tu viens.

Harold secoua la tête en voyant que Connie n'obéissait pas.

— Tu comprends ce que je ressens, maintenant, Lucille?

Sa femme soupira en se tordant les mains.

— Comment on va faire, mon Dieu ?

— Je suis en train d'y réfléchir. Ne t'inquiète pas pour ça.

Connie se plia en deux pour se glisser dans la cuisine en évitant les fenêtres comme elle le put et prit le plus grand couteau sur le présentoir.

— Qu'est-ce que vous avez donc, vous les femmes, à vouloir jouer avec des couteaux ? Tout le monde sait que ça peut mal se terminer, bougonna Harold en secouant la tête.

Puis il cria vers l'extérieur :

— Et si on arrêtait ces conneries, Fred ?

— Ça va forcément mal se terminer, chuchota Lucille.

— C'est ce que j'allais te proposer, justement ! s'éleva la voix de Fred en réponse.

Au son, il était déjà presque sur la terrasse.

— Viens me parler devant la fenêtre, Harold !

Harold se leva avec un grognement de douleur. Lucille tenta de le retenir.

— Harold, non… Attention.

— C'est O.K. Il ne me fera rien.

De nouveau, la voix de Fred Green leur parvint :

— Je propose qu'on discute !

Il était là, sous l'auvent, tranquillement planté devant la vitre. Harold aurait pu l'abattre d'une balle dans le ventre s'il avait été enclin à le faire. Avec la vision du corps de Jim Wilson gisant à l'arrière du camion — interprétant à la perfection son rôle de décédé —, Harold ressentait une envie forte et indéniable d'actionner la détente. Mais Fred n'était pas armé et il paraissait sincèrement secoué.

— Harold. Je regrette. Vraiment, je regrette.

— J'ai envie de te croire, Fred.

— Tu dis ça pour te moquer ou tu le penses vraiment ?

Harold soupira.

— Je le pense vraiment.

— Alors, il faut que tu comprennes. Je n'ai pas envie plus que toi de verser le sang.

— En tout cas, pas du sang de « vrais vivants », c'est ça ?

— Voilà.

— Tu veux juste que je te livre ce qu'il reste de cette famille. Une femme et deux enfants?

— C'est tout ce que je te demande, oui. Et ne va pas croire que nous sommes ici pour le plaisir de tuer. Ce n'est pas du tout ça.

— Alors, c'est supposé être quoi?

— Une remise des comptes à zéro. Une réparation.

— Une *réparation*?

— Nous remettons les choses à leur place. Et le monde à l'endroit.

— Remettre le monde à l'endroit? Depuis quand est-ce de la « réparation » de se tuer les uns les autres? Tu ne crois pas que c'est déjà assez moche comme ça qu'ils aient été assassinés tous les quatre une première fois?

— Ce n'est pas nous qui les avons tués! se récria Fred.

— Qui ça, nous?

— Je ne sais pas qui est responsable de ces meurtres. Sérieux. C'était sûrement un étranger. Un dérangé qui passait par chez nous. Les Wilson ont eu la déveine de se trouver sur son chemin. C'est tout. Mais ce n'était pas nous. Ce n'était pas Arcadia. On n'a jamais tué personne chez nous.

Harold secoua la tête.

— Je n'ai jamais dit que c'était toi.

— Mais c'est arrivé quand même, objecta Fred. Et je vais te dire une chose, Harold : la ville n'a plus jamais été la même depuis cette histoire avec les Wilson.

Il marqua une pause.

— Ils n'ont rien à faire ici, ces... ces spectres! Et s'il faut les éradiquer, famille après famille, nous le ferons.

Ni Harold ni Fred n'eurent à tourner les yeux vers le corps de Jim Wilson. Par le simple fait de sa présence et de sa mort, Jim en disait déjà long sur ce qu'était devenue Arcadia, en disait long aussi sur ce que Harold et Fred avaient fait de leur vie.

Un nœud se forma dans la poitrine de Harold.

— Tu te souviens comment c'était, ici, avant tous les événements ? Rappelle-toi l'anniversaire de Jacob. Le soleil. Les rires. La fête. Mary devait chanter pour nous ce soir-là…

Il secoua la tête.

— Mais la fête ne s'est pas terminée comme prévu. Et on s'est repliés, refermés.

Une expression intense se peignit sur les traits de Fred.

— C'est ce que j'essaie de t'expliquer. Que tout ça n'aurait jamais dû avoir lieu. Pas ici, en tout cas. Dans les grandes villes, oui, ces choses-là se passent. Mais le racket, le viol, les crimes, les gens qui meurent avant l'âge, ce n'est pas pour Arcadia.

— A part que c'est arrivé quand même, Fred. C'est arrivé chez les Wilson, c'est arrivé à Mary. Et si on regarde ce que nous sommes devenus, on peut dire que cela nous est arrivé aussi, à toi, à moi, à Lucille. On croyait être à l'abri du monde, mais le monde nous a retrouvés, mon vieux. Le monde a trouvé Arcadia. Voir Jim et Connie mourir une seconde fois ne changera rien au problème. Il y a des désastres que rien ne répare. Et surtout pas les coups de fusil.

Un silence tomba entre les deux hommes. Un silence chargé de possibles, un silence où tout pouvait encore basculer. Fred Green secoua la tête, comme s'il repoussait un argument qui s'était formé dans son esprit.

Harold écarta les bras.

— Il faut que ça s'arrête, cet acharnement contre eux ! Ils n'ont rien fait de mal. Jim est un garçon du pays. Et Connie aussi. Elle est née dans le comté de Bladen, merde ! Ses parents n'habitent pas très loin de là où vivaient ceux de Lucille. Ce n'est pas comme si c'était une Yankee ou quelque chose comme ça. Si elle avait été de New York, je l'aurais peut-être bien tuée moi-même.

Les deux hommes se surprirent à échanger un petit rire.

Puis Fred tourna la tête par-dessus son épaule pour regarder le corps de Jim.

— Je sais que cela me vaudra peut-être de rôtir en enfer. Mais il fallait que je le fasse. La première fois, j'ai essayé d'être réglo. J'ai dit aux soldats qu'ils étaient cachés ici. Ils sont venus, les ont emmenés sans faire de mal à personne et j'étais prêt à en rester là. Mais là...

— Jim n'a jamais rien fait à personne, à part essayer de vivre et de protéger sa famille. Comme tout le monde ici-bas.

Fred hocha la tête.

— A présent, c'est à Lucille, Jacob et moi de protéger cette famille.

— S'il te plaît, Harold. Ne m'oblige pas à faire ce que je n'ai pas envie de faire.

— Je ne pense pas avoir le choix, moi non plus, Fred.

A son tour, Harold porta son attention sur le corps sans vie de Jim.

— Et puis je lui dirais quoi, moi, s'il se redressait d'un coup pour me demander des comptes sur la façon dont j'ai pris soin de sa femme et de ses enfants ? Et quand je me dis que ça pourrait être Lucille, allongée là, à sa place...

Il porta son attention sur sa femme, secoua la tête et agita son pistolet pour faire signe à son ancien ami de s'éloigner.

— Je ne comprends toujours pas quel démon te travaille, Fred. Mais pour moi, c'est clair : il n'y a pas de négociations possibles. Alors, s'il faut en finir, qu'on en finisse.

Fred haussa les épaules et fit un pas en arrière.

— Tu as un extincteur ? demanda-t-il encore.

— Oui.

— Je ne te tirerai pas dessus tant que tu ne tireras pas sur moi ou sur mes hommes. A tout moment, tu auras la possibilité d'arrêter les hostilités en les faisant sortir. Tout dépend de toi. Je te jure que je ferai mon possible pour épargner ta maison. Remets-moi les trois spectres et ça s'arrêtera là.

Sur ces mots, il descendit de la terrasse. La première chose que fit Harold fut d'appeler les enfants pour leur donner l'ordre de descendre. Au même moment, il entendit Fred crier quelque chose à ses compagnons. Puis un son étouffé de combustion enfla à l'arrière de la maison, suivi par un discret crépitement.

*
* *

Les enfants, tout comme les adultes, d'ailleurs, faisaient de vaillants efforts pour lutter contre les larmes.

— Qu'est-ce qu'on va faire ? demanda Jacob.

— On va faire notre devoir, fils.

Jacob ouvrit de grands yeux.

— Tu vas les envoyer dehors, papa ?

— Non, dit Lucille.

— Nous allons faire notre *devoir*, répéta Harold.

L'incendie progressa plus vite que Harold ne l'avait imaginé. Peut-être parce que la maison était ancienne et avait toujours fait partie de sa vie, il l'imaginait inattaquable, éternelle ou, pour le moins, solide — difficile à éliminer de la surface de la Terre. Mais le feu prouva qu'elle n'était rien de plus qu'un assemblage de bois et de souvenirs — deux matériaux très destructibles.

Très vite, les flammes grimpèrent le long du mur du fond et la fumée roula vers eux en grandes vagues brutales, poussant les Hargrave et les Wilson vers l'entrée, jusqu'à la porte devant laquelle les attendaient Fred Green et son fusil.

— J'aurais dû essayer de gagner plus de temps, pesta Harold. Cela m'aurait laissé la possibilité de récupérer plus de munitions.

— Seigneur, Seigneur, Seigneur, psalmodiait Lucille.

Elle se tordait les mains, tournait et retournait l'épisode dans sa tête et en revenait toujours à la même conclusion implacable : elle était coupable. Elle revoyait Jim Wilson, debout sur ses deux pieds et vivant. Un bel homme avec une femme, une fille et un fils comme enroulés autour de lui, le serrant dans leurs bras, se raccrochant à lui. Puis une balle avait sifflé dans les rues d'Arcadia et il était tombé. Entièrement mort.

— Papa ? chuchota Jacob d'une voix craintive.

— Ça va aller, dit Harold.

Lucille secoua la tête en murmurant quelque chose sur le monde qui courait à sa perte et Connie serrait ses enfants sur sa poitrine, la main droite toujours refermée sur le manche du couteau de boucher.

— Mais que leur avons-nous donc fait, mon Dieu? chuchotat-elle tout bas.

Les enfants pleuraient.

Harold éjecta de nouveau le magasin de son pistolet, vérifia que les quatre balles étaient toujours là, puis réenclencha le tout dans la carcasse.

— Viens là, Jacob.

L'enfant s'approcha, en toussant à cause de la fumée. Harold le prit par le bras et commença à pousser le canapé placé devant la porte. Lucille le regarda faire un moment puis, sans poser de questions, entreprit de l'aider. Dieu avait peut-être une solution pour les extirper de l'inextricable.

— Qu'est-ce qu'on va faire? demanda Jacob tout bas à son père.

— On sort d'ici.

— Et eux?

— Fais ce que je te dis, fiston. Je ne vais pas te laisser mourir.

— Mais Hannah, Tommy et Mme Wilson? insista l'enfant.

— J'ai assez de balles, lui assura Harold.

Les trois coups de feu successifs retentirent distinctement dans la campagne immobile sous la lune.

Puis Harold ouvrit la porte d'entrée, et le pistolet sortit le premier. Lancé avec force, il dessina une brève trajectoire tournoyante et atterrit sur le plateau du camion à côté du cadavre de Jim.

Harold sortit en second, les bras levés, suivi de Lucille qui tenait Jacob abrité derrière elle.

— Bon, c'est fait, Fred, tu as gagné. Tu es content?

Le visage de Harold était amer et sombre.

— Ma seule consolation, c'est que je t'ai privé de ta petite satisfaction. J'ai préféré abréger moi-même leurs souffrances plutôt que de les laisser livrés au sort qui les attend avec toi, espèce de salopard.

Il toussa.

— Oh! Seigneur, Seigneur, Seigneur, marmonnait Lucille tout bas.

Fred Green leur jeta un regard suspicieux.

— Bon, eh bien, je vais aller vérifier ça. Les autres sont toujours à l'arrière de la maison. Juste au cas où tu essaierais de nous feinter, Harold.

Harold descendit lentement les marches, fit quelques pas en chancelant et s'adossa à son camion.

— Et ma maison, Fred ? Tu la laisses cramer ?

— On s'en occupera, de ta maison. Dès que je serais sûr que tu ne m'as pas raconté d'histoires.

La toux de Harold jaillit. Une toux énorme, violente, continue qui le plia en deux, le thorax ravagé par la douleur. Lorsqu'il tomba à terre, près du camion, Lucille s'accroupit près de lui et lui prit la main.

— Qu'as-tu fait, Fred Green ? lança-t-elle, le visage illuminé par l'éclat croissant de l'incendie.

— Désolé, Lucille.

— La maison… La maison va être foutue, protesta Harold, entre deux inspirations sifflantes.

— Ne t'inquiète pas pour ça. Les gars et moi, on se chargera de l'éteindre.

Fred s'approcha de lui, le fusil à hauteur de la hanche, visant la porte ouverte juste au cas où les morts ne seraient pas morts.

Harold toussa jusqu'à voir des petits points lumineux jaunes se former devant ses yeux. Lucille lui essuya le visage.

— Fred Green, bon sang ! Fais quelque chose ! ordonna-t-elle.

— Ecarte au moins mon camion de la maison, gémit faiblement Harold. Si le corps de Jim brûle, je vous tuerai tous jusqu'au dernier, tu m'entends ?

Jacob s'agenouilla et prit l'autre main de son père — en partie pour le soutenir dans son attaque de toux et aussi, un petit peu, dans l'idée d'avoir ses parents en écran entre le fusil de chasse de Fred Green et lui.

Fred passa à côté de Harold, de Lucille et même de Jacob. Grimpa les marches pour se diriger vers la porte d'entrée. De gros tourbillons de fumée en sortaient pour s'étirer vers le ciel sous forme de longs tentacules grisâtres. De là où il se trouvait, il ne voyait rien, hormis la lumière rouge des flammes qui dévoraient le fond de la maison. Mais les corps des Wilson n'étaient nulle part en vue.

Hésitant à entrer, Fred tourna la tête.

— Ils sont où ?

— Au paradis, j'espère !

Harold réussit à rire. Mais un petit peu seulement. Sa toux s'était calmée, mais la tête lui tournait encore et les points lumineux s'obstinaient à venir le harceler, même s'il essayait de les chasser en clignant des paupières. Il pressa la main de Lucille dans la sienne.

— On va y arriver, chuchota-t-il. Occupe-toi de Jacob.

Fred, toujours en haut des marches, fronça les sourcils.

— N'essaie pas de jouer au plus malin avec moi, Harold. Je te préviens que s'il faut tout laisser brûler, je laisserai tout brûler.

Il plissa les yeux pour tenter de mieux voir à l'intérieur, l'oreille tendue, guettant le son d'une toux, d'un gémissement, d'un pleur. Mais il n'entendait que le grondement hargneux des flammes. Il haussa les épaules.

— Bon, c'est pas grave, j'attends là. S'ils essayent de sortir par l'arrière, mes gars les récupéreront. S'ils veulent s'échapper devant, je suis là pour les accueillir. Et s'ils restent dedans, l'incendie fera le boulot.

Fred fit un pas en arrière, repoussé par la chaleur des flammes.

— Tu es assuré, Harold. Tu recevras un gros chèque. Je suis désolé.

— Pas autant que moi.

Harold tenta de se relever. Avec une célérité qui l'étonna lui-même, il fut sur ses pieds et s'élança. Lorsqu'il arriva en haut des marches, Fred Green lui tournait le dos et scrutait l'intérieur de la maison, cherchant à repérer les Wilson. Le rugissement des flammes couvrait le son de ses pas. Et lorsque Fred prit conscience de sa présence derrière lui, le couteau de boucher s'enfonçait déjà dans son rein droit.

Le visage de Harold était à la hauteur de sa taille au moment où il planta sa lame. Fred Green se retourna, tétanisé par la souffrance, et son doigt se crispa sur la détente. Le coup partit et, sous l'effet du recul, la crosse du fusil percuta le nez de Harold qui se brisa en deux.

Il avait au moins obtenu une chose : Fred n'était plus en état de tuer les Wilson.

— C'est bon, vous pouvez sortir ! cria-t-il en toussant. Dépêchez-vous.

L'arme de Fred gisait sur le sol de bois, juste à côté de lui. Mais aucun des deux hommes n'eut le réflexe de s'en emparer.

— Lucille ? appela Harold. Aide-les, toi !

Il inspira avec difficulté, cherchant désespérément à remplir ses poumons d'air.

— Va les chercher, Lucille !

Sa femme ne répondit pas.

Connie et les enfants durent finir par entendre sa voix malgré le grondement puissant de l'incendie, car ils apparurent sur le seuil, toujours enveloppés dans la couverture qu'ils avaient hâtivement réussi à mouiller avant de se dissimuler dessous pour se protéger de la fumée. Dès qu'ils furent à l'air libre, les enfants commencèrent à tousser, mais Connie les poussa devant elle, les éloignant de Fred Green qui se tordait par terre avec le couteau toujours plongé dans le dos.

— Vite ! Abritez-vous dans le camion ! cria Harold. Les trois ânes qui font le guet à l'arrière ne vont pas tarder à rappliquer.

La petite famille dévala les marches en toute hâte, laissant Harold et Fred derrière elle, et passa de l'autre côté du pick-up. Harold vit Connie vérifier que les clés se trouvaient toujours sur le contact.

La chance voulut qu'elle se trouve au bon endroit lorsque le premier coup de carabine partit. Le vieux camion fit la preuve de son efficacité en tant que barrière anti-chevrotine. C'était un Ford modèle 72, après tout, fabriqué en des temps révolus, avant qu'on ne juge la fibre de verre digne de transporter un homme et sa famille d'un point à l'autre de la vaste Terre. C'était pour cette raison que Harold se raccrochait à sa vieille guimbarde depuis tant d'années. Parce qu'ils ne fabriquaient plus de pick-up capables, de nos jours, de faire bonne figure face à de la chevrotine 00.

A la différence de Connie et des enfants, les Hargrave, eux, se trouvaient du côté exposé du camion. Lucille était au sol, immobile, recroquevillée au-dessus de Jacob, dans la lumière sanglante des flammes. Jacob avait les mains plaquées sur les oreilles.

— Arrêtez de tirer, nom de Dieu! hurla Harold.

Il avait le dos tourné aux tireurs et savait qu'il avait de fortes chances de ne pas être entendu. Il savait aussi que, même s'ils l'entendaient, il avait de fortes chances de ne pas être écouté. Il ne lui restait donc plus qu'à croiser les doigts. Et à trouver un moyen de couvrir sa femme et son fils.

— Puisse Dieu nous venir en aide, murmura-t-il, faisant appel au secours divin pour la première depuis un demi-siècle.

Harold attrapa le fusil de Fred. Il n'avait toujours pas réussi à se relever, mais il pouvait au moins essayer de faire diversion. Il se redressa en position assise, les jambes écartées devant lui, avec une douleur féroce qui lui cognait dans la tête et le nez qui pissait le sang. Mais il réussit à tirer le verrou de tir, arma le 30-06 et tira un coup en l'air qui eut pour effet de suspendre momentanément le canardage.

Baignant dans la lueur des flammes qui dévoraient sa maison, à côté de Fred Green qui avait retiré sa chemise pour bander tant bien que mal sa blessure, Harold chercha à reprendre un minimum de contrôle sur la situation.

— Assez, maintenant. On arrête là! cria-t-il lorsque le bruit de la déflagration fut retombé.

— Fred? Fred, tout va bien? cria l'un des tireurs.

Harold crut reconnaître la voix de Clarence Brown.

— Non, ça ne va pas, hurla Fred. J'ai été attaqué au couteau!

— Parce qu'il l'avait cherché! lança Harold.

Le sang qui coulait de son nez lui envahissait la bouche et il ne pouvait pas l'essuyer, car il avait besoin de garder les mains aussi sèches que possible pour manier son arme — sachant qu'il avait déjà du sang de Fred plein les doigts.

— Et si vous rentriez tous chez vous, maintenant?

— Fred? hurla Clarence.

Ils avaient du mal à s'entendre, tous, avec le fracas de la maison qui s'effondrait peu à peu, avalée par les flammes. La fumée s'échappait à gros bouillons de chaque fente, chaque interstice, et s'élançait vers le ciel en une haute torsade sombre.

— Dis-nous ce qu'il faut faire, Fred!

— Connie? appela Harold.

— Oui? vint la réponse en provenance de la cabine du pick-up.

La voix était basse, étouffée, comme si elle filtrait de derrière l'assise rembourrée des vieux sièges.

— Démarre le camion et pars!

Tout en parlant, il gardait les yeux rivés sur les hommes armés de fusils. Au bout de quelques instants, le moteur du camion rugit.

— Mais vous? Qu'allez-vous faire? cria Connie.

— On se débrouillera.

Connie Wilson prit ses enfants et son mari mort et disparut en vrombissant dans la nuit, sans prononcer un mot de plus. Sans même jeter un regard en arrière, pour autant que put en juger Harold.

— Bien, dit Harold à voix basse. Bien.

Il aurait voulu ajouter quelque chose au sujet de Jim et du respect dû à ses restes mortels. Mais l'idée, après tout, allait de soi. Avec cela, son nez cassé le faisait souffrir le martyre et la chaleur de l'incendie devenait intenable. Il se contenta donc de renifler et d'essuyer du revers de la main le sang qui lui inondait les lèvres.

Clarence et les autres hommes suivirent des yeux le camion qui s'éloignait, mais leurs armes restaient braquées sur lui. Si Fred leur avait donné l'ordre d'agir autrement, ils l'auraient fait, mais leur meneur garda le silence. Peut-être parce qu'il avait besoin de toute son énergie pour se remettre en chancelant sur ses pieds.

Harold pointa son arme sur lui.

— Putain, Harold!

Fred esquissa le geste de récupérer son arme.

— Essaie pour voir, gronda Harold en lui pointant le canon sur la gorge… Lucille? Jacob?

Personne ne réagit. Sa femme et son fils formaient sur la terre une bosse lisse, ronde et muette, avec le corps de Lucille protégeant celui de Jacob.

Harold avait autre chose encore à dire — des mots qui pourraient donner un sens à ce cauchemar, même s'il était trop tard pour donner encore du sens à quoi que ce soit. Mais ses poumons refusaient de coopérer. Ils étaient trop occupés à contenir la toux, acérée comme une lame, qui se tenait tapie en lui, comme une énorme masse noire ascendante aux contours indéfinis.

— Tu vas finir par brûler avec ta baraque, grommela Fred.

Il rôtissait comme dans un gril. Harold savait qu'il devait se pousser de là s'il avait l'intention de rester en vie. Mais il y avait cette fichue toux en lui, comme un monstre prêt à bondir qui attendait le moindre mouvement pour s'échapper en rugissant et l'envoyer au sol.

Et que deviendrait Jacob s'il perdait connaissance?

— Lucille? appela-t-il encore une fois.

Et encore une fois, elle laissa son appel sans réponse. Si seulement il entendait le son de sa voix, il garderait un fond — une lueur — d'espoir que ce désastre puisse connaître une issue positive.

— Ecarte-toi, ordonna-t-il en poussant Fred de la pointe de son fusil.

Fred suivit le conseil et recula lentement.

Tout faisait mal chez Harold lorsqu'il tenta de se relever.

— Oh, bon Dieu.

— Je te tiens, papa.

Soudain, Jacob était là, près de lui. Son fils lui était revenu et l'aidait à se redresser.

— Et ta maman? chuchota-t-il. Ça va?

— Non, dit Jacob.

Par mesure de sécurité, Harold garda le fusil braqué sur Fred et maintint Jacob dans son dos. Juste au cas où Clarence and Co, revenus en faction devant leurs camions respectifs, s'exciteraient sur leur carabine.

— Lucille ? appela-t-il encore.

L'ensemble bancal formé par Jacob, Harold, Fred Green et le fusil de Fred Green descendit les marches de conserve. Fred se déplaçait avec les mains sur l'abdomen, et Harold se mouvait latéralement, comme un crabe, avec Jacob dans son ombre.

— O.K., dit-il lorsqu'ils furent à distance suffisante de la maison en flammes.

Et il abaissa son arme.

— Je pense que ça s'arrête là.

Et le fusil tomba à terre. Pas parce que Harold avait renoncé à défendre sa femme et son fils, mais parce que la toux — ce maudit déchaînement de la douleur en lui — venait de se libérer. Les lames de rasoir dans ses poumons étaient aussi féroces qu'il l'avait anticipé et les points lumineux dansaient une sarabande infernale. La terre monta jusqu'à lui pour venir le frapper au visage. Les éclairs étaient partout, avec le tonnerre de sa toux qui semblait lui écarteler le corps à chaque secousse. Il n'avait même plus l'énergie de jurer. Alors que jurer aurait sans doute été la seule chose susceptible de le soulager.

Fred ramassa le fusil au sol. S'assura qu'il était chargé et le pointa sur lui.

— Bon. Tu sais que ce qui va t'arriver maintenant, tu l'auras cherché, Harold.

— Laisse au moins l'enfant rester le miracle qu'il est, réussit à supplier Harold.

La mort était au bout du fusil de Fred. Et Harold Hargrave était prêt à l'accueillir.

— Je ne sais pas pourquoi elle n'est pas revenue, monsieur Green.

Au son de la voix enfantine, Harold et Fred Green clignèrent des yeux l'un et l'autre, comme si Jacob venait de resurgir d'entre les morts à l'instant.

— Votre femme, précisa Jacob en regardant Fred dans les yeux. Je me souviens de Mme Green. Elle était jolie et quand elle chantait, on l'écoutait et ça donnait envie de pleurer. Et parfois de rire aussi.

Le visage du petit garçon de huit ans rougit sous la masse de boucles brunes.

— Je l'aimais bien. Et vous aussi, je vous aimais bien, monsieur Green. Le jour de mon anniversaire, vous m'aviez apporté un pistolet à billes et elle avait promis qu'elle chanterait pour moi.

La lumière des flammes joua sur le visage de Jacob. Ses yeux semblaient scintiller.

— Je ne sais pas pourquoi elle n'est pas revenue, comme moi. Parfois, les gens s'en vont et ne reviennent pas.

Fred prit une inspiration. Il retint l'air dans ses poumons et son corps entier se tendit comme si ce peu de souffle emmagasiné pouvait le faire éclater, comme s'il tenait là sa dernière respiration et qu'elle contenait tout ce à quoi il se raccrochait encore. Puis il émit un son étranglé, abaissa le fusil avec un soupir et pleura là, debout, face à l'enfant qui, par quelque miracle, était revenu d'entre les morts et n'avait pas ramené sa femme avec lui.

Il s'effondra à genoux et tomba au sol en un tas informe et désolé.

— Va-t'en. S'il te plaît… Laisse-moi tranquille, Jacob.

Il n'y eut plus alors que le grondement des flammes, les craquements de la maison éventrée. Plus rien que le son des larmes de Fred et la respiration laborieuse de Harold, sous la noire colonne de fumée et de cendres qui formait un bras immense et sombre, tendu comme celui d'un parent vers son enfant, comme celui d'un aimé vers son aimée.

Elle avait les yeux tournés vers le ciel. La lune était juste au bord de son angle de vision, à la limite de la zone aveugle. Comme si la lune cherchait à la fuir. Ou qu'elle la guidait, au contraire ? Il lui était difficile de se faire une opinion.

Harold s'agenouilla à son côté. Il était reconnaissant à la terre d'être meuble et accueillante et d'absorber le sang qui ne paraissait pas aussi terrible, pas aussi rouge qu'il l'était en vérité.

Dans la lumière torturée qui émanait de la maison en feu, le sang formait juste une tache sombre dont il pouvait croire qu'il s'agissait de tout autre chose.

Elle respirait. Mais à peine. Harold se pencha, la bouche presque collée à son oreille.

— Lucille?

— Jacob? demanda-t-elle dans un souffle.

— Il est là.

Elle hocha la tête. Ferma les yeux.

— Non, dit Harold. Non, ne t'en va pas comme ça.

Il s'essuya le visage, conscient soudain de l'aspect qu'il devait présenter, couvert de sang, de suie et de crasse.

— Maman? appela Jacob.

Ses yeux s'ouvrirent.

— Oui, mon bébé? chuchota Lucille.

On entendait un léger râle dans ses poumons.

— Ça va aller, maman, dit Jacob en se penchant pour l'embrasser sur la joue.

Puis il s'allongea à son côté, en frottant doucement son visage contre son épaule, comme si elle n'était pas en train de mourir, mais qu'elle s'assoupissait gentiment pour faire une petite sieste sous les étoiles.

Elle sourit.

— Tout est bien, dit-elle.

Harold s'essuya les yeux.

— Sacrée bonne femme, maugréa-t-il. Je t'ai toujours dit que les gens ne valaient rien.

Elle souriait toujours.

Les mots sortirent si faiblement que Harold dut se concentrer de toutes ses forces pour les entendre.

— Tu n'es qu'un pessimiste.

— Un réaliste!

— Misanthrope!

— Baptiste!

Elle rit doucement. Et le moment se prolongea, s'étira comme un petit fragment d'éternité, les laissant reliés tous les trois, comme ils l'avaient été toutes ces années plus tôt. Harold serra sa main dans la sienne.

— Je t'aime, maman, dit Jacob.

Lucille entendit son fils. Puis mourut.

Jacob Hargrave

Dans les moments qui suivirent la mort de sa mère, Jacob se demanda s'il avait bien parlé. Il l'espérait. Espérait en tout cas en avoir dit assez. Sa mère, elle, savait toujours quels mots il fallait employer. Les mots avaient été sa méthode magique — les mots et les rêves.

Dans la lueur rougeoyante de sa maison d'enfance en flammes, agenouillé près du corps de sa mère, il réfléchit à la vie qu'il avait connue, avant sa descente vers la rivière. Il se souvenait des moments passés avec sa maman, lorsque son père voyageait pour son travail et les laissait seuls tous les deux. Elle était toujours un peu plus triste lorsqu'il n'était pas là. Mais Jacob avait beau être conscient de sa peine, il ne pouvait s'empêcher d'aimer ces moments passés à deux, rien que sa mère et lui. Chaque matin, ils s'asseyaient face à face, à la table de la cuisine, et ils parlaient de rêves et de présages, de leurs espoirs et de leurs attentes par rapport à la journée qui démarrait. Alors que Jacob était de ceux qui se réveillaient incapables de se remémorer leurs rêves de la nuit, sa mère, elle, gardait de ses songes un souvenir lumineux et précis. Il y avait toujours des éléments de magie, dans les rêves de sa mère : des montagnes si hautes qu'elles touchaient le ciel, des animaux qui parlaient comme vous et moi, des levers de lune aux couleurs étonnantes.

Pour sa mère, chaque rêve voulait dire quelque chose. Lorsqu'on rêvait de montagnes, c'était signe d'adversité. Les animaux doués de parole, c'étaient d'anciens amis qui allaient resurgir dans votre vie. La couleur des levers de lune annonçait le climat de la journée à venir.

Face à eux

Jacob adorait entendre les explications de Lucille sur cet univers plein de merveilles et de mystères Il se souvenait d'un matin en particulier. Le vent faisait murmurer les feuilles du chêne, dans le jardin, et le soleil clignait au-dessus de la ligne sombre des arbres. Sa mère et lui préparaient le petit déjeuner ensemble. Lui avait mission de surveiller le bacon et la saucisse qui grésillaient sur le fourneau; elle s'occupait des œufs et des pancakes. Et pendant qu'ils s'activaient ensemble, elle lui racontait son rêve de la nuit. Un rêve où elle était descendue vers la rivière, sans savoir pourquoi. Lorsqu'elle avait atteint la rive, elle avait trouvé l'eau calme et lisse comme du verre. « Et d'une espèce de bleu moiré, tacheté, incroyable, comme celui des vieux tableaux peints à l'huile et laissés trop longtemps dans un grenier. »

Elle se tut alors pour le regarder. Ils étaient assis à table, à présent, avec leurs assiettes pleines devant eux.

— Tu vois de quelle couleur je veux parler, Jacob?

Il hocha la tête, même s'il ne voyait pas grand-chose.

— C'est un bleu qui est moins une couleur qu'un sentiment. Et comme je me tenais là, sur la berge, j'ai entendu jouer une musique en aval, beaucoup plus bas sur la rive.

— Quel genre de musique? l'interrompit Jacob.

Il écoutait avec une telle attention qu'il en oubliait presque de manger.

Lucille réfléchit un instant.

— C'est difficile à décrire. Ça sonnait un peu comme un air d'opéra. Et c'était comme si la voix traversait une grande étendue ouverte.

Elle ferma les yeux, retint son souffle et parut ressusciter le son merveilleux dans sa tête. Au bout d'un moment, elle souleva les paupières. Elle paraissait rêveuse. Heureuse.

— C'était… comment dire? Comme de la musique d'avant la musique. Une musique pure.

Jacob hocha la tête. Se gratta l'oreille en s'agitant sur sa chaise.

— Et qu'est-ce qui s'est passé, après?

— J'ai suivi la rivière et j'ai marché, marché, marché. Les rives étaient couvertes d'orchidées — on ne voyait rien de ce qui pousse par

ici normalement. Ces orchidées précieuses étaient extraordinaires, plus belles que tout ce qu'on peut voir, même dans les livres.

Jacob posa sa fourchette et repoussa son assiette. Il plia les bras sur la table et cala le menton sur ses poignets. Ses cheveux lui cachaient un peu les yeux. Lucille se mit à rire et repoussa les boucles qui lui tombaient sur le visage.

— *Il faut que je te fasse une coupe, mon bonhomme.*

Mais Jacob avait ses pensées fixées sur le rêve.

— *Et qu'est-ce que tu as trouvé, maman?*

— *Je marchais depuis très longtemps lorsque le soleil s'est couché. Et la distance entre la musique et moi n'avait toujours pas diminué. C'est au moment où le soir a commencé à tomber que j'ai compris que le son ne venait pas de plus bas sur la rivière, mais qu'il s'élevait au milieu. C'était comme un chant de sirènes, qui m'attirait en direction de l'eau. Mais je n'avais pas peur... Et tu sais pourquoi?*

Jacob était suspendu à ses lèvres.

— *Non?*

— *Parce que derrière moi, côté forêt, avec toutes les orchidées et les mousses magnifiques sur les arbres, je vous entendais rire et jouer sur la berge, ton papa et toi.*

Les yeux de Jacob s'écarquillèrent en apprenant que son père et lui étaient inclus dans le rêve.

— *Puis la musique est devenue plus forte. Ce n'était pas tant le son qui avait monté. C'est juste qu'elle était devenue plus puissante. Et résister devenait plus difficile. Je la sentais autour de moi, et c'était comme la chaleur de l'eau d'un bain, après une longue journée de travail au jardin. Les sons m'enveloppaient comme dans un lit très doux. Tout ce que je voulais, c'était me rapprocher encore de cette musique, comme s'il était possible de se glisser à l'intérieur.*

— *Et papa et moi, on jouait toujours?*

Lucille soupira.

— *Oui. Et vous deux aussi, je vous entendais de plus en plus fort. Comme si vous étiez en compétition avec la rivière et que vous essayiez de toutes vos forces de retenir mon attention, de m'attirer à vous.*

Elle haussa les épaules.

— *Je reconnais qu'il y a eu un moment où je ne savais plus très bien où aller.*

— *Et comment tu as fait ? Qu'est-ce qui t'a décidée ?*

Lucille se pencha pour lui frotter la main, par-dessus la table.

— *C'est mon cœur qui m'a guidée. J'ai tourné le dos à la rivière et j'ai marché dans la direction où j'entendais vos voix. Et là, d'un coup, la musique de l'eau n'était plus du tout aussi belle, aussi charmante. En fait, il n'y a rien de plus doux que le son des rires de mon mari et de mon fils.*

Jacob rougit.

— *Waouh.*

Sa voix était lointaine. Le sortilège du récit maternel se dissipait petit à petit.

— *Ils sont beaux, tes rêves à toi, maman !*

Ils finirent leur petit déjeuner en silence. De temps en temps, Jacob fixait du regard l'autre côté de la table, émerveillé par la femme de magie et de mystère qu'était sa mère.

Et maintenant qu'il se tenait agenouillé au-dessus d'elle, dans les derniers moments de sa vie, il se demandait ce qu'elle pensait des événements qui agitaient le monde et qui les avaient conduits, elle et lui, jusqu'à cet instant où elle agonisait, éclairée par la sombre lumière des flammes qui consumaient leur maison, sur cette même terre où elle avait élevé son fils et aimé son mari. Il aurait voulu lui expliquer le pourquoi des choses. Expliquer comment et pour quelle raison il était revenu à elle après avoir été absent si longtemps. Il aurait voulu faire pour sa mère ce qu'elle avait si souvent fait pour lui, au fil des matins heureux où elle et lui avaient été si proches : éclairer le mystère.

Mais le temps dont ils avaient disposé ensemble avait été si court — court comme la vie elle-même — et il ne savait pas expliquer comment ils en étaient arrivés là. Tout ce qu'il voyait, c'est que le monde entier avait peur et s'interrogeait sur le retour des morts; que la confusion était la même chez tous.

Il se rappelait que M. Bellamy l'avait questionné sur ses souvenirs d'avant son réveil en Chine — sur la période entre deux rives, entre deux vies. Mais la vérité, c'est que sa mémoire n'avait rien conservé du tout, à part la conscience d'un son doux et lointain, comme une musique. Et c'était tout. Un souvenir si flou, si fragile qu'il n'était même pas certain qu'il soit réel. Cette drôle de musique flûtée, il l'entendait à chaque instant, à chaque seconde depuis son retour. Même si elle était à peine audible, juste un faible écho dans le lointain. Mais depuis quelque temps, il lui semblait qu'elle résonnait un peu plus fort. Comme un appel discret, insistant. Il se demandait si c'était la même que dans le rêve de sa mère. L'entendait-elle, à présent, cette musique si ténue, si fragile, qui faisait penser parfois au son des rires mêlés d'une famille heureuse qui s'aime?

Tout ce que Jacob savait avec certitude, en cet instant, c'est qu'il était vivant et qu'il était avec sa mère. Et ce qu'il désirait plus que tout, c'était la rassurer lorsque ses yeux se fermeraient pour de bon et que le temps qui leur avait été donné prendrait fin.

— Pour le moment, je suis vivant, faillit-il lui dire alors qu'elle se mourait.

Mais il vit que la peur avait déjà quitté Lucille. Tout ce qu'il parvint à lui dire, au bout du compte, fut « Je t'aime ». C'était finalement tout ce qui importait.

Puis il pleura avec son père.

Epilogue

Le vieux camion de Harold hoquetait sur la grande route. Le moteur toussait ; les freins grinçaient. A chaque virage, l'antique véhicule tremblait comme s'il allait se disloquer sur place. Mais il roulait encore.

— Allez, mon vieux. Encore quelques kilomètres à tenir, l'encouragea Harold en s'escrimant sur le volant pour prendre son tournant.

Jacob regardait par la vitre en silence.

— Je ne suis pas mécontent d'être sorti de cette fichue église. Si je continue à passer autant de temps là-dedans, je vais finir par me convertir... Ou par tirer dans le tas.

Il rit tout bas, comme pour lui-même.

— Ou peut-être que l'un mènera à l'autre. Ou vice versa.

L'enfant ne disait toujours rien.

Ils avaient presque atteint la maison. Le camion ahanait sur la route non goudronnée en crachant une épaisse fumée bleue. Harold aurait aimé attribuer le mauvais état de son pick-up à la fusillade qu'il avait essuyée, mais l'argument ne tenait pas, bien sûr. Le camion était surtout vieux, fatigué et sur le point de rendre son tablier une fois pour toutes. Il avait trop de kilomètres dans les jantes. Harold se demandait comment Lucille avait réussi à le conduire, pendant tous ces mois ; et comment Connie s'en était débrouillée, seule, cette nuit-là. Il lui aurait présenté ses excuses s'il l'avait pu. Mais Connie et ses enfants avaient disparu de la surface de la Terre. Personne ne les avait plus revus depuis la nuit où Lucille était morte. Son camion avait été retrouvé le lendemain, sur le bord de l'autoroute, incliné en un angle bizarre, comme s'il avait échoué là, livré à lui-même dans une course fantôme, sans personne pour tenir le volant. Tout semblait indiquer que la famille Wilson — le mort comme les trois encore vivants — s'était volatilisée d'un coup. Un phénomène qui n'était pas inusuel, ces temps-ci.

— Ça va aller mieux, dit Harold lorsqu'ils approchèrent enfin de leur destination.

Là où, pendant plus de cinquante ans, s'était dressée leur maison ne restait plus que l'ossature squelettique. Les bases avaient fait la preuve de leur solidité. Lorsque le chèque de l'assurance était tombé et que Harold avait trouvé des menuisiers pour reconstruire, ils avaient réussi à conserver presque toutes les fondations.

— Elle sera de nouveau comme avant, Jacob.

Il immobilisa le camion et coupa le contact. Le vieux Ford soupira.

Jacob ne dit rien alors que son père et lui marchaient en direction du chantier. On était déjà en octobre; chaleur et humidité avaient passé leur chemin. Son père avait l'air très vieux et très fatigué depuis la mort de Lucille, songea Jacob. Même s'il faisait plein, plein d'efforts pour ne rien laisser paraître.

C'était sous le chêne planté devant l'ancienne terrasse que Lucille était enterrée. Harold pensait qu'elle aurait sans doute préféré reposer dans le petit cimetière de l'église, mais le besoin de l'avoir près de lui l'avait emporté. Il espérait qu'elle lui pardonnerait ce petit moment de faiblesse.

L'enfant et son père s'immobilisèrent devant la tombe. Harold s'accroupit et passa la main sur la terre. Puis il marmonna quelque chose d'inaudible et poursuivit son chemin.

Jacob, lui, s'attarda.

Les réparations de la maison se passaient mieux que Harold ne voulait l'admettre. Même si, pour le moment, elle n'était guère plus qu'un squelette, il voyait déjà la cuisine, le séjour, la chambre en haut de l'escalier. Le bois serait neuf, mais les fondations garderaient leur âge de toujours.

Les choses ne seraient pas « comme avant », même s'il l'avait promis à Jacob. Mais les choses seraient, quelle que soit la forme qu'elles étaient destinées à prendre.

Il laissa l'enfant debout devant la tombe de Lucille et poursuivit son chemin jusqu'à la pile de décombres derrière la maison. Les fondations en pierre et les débris étaient tout ce que l'incendie avait épargné. Les menuisiers qui construisaient la nouvelle maison avaient voulu évacuer les déchets, mais Harold les avait arrêtés en leur donnant l'ordre de tout laisser en l'état. Chaque jour ou presque, il venait sur le chantier et passait au crible les cendres et les gravats. Il n'avait aucune idée de ce qu'il cherchait. Mais il saurait une fois qu'il aurait trouvé.

Deux mois déjà qu'il remuait les décombres. Et toujours rien. Mais au moins avait-il arrêté de fumer.

Une heure plus tard, ses recherches n'avaient toujours rien livré. Jacob était resté sur la tombe de Lucille, assis dans l'herbe, les jambes repliées contre la poitrine et le menton calé entre les genoux. Il ne broncha pas lorsque Martin Bellamy arriva en voiture. Et ne répondit pas non plus lorsque l'agent passa à côté de lui en le saluant d'un « Bonjour ». Bellamy poursuivit son chemin sans s'arrêter, sachant d'avance que le petit garçon ne réagirait pas. Chaque fois qu'il était venu voir Harold, Jacob était resté muré ainsi dans l'apathie et le silence.

— Tu as trouvé ce que tu cherchais ? demanda Bellamy.

Harold, qui était agenouillé dans les décombres, se mit debout et secoua la tête.

— Non.

— Tu veux de l'aide ?

— J'aimerais comprendre ce que je cherche, surtout, grommela Harold.

Bellamy haussa les épaules.

— C'est une obsession que je connais bien. Pour moi, ce sont les photos. Celles de mon enfance.

Harold salua cet aveu d'un grognement.

— Les autorités ne savent toujours pas très bien ce qui se passe, pourquoi ça se passe et qu'est-ce qui fait que ça s'arrête souvent brutalement, révéla Bellamy.

— Evidemment, qu'ils n'y comprennent rien!

Harold leva les yeux vers le ciel. Bleu. Ouvert. Frais.

Il frotta ses mains noires de suie sur son pantalon.

— Il paraît que c'était une pneumonie, alors? fit-il en se tournant vers Bellamy.

— Oui. Comme la première fois. Elle est partie très paisiblement. Comme la première fois.

— Tout s'est passé exactement de la même façon, alors?

— Non, dit Bellamy.

Il ajusta sa cravate. Harold était content de voir que Bellamy avait recommencé à porter ses costumes dans les formes. Il n'avait toujours pas réussi à comprendre comment l'agent avait pu tenir un été entier avec ces complets noirs sur le dos sans avoir l'air d'en souffrir. Mais sur la fin, Bellamy avait donné des signes de relâchement. Maintenant, sa cravate était de nouveau en place; son costume sortait de chez le teinturier. Un signe, songea Harold, que les choses revenaient tout doucement à la normale.

— Cette fois-ci, précisa lentement Bellamy, lorsqu'elle est partie, j'étais là. Et c'était bien.

Harold émit un grognement approbateur. Bellamy fit le tour des décombres.

— Et à l'église? Comment ça se passe?

Harold s'accroupit de nouveau et recommença à tamiser les cendres.

— Plutôt bien.

— On m'a dit que le pasteur était revenu?

— Revenu et bien revenu, oui. Sa femme et lui parlent d'adopter deux ou trois gamins. Ils se décident enfin à fonder une vraie famille. Ce n'est pas trop tôt.

Les jambes de Harold le faisaient souffrir. Il quitta la position accroupie pour s'agenouiller et salit son pantalon comme il l'avait fait la veille, l'avant-veille et tous les jours qui précédaient.

Bellamy porta son attention sur Jacob, toujours assis sur la tombe de sa mère.

— Je suis désolé pour tout ce qui s'est passé.

— Ce n'est pas ta faute.

— Ça ne m'empêche pas d'être désolé quand même.

— Dans ce cas, je peux dire que je suis désolé aussi.

— Désolé de quoi ?

Harold haussa les épaules.

— Laisse tomber.

Bellamy hocha la tête en regardant Jacob.

— Il va bientôt s'en aller, tu le sais ?

— Oui, je le sais.

— Souvent, ils deviennent distants comme ça. C'est en tout cas ce qui a été constaté dans les études conduites par l'Agence. Ce n'est pas systématiquement le cas. Parfois, ils disparaissent sans prévenir. Mais la plupart du temps, on a noté qu'ils se repliaient sur eux-mêmes et gardaient le silence, dans les jours qui précèdent leur départ.

— C'est ce qu'ils disent à la télévision, oui.

Harold avait les bras enfoncés jusqu'aux coudes dans les ruines de son ancienne maison. Ses avant-bras étaient noircis et grisés par la suie.

— Si ça peut être une consolation, on les retrouve généralement dans leurs tombes. Ils y sont replacés, apparemment… Même si on ne sait pas trop ce que ça signifie.

Harold ne répondit pas. Ses mains se déplaçaient de leur propre chef et cherchaient, cherchaient comme si elles sentaient qu'elles se rapprochaient de ce quelque chose d'indéfini qu'il lui fallait retrouver à tout prix. Sa peau était coupée et égratignée à cause de vieux clous et d'échardes, mais Harold ne songeait même pas à s'arrêter. Bellamy le regardait creuser.

La scène se prolongea ainsi pendant ce qui parut être un temps très long.

Puis Bellamy retira sa veste de costume, s'agenouilla dans les cendres et plongea les mains dans les débris de la maison effondrée. Pas un mot ne fut échangé entre les deux hommes. Ils creusaient, fouillaient et cherchaient sans savoir quoi ni comment.

***

Lorsque Harold la trouva, il sut immédiatement pourquoi il l'avait cherchée. C'était une petite boîte en métal, brûlée par les flammes, noircie par la suie de la maison détruite. Ses mains tremblaient. Le soleil déclinait vers l'ouest et le froid tombait déjà. L'hiver serait précoce cette année. Harold ouvrit la boîte, glissa la main à l'intérieur et en sortit la lettre de Lucille. Une petite croix en argent en glissa et chuta dans les cendres. Harold soupira et lutta pour empêcher ses mains de trembler. La lettre avait été brûlée par endroits, mais l'essentiel était resté intact, rédigé de l'écriture longue et élégante de Lucille.

« … monde plongé dans la folie ? Comment une mère est-elle censée réagir ? D'où un père peut-il tirer la force nécessaire pour affronter ce retour ? Je sais qu'il est des moments où c'est trop pour toi, Harold. Comme il est des moments où je me sens dépassée aussi. Des moments où je serais prête à le chasser au loin, à le renvoyer vers la rivière où notre fils est mort.

» Il y a très longtemps, j'étais terrifiée à l'idée d'oublier. Puis j'ai *voulu* tout oublier. Les deux attitudes étaient aussi mauvaises l'une que l'autre, mais elles valaient toujours mieux que cette solitude terrible. Dieu me le pardonnera. Je sais qu'il a un dessein, qu'il a toujours un dessein, et que ce dessein est trop vaste pour que je puisse le comprendre. Je sais qu'il te dépasse aussi, Harold.

» Cette épreuve est plus difficile encore pour toi que pour moi. Je le sais. Cette croix, je la retrouve partout, dans les endroits les plus inattendus. Cette fois, je l'ai ramassée par terre, sous l'auvent de la terrasse, à côté de ton rocking-chair. Tu as dû t'endormir alors que tu la serrais dans la main, comme tu le fais souvent. Tu ne savais probablement même plus ce qu'elle représentait. Je crois qu'elle te faisait peur. Mais cette peur n'a pas de raison d'être.

» Ce n'était pas ta faute, Harold.

» Même si ça se brouille dans ta tête chaque fois que tu vois ce petit colifichet en argent, tu n'es pas fautif. Et pourtant, sans relâche depuis que Jacob s'est noyé, tu as porté cette croix, comme Jésus a porté la sienne. Mais même Lui a fini par en être délivré.

» Lâche-la, cette croix, Harold. Lâche tes remords. Lâche-le, lui.

» Il n'est pas notre fils, je le sais. Notre fils est mort dans la rivière, en petit chasseur de trésors qu'il était. Des trésors à l'image de cette petite croix. Il est mort en jouant à un jeu que son père lui avait appris, et c'est ce fardeau qui agit comme un poison âcre dans ton cœur, même si tu en avais perdu le souvenir. Je revois encore la joie de Jacob, le jour où vous êtes descendus vous baigner, tous les deux, et que vous êtes revenus avec la petite croix en argent. Le monde était devenu magique. Tu étais assis avec lui, sous l'auvent, et tu lui expliquais que la terre autour de nous était pleine d'objets secrets comme celui-ci. Et que tout ce que l'on avait à faire, c'était de partir à leur recherche, et qu'ils seraient toujours là, à attendre leur découvreur.

» Tu n'avais même pas trente ans à l'époque, Harold. Il était ton premier enfant. Comment aurais-tu pu imaginer qu'il prendrait ton conte de fées à la lettre ? Qu'il redescendrait seul à la rivière et qu'il se noierait ? J'ignore comment cet enfant, ce second Jacob, est venu à l'existence. Mais honnêtement, je m'en fiche. Il nous a offert quelque chose que je croyais perdu pour toujours : une occasion de nous souvenir de ce qu'est l'amour, une occasion de nous pardonner à nous-mêmes. Une occasion de vérifier que nous avons gardé intacts, au fond de nous, les jeunes parents qui espéraient et priaient qu'il n'arrive jamais aucun mal à leur enfant. Une occasion d'aimer sans peur. Une occasion de noyer à jamais nos remords.

» Laisse-le aller maintenant, Harold.

» Accepte de l'aimer. Puis laisse-le partir. »

Les lettres dansaient devant ses yeux. Harold serra la petite croix en argent dans sa paume et se mit à rire.

— Ça va ? demanda Bellamy.

Harold répondit par un nouveau rire. Il froissa la lettre et la posa contre sa poitrine. Lorsqu'il se tourna vers le tombeau de Lucille, Jacob n'y était plus. Harold se leva et parcourut le jardin des yeux, mais l'enfant ne s'y trouvait pas. Pas plus qu'il ne tournait autour du squelette de la maison. Pas plus qu'il ne se cachait dans le camion.

Harold s'essuya les yeux et son regard chercha vers le sud, en direction des arbres qui menaient à la rivière. Peut-être que ce fut juste un coup de chance, ou peut-être le destin. Mais, hasard ou nécessité, l'espace d'un instant, il vit la silhouette de l'enfant se détacher sur l'or sombre du couchant.

Bien des mois plus tôt, lorsque l'ordre était tombé de garder les Revenants confinés à la maison, Harold avait prédit à sa femme que cette histoire ferait mal, très mal, lorsqu'elle se terminerait. Et il avait eu raison. La douleur était là, crucifiante.

Pendant tout ce temps, donc, Lucille n'avait pas cru que Jacob était leur fils. Et pendant tout ce temps, lui, Harold avait su qu'il l'était. Et probablement en allait-il ainsi pour beaucoup de gens. Certaines personnes fermaient les portes de leur cœur lorsqu'elles perdaient un être aimé. D'autres maintenaient portes et fenêtres ouvertes, laissant l'amour et les souvenirs entrer et sortir librement. Peut-être était-il bon que les choses se passent ainsi, songea Harold.

Et partout ailleurs dans le monde se déroulaient des scènes semblables à celle-ci.

Note de l'auteur

Douze années ont passé depuis le décès de ma mère, et je me souviens à peine du son de sa voix. Six se sont écoulées depuis la mort de mon père, et les seules images de lui que je parviens à faire remonter à la mémoire sont liées aux derniers mois qui ont conduit à sa fin. Ces souvenirs-là, j'aimerais pouvoir les oublier. Ainsi fonctionne la mémoire lorsque l'on perd un proche. Certains éléments demeurent, alors que d'autres disparaissent entièrement.

Mais dans le monde de la fiction, les choses se passent différemment.

En juillet 2010, deux semaines après la date anniversaire de la mort de ma mère, j'ai rêvé d'elle. Le rêve était simple : je rentrais chez moi après le travail et elle était là, à table, m'attendant. Pendant toute la durée du rêve, nous avons simplement discuté. Je lui ai raconté ce que j'avais fait à l'université et lui ai parlé de ma vie en général depuis son décès. Elle m'a demandé pourquoi je n'étais toujours pas marié et père de famille. Même après son décès, ma mère continuait à vouloir me caser!

Nous avons partagé quelque chose qui, pour moi, n'est plus possible que sur la scène du rêve : une conversation entre une mère et un fils.

Ce rêve m'est resté présent à l'esprit pendant des mois. Certaines nuits, en m'endormant, j'espérais le recréer — mais il n'est jamais revenu. Peu après, j'ai coincé un ami pour l'inviter à déjeuner et je lui ai parlé de mon mal-être émotionnel. La discussion s'est déroulée comme cela se passe souvent entre vieux amis : pleine de tours et de détours, parfois railleuse mais, au final, réparatrice. Un peu plus tard, au cours de ce déjeuner, dans un blanc de la conversation, mon ami m'a demandé : « Imagine ce qui se passerait si elle revenait pour de bon, juste pour une soirée? Et si elle n'était pas la seule? Si cela arrivait aussi à d'autres? »

Face à eux est né ce jour-là.

Ce que ce roman est devenu pour moi est difficile à expliquer.

Chaque jour, alors que je travaillais sur le manuscrit, je suais sang et eau pour résoudre certaines questions. Des problèmes de physique générale, des problèmes portant sur des détails précis et des résultats finaux. J'étais aux prises avec le B.A.-BA du B.A.-BA. : d'où venaient les Revenants ? Que sont-ils ? Sont-ils seulement réels ? Certaines de ces questions étaient simples à résoudre, mais d'autres restaient insaisissables au point de devenir paralysantes. J'en étais même arrivé à un point où j'ai failli tout abandonner et renoncer à l'écriture du livre.

Ce qui a fait que j'ai poursuivi quand même, c'est le personnage de l'agent Bellamy. J'ai commencé à me reconnaître en lui. Son récit de la mort de sa mère — l'AVC, la maladie qui a suivi — est l'histoire du décès de la mienne. Son désir permanent de se distancier d'elle ressemble à ma propre tentative de fuir les quelques souvenirs les plus douloureux que j'ai gardés des derniers moments de sa vie. Et, au bout du compte, la réconciliation de Bellamy est devenue ma réconciliation.

Face à eux, pour moi, s'est mué en quelque chose qui, plus qu'un simple manuscrit, est devenu une chance. Une chance de me retrouver en conversation avec ma mère. Une chance de la voir sourire, d'entendre sa voix, une chance d'être présent à l'occasion des derniers jours de sa vie au lieu de la fuir comme je l'avais fait dans le monde réel.

J'ai fini par comprendre ce que je voulais que soit ce roman — ce que je *pouvais* faire de ce roman : une possibilité pour mon lecteur d'éprouver ce que j'ai ressenti à l'occasion de ce rêve fait en 2010, de retrouver des éléments de sa propre histoire. Je voulais que ce roman soit un lieu où — à travers des méthodes et une magie inconnues même de moi — les lois froides et implacables de la vie et de la mort ne s'appliqueraient plus et où il serait possible de retrouver pendant un temps ceux que nous avons aimés. Un lieu où un père, une mère peuvent tenir de nouveau leur enfant dans leurs bras. Un lieu où les amants peuvent se réunir après s'être perdus. Un lieu où un garçon peut, enfin, dire au revoir à sa mère.

Un ami proche a décrit un jour *Face à eux* comme du « temps désynchronisé ». Je crois que cette description convient. J'ai espoir que le lecteur pourra entrer dans cet univers et trouver les mots non prononcés et les émotions non réconciliées de sa propre vie joués dans ces pages. Et même voir peut-être ses propres dettes effacées.

Des fardeaux qu'enfin, on laisse derrière soi.

Remerciements

Aucun homme n'est une île et il n'y a pas d'écrivain qui écrive seul. « Merci » semble un mot bien faible, mais en attendant que je puisse lever un verre avec chacun de vous, voici :

A mon agent, Michelle Brower (et à Charlotte Knott) qui a pris un écrivain maladroit, aux genoux cagneux, avec un regard bovin, et son manuscrit sous le bras et les a dépoussiérés, leur a donné forme et leur a permis de croire l'un en l'autre.

A mon éditrice, Erika Imranyi, qui m'a aidé à naviguer à distance des écueils et m'a soutenu et remonté le moral tout le long. Je n'avais aucune idée de ce que ce serait d'avoir un premier éditeur. Mais je n'aurais jamais imaginé que cela puisse être aussi merveilleux.

A Maurice Benson et Jack Stowell, la meilleure paire de catcheurs qu'un lutteur puisse espérer. Merci pour tous les steaks, les jeux vidéo, les cannettes de soda, les films d'action des années 1980 et, plus important encore, pour m'avoir aidé à garder les pieds sur terre. Pour la liberté !

A Randy Skidmore et Jeff Carney, qui ont pris du temps sur leur vie privée et enduré le désert, type « planète Dune », du premier jet de ce roman. Votre courage et votre bravoure vous ont, sans l'ombre d'un doute, assuré une place de choix au Walhalla.

A mon frère en écriture, Justin Edge, pour toutes les séances de planification qui ont constitué les fondations de ce roman. Sans ces longues heures passées à épurer l'intrigue, les personnages et toutes sortes d'idées, rien de tout ceci n'aurait été possible.

A mon autre sœur, Angela Chapman Jeter, pour m'avoir sermonné comme tu l'as fait, ce jour-là, sur le parking du travail. Je ne compte plus les moments pour lesquels j'ai à te remercier, mais j'étais au bord du précipice, à ce moment-là. Tu m'as convaincu et, depuis, toutes les choses merveilleuses ont commencé à arriver.

A Cara Williams, pour les années passées à me remonter le moral et pour avoir cru que ce roman était possible. Les mots ne suffisent pas dans la langue anglaise pour que je te remercie de ton soutien. Tu es trop merveilleuse pour les individus de mon espèce.

A tous les nombreux autres amis, soutiens et collègues écrivains qui m'ont aidé à rendre ce livre possible : Michelle White, Daniel Nathan Terry, Lavonne Adams, Philip Gerard, l'Unité d'écriture créative de l'université de Wilmington en Carline du Nord, Bill Shipman, Chris Moreland, Dan Bonne et sa merveilleuse bande ILY (imleavingyoutheshow.com), papa & maman Skidmore (Brenda et Nolan, alias « Monsieur Skid ») pour m'avoir donné le sentiment de faire partie de la famille, papa et maman Edge (Cecelia et Paul) pour m'avoir adopté également, Samantha, Haydn et Marcus Edge, William Coppage, Ashley Shivar, Anna Lee, Jacqueline Gort, Ashleigh Kenyon, Ben Billingsley, Kate Sweeney, Andy Wiles, Dave Rappaport, Margo Williams, Clem Doniere et William Crawford.

A tous, chez Mira et Harlequin, pour m'avoir permis de vivre l'écriture de ce livre à la manière d'un beau rêve. Votre soutien, votre enthousiasme, vos encouragements ont été extraordinaires et je vous en serai à jamais reconnaissant. J'espère vous donner l'occasion d'être fiers de moi.

A ma famille : Sweety, Sonya, Justijn, Jeremy, Diamond, Aja, Zion, pour une vie entière d'amour et de soutien.

Et plus que tout encore, à ma mère et à mon père : Vaniece Daniels Mott et Nathaniel Mott Jr. Bien que partis, vous êtes toujours avec moi.

CHEZ MOSAÏC

Par ordre alphabétique d'auteur

.../...

Composé et édité par les

éditions ⬧HARLEQUIN

Achevé d'imprimer en Allemagne
par GGP Media GmbH, Pößneck
en août 2013

Dépôt légal en septembre 2013